KB251760

은비령

은비현 殷조顯 上

초판 1쇄 찍은 날 § 2005년 9월 7일
초판 3쇄 펴낸 날 § 2011년 9월 15일

지은이 § 원주희
펴낸이 § 서경석

펴낸곳 § 도서출판 청어람
등록번호 § 제1081-1-89호
등록일자 § 1999. 5. 31
어람번호 § 제5-0056호

주소 § 경기도 부천시 원미구 심곡 2동 163-2 서경B/D 3F (우) 420-822
전화 § 032-656-4452 팩스 § 032-656-4453
http://www.chungeoram.com
E-mail § chungeoram@chungeoram.com

ⓒ 원주희, 2005

ISBN 89-5831-715-9 (SET)
ISBN 89-5831-716-7 03810

은비현 上

나비의 꿈······원주희 지음

도서출판 청어람

당(唐)과 오대십국(五代十國)의 혼란을 거쳐
과거 당의 수도였던 장안에 다시금 통일왕조 한주(漢周)가 들어선다.
삼백 년간 드높았던 통일제국의 위상은 세월과 함께 쇠락하여
융제(隆帝)에 이르러 중원은 한주(漢周), 예(濊), 월(越), 전(塡)으로
나뉘어 맹렬히 대립하고 있었다.
중원이 전쟁의 소용돌이에 휘말린 후,
한주 내에는 내란까지 겹쳐 백성들의 고통은 가중되었다.
그때 한주 남서쪽 작은 고장에서 한 여자 아이가 태어났다.
신이한 능력과 함께 무거운 운명을 짊어지고 세상에 나온 아이.
그녀가 태어난 지 어느덧 십사 년이 흘렀다.

一. 은비현殷조顯

한주국(漢周國) 원화(元和) 17년 대흥성(大興城).

주작문(朱雀門) 종루에서 묘시(卯時)를 알리는 종이 울렸다. 동쪽 하늘에 계명성(啓明星)이 아직 선명한데 황궁은 일찍부터 분주했다. 외조에는 조정대신들이 입궐해 조회를 준비하고 내정은 오늘 있을 의례와 진연을 준비하기 위해 너나 할 것 없이 바빴다. 밤사이 고요했던 자애당(慈愛堂)에도 여인들이 들이닥쳤다. 들뜬 발소리가 향한 곳은 곧 후궁에 책봉될 소녀가 잠들어 있는 침실, 굳게 닫혀 있던 문을 열어젖힌 궁녀들과 시비들은 침실이 제 방인 양 앞 다퉈 들어섰다. 팔을 걷어붙인 시비들이 욕통을 들여와 따뜻한 물과 향유를 붓는 사이, 궁녀들은 잠이 덜 깨어 눈을 비비는 소녀를 침상에서 끄집어내 옷을 벗기고 목욕통 속에 밀어 넣었다. 새벽에야 잠이 들었다가 억지로 목욕통 속에 들어앉은 소녀는 속눈썹에 졸음을 대롱대롱 달고 꾸벅꾸벅 졸았다. 머리를 감기던 궁녀들은 그 모습이 하도 천진하여 실눈을 뜨고 웃는다.

간신히 잠이 깬 소녀는 작게 하품을 하며 비교적 또렷해진 눈으로 주위를 살펴보았다. 붓꽃처럼 파란빛을 머금은 오색 주렴이 색색이 고운 빛깔을 토해내고 궁녀들의 부산한 장단에 맞춰 새들도 재잘재잘 지저귀고 있었다. 창마다 쳐진 비단 휘장, 비상하는 학이 그려진 녹나무 기둥과 윤기 자르르한 칠보 가구가 검소하게 자라온 소녀의 눈에는 생경하기만 하다. 소녀는 고개를 돌려 한쪽 벽을 차지한 병풍을 보았다. 부귀안락과 남녀화합을 상징한다는 모란도 속에 만개한 꽃무리와 어지러이 춤추는 나비가 화원에 온 듯한 착각을 불러일으켰다. 여인들이라면 누구나 욕심 내어볼 만한 화사한 침실에서 궁녀들의 시중을 받으며 목욕을 하니 참으로 영화롭다 하겠으나 어린 소녀의 낯빛은 일말의 감흥도 없이 그늘져 있었다. 더욱이 귀하신 천자를 받들 광영을 앞두었으니 화사하게 피어도 모자람인데 소녀의 안색은 인적 드문 산길에 홀로 핀 제비꽃처럼 애잔하기만 했다.

"얼굴빛이 어둡습니다. 이렇게 좋은 날 웃으셔요."

행여나 추울세라 더운물을 붓던 궁녀가 자그맣게 속삭였다. 그리하여도 홍안의 시름은 여전하니 옆에서 목욕 시중을 들던 궁녀들은 저마다 다 안다는 눈빛을 교환하며 우윳빛 살결에 더운물을 끼얹었다.

향욕이 끝나자 한 궁녀가 바닥에 하얀 백포(白布)를 깔았다. 눈송이가 내려앉듯 살포시 백포를 밟고 선 소녀에게로 궁녀가 달려들어 조심스럽게 물기를 닦아내고 귀에서부터 시작해 신체 다섯 부위에 봄꽃에서 정제해 낸 향수를 발랐다. 예복을 입을 차례가 되자 법도에 따라 품계 높은 여관(女官)이 직접 시중을 들었다. 여관의 고갯짓에 궁녀들이 비단 속옷을 내왔다. 살결이 닿는 부분은 보드라운 비단이고 그 위에 옷맵시를 풍성하게 잡아줄 뻣뻣한 속치마가 네 겹이나 덧입혀졌다. 살결이 보이는 투명한 저고리에 열두 폭 주름을 잡아 만든 풍성한 속치마를 입은 소녀는 백목련처럼 청초하고 어여뻐서 내실이 환히 빛이 났다.

이윽고 궁녀들이 대례복을 안고 하나둘 들어왔다. 궁녀들의 손에 들려진 예복은 황궁답게 화려함과 부유함의 극치니, 색색이 정성 들여 놓은 수와 문양이 지극히 아름다웠다. 음양오행을 나타내는 황(黃), 적(赤), 청(靑), 흑(黑), 백(白), 즉 오방정색의 비단 예복을 하나하나 입어나가다 보면 황실과 행운을 나타내는 숫자인 아홉 겹이 된다. 연꽃 속에 들어앉은 듯 비단 예복 속에 폭 파묻힌 소녀는 큰 눈을 깜빡이며 잔뜩 질린 얼굴을 하고 있었다. 매미 날개처럼 얇게 직조된 오월의 소사(素紗)라 하나 덜 자란 몸에 무거운 예복을 입으니 제대로 서 있기조차 버거운 것은 당연했다. 짬이 난다면 잠시라도 쉬련만 의례 시간까지 준비하려면 빠듯하니 여관은 궁녀들에게 팔을 부축케 하고 머리를 매만지게 했다.

궁녀 하나가 명주실처럼 탐스러운 머리채에 향기로운 계수나무 기름을 바르고 커다란 화각빗으로 정성 들여 빗어 내리기 시작했다. 둔부를 덮는 머리채는 오발선빈(烏髮蟬嬪)이라. 까마귀같이 검

고 윤이 나는 머리칼에 옅은 귀밑머리를 보고 여인들의 입에서 탄
성이 흘러나왔다. 긴 머리채 중 반을 운무(雲霧)처럼 풍성하고 부
풀려 얹은 다음 긴 옥잠(玉簪)으로 꽂았다. 그 위에 금, 비취, 자마
노, 홍옥, 산호로 장식된 보요(步搖)를 꽂으니 월궁항아 부럽지 않
게 어여쁘다.

예복과 머리를 하고 장신구를 하는 데만도 두 시진이 꼬박 흘렀
다. 단장마저도 예법에 어긋남없이 엄격하게 이루어지는지라 조
금의 쉴 틈도 없었다. 다른 후궁들 같으면 울고, 주저앉고 온갖 법
석을 떠는데 소녀는 꼿꼿이 서서 이맛살 한 번 구기지 않았다. 그
모습이 하도 기특하여 궁녀 하나가 말린 과일을 넣은 월병과 우화
차를 가져와 내밀었지만 소녀는 눈길조차 주지 않았다.

"조반도 않으셨는데 이거라도 드시지요."

여관이 넌지시 말하자 소녀 거듭 고개를 저었다.

"원, 고집도……."

여관이 넌지시 혀를 차자 궁녀들은 소매로 입을 가리고 저마다
소곤거렸다. 궁에는 벌써부터 소녀에 대한 소문으로 파다했다. [1]약
사여래(藥師如來)의 화신이다, 주술로써 백성을 현혹하는 요녀다,
말이 많아 그녀가 들어오기 전부터 생김새가 어떠한지 저마다 내
기를 하며 떠들썩했다. 무성한 소문 속에 황궁에 들어온 요녀(妖女)
는 뜻밖에도 아직 어린 열네 살 소녀였다. 매화처럼 단아한 소녀를
실제로 봤다면 누가 요녀라는 말을 입에 담았을까.

----

1)약사여래(藥師如來): 중생을 병이나 재난에서 건져 준다는 부처. 왼손에는 약병
을 들고, 오른손으로는 시무외(施無畏)의 인(印)을 맺고 있는 것이 보통이다

"여인네 고집이 항우장사 못지않으니 어쩌시려오? 어린 나이에 부모와 떨어져 낯선 곳에서의 여생을 보내려니 어찌 힘들지 않겠소만, 앞으로 긴 세월을 궁에서 보내시려면 그 고집을 꺾으셔야 할 겝니다. 물 흐르듯이 사소서. 운명이 이끄는 대로 가소서."

여관은 다시 준비에 들어갔다. 궁녀가 가져온 커다란 쟁반에서 분합을 꺼내 든 그녀는 얼굴 전체에는 백분, 볼에는 홍분을 바르고 이마 정중앙과 관자놀이에 정성껏 매화를 그려 넣었다. 눈썹은 남방에서 들여온 검은 안료로 멋스럽게 그려내고 잇꽃 가루와 꿀, 장미유를 섞은 연지를 입술에 바르니 어린 나이에도 불구하고 제법 미려한 자태에 아침볕이 무색할 지경이었다.

여관이 막 붓을 내려놓자 기다렸다는 듯이 궁녀가 들어와 시간이 다 되었음을 알렸다.

"이제 가셔야 할 시간입니다. 부디 고운 낯빛에 그늘을 거두소서."

여관이 두 손을 모아 다소곳이 합장을 하자 소녀는 고마움에 보일 듯 말 듯 미소를 지어 보였다. 그것은 약사여래가 아니라 관음보살의 단아하고 따스한 미소이니 누가 시키지도 않았건만 옆에 있던 궁녀들이 몸을 숙여 합장을 했다.

[황제만년(皇帝萬年) 성수무궁(聖壽無窮).]

영락전(榮樂殿) 기둥마다 축문이 붙고 현판에 붉은 휘장이 쳐졌다. 이천 명이 한꺼번에 입시(入侍)할 수 있다는 호화로운 대전의 제일 높은 단에는 다섯 개의 발톱을 가진 용이 새겨진 황금 보좌가 위엄있게 놓여 있었다. 단 아래 양옆으로는 황태후, 황후, 황태자를 위한 보좌와 서열 높은 후궁들을 위한 자리가 놓여졌다. 황실 친족을 위한 자리는 그보다도 멀리 놓여 있었는데 가장 높은 서열이라 할 수 있는 효장왕만이 황태자 옆에 앉을 수 있었다.

오늘 진연은 내명부 의례에서 후궁에 책봉된 여인들이 일제히 황제 앞에 선을 보이기 위한 자리이자 종친과 함께 경사를 축하하는 자리였다. 황제가 후궁을 들이는 것이 처음 있는 일도 아니니 검소하게 치를 수 있었지만 유난히 진연을 좋아하는 황제이다 보니 구실만 있으면 큰 진연을 열곤 했다. 성정이 불같은 황제의 비위를 맞추기 위해 종친들은 하나도 빠짐없이 입궁했고, 조정대신과 속국에서 진상한 물건들이 대전 한쪽에 산처럼 쌓여 있었다.

진연 시각이 다가오자 황족들이 들어오고 뒤이어 후궁들이 자리했다. 그 뒤를 황후와 황자, 황태후가 차례로 들어와 자리에 앉으니 드디어 황제가 태감의 호의를 받으며 단에 올랐다. 금환이 달린 금관과 자황포(紫黃袍)를 입은 황제가 단 정중앙에 서니 영락전에 모인 모든 이들이 무릎을 꿇고 고개 숙여 만세(萬歲)를 삼창하며 예를 갖췄다. 그 다음엔 황족과 후궁들이 황태후를 비롯한 황후, 황자를 향해 천세(千歲)를 삼창했다.

"모두들 일어나라."

황제의 말에 황족과 후궁들이 일어나 읍(揖)했다.

"오늘 짐이 하늘의 은혜를 입어 후궁을 맞이했다. 밖으로는 사

직을 굳건히 하고 안으로는 황실을 번성케 하니 참으로 기쁘구나. 태조께서 한주(漢周)를 개국하신 지 삼백 년 이래 황실이 이처럼 반석에 오른 적이 없었나니. 이 같은 번영이 오래도록 지속되길 다같이 축원토록 하자."

기쁨이 배어 있는 황제의 말에 다시 한 번 만세와 천세가 삼창되고 모두 자리에 앉았다. 곧이어 황족들이 선물을 바치고 진주알이 담긴 백화주가 돌려졌다. 우(竿), 생황(笙簧), 북, 거문고, 공후, 비파를 든 오십여 명의 악사들이 아악(雅樂)을 연주하고 꽃과 나비같이 어여쁜 무희들이 춤추며 흥을 돋웠다.

차츰 분위기가 무르익어 후궁들이 대대를 받을 차례가 되자 황족들 사이에서 작은 술렁임이 일었다. 황제가 즉위한 이후 세 번째로 책봉된 비빈들의 미모가 하나같이 뛰어나다는 소문이 자자했기 때문이다.

태감의 안내에 따라 연회장에 후궁들이 차례로 들어왔다. 하나같이 아리따운 소녀들로 긴 예복을 끌며 걸어 들어오는 모습이 막 하강한 선녀와도 같아 몇몇 왕야들이 체통없이 감탄을 연발했다. 황제의 단 아래까지 걸어온 후궁은 태감이 건네는 대대(大帶)를 받는데 첫 대면에서 대대를 받는 것이 황가의 오랜 전통이었다. 대대의 겉에는 후궁들의 품계(品階)가 수놓아져 있고 안으로는 황제의 신하로서 충심을 다해 섬긴다는 글귀가 쓰여 있었다. 대대는 예복의 허리에 두르는 띠로 품계마다 수놓인 그림이 다른데, 황후는 봉황(鳳凰), 귀비는 비익조(比翼鳥), 빈은 공작(孔雀) 등이 수놓아져 있다. 황제에겐 이미 황후 손씨와 귀비(貴妃), 빈(嬪), 부인(夫

人), ²⁾육의(六儀), 미인(美人), 재인(才人) 등의 사백여 명 가까이 되는 후궁들이 있었지만 황제는 귀족 간의 화합이라는 명목으로 또다시 후궁을 맞아들이고 있었다.

　가지런히 서서 대대를 받기 위해 늘어선 후궁들을 보던 좌중의 눈이 유독 한 후궁에게 모아졌다. 남녀노소 할 것이 없이 보는 것만으로도 가슴이 뜨거워지는 절색이었다. 그 아름다운 용모를 ³⁾침어(沈魚) 서시(西施)에 비할까, ⁴⁾폐월(閉月) 초선(貂蟬)에 비할까. 여인은 눈, 코, 입, 치아, 살결 어느 한 군데 흠을 찾을 수 없을 정도로 자태가 빼어났다. 게다가 묘한 분위기가 흐르는 표정과 살짝 들린 입매가 요염한 데다 특유의 향취를 풍기고 있어 사내들의 내밀한 욕망을 들끓게 했다. 이 여인의 이름은 유세아로 양왕(暘王) 유이항이 몇 년 전에 맞아들인 양녀였다. 그녀는 미인이 많은 신도(神都)에서도 첫손에 꼽을 정도로 소문 자자한 미색이었다. 그런 미인을 그냥 지나칠 황제가 아니니, 그는 세아의 이야기를 듣자마자 두고두고 양왕을 졸라 후궁으로 들였다. 황제의 입장에서 보면

----

2)육의(六儀): 숙의(淑儀), 현의(賢儀), 완의(婉儀), 덕의(德儀), 순의(順儀), 방의(芳儀)

3)침어(沈魚) 서시(西施): 서시는 춘추말기의 월나라의 여인이다. 맑고 투명한 강물 위에 그녀의 아름다운 모습이 비치니 수중의 물고기가 수영 중인 것을 잊고 천천히 강바닥에 가라앉았다 한다. 이후 서시는 침어(沈魚)라는 칭호를 얻게 되었다

4)폐월(閉月) 초선(貂蟬): 초선은 한나라 대신 왕윤(王允)의 양녀인데, 용모가 명월 같았을 뿐 아니라 노래와 춤에 능했다. 어느 날 저녁에 화원에서 달을 보고 있을 때에 구름 한 조각이 달을 가렸다. 왕윤이 말하기를 '달도 내 딸에게는 비할 수가 없구나. 달이 부끄러워 구름 뒤로 숨었다' 고 하였다. 이때부터 초선은 폐월(閉月)이라고 불리게 되었다

조카이나 그것이 무슨 대수냐. 아름다운 아미(蛾眉) 아래 그윽한 표정을 짓는 세아를 본 황제는 기쁜 기색을 숨김없이 드러냈다.

'내가 가진 수많은 미인들도 이 아이에 비하면 박색이로구나. 이 세상에 어찌 이런 미색이 있을꼬.'

정염에 휩싸인 황제가 미인에게 넋을 놓고 있는 가운데, 또다시 사람들의 시선을 모으는 후궁 하나가 들어왔다. 유세아가 만개한 모란이라 하면 이 후궁은 능소화나 매화에 견줄 만했다. 화려하거나 요염하진 않지만 은은하고 단아하여 보는 이들의 눈이 절로 시원해졌다.

"어허, 어리지만 의젓하고 더없이 아름답구려. 뉘 집 영애요?"

"저 아이가 신도에 소문이 자자한 그 아이입니다."

"좀 알아듣게 말해 보게."

"왜, 약사여래께서 화신하셨다는……."

황족들 사이에서 웅성웅성 말이 퍼지기 시작했다. 그들의 입에 오르내리는 소녀는 양하 현승(懸丞)을 지냈던 은정한의 딸 은비현(殷丕顯)이다. 법도에 따르면 간택령은 귀족 딸들에게만 내려지므로 평범한 지방관리의 딸은 후궁이 될 수 없었다. 하지만 비현은 남다른 재주를 가지고 있기에 후궁으로까지 책봉될 수 있었던 것이니, 사람들이 그 재주에 대해서 막 소곤거리려는 참에 황제의 우렁찬 목소리가 울려 퍼졌다.

"네가 이번에 현의(賢儀)에 오른 은비현이냐?"

연회장의 귀가 일제히 황제에게 쏠렸다. 일찍이 공적인 자리에서 황제가 직접 후궁에게 말을 건넨 적이 없었기에 좌중이 당혹했음은 물론이다.

"예, 폐하. 양하 군승 은정한의 여식 은비현이라 하옵니다."

황제 앞이면 오랫동안 모시던 후궁들도 떨기 마련인데 어린 비현의 목소리엔 침착함이 어려 있었다.

"네가 노래로 사람을 고친다 하더구나. 앉은뱅이도 일으킨다는 것이 소문이 정녕 사실인 게냐?"

갑작스런 황제의 행동에 황태후가 헛기침을 하고 영락전에 있는 모든 이들은 흥미롭다는 듯 귀를 쫑긋 세우고 비현의 대답을 기다렸다.

"존귀하신 황제폐하, 소첩에게 얕은 재주가 있긴 하오나 보잘것없는지라 아뢰기 부끄럽사옵니다."

"어허, 겸손이 과하다. 내 일찍이 사람을 보내 확인해 보니 네가 양하 백성들은 물론 신도에서 몰려간 병자들까지 고쳐 주었다 하더구나. 내 일찍부터 그 신묘한 재주를 궁금해하고 있었으니 오늘 이 자리에서 직접 확인해 보고 싶다. 자, 어서 사람 고친다는 노래나 한 곡조 불러보거라."

좌중이 일시에 입을 다물었다. 사람들의 웅성거림이 멎자 악사들도 음악을 멈추고 황망히 주변을 살폈다. 채신없는 황제의 행동이 심히 못마땅한 황태후가 두 눈을 감고 외면하자 마지못해 황후가 나섰다.

"황상, 자리가 자리이니만큼 현의의 노래는 다음에 듣기로 하시지요."

"이런 자리에 노래가 빠지면 흥이 나겠소? 게다가 몸이 좋아지는 노래라니 오죽이나 좋을까.”

황제의 삐딱한 언행에 황후의 얼굴이 붉어졌다. 옆에 앉은 황태후 두씨는 여전히 눈을 감고 부처처럼 앉아 있을 뿐이었다.

“현의, 어서 한번 불러보라. 내가 요즘 어깨가 결리는 듯하니 그대 노래를 듣고 효험이 있나 시험해 봐야겠다.”

흥미롭다는 얼굴로 술을 홀짝이는 황제의 모습엔 이렇다 할 위엄이나 존귀함 따위는 찾아볼 수 없었다. 그저 환관이 전해준 소문이 들어맞을지에 대한 호기심만이 가득 차 있으니 비현의 입장이 참으로 난처하게 되었다. 무리한 요구이긴 하나 황제를 거역할 수 없으니 분명히 명을 따르리라 생각한 좌중이 기대에 들떠 노래를 기다렸다. 그때 조용하면서도 단호한 목소리가 흘러나왔다.

“존귀하신 폐하, 황공하오나 못하옵니다.”

자리에 앉은 많은 사람들의 몸이 일시에 굳어버렸다. 감히 황제 앞에서 못한다는 말을 꺼내다니. 눈을 감고 있던 황태후마저도 감은 눈을 번쩍 뜨고 비현을 노려보았다. 자리한 이들 중 가장 기가 찬 것은 황제였다. 얼굴이 붉어지기 시작한 황제가 소리쳤다.

“뭐라? 못해?”

“존귀하신 폐하, 소첩이 천은(天恩)을 입었사오나 어설픈 재주 잘못 펼쳐 폐하의 보체는 물론이요, 윗전 마마의 옥체에 해를 가할까 두려워 함부로 보일 수 없음을 헤아려 주시옵소서.”

생각지도 못한 대답에 좌중에서 놀람과 탄식이 터져 나왔다. 황제가 누구인가? 불같은 성정을 지닌 탓에 조금이라도 심사에 어긋나면 목 베기를 아무렇지도 않게 하는 이였다. 그런 황제 앞에서 못한다는 말을 꺼낸 것은 스스로 작두 아래 목을 갖다 댄 격이었다.

"어허, 꽤나 당돌한지고. 짐의 명을 거역할 셈이냐!"

언짢은 기색이 확연한 황제가 옥 잔을 소리나게 내려놓고 말했다. 그러자 비현이 그 자리에 엎드린 채 떨림없이 말했다.

"지엄하신 황제폐하의 명을 어찌 거역할 수 있겠나이까. 폐하를 충심으로 보필해야 할 이의 처지에서 신중히 생각하여 말씀드린 것이니 부디 용서해 주옵소서."

이 자리가 어떤 자리인가? 천자와 내명부, 황실의 종친들이 가득한 진연이다. 대대를 받는 후궁들은 하나같이 머리를 조아란 채 눈 한번 못 뜨고 발발 떨기만 하는데 비현의 목소리는 침착하고 결기가 가득하였다. 어린 나이에 참으로 당돌하다 좌중이 감탄하고 있을 시에 황제의 고함이 터져 나왔다.

"이런 무엄한! 끝까지 짐의 명을 거역하겠다는 거냐!"

노여운 기색을 숨기지 않고 드러내며 벌떡 일어나는 황제를 보고 황족들이 죄다 고두(叩頭)를 했다.

"짐의 말을 거역하면 어찌 되는지 몸소 보여줄 테다! 내 당장 너를 후궁에서 폐하고 목을 칠 것이야!"

바로 그때 침착하면서도 단호한 음성이 흘러나왔다.

"황상, 노기를 거두시오."

황태후 두씨였다.

"이렇게 경사스러운 날 어찌 그리 노여워하신단 말이오. 아직 어려 철모르는 현의의 실수이니 너그러이 용서해 주구려."

황태후의 말에 좌중에 작은 동요가 일었다. 황실의 큰 어른으로

서 좀처럼 앞에 나서지 않는 그녀가 입을 열었으니 황제도 간신히 노기를 누그리뜨리며 지리에 앉았다.

"하오나 현의가 하도 방자하여……."

"아직 어리지 않소. 제대로 된 법도도 익히기 선이니 실수라 여기고 물리치시오. 내 따로 불러 처분을 하겠으니 오늘은 이쯤 하는 게 좋을 듯합니다."

황태후의 말이라면 감히 거역할 수 없는 황제인지라 못마땅한 기색이 완연한 안색으로 비현을 물리치라 명하였다. 평소의 황제라면 그 자리에서 머리채를 잡아끌어다가 댓돌에 팽개치고 목을 베었을 테지만 황족들이 보는 데다 아까 본 유이항의 여식을 생각해 간신히 노기를 거두었다.

눈앞에서 피를 보지 않게 된 황족들 사이에서 안도의 숨이 터져 나오고 엎드려 있던 비현은 궁녀들의 부축을 받으며 자리를 떠났다.

황제 앞에서 더없이 떳떳하고 당돌했던 소녀는 궁을 나서자마자 기력이 다한 듯 그대로 주저앉았다. 놀란 궁녀들이 황급히 비현을 붙들고 정신을 차리라 고할 즈음, 얼굴에 핏기가 걷힌 소녀는 그만 정신을 놓고 말았다.

✻

동백은 색이 바래지 않는 사랑의 꽃이요,

매화는 고난 속에서도 향을 내뿜는구나.
작약은 이별이 아쉬워 전하는 꽃이요,
추해당은 애끓는 그리움이라.
빈랑나무 아래 님과 더불어 살고자 하니
그 마음 만년청 오래도록 변치 않으리.

여름 햇볕이 내리쬐는 마당 한구석에 조그만 소녀가 강아지를 쓰다듬으며 노래를 부르고 있었다. 맑은 물이 똑똑 떨어지듯 경쾌하고 낭랑한 음이 퍼져 나가니 오랫동안 꿈쩍도 안 하고 누워 있던 강아지가 주섬주섬 일어나 아이의 손바닥을 핥기 시작했다.

"이제 안 아프니? 참말 다행이다."

아이의 따스한 손길에 멍멍 짖은 강아지가 주변을 맴돌며 재롱을 떤다.

"현이 너! 무슨 짓을 한 거냐?"

갑자기 노염에 겨운 목소리가 들려오자 비현은 발딱 일어났다. 뒤돌아보니 어머니 방씨가 굳은 얼굴로 내려다보고 있었다.

"그렇게 주의를 줬는데도 말을 안 듣다니! 따라오너라!"

비현은 울 듯한 표정으로 방씨의 뒤를 따랐다. 안채에 들어온 아이는 주저없이 매 맞는 의자로 올라가 치마를 걷었다. 그러자 물푸레나무 회초리를 가져온 방씨가 옆에 앉아 큰 소리로 묻는다.

"내 다시는 노래도 치료하는 것도 하지 말라 하지 않았니. 남이 보면 어쩌려고 그랬어!"

"강아지가 많이 아파해서……."

비현이 울먹울먹 말을 잇지 못하자 입술을 악문 방씨가 엄하게 꾸짖었다.

"안 그래도 요즘 슬슬 소문이 돌기 시작해 불안한데 너까지 이러면 어찌하느냐. 아무리 철이 없는 어린아이라 해도 그렇지, 어미 말을 그리 안 들으면 어떻게 해!"

방씨는 의자 위에서 떨고 있는 딸의 종아리에 힘껏 매를 내려쳤다. 몰랑몰랑한 하얀 속살에 매 자국이 선명하게 그려지자 방씨의 눈가에 이슬이 맺혔다.

"앞으로 또 그런 짓을 하겠느냐!"

"안 그러겠습니다."

"다시 또 노래 부르면 안 된다!"

"네."

"병자 근처엔 가지도 말거라!"

"네에."

비현이 울음을 터뜨리자 방씨의 어깨가 축 늘어졌다. 슬하에 오형제를 두고 늘그막에 낳아 발에 흙 한번 안 묻히고 고이고이 키워온 딸이다. 애틋하고 간절한 모정을 아는지 잔병치레 한번 안 하고, 더할 나위 없이 착하고 어여쁘게 자란 아이. 그런 비현에게 남다른 재주가 있다는 걸 안 것은 여섯 살 되던 해였다. 장난치다 나무에서 떨어진 셋째 아이가 다리를 부여잡고 온 집 안이 들썩이게 우는 와중이었다. 어린 비현이 다가오더니 상처에 손을 갖다 대고는 뜻 모를 노래를 부르기 시작했다. 그러자 흐르던 피가 멎고 찢어져 흉하게 벌어진 살갗이 서서히 붙는 것이 아닌가. 크게 놀란 가족과 하인들은 넋을 놓고 생글생글 웃고 있는 비현을 바라보았다.

'아이고, 이게 무슨 신기(神氣)란 말이냐!'

방씨는 몇 년 전 우연히 만난 승려의 말을 떠올리며 대경실색하였다. 미친 중의 말로 잊어버리려 했으나 유난히 잊혀지지 않던 그 말이 혹여 현실로 이루어지는 건 아닐까 하여 눈앞에 캄캄해졌다.

'아니야, 그저 우연인 게야. 그럴 리가 없지. 암, 그럴 리가 없어.'

그때부터 방씨는 소문이 새어나가지 않도록 하인들 입단속을 시켰다. 그러나 며칠 못 가서 비현이 또 일을 내고 말았다. 집 앞을 지나던 노파가 혼자 놀고 있는 비현에게 말을 건 사이, 지난 십 년간 굳어 있던 팔을 단번에 고친 것이다. 이 이야기가 삽시간에 퍼지면서 연유를 알기 위해 사람들이 모여들었다. 방씨는 사람이 어찌 그런 일을 할 수 있겠냐며 일축해 버리곤 모여든 이들을 돌려보냈다. 소문을 잠재우는 데만도 몇 년이 흐르니 그 후부터 비현은 모친의 엄한 감시를 받게 되었다.

"현아, 다시 한 번 그런 짓을 하는 게 눈에 띄면 종아리가 남아나지 않을 것이다. 알겠느냐?"

방씨는 엄하게 꾸짖으며 회초리를 놓았다. 울고 있는 비현이 안쓰러워 눈시울이 뜨거워지자 그녀는 얼른 자리를 떴다.

혼자 남겨진 비현은 서럽게 울다가 간신히 진정하여 소매로 눈물을 닦았다. 왜 그리 말리는지 이해가 가지 않았지만 그걸 계속

했다간 도깨비가 잡아간다는 오라버니들 말에 참고 또 참았다. 하지만 아파하는 사람이나 동물만 보면 저절로 손이 가고 입술이 열렸다. 오직 고쳐 주어야겠다는 생각만이, 빨리 아픔에서 벗어나게 해야겠다는 생각만이 머리 속에 가득하여 모친의 당부는 까맣게 잊혀졌다.

"아프지 않게 해주는 것이 나쁜 짓일까?"

시무룩해진 얼굴로 손을 내려다본 비현은 어린 나이에 어울리지 않게 긴 한숨을 내쉬었다.

비현이 열세 살이 되던 해였다. 양하 땅에 큰 전염병이 돌기 시작했다. 의원들도 알 수 없는 병에 하루에도 수십 명씩 죽어 나가고 성밖에는 시신을 태우는 악취로 인해 숨을 쉬기가 힘들 지경이었다. 그 와중에 은씨 가문에도 화가 닥치니 아버지 정한이 병에 걸리고 말았다. 관사에서 일을 보던 정한이 쓰러져 집으로 업혀왔을 때 그의 몸은 불덩이가 되어 의식을 잃은 상태였다. 놀라 발을 동동 구르던 방씨는 생각다 못해 비현을 불러왔다. 열이 펄펄 끓는 정한을 본 비현은 아비를 꼭 끌어안고 노래를 부르기 시작했다. 그러자 신기한 일이 벌어졌다. 고열에 들떠 금방이라도 넘어갈 듯 가빴던 숨이 차분해지고 열이 내리기 시작한 것이다. 그 후로 정한이 이틀 만에 병을 털고 일어나니 소문은 마른 풀에 불씨가 옮아 붙듯이 삽시간에 퍼져 나갔다. 양하의 병자들이 모두 몰려와 비현을 내놓으라고 성화를 하다 급기야 문을 때려부수고 안마당까지 밀고 들어왔다. 방씨는 어쩔 수 없이 마당에 사람들을 앉히고 비현을 데려왔다.

> 흰 구름 첩첩한 산중 외로이 노닐다 보니
> 달빛에 섞인 맑은 바람에 온몸이 싸늘하다.
> 갈 길 잃어 헤매다 부처의 자비를 만나니
> 괴롭던 일신이 나는 듯 가볍구나.
> 이제는 내가 아니라 중생을 위해 발원하나니
> 눈앞에 광영만이 가득하여라.

비현은 가족 중 누구도 가르쳐 준 적이 없는 노래를 불렀다. 그 목소리가 어찌나 청아하고 맑은지 가슴 한쪽이 찌르르해져 오고 눈시울이 뜨거워질 정도였다. 노래가 끝나고 아이의 손길이 닿은 이들의 열이 점차 내려가니 병자들은 어느덧 일신이 가벼워지는 것을 느꼈다.

"하이고, 약사여래께서 불쌍한 우리 중생들을 구원하기 위해 어린 몸을 빌려 태어나셨구나."

뜰에 앉은 이들은 저마다 기쁨에 겨워 울고 웃으며 비현을 향해 거듭 머리를 조아렸다. 그 모습을 본 방씨는 이제는 되돌릴 수 없다 생각하여 땅바닥에 풀썩 주저앉아 끝내 울음을 터뜨렸다. 그날부터 소문은 일파만파로 퍼져 나갔다. 사람들은 비현이 부처의 화신이니 사찰에 보내야 한다고 수군거렸고, 실제로 유명한 사찰의 승려들이 앞 다투어 찾아와 아이를 달라 청했다.

"아무래도 현이를 사찰에 보내야 할 것 같소."

"안 돼요. 그렇게는 못해요."

"여보!"

"어떻게 키운 내 딸인데 중을 만든답니까? 고이 키워 시집을 보내 남편 사랑 받으며 살게 해줄 겁니다. 자식 낳고 도란도란 살게 해줄 거라고요."

"이미 소문이 다 난 마당에 어찌하오."

"그렇다고 이대로 현이를 비구니로 만들 수는 없잖아요!"

부부는 어떻게든 사람들의 입을 틀어막고 소문을 잠재우고 싶었다. 그러나 이미 쏘아진 화살, 담을 넘은 소문이라. 비현의 이야기는 삽시간에 황성(皇城)인 신도(神都)에까지 닿았다. 비현의 집 마당엔 우르르 몰려온 병자들이 병을 고쳐 달라 아우성을 해댔고 급기야는 이불 보퉁이까지 싸들고 와서 밤새 기다리기도 했다. 대부분은 돈이 없어 치료를 못한 빈한한 백성들이었으나 가끔 고관대작이나 화려한 가마를 탄 부인들이 은자를 싸 짊어지고 와 부탁하기도 했다. 하지만 비현은 용케도 가난하고 헐벗은 사람들만 추려내 병을 고쳐 주었다. 밀려드는 사람들로 거리가 북새통이 되자 관청에서는 빈 관사를 마련해 주었고 비현은 정해진 시간에 병자들을 돌보았다. 쉬지도 못하고 병자를 돌보는 것이 고되고 힘들텐데도 비현은 힘든 내색 없이 의젓하기만 하였다. 옥수에 떨어지는 물방울처럼 청명한 목소리와 보드라운 손길에 병자들의 몸이 나아갈 때마다 비현의 이야기는 더 멀리 퍼져 나갔다. 앉은뱅이를 일으켰다, 살갗이 썩어문드러진 풍질 환자를 눈썹 하나 깜짝 않고 어루만지더니 낫게 해줬다, 가난하고 불쌍한 백성들만 골라서 돈

받지 않고 고쳐 준다 식의 이야기가 퍼지고 퍼져 사람들은 모였다 하면 비현에 관한 이야기로 꽃을 피웠다.

그러던 어느 날, 신도에서 청천벽력 같은 소식이 날아들었다. 비현의 소문을 들은 황제가 그녀를 후궁으로 책봉한다는 것이었다. 비현의 부모와 한주 백성들은 기함을 하였다. 부처의 화신이라 추앙받는 소녀를 후궁에 봉한다니. 아무리 천자라도 그것만은 안 된다는 여론이 들끓는 와중에 승려들과 양하 백성들이 관으로 몰려가 책봉을 거둬달라 사정하다 황명을 어기는 것은 반역이라 하여 단박에 목이 잘렸다. 그럼에도 불구하고 백성들의 원성은 더 크게 번져 나갔다. 지금 한주 백성들은 황제가 죽어 묻힐 능과 별궁을 짓는 부역에 시달리고 이민족과의 전쟁 때문에 굶주리고 있었다. 황제 자신의 사리사욕을 채우기 위해 온 나라가 고통을 겪고 있는 마당에 백성들을 구원해 줄 상징적인 존재가 되어버린 비현을 데려간다 하니 민심은 더욱더 사나워져만 갔다.

"어머니, 그만 좀 우시오. 현이가 중이 되느니 차라리 후궁이 되는 것이 우리 가문에 더 이롭지 않겠소? 황제폐하 눈에만 들면 대대손손 부귀영화를 누릴 텐데 어찌 그걸 모르는지."

딸이 후궁으로 책봉됐다는 명을 들은 날부터 내내 울기만 하는 방씨를 못마땅해하던 맏이가 보다 못해 툭 내던졌다. 그러자 방씨가 눈을 흡뜨며 손가락질을 했다.

"이놈아, 하나밖에 없는 동생을 팔아서라도 호의호식이 하고 싶은 게냐?"

"황궁에 가는 것이 왜 팔려가는 것이오? 우리같이 볼품없는 가문에서 궁녀도 아니고 후궁이라니. 광영도 이런 광영이 없구만."

비현의 오라비들은 어린 동생이 황궁에 가게 된 것을 무척이나 기뻐했다. 그녀가 후궁이 되면 더 이상 가난하게 살지 않아도 되고 높은 관리로 등용까지 될 테니 더할 나위 없이 좋은 것이다. 집 안에서 말을 잃고 슬픔에 잠긴 것은 부모와 비현뿐이었다.

며칠 후 황성에서 명이 내려왔다. 아버지 정한을 현승에서 군승으로 승급하고 비현을 황궁으로 불러 올린다는 황명이었다. 비단, 금, 비취, 진주 등의 온갖 보화와 담비, 수달피, 모피 등의 하사품이 당도한 가운데 곧 붉은 가마와 환관들까지 들이닥쳤다. 가문이 풍비박산나지 않으려면 비현을 황궁으로 보내야 했다. 다른 선택은 없었다.

얼음처럼 찬 달이 호젓이 떠 있는 밤. 온 집 안에 침울한 기운이 감도는 가운데 방씨는 딸의 손을 붙들고 하염없이 눈물을 쏟았다. 고향에서 보내는 마지막 밤이다. 다시 만난다는 기약이 없는지라 방씨는 잡은 손을 놓지 못하고 애를 태웠다.

"아가, 이렇게 너를 보내고 나면 언제 다시 만날 것이냐."

내쳐 우는 어미와 달리 비현은 멍한 얼굴로 기운없이 앉아 있었다. 봄 햇살처럼 밝았던 아이다. 계곡에 흐르는 물처럼 맑고 시원한 웃음소리와 나비의 날갯짓처럼 가벼워 금방이라도 날아갈 듯했던 표정은 온데간데없고 갑자기 노인이 된 듯 지친 얼굴만 남아 있었다. 차라리 울고불고 매달리면 어미의 마음이 이리 미어지지는 않을 것이다. 세상 시름을 다 껴안아 품에 가두어두고 애잔한 표정으로 앉아 있는 아이는 어른스러웠다. 그것이 방씨의 심사를 더욱 아프게 했다.

"아가, 내 아가."

방씨는 딸의 얼굴을 연신 쓰다듬으며 흐느꼈다. 어미의 슬픔이 차고 넘치는 가운데 오도카니 앉아 생각에 잠겼던 비현이 입을 연 것은 날이 밝아올 무렵이었다.

"어머니, 제가 황궁에 들어가면 아버님과 오라버니들의 앞길이 열릴 거라고 해요. 저로 인해 집안이 일어설 수 있으니 딸로서 이보다 큰 효도가 어디 있겠어요? 가문을 위해서도, 저를 위해서도 경사스런 일이니 그만 우셔요."

"아가……."

애써 어미를 위로하려는 기색이 역력하다. 마음씨가 온후하고 영민한 아이니 이 길밖에는 없다는 것을 알고 있을 것이다. 그렇기에 두렵다는 말을 입 밖에 내지 않고 꾹꾹 참아내는 것이다. 방씨는 어린 딸을 품에 안고 속울음을 울었다.

"황궁에 가면 좋은 옷에 좋은 음식도 먹을 테고…… 그리고……."

비현의 말끝이 떨린다. 억지로 울음을 삼키는 모습에 방씨는 눈을 질끈 감고 신음을 흘렸다.

'아가, 애써 어미를 위로하려고 하지 마라. 가기 싫다고, 무섭다고 말해라. 이토록 무기력하게 보낼 수밖에 없는 부모를 원망하고 실컷 울려무나.'

하지만 비현은 끝내 울지 않고 어미의 등을 토닥였다. 침묵 속에 모녀가 속울음을 우는 사이 어느덧 밖은 환하게 밝아 있었다. 방씨가 탄식하고 있는 사이, 비현이 한숨 섞인 말을 내뱉었다.

"이제부터는 제가 할 수 있는 것이 아무것도 없겠지요? 황제께서 명하시는 대로 따르며 살아야 하겠지요?"

딸의 중얼거림에 방씨는 눈앞이 막막하였다. 남다른 재주를 가졌으니 삶도 남다를 것이요, 그것은 곧 기구한 팔자를 살게 된다는 것이니 생각만 하여도 속이 뭉그러졌다. 다른 것도 아니고 사람의 병을 고치는 재주다. 천하에 모든 걸 얻은 천자가 유일하게 가지지 못한 것이 불노불사하는 명약이라. 자고로 수많은 황제들이 명약을 찾기 위해 백방으로 헤맸다 죽어갔다. 그런 차에 나타난 비현은 나라의 반쪽을 떼어주어도 아깝지 않을 보배일 것이다. 그 탐욕이 어린 비현을 조각조각 찢어놓을 것을 생각하니 어미의 속은 시커멓게 타 들어갔다.

'이래서 말렸거늘. 이런 일이 벌어질까 두려웠던 것인데. 이 여린 것을 황궁에 어찌 들여보낸단 말인가.'

어미는 어린 딸의 눈가에 스미는 이슬을 참혹한 심정으로 바라보았다.

"애고, 못난 어미 때문이다. 괜한 욕심으로 붙들고 있었던 것이 이 사단을 내고 말았구나. 서둘러 절에 들여보냈으면 이런 일도 없었을 것을……. 어리석었구나. 어리석었어!"

방씨는 어떻게든 운명을 거슬러 보고자 발버둥 쳤던 자신 때문에 비현이 고통받는 것 같아 미칠 듯이 괴로웠다.

"손으로 해를 가린다고 하여 천지가 가려지는 것이 아니거늘.

괜한 욕심으로 어린 네가 고통을 당하는구나."

아무리 가슴을 치고 통곡한들 시간은 되돌릴 수 없다. 이것이 이 아이의 운명인 것을 어찌하랴. 애끓는 한숨을 내쉰 방씨는 딸의 손을 꼭 붙든 채로 말했다.

"현아, 네가 세 살 되던 무렵에 어린 너를 안고 시전에 나간 적이 있었다."

방씨는 가슴속에 묻어두려 했던 이야기를 조심스럽게 풀어놓았다.

"한 비구니가 길을 지나다 너를 보더니 한참을 가지 못하고 옆에서 염불만 외고 있더구나. 그래서 왜 그러냐고 물으니 천상에 태어날 몸이 땅으로 내려왔으니 속세의 고통을 하나하나 밟아 하늘에 오르겠구나 하더니 눈물을 흘리며 떠났단다. 당시는 웬 미친 중이 흰소리를 하는구나 지나쳤는데 그분이 네 능력을 미리 보시고 그런 말씀을 하셨나 보다."

방씨는 어두워지는 비현의 얼굴을 애잔하게 바라보다 머리를 쓰다듬어 주며 말했다.

"그분의 말을 지금에 와서 곰곰이 되새겨 보니 고통은 따르지만 천상에 오른다는 것은 네 앞날에 광영이 비친다는 의미가 아니겠느냐? 하늘께서 네게 큰 능력을 주신 것은 다 이유가 있을 터이니 힘들어도 이겨내어 큰 뜻을 이루는 사람이 되거라."

"어머니……."

"아가, 지켜주지 못해서 미안하다. 부디 용서해 다오."

방씨는 자리에서 일어서서 딸에게 절을 올렸다. 놀란 비현이 말려보았지만 어미는 꿋꿋하게 절을 하고는 무너지듯 주저앉아 목 놓아 울었다. 밤사이 간신히 참고 있던 비현이 끝내 울음을 터뜨리니 모녀는 서로를 끌어안고 목이 쉬도록 울었다.

무정한 날이 밝아오고 서러운 아침을 맞았다. 비현이 가마에 오르는 순간까지 방씨는 딸에게서 눈을 떼지 못하고 굵은 눈물을 흘렸다. 그것이 마지막일 줄 그 누구도 짐작하지 못했으니 참으로 애달픈 이별이었다.

✽

해시(亥時)를 알리는 종소리와 함께 비현은 눈을 떴다. 제일 먼저 눈에 들어온 것은 침상 위에 드리워진 휘장이었다. 내실을 둘러보며 잠시 멍해 있던 비현은 그제야 이곳이 양하 집이 아니라 황궁인 걸 깨달았다.

'아, 꿈이 아니었구나.'

긴 한숨을 쉬며 몸을 일으켜 보니 머리를 풀고 하얀 비단 속옷을 입고 있었다. 주위를 둘러보니 아무도 없고 침상 옆에 황초만이 조용히 몸을 사르고 있었다. 쓸쓸함이 여린 가슴이 사무쳐 오고 영락전에서 있었던 일들이 떠올라 얼굴이 벌게진다.

'발도 안 떨어질 정도로 무서웠는데 어디서 그런 용기가 났을까.'

자신이 생각해도 신기할 따름이다. 혼령이 씌었는가, 겁을 먹고 머리가 잘못되었는가, 어찌 황제폐하 앞에서 꼬박꼬박 말대답을 하였을까. 한숨을 폭 쉰 비현은 이불을 젖히고 침상을 내려왔다. 격자창을 살그머니 열어보니 어두운 밤하늘에 얼음처럼 맑고 밝은 달이 휘영청 떴다. 비현은 싸늘하고도 아름다운 달을 올려다보며 아득히 먼 고향을 생각했다.

'달님아, 황제폐하가 내리신 명을 거역했으니 이제 난 죽음 목숨이다. 차라리 양하 집으로 쫓겨나면 좋을 텐데 그리는 안 되겠지?'

고향 달과 달리 신도의 달은 가슴이 얼어붙을 정도로 차고 시리다. 비현은 빙경(氷鏡)을 향해 두 손 모으고 간절히 빌었다.

'달님아, 내 잘못으로 부모님께 해가 안 가도록 해다오. 부디 오라버니들 앞길이 잘못되지 않게 굽어 살펴다오.'

눈물이 퐁퐁 솟아 볼을 타고 흘러내렸다. 그까짓 노래 불러 버리지, 왜 끝까지 고집을 부렸을까 후회도 해보았지만 차마 부를 수 없었다. 아니, 싫었다. 그 자리에서 목을 벤대도 끝내 하기 싫은 것은 자신도 어쩔 수 없었다. 설령 목숨이 아까워 노래를 불렀던들 아무런 효험이 없었을 것이다. 마음이 허락하지 않으면, 손이 닿지 않으면 그것은 그저 공허한 노래에 지나지 않는 것을. 멀리서 불어온 동풍이 느릅나무 가지를 흔들고는 비현의 하얀 이마를 스쳐 온몸을 감쌌다. 비현 어깨를 움츠리며 작게 떨었다. 춥고 쓸쓸한 밤이 느리게 흘러가고 있었다.

격자창으로 햇살이 스며들어 올 때쯤, 두 명의 궁녀가 들어왔다. 간단한 아침을 차려온 그들은 식사가 끝나자마자 황태후마마를 뵈러 가야 한다며 세숫물을 들이고 빨리 씻으라고 재촉을 해댔다. 소박한 단장을 끝마치자 궁녀가 황태후가 계신 곳으로 가자며 이끈다. 앞일에 대한 불안 때문에 착잡한 심정으로 처소를 나온 비현은 언제 보아도 놀랍기만 한 대흥성의 아침을 보고 크게 숨을 들이마셨다.

대흥성(大興城)을 가리켜 뭇사람들은 대륙의 심장, 지상의 천궁(天宮)이라 불렀다. 삼백 년 전 한주를 개국한 태조 유황제 때부터 지금까지도 증개축을 하고 있으니 도시 안에 커다란 도시라 해도 과언이 아니다. 전 왕조인 당(唐)의 절정기보다도 더 넓고 웅장하여 수레를 타고 둘러보아도 달을 넘긴다는 말이 있을 정도니 그 규모가 실로 대단했다. 황궁은 황제가 공적인 집무를 보는 외조와 황제와 후궁들이 모여 사는 내정으로 나뉜다. 외조와 내정엔 각각의 주궁 외에 수백 개의 궁(宮), 전(殿), 종묘(宗廟), 화원(花園)과 별채로 가득했다. 그 화려한 장대함에 누군들 기가 안 죽으랴마는 어린 소녀에겐 까마득히 멀고 아득하여 볼 때마다 현기증이 났다.

'오늘 난 어찌 되는 것일까?'

비현은 누각 위에 솟아 있는 해를 보며 속으로 한숨을 쉬었다. 막 궁에 들어와 여관에게 황궁 예절을 배우던 때였다. 궁녀들끼리 소곤거리는 말을 듣자니 진연에 음식이 맛이 없다 하여 황제가 직접 숙수들의 목을 베었다고 한다. 조금만 심기가 틀어져도 여지없이 사람을 죽인다니 자신 따위가 목숨을 부지하겠는가. 비현은 무거운 걸음으로 궁녀들을 따라 길고 긴 회랑(回廊)을 걸었다.

황태후가 거처하는 궁에 이르니 자신이 있던 곳과는 판이하게 달라 비현은 놀라움을 금치 못했다. 큰 연못 위로 대리석 다리가 놓여 있고 다리를 건너니 더 큰 정원이 기다리고 있었다. 곳곳마다 기기묘묘한 암석들과 진귀한 나무, 화초가 가득하니 자신이 머무는 자애당과는 비교도 되지 않을 만큼 화려했다. 태강전(太康殿)에 들어서니 수많은 환관들과 궁녀들이 오가는 것이 보였다. 그들은 비현에게 고개 숙여 예를 갖추면서 뒤돌아서서는 자기네들끼리 수군거리느라 정신이 없었다.

"조금만 기다리셔요. 곧 태후마마께서 나오실 겁니다."

접견실 한가운데에 선 비현은 놀란 눈으로 주변을 휘휘 둘러보았다. 금, 은, 동, 마노로 상감한 가구에 채색 도자기, 금물을 씌운 투조 향로, 당대 이름을 날리는 화공들의 그림과 금실로 자수를 놓은 비단 휘장이 곳곳에 드리워져 있었다. 다분히 과시하기 위한 화려함이니 감탄보다는 위압감에 가슴이 답답해질 참에 궁녀와 환관을 이끌고 황태후 두씨와 황후 손씨가 들어왔다. 비현이 여관에게 배운 황실 예법대로 무릎을 굽혀 인사하자 황태후가 도도하면서도 차가운 표정으로 의자에 앉았다. 몸속까지 꿰뚫을 것처럼 날카로운 노안이 긴장하고 있는 비현을 차갑게 훑었다.

"내 너를 처음 보았을 때 어리긴 하나 영민한 아이로 생각했는데 어제 한 행실을 보아하니 어리석기 그지없더구나. 황상 앞에서 어찌 그리 불경스러운 행동을 하였느냐?"

"황공하옵니다."

"네 그리하고 살아남길 바랐더냐? 내 생전 너처럼 방자한 아이는 처음이다. 감히 황제의 영을 거역하다니."

황태후의 호통에 비현은 더욱더 머리를 조아렸다. 살이 에일 듯 서릿발 같은 노기에 몸이 덜덜 떨렸다.

"천한 백성들 앞에서는 잘도 부른 노래를 어찌 황상 앞에선 못 부른다 버텼더냐? 이것은 황상은 물론 황실과 나라를 얕본 것이 분명하다!"

"감히 어찌 그런 생각을 품을 수 있겠나이까? 그저 어리석고 부족한 죄이옵니다. 용서해 주옵소서."

비현은 이마가 바닥에 닿도록 머리를 조아리며 빌었다. 그 모습을 내려다보던 황태후는 손에 든 염주를 천천히 굴리며 말했다.

"흠…… 그럼 지금이라도 내 앞에서 불러보겠느냐?"

황태후의 말에 비현은 눈을 질끈 감았다.

'모두 내가 노래를 불러주길 원한다. 그로 인해 건강하고자, 장수하고자 한다. 몸의 질병이란 마음과 통해 있어서 마음을 다스리지 않으면 아무 소용이 없는 것을. 어찌 그걸 모르고 욕심을 내는 것일까.'

비현은 태후가 자신의 기를 꺾어 옆에 두려 한다는 것을 알았다. 이대로 날개를 부러뜨려 주저앉혀 놓고 새처럼 노래 부르기를 바라는 것이다. 비현은 가슴에 천 근의 추를 달아놓은 듯 무거워서 숨이 막혔다.

'고작 새처럼 노래나 부르려고 태어났는가, 사람들의 욕심이나 채워주려고 하늘의 기운을 받았는가. 이리 살 것이었으면 청루의 가기가 되거나 사내로 태어나 의원이나 되게 하지, 하늘은 무슨 뜻에서 후궁이 되게 하였을까.'

어린 가슴에 서러움이 사무쳤다.

"현의는 왜 입을 다물고만 계시오? 태후마마께서 노래를 부르라 하명하시잖소!"

황태후 옆에 섰던 여관이 무서운 얼굴로 다그쳤다. 이에 어깨를 움츠린 비현은 눈을 질끈 감고 온몸을 떨었다.

'고통스럽다. 평생을 이리 살 바에는 차라리……'

잠시 주저하던 비현이 마침내 입을 열었다.

"태후마마, 하늘 같은 분부 받잡고 싶사오나 차마 받잡지 못하옵나이다. 어릴 때 귀한 재주를 얻어 아낄 줄 모르고 많은 백성들을 돌보다 보니 신기를 잃은 무당처럼 저도 힘을 잃었나이다. 천은을 지켜내지 못한 죄를 벌하여주시옵소서."

그 말에 자리에 있던 모든 이들이 크게 놀라고 말았다. 황후는 놀란 나머지 소매로 입을 가렸고 염주를 굴리며 지그시 눈을 감고 있던 황태후는 두 눈을 부릅뜨고 비현을 노려보았다.

"하! 사람 고치는 재주가 소진이 돼? 변명 한번 그럴듯하구나."

"어찌 하늘 같으신 태후마마께 거짓을 고하리이까."

이에 황태후는 염주를 탁자에 내려놓고 씁쓸한 미소를 지었다.

"흠…… 조롱 안에 새가 지저귀지를 못하니 쓸모가 없어졌구나. 천한 것이 재주 하나로 궁에 들어왔으나 끝내 잃어버리고 말았으니 그 다음엔 어찌 될지 알겠지?"

"태후마마께서 내리시는 처분대로 행하겠나이다."

비현의 하얀 목덜미를 내려다보는 황태후의 눈꼬리가 획 치켜올라갔다. 일말의 두려움이 없으니 당돌하기 그지없고 천은을 지

커내지 못했다니 아깝기 그지없다. 쓸모없는 것! 그 아까운 것을 어찌 잃어버려! 주름진 얼굴에 노여움이 가득 어렸다.

"천한 것이 황제와 황실을 기만한 것은 반역만큼이나 큰 죄이니 내 지금 당장 너의 목숨을 서둘 것이다. 여봐라, 당장 이것을 데려가 목을 베도록 하여라."

황태후의 명을 듣고 놀란 황후가 황급히 나서서 아뢰었다.

"마마, 이 아이의 죄가 크기는 하나 그동안 불쌍한 백성을 돌보았으니 얼마나 기특하옵니까? 아까운 재주를 잃었어도 그 잘못만으로 어린 생명을 죽이기엔 더욱 아까운 일입니다. 부디 자비를 베푸옵소서."

"흠, 황후의 인자함은 익히 알고 있으나 황실을 기만한 죄, 엄히 다스려야 함이 마땅하오."

"마마의 대자대비(大慈大悲)로 목숨만은 살려주옵소서. 필시 홍복을 누리실 것입니다."

황태후의 얼굴에 노기가 차츰 수그러들었지만 눈빛은 여전히 차가웠다. 금과 마노, 금강석으로 장식한 손톱 덮개로 탁자를 두들기던 황태후는 한참 만에야 입을 열었다.

"그래, 잠시나마 천은을 받은 아이이니 자비를 베풀도록 하겠소. 허나 불충은 큰 죄이니 대가를 치러야 할 게요. 내 너를 현의에서 재인으로 격하하고 냉궁(冷宮)에 두 해 동안 유폐토록 하겠다. 하늘이 너를 버리지 않는다면 그 속에서도 살아나올 수 있을 터."

황태후의 말에 옆에서 수발을 들던 궁녀들이 흠칫 놀랐다. 냉궁

은 잘못을 저지른 후궁과 궁녀를 유폐시키는 곳으로 외진 별채와
도 한참을 떨어진 곳이다. 음식과 침구도 거의 주어지지 않으며
추운 겨울에도 땔감을 주지 않아 죽어 나가는 후궁들이 허다했다.
내정 여인들이면 하나같이 죽으면 죽었지 냉궁엔 못 간다 몸서리
를 치는데 그런 험한 곳에 어린 소녀를 보낸다 하니 황후가 재빨
리 아뢰었다.

"아직 어린 몸으로 냉궁은 벅찰 것이옵니다. 도량을 베풀어주
옵소서."

"황후, 목을 쳐도 부족한 아이를 후궁으로 살려두는 것만도 큰
도량이요. 더 이상의 말은 안 듣겠소. 여봐라! 당장 이 아이를 냉
궁으로 데려가라!"

명을 내린 황태후는 그대로 자리에서 일어서서 내실로 들어가
버렸다. 안타까운 시선으로 비현을 보던 황후는 고개를 저으며 황
태후의 뒤를 따랐다. 접견실에 홀로 남겨진 비현은 궁녀들의 인도
를 받아 냉궁으로 향했다. 그해 비현의 나이 열네 살, 성에 나무들
이 연둣빛 잎을 피우기 시작하던 봄의 한 자락이었다.

단단한 갑옷과 물컹한 살을 뚫고 들어간 검이 내장을 찢고 뼈를
부러뜨렸다. 검에 꿰인 사내의 몸에 힘이 잔뜩 들어가는 동시에
축 늘어지는 것이 느껴졌다. 손끝에서부터 어깨로 전해져 온 상대
방의 고통이 유인의 중추를 뒤흔들었다. 살아오면서 수백, 수천

명을 베어왔지만 여전히 낯선 이 느낌. 유인은 검에 자신이 꿰인 것처럼 얼굴을 일그러뜨리다 적의 뱃속에 박힌 검을 힘껏 비틀어 뺐다. 뜨듯한 피가 솟구쳐 갑옷과 얼굴을 적시고 난 후 적은 발치에 힘없이 쓰러졌다. 누구의 것인지 모를 피로 흥건히 젖은 갑옷. 온몸이 뜨겁고 바위라도 짊어진 것처럼 무거워 쉬고 싶지만 적은 숨 돌릴 짬을 주지 않고 밀려들었다.

유인은 다른 적의 검을 받아내며 본능에 몸을 맡겼다. 야수와 같은 본능이 송곳니처럼 날카로운 검과 만나면서 곳곳에 피를 뿌렸다. 피가 흘러내리는 검이 허공을 가르자 누군가의 연인이고, 아들이자 아비일지 모를 사내의 목이 흙바닥에 굴렀다. 가슴에서는 이제 그만 하라고 악다구니를 했지만 유인은 들판에 풀을 베듯 무수히 많은 육신을 무표정한 얼굴로 베어나갔다. 하루 내내 이 살육을 계속하느라 몸이 극도로 지쳐 갔지만 비릿한 피 냄새와 붉은 빛에 흥분한 몸은 지칠 줄 모르고 움직였다.

짐승 같은 비명과 울음이 난무하는 가운데 문득 정신을 차리자 그는 시신으로 뒤덮인 계곡에 서 있었다. 여기저기 진한 피비린내가 가득한 가운데 적의 목과 사지가 어수선하게 흩어져 있었다. 유인은 피에 흥건히 젖은 땅에 검을 박아 넣고 한쪽 무릎을 꿇었다. 오늘 하루도 살아남았다는 안도와 함께 끝이 보이지 않는 전쟁의 쓸쓸함이 가슴을 짓누르기 시작했다.

부하들의 함성을 들으며 막사로 돌아온 유인은 투구를 벗고 미세하게 떨리는 손끝으로 갑옷을 벗었다. 광기의 끝은 언제나 초라

했다. 투구 속에 비겁한 표정을 감춘 사내는 막사에 혼자 남겨질 때면 계집애처럼 떨었다. 유인은 두려웠다. 저 들판 어딘가에 죽어 있는 시체들이 두렵고, 살아서 자신의 검을 기다리는 이들이 두려웠다. 자신이 빼앗은 것은 단순한 생명이 아니라 수천수만의 희망임을 알고 있었다. 그 참혹한 현실이 유인은 온몸이 떨리도록 무서웠다. 간신히 갑옷과 땀에 절어 소금이 낀 옷을 벗어버린 그는 막사 한쪽에 준비된 목욕물 속에 몸을 담갔다. 더운물에 몸이 닿자 그제야 떨림이 멈춘다. 그는 피를 뒤집어쓴 얼굴과 머리를 씻고 나무통에 기대 눈을 감았다.

귓가엔 아직도 사내들의 고통에 겨운 울음이 들린다. 속을 뒤집는 비릿한 피 냄새, 여기저기 나뒹구는 잘려진 몸뚱어리. 처음으로 사람을 죽이고 괴로워하던 그에게 대장군이 말했다.

"전하의 검에 죽는 것은 사람이 아니라 한주(漢周)이옵니다. 적을 죽임에 있어 사사로운 감정 따윈 가져선 아니 되옵니다. 괴로울수록 더 많은 한주를 쓰러뜨리십시오. 그러다 보면 한주는 전하의 발 아래 있을 것이고 예(濊)는 전하의 가슴속에 있을 것이옵니다."

긴 세월이 흘렀지만 유인에게 사람은 언제나 사람일 뿐이었다. 도대체 얼마나 더 많은 이들을 죽여야만 사람이 사람으로 보이지 않을 것인가. 유인은 식어가는 물속에 앉아 나약한 자신을 비웃었다.

피곤에 지쳐 졸음이 밀려올 무렵, 막사 주변에 인기척이 느껴졌다. 유인은 반사적으로 손을 뻗어 옆에 있는 검을 집으려다 익숙한 발소리에 그만두었다. 곧 둔중한 발소리의 주인이 막사 안으로 들어왔다.

"이야, 전장 한가운데서 한가로이 목욕이라니. 전하, 부럽습니다."

호쾌한 웃음을 터뜨리며 들어선 사내는 유인의 앞에 팔짱을 끼며 떡하니 버티어 섰다. 막사가 좁게 느껴질 만큼 큰 키에 여인의 허벅지 굵기만한 목과 누각같이 널따란 어깨를 가진 사내는 적인걸, 어릴 때부터 전장에서 같이 자란 유인의 오랜 지기(知己)였다.

"너도 부하들 시켜 목욕물 들여놓으라 하지."

"계집처럼 목욕통에 몸이나 담그고 있으라고요? 소인은 그런 짓은 간지러워서 못합니다."

인걸의 넉살에 경직됐던 유인의 얼굴이 다소 풀어진다.

"네가 그러니까 계집들이 코를 부여잡고 도망가는 거야."

"쳇, 계집들이 잘 씻는 사내한테 꼬입니까? 전하처럼 잘생긴 사내한테나 꼬이지."

그 말에 유인이 껄껄껄 웃었다. 그들은 군신의 관계였으나 오가는 말은 범부들처럼 허물이 없었다. 군내 규범은 목숨과도 같은 것이고 상하의 엄격한 신분 규범을 깨뜨렸을 시엔 참형에 처했으나, 어릴 때부터 전장에서 뒹굴면서 자란 그들은 남의 이목이 없으면 격없는 농을 주고받으며 옛 시절로 돌아갔다. 유인이 지기들과 농을 지껄이고 허물없이 지내기는 하나 그를 가볍게 여기는 이는 없었다. 그의 머리는 차갑고 이성적이었으며 가슴은 뜨겁고 무거웠다. 규칙에 엄격했지만 인의(仁義)를 알았고 목숨을 다해 섬겨도 아깝지 않을 만큼 사람의 소중함을 잘 알았다. 모든 예군(滅軍)은 유인을 중심으로 다시금 옛 나라의 영화를 되찾는 꿈을 꾸었다. 아주 멀고 먼 꿈이지만 이번 전투에서 승리함으로써 한결 더 가까워진 꿈이다.

"효겸이는 막사에서 쉬고 있나?"

"그놈은 자원해서 정찰을 나갔습니다. 무슨 기운이 남아돌아서 그리 설치는지. 우라질 놈."

"어째 말투가 삐딱하다. 또 싸운 게냐?"

"그 우라질 놈이 저보고 덩치만 큰 무식쟁이라고 놀리잖습니까. 그 족제비 같은 허리를 부러뜨리려다 말았습니다."

"스무 해나 살아온 장정들이 하는 짓은 꼭 철부지 같구나."

"쳇! 모두가 다 전하처럼 의젓한 줄 아십니까?"

툴툴거리며 바닥을 걷어차는 인걸을 보며 유인은 다시 한 번 웃었다. 짙은 그늘이 말끔히 가신 유인의 모습은 전장에서 뼈가 굵은 사내답지 않게 섬세하고 아름다웠다. 볕에 그을린 피부는 결이 곱고, 깊고 강렬한 눈빛과 단정하고 선명한 입술은 그의 태생을 보여주듯 범상치 않았다. 이목구비만 보자면 고난없이 잘 자란 서생처럼 매끈하였지만 강철같이 다부진 턱과 몸에 가득한 흉터, 굳은살이 가득 박힌 손만은 그가 살아온 내력을 고스란히 드러내고 있었다.

"그런데 대군저하께선 언제쯤 도착하시는 겁니까? 이맘때쯤이면 도착하실 때가 되지 않았나요?"

"며질 전 웅남 땅에 닿았다고 서신이 왔는데 그 후론 소식이 없군. 이맘때쯤엔 도착해야 하는데."

일순간 유인의 얼굴에 그늘이 졌다. 유하는 그에게 남은 단 하나의 혈육이다. 그 정이 얼마나 애틋한지 정인도 그리는 못할 거라고 놀릴 만큼 유인의 형제애는 각별했다.

"든든한 병사들이 호위하니 무슨 일이야 있겠습니까? 그나저나 계집애처럼 오랫동안 들어앉아 있지 말고 빨리 나오세요. 목구멍에서 고기하고 술 달라고 난리를 치누만요."

인걸의 채근에 유인은 서둘러 몸을 씻고 대장군이 있는 막사로 향했다. 막사 안은 대장군이 장수들을 모아놓고 막 술을 기울이고 있었다. 긴 전투 중 간만에 술자리를 가진 장수들은 금세 거나하게 취해 앞으로 있을 전투에 관한 얘기를 나누었다.

"이번 청계전투에서 한주 군사들이 전멸을 했으니 성진 태수가 적잖이 놀랐을 겁니다. 우리 군을 우습게 보고 무조건 쫓아오다니, 제대로 된 병법도 모르는 인간이 분명합니다."

한 장수의 말에 상장군 사예문이 물었다.

"이제 성진성의 남은 군사는 총 몇이냐?"

"우리 군과의 결전으로 만여 명이 죽었으니 이제 만여 명의 군사가 남았을 겁니다. 중요한 시점에 많은 군사를 잃었으니 성문을 걸어 잠그고 지원군이 올 때만을 기다리겠지요."

"가까운 주현성에서 지원군이 온다 해도 한 달은 족히 걸립니다. 하루바삐 성의 동태를 살펴 칠 준비를 해야 합니다. 전하의 명대로 날랜 놈을 위장시켜 첩자로 들여보냈습니다만 이번에 호되게 당한지라 섣부른 행동은 하지 않을 겁니다. 빠른 시간 안에 무너뜨리지 않으면 애써 여기까지 밀고 온 보람이 수포로 돌아가니 빨리 수를 써야 합니다.”

젊은 책사인 경진의 말에 막사 안 장수들의 얼굴이 어두워졌다. 여기서 더 밀고 올라가느냐, 아니면 주저앉았다가 한주군에 밀려 내려가느냐 둘 중 하나였다.

‘성진 태수가 아둔한 자이긴 하지만 두 번 속지는 않을 것이다. 빠른 시일 안에 끌어내기 위해선 다른 방법을 써야 한다. 다른 방법을…….’

유인은 머리 속으로 계책을 생각해 내느라 막사 밖으로 요란한 말 울음소리가 우는 것을 듣지 못했다. 잠시 후 급한 발소리와 함께 누군가가 막사 안으로 뛰어들어 왔다. 장수들이 놀라 입구를 보니 얼굴에 온통 피칠을 한 병사 하나가 숨을 헐떡이며 유인의 발 아래 머리를 조아렸다.

“대왕전하, 대군저하께서, 저하께서…….”

유하의 이름을 듣는 순간 얼굴빛이 납덩이처럼 변한 유인이 벌떡 일어섰다.

“유하가 어찌 되었단 말이냐!”

“천태산에서 수백 명의 한주군이 매복해 있었습니다. 그 수가 너무도 많아 도망치던 중에 대군저하께서…….”

병사는 숨이 턱에 차 제대로 된 말도 잇지 못하고 이마가 땅에 닿도록 머리만 조아렸다. 그가 내뱉은 말에 자리한 장수들이 크게 놀라는 사이, 유인은 검을 집어 들고 막사를 뛰쳐나왔다. 대장군을 비롯한 장수들이 모두 뛰쳐나와 그를 말렸다.

"대왕전하! 어딜 가십니까?"

대장군 사예문의 말에 자신의 막사로 향하려던 유인이 차갑게 내뱉었다.

"구하러 갈 겁니다. 말리지 마십시오!"

"안 됩니다! 수장이 전투 중에 자리를 비우다니요!"

유인의 대장군의 외침에도 아랑곳하지 않고 막사로 뛰어들어가 갑주를 갖춰 입고 말이 매어 있는 곳으로 뛰어갔다. 그의 머리 속엔 오직 동생이 잡혀갔다는 소리만이 가득하니 가슴이 터져 나가는 것만 같았다. '네 혈육도 지키지 못하면서 무슨 나라를 일으킨다는 것이냐!' 엄히 꾸짖는 부왕의 목소리가 귓가에 요동쳤다.

'아바마마, 꼭 구해낼 것입니다. 제 혈육과 나라는 죽는 한이 있어도 지킬 것입니다!'

유인은 손수 말안장을 얹으며 떠날 차비를 했다. 그 기운이 사뭇 비장하고 단호한지라 장수들도 어쩌지 못하고 우왕좌왕했다. 그 와중에 경진이 안장을 붙들고 말했다.

"대왕전하, 안 됩니다. 지금 가시면 놈들 손에 붙잡히고 맙니다."

"이거 놔! 더 이상 지체할 시간이 없다!"

"전하를 끌어내려는 한주의 계책인 것을 뻔히 아시지 않습니까? 섣부르게 움직였다간 한주군에게 붙잡히게 됩니다."

경진의 말에 유인이 살기등등한 어조로 말했다.

"비켜서지 않으면 지금 당장 네 목을 치겠다. 놔라!"

"전하, 지금 가시면 적 앞에 맨몸을 던지는 거나 마찬가지입니다. 성진성을 눈앞에 두고 전하께서 붙잡히시면 그동안 쌓아온 것은 물거품이 됩니다. 그것을 아시면서 왜 가시려고 하십니까?"

경진은 어떻게든 붙잡아보려 했지만 유인은 그대로 말에 올랐다. 그때 날래게 갑주를 갖춰 입고 말에 올라탄 인걸과 호위대가 병풍처럼 주위에 둘러섰다.

"지금 전하를 붙잡을 순 없을게요. 피붙이라면 끔찍하게 생각하는 분이 아니오? 이 적인걸이 옆에 있는 한 그 어떤 놈도 전하 몸에 손을 대지 못할 테니 걱정 마시오."

가슴을 탕탕 치며 호언장담하는 인걸을 보며 경진의 얼굴이 더욱더 어두워졌다. 결국 마음을 정한 경진은 서둘러 자신의 말에 안장을 얹고 왕의 곁을 따랐다.

그들은 사 일을 꼬박 달려 한주의 군사를 따라잡았다. 한주군은 보란 듯이 큰길로 포로를 압송했고 도처에 유인을 잡기 위한 병사를 매복시켜 놓았다. 유인은 들키지 않게 한주군을 쫓으며 기회를 엿보았지만 도무지 구해낼 방도가 없었다. 경진의 말대로 잘못했다간 적에게 잡혀 그동안의 노력이 수포로 돌아가게 될 게 분명했다. 이 모든 것을 알고 있으면서도 차마 말머리를 돌리지 못하니 유인은 속이 시커멓게 타 들어가는 것만 같았다.

"대왕전하, 적의 수가 너무 많아 도저히 어떻게 해볼 방법이 없습니다. 이만 돌아가시지요."

넌지시 건네는 경진의 말에 유인의 눈빛이 처연해졌다.

‘여기서 포기해야 하는가. 이대로 허망하게……’

유인은 말고삐를 움켜쥐고 머리가 굵어진 이후 처음으로 눈물을 흘렸다.

예(濊)가 한주에게 짓밟히던 그날, 유인의 나이 일곱 살이었고 유하는 겨우 네 살이었다. 한주 장수들에게 왕족들이 몰살당할 때, 외궁에 잠들어 있던 두 아이들을 사예문이 구해내 옆구리에 끼고 불타는 궁을 빠져나왔다. 그 후로 어린 유인과 대장군 사예문을 중심으로 각처에서 모인 의군은 봉기하여 일어났다. 수백이었던 군은 점점 수천수만이 되니 그들과 예의 마지막 남은 혈손들은 전장을 떠돌며 부모의 원수를 갚고 빼앗긴 나라를 되찾으려 했다. 그 간절한 바람이 하늘에 닿아 옛 국토의 반을 되찾고 거침없이 한주군을 몰아내고 있는 이 시점에서 허망하게 피붙이를 잃다니. 유인은 혀를 곱씹으며 분통해하다 어쩔 수 없이 말머리를 돌렸다.

‘유하야, 조금만 기다려라. 곧 구하러 갈 것이다. 그때까지 어떻게든 살아만 있어다오.’

참으로 떨어지지 않는 발걸음이자 눈물로 적신 길이었다.

다시 군영으로 돌아온 유인은 성진성에 한주군으로 위장한 첩자를 들여보내 지원군이 대패하고 보급로가 끊겼다는 서신을 전하게 했다. 그리고 청계전투에서 죽은 시신을 성벽 아래 쌓아놓고 불을 지르며 병사들에게 성진성의 모든 이들이 불에 타 죽을 거라는 노래를 부르게 했다. 이로 인해 성진 태수는 물론 성안 병사들과 백성들의 사기가 급격히 떨어졌다. 그사이 변절한 한주 장수

하나가 사람을 보내 투항할 뜻을 내비치자 밤을 틈타 열어놓은 성문으로 진격해 들어갔다. 성진성은 단숨에 함락되고 말았다. 유인은 태수와 장수들을 끌어내 처참하게 죽이고 그들의 시신을 성벽에 내걸었다.

분노는 사람을 빠르게 변화시켰다. 유인은 감당할 수 없는 분노를 몸속에서 삭여 독을 만들었고 그 독을 마시며 스스로를 단련했다. 그의 심장은 수천 번 연마한 무쇠처럼 단단해지고, 날카로운 눈은 금방이라도 먹잇감의 숨통을 끊어놓을 듯 항상 굶주려 보였다. 그는 전투마다 생애의 마지막인 것처럼 몸을 던졌고 그 모습에 병사들은 두려움과 경외심을 갖게 되었다. 유인은 어느 전투이든 머리부터 발끝까지 적의 피를 뒤집어쓰고 나서야 직성이 풀렸다. 흰 말을 타고 검붉은 피가 흥건한 갑옷을 입고 개선하는 그의 모습은 인간이 아니라 신처럼 보이기까지 했다. 그 모습을 두고 한주에서는 붉은 귀신[赤鬼], 예에서는 붉은 용[赤龍]이라 부르기 시작했다. 붉은 귀신이 머무는 곳엔 언제나 핏빛 구름이 드리워지고 피비린내가 장하였다. 그리하여 한주 군사들은 붉은 귀신이라는 이름만 들어도 덜덜 떨며 자라처럼 목을 움츠렸다. 나중에는 그 이름만으로도 병사들이 투항을 하고, 예, 적룡이라고 쓰인 어기만 보아도 태수들이 성을 버리고 도망을 치니 반유인은 한주를 위협하는 강력한 존재로 거듭나게 되었다.

✳

후궁들에게 품계가 내려지고 진연이 있던 날. 양왕(暘王) 유이항은 자신의 양녀가 아리따움을 뽐내며 걸어 들어가는 것을 자랑스러운 눈으로 지켜보았다.

'고사에 등장하는 미녀늘도 저보다 아름답진 않았을 게야.'

유이항은 날카로운 눈을 가늘게 뜨고 비단 예복을 끌며 나아가는 세아와 황제의 모습을 흘끔거렸다.

이항은 궁에 들여보낼 계집애를 찾기 위해 온 나라를 뒤졌다. 그냥 아름다워서는 황제를 미혹시킬 수 없을 터이니 타고난 요부를 찾기 위해 관상쟁이 오십 명을 사서 전국을 돌며 미인을 찾아오게 했다. 그렇게 삼 년 끝에 찾아낸 것이 지금의 세아다. 변경 지역 장사치의 딸인 그녀를 데려왔을 때 이항은 무릎을 탁 치며 탄복했다. 절색일 뿐만 아니라 요부가 될 기질을 다분히 가지고 있는 아이였다. 아름다운 눈썹을 가진 미청(眉淸)에 위로 살짝 치우진 검은 눈동자, 눈꼬리는 위로 향하고, 하얗고 가지런한 치아와 붉디붉은 입술이 탐스러운 꽃과 같았다. 게다가 목소리가 은근하고 윤기가 흐르는 것이 참으로 관능적이었다.

외모는 더할 나위 없이 흡족하니 그 다음으로 중요한 것은 명기의 자질이라. 옷을 벗겨보니 살갗은 기름이 엉긴 듯 부드럽고 풍만한 유방과 둔부가 더없이 탐스러웠다. 머리칼은 칠흑같이 검고, 가랑이는 길고, 국부에는 털이 없으며 하문엔 마르지 않는 냇물처럼 항상 진액이 넘쳐 있는 것이 타고난 명기가 분명했다. 권력에 대한 야욕이 없다면 자신이 당장 취하고 싶을 정도로 절색이니 이항은 아쉬움에 입맛을 다시면서도 내내 무척이나 흐뭇해했다.

"내가 널 이곳으로 데려온 목적이 뭐라 생각하느냐?"

이항의 물음에 얌전히 눈을 내리깔고 있던 소녀가 수줍음이나 두려움없이 도랑도랑하게 말했다.

"앞에 내세울 사병(士兵)으로 사 온 것이지요."

"사병이라?"

"창과 활만 든 이를 병졸로 부리는 것은 아니지 않습니까? 왕공께서는 소녀의 얼굴과 몸을 무기 삼아 앞에 내세우려는 것이 아닌지요?"

"어허, 그럼 너를 병졸로 내세워 무얼 하려고 든다 생각하느냐."

"몇만 군사도 못하는 일을 시키시려는 것이 아닌지요?"

"몇만 군사도 못하는 일?"

"아무리 용맹한 군인인들 사내가 사내 품에 안길 순 없지 않겠어요?"

이항은 수염을 쓰다듬으며 호쾌하게 웃었다. 눈빛과 어조로 보아 보통 아이는 아니었다. 그 관상쟁이가 사람은 기가 막히게 골라왔군. 그는 다시 한 번 씁쓸한 입맛을 다시며 말했다.

"그 사내 품에 안겨주면 넌 무얼 하겠느냐?"

"우선 사내의 마음을 꼼짝달싹 못하게 묶어놓아야지요. 그 다음 후사를 배태(胚胎)해 안채에 들어앉고 왕공과 후일을 도모해야겠지요."

'오호라!'

소녀의 명쾌한 대답에 이항은 속으로 크게 놀라면서도 기꺼워했다.

"그럼 후에 나는 무얼 얻고 너는 무얼 얻을 것을 것 같으냐?"

"왕공께선 그 집안을 힘 안 들이고 휘어잡으시고 전 부귀영화를 갖겠지요. 천한 장사치의 딸년으로 태어나 그 정도면 더할 나위 없는 호사가 아니겠어요?"

더 이상 물음이 필요없었다. 이항은 그녀를 흔쾌히 양녀로 맞아들이고 세아(勢娥)라 이름 지었다. 계집치고는 배포가 크고 총명한 것이 걸리긴 했지만 변방 장사치의 딸일 뿐이니 득세할 외척도 없고 세력을 만들지 못하도록 견제할 것이니 걱정할 일이 적었다. 그는 금은보화를 들여 그녀를 치장하고 신도에서 가장 뛰어난 기녀 셋을 붙여 방중술을 익히게 했다. 그리고 선생을 붙여 서화(書畵), 무용, 예악을 배우게 하니 세아는 메마른 땅이 빗물을 흡수하듯 하나도 빠짐없이 배우며 흡족한 모습을 갖추어갔다. 어느 정도 준비가 됐다 생각되자 이항은 귀족들에게 세아의 초상화를 보이며 자랑하였고 저잣거리에 세아의 미모에 대한 소문을 흘리도록 했다. 그것이 황제의 귀에까지 들어가는 것은 당연한 수순이었다. 마침내 그녀를 황궁에 밀어 넣으니 나머지 일은 세아에게 달린 터였다.

'부디 황제의 아들을 낳아라. 그러면 내가 그 아이를 황제로 만들 것이니, 그러면 한주는 유이항의 세상이니라.'

후궁의 몸에서 태어나 황위에 오르지 못한 한을 세아를 통해 이루려는 야심가 이항은 양녀의 모습을 흐뭇하게 지켜보며 앞으로 자신이 쥐게 될 권력에 대한 기대감에 젖어들었다.

빈으로 책봉되어 수련궁에 머물게 된 세아가 무거운 예복을 벗고 막 쉬려는 참이었다. 경사방(敬事房) 태감이 오늘밤 천자의 침궁에 들라는 명을 가지고 왔다. 황제 앞에 얼굴을 선보인 지 반나절도 되지 않은 시각이었다. 궁녀들 얼굴에 희색이 감도는 가운데 세아만은 담담한 표정으로 앉아 있을 뿐이었다.

궁녀들이 느긋한 세아를 채근해 단장에 들어갔다. 목욕 항아리에 당나귀 젖을 가득 채워 목욕을 한 다음 양귀비, 연꽃 씨에서 짠 기름을 옥문에 바르고 한껏 화려하게 화장을 하였다. 후궁이 황제의 침전에 들어갈 때는 머리를 길게 풀고 얇은 비단 속옷만 걸친 채 들어간다. 몸에 아무것도 숨기지 않았다는 의미다. 검고 탐스러운 머리를 풀어헤치고 금실로 수를 놓은 비단 속옷을 걸친 세아는 전설 속에서 걸어나온 미인처럼 아리따웠다. 천하에 다시없는 설부화용(雪膚花容)이라. 눈같이 흰 살결과 꽃 같은 얼굴에 누군들 미혹되지 않겠는가. 그러나 그 눈부신 아름다움은 그늘이 져 있고 위태로운 빛이 감돌고 있었다. 고금을 아울러 보기 드문 미색이라 하나 지나치면 독이 되느니. 세아는 한 떨기 독화(毒花)였다. 눈 속에 감춰진 형형한 빛이 불길한 기운을 머금고 있었으니, 꽃 같은 자태에 반한 이들에게는 그저 아름다운 여인일 뿐이었다.

마침내 치장이 끝나자 세아는 태감의 안내를 받아 황제가 있는 장락궁(長樂宮)으로 향했다. 황실 정원과 사당을 지나 내전 깊숙이 들어가자 황제의 침실이 나왔다. 태감이 이끄는 대로 들어가니 금빛 휘장이 겹겹이 쳐지고 다섯 마리의 용이 뒤얽힌 형상의 침상이 눈에 들어온다. 세아는 느긋하게 누워 있다가 자신을 보고 황급히 몸을 일으키는 황제를 조용한 눈으로 지켜보았다. 황제는 넋을 놓은 채 제대로 밀도 잇지 못했다. 곧 테감이 나가자 서로에게서 시선을 떼지 못하는 두 사람만이 남았다. 간신히 정신을 수습한 황제가 더듬더듬 말문을 열었다.

"내 일찍이 많은 후궁들을 봐왔지만 너 같은 미색은 처음이다. 너야말로 진정한 미인으로 불릴 만한 자격이 있구나."

천자인 자신 앞에서 이렇게 당당하고 떳떳한 여인은 처음이었다. 애초에 두려움을 모른다는 듯 환한 낯빛과 오만해 보이기까지 하는 표정이 황제의 마음을 두드렸다. 조바심이 날 정도로 길게 느껴지는 침묵 끝에 붉은 입술이 열렸다.

"황제폐하의 하늘 같은 위엄에 비하면 저는 세속의 티끌에 불과한 아름다움이옵니다."

다시 한 번 정중히 예를 갖추는 세아를 보며 황제는 침을 꿀꺽 삼켰다.

"네가 티끌이면 다른 후궁들은 어찌하란 말이냐. 네 앞에선 여신 변재천(辯才天)도 울고 가겠구나."

"보잘것없는 소첩을 그리 불러주시다니 황공하나이다."

고운 낯빛에 감도는 붉은빛이 황제의 가슴을 뜨겁게 했다. 성숙한 여인의 요염함과 소녀의 수줍음이 동시에 배어나오니 그는 벌써부터 몸이 달아올랐다.

"이제야 너를 만난 것이 천추의 한이 되는구나. 이리 가까이 오라."

얼굴을 붉힌 세아가 다가와 앉으니 황제는 그녀를 덥석 안고 경망스러운 웃음을 흘렸다.

"살결은 백옥같이 곱고 감촉은 비단같이 매끄럽구나. 네 꽃 속도 이처럼 매끄럽고 촉촉할지 궁금하구나."

"황제폐하."

황제 품에 안긴 세아는 부끄러운 듯 몸을 비틀었다. 황제는 아련하고 몽롱한 향기에 취해 헤벌쭉 웃다가 급한 성정을 못 참아 세아를 덥석 안고 입술을 빨았다. 품에 와 닿는 보드라운 살결과 촉촉한 입술이 사내의 애간장을 태우니 황제는 허겁지겁 얇은 비단 속옷을 헤집고 그 안에 물오른 유방을 손 안에 움켜쥐었다. 순간 온몸에 형언할 수 없는 짜릿한 기운이 퍼지고 풍만한 가슴에서 배어나오는 향긋한 향에 황제는 정신이 혼미해졌다. 그는 부드럽게 감겨오는 세아를 정신없이 탐하며 서투른 욕망에 들뜬 나머지 허겁지겁 그녀의 안으로 밀고 들어갔다.

"으허어억!"

황제는 자기도 모르게 거친 신음을 내뱉었다. 그녀의 몸속에 더욱 값진 것이 숨어 그를 맞이하니 절로 신음이 터져 나오는 것이다. 뜨겁고 촉촉한 세아의 꽃이 우뚝 솟은 기둥을 감싸더니 뽑힐 듯 격렬하게 빨아들이다가도 부드럽게 감싸 어르고, 다시 등에 땀이 솟을 정도로 강하게 압박하니 황제는 그야말로 정신을 놓기 일보 직전이었다.

"오! 틀림없이 하늘이 짐을 위해 내린 여자로다. 어찌 너 같은 보물이 지금껏 숨어 있었단 말이냐."

황제는 머리를 꿰뚫을 듯 강렬한 쾌락에 목이 뽑혀 나갈 것만 같았다. 덩굴이 나무를 휘감듯 몸을 휘감고 촉촉하면서도 애틋한 눈빛을 보내는 세아 때문에 뼈가 흐물흐물해지고 오장육부가 녹아 내리는 듯했다.

날이 밝았음에도 불구하고 황제는 조정에 나가지 않고 세아를 품으며 지냈다. 몇 번이고 그녀를 안아도 더욱 허기가 지니 황제는 황홀경에 빠져들었다.

첫 교합에서 수줍은 듯 얌전히 황제를 받아들인 세아가 바뀌기 시작한 것은 하루도 채 지나지 않아서였다. 그녀는 한 번도 보지 못한 갖가지 교합 방법으로 황제를 즐겁게 해주었다.

햇살이 내비치는 한낮, 세아는 침상 위에 휘장을 말아 걸고는 두 손으로 단단히 움켜쥐고 황제의 몸 위에 올랐다. 촉촉한 꽃 속으로 우람한 위용을 자랑하는 옥경이 빨려 들어가자 황제는 긴 신음을 내뱉었다. 세아는 한 마리 새인 듯 사내의 몸 위에서 날아올랐다. 서서히 올랐다가 내려앉기를 반복할수록 그의 숨은 거칠어져 갔다.

마침내 끊어질 듯 가쁜 숨이 터져 나오자 세아는 잠시 흥분이 진정되길 기다렸다가 천천히 몸을 돌렸다. 그녀가 돌수록 침상에 걸쳐 놓은 천도 꼬이기 시작한다. 옥경을 몸속에 품은 채 몇 번이고 돈 세아는 잠시 숨을 고르고 다리를 살포시 들어 올렸다. 그러자 꼬인 천이 풀어지면서 세아는 황제의 몸 위에서 팽이처럼 돌기 시작했다. 이에 사내의 울부짖음이 터져 나오고 경련하듯 몸을 떤 황제는 끝내 파정을 하였다. 이 세상 그 어떤 여인도 주지 못했던 극한의 쾌감이 황제를 휘감았다. 죽어도 여한이 없으리만치 강렬

했던 기쁨이다. 황제는 이 여인에게 중독되었음을 깨달았다. 그녀
는 세상에서 가장 아름답고 매혹적인 올가미였다.

세아는 침전에서 나흘 밤낮을 머물며 황제의 시중을 들었다. 황
제는 모든 정무를 젖혀두고 세아만을 품으며 시간을 보냈다. 배가
고프면 환관이 내온 보양식을 먹으며 안고, 그러다 몸이 지쳐 안
을 수 없으면 방사를 오랫동안 할 수 있게 해주는 난(蘭)의 알뿌리
나 아편(阿片)을 먹었다. 이런 날이 계속되자 황궁엔 새롭게 황제
의 총애를 받게 된 유빈에 대한 이야기가 황궁 곳곳으로 퍼져 나
갔다.

마침내 세아가 침궁을 나온 날, 황제는 그녀를 빈에서 귀비로
올리고 아름다움이 변치 말라는 의미로 미진(美眞)이라는 이름을
하사하였다. 또한 궁궐 중에서 화려하기로 소문난 화연궁(花淵宮)
을 새로운 처소로 내렸다. 화연궁에는 서른 동의 전각(殿閣)과 십
여 개의 누대(樓臺), 화원, 연못이 있는 곳이니 그 크기가 얼마나
큰지 속인들은 감히 상상도 못하였다. 수백 개의 방마다 황제가
보낸 갖가지 보물로 가득 차고 백여 명의 환관과 궁녀를 보내니
황궁에 있는 여인네들의 시샘이 하늘을 찔렀다.

내실에 가득 쌓인 진귀한 보물들을 바라보는 세아의 입가에 보
일 듯 말 듯 미소가 걸렸다. 가랑이에 붉은 꽃물을 묻힌 그녀는 더
욱 관능적인 아름다움을 내뿜고 있었지만 눈빛엔 서늘한 독기가
어룽져 있었다.

'아직 멀었다. 이따위 궁이 아니라 나라를 통째로 내놓아야 할

게야.'

　그녀는 조소를 머금은 채 궁녀가 옥 쟁반에 담아 바치는 홍옥 목걸이를 살펴보았다. 새침하게 내리뜬 눈가에 드리워진 긴 속눈썹 그림자가 유난히 차갑다.

　'황제를 철저하게 사로잡아야 한다. 그는 꼭두각시가 되는 것이고 나는 연희자가 되는 것이다. 그는 세상에서 가장 쓸모있는 노리개가 될 것이야.'

　세아는 호화로운 장신구들을 꺼내 하나씩 몸에 걸쳐 보며 속으로 중얼거렸다.

　'어리석은 황제여, 즐길 수 있을 때 실컷 만끽하려무나. 그 쾌락이 독이 되어 점차 네 생명을 갉아먹을 것이니 비참하게 몰락해 가는 모습을 내 두 눈으로 지켜보마.'

　황제에겐 그저 아름다운 후궁으로만 보였던 세아. 그 꽃 같은 거죽 안에는 잔인한 야욕과 살기가 가득 들어찼을 줄 누군들 알았으랴. 경국지색으로 이름난 달기(妲己)와 포사(褒姒)에 버금갈 만한 독부(毒婦)가 한주를 망국의 길로 이끌고 있었다.

　궁녀의 안내를 받아 냉궁에 도착한 비현은 의외의 광경에 놀라고 말았다. 귀신 소굴이니, 어쩌니 말이 많기에 수풀이 키처럼 자라고 거미줄이 겹겹이 쳐진 곳을 상상했는데, 막상 방 세 칸 소박한 전각에 우물이 딸린 작은 마당을 보니 얼떨떨했다. 그래도 냉궁이라는 이름값을 하려는지 봄인데도 불구하고 엄습해 오는 한기는 겨울마냥 매서웠다. 비현은 몸을 움츠리고 두 팔로 감싸며 미약하게 떨었다.

'이런 곳에서 나 혼자 어찌 두 해를 보낸담.'

비현이 짧은 한숨을 쉬는 사이, 궁녀들은 냉궁에 오래 있으면 자신들이 어찌 되는 것처럼 서두르더니 밖에서 문을 걸어 잠그고 황급히 사라져 버렸다. 혼자 남겨진 비현은 먼 하늘을 바라보다 후드득 눈물을 쏟았다. 목숨을 부지한 것과 후궁 직첩이 남아 있어 양하 사가에 해가 안 간 것이 천만다행이긴 하나 두 해 동안 이 고적한 곳에서 혼자 지낼 생각을 하니 앞이 캄캄하다.

"귀신 소굴이면 어떻고 지옥이면 어떠냐. 하늘 아래 사람 못살 곳이 어디 있으려고."

눈물을 훔친 비현은 기운을 모아 안으로 들어가 보았다. 여기저기 돌아보아도 가구 하나 볼 수 없고 얇은 보료 한 장 깔린 침상이 전부였다. 봄, 여름, 가을은 그렇다 치고 한겨울엔 어찌 나나 눈앞이 막막하다.

"그래도 산목숨은 살게 마련이야. 기운을 내자."

비현은 두 주먹을 꼭 쥐고 기운차게 말했다.

그날부터 하루 두 번 시비가 음식을 가져왔다. 음식이래 봤자 차가운 조밥에 식은 국이 전부. 배고프고 추운 것은 그럭저럭 견딜 만하나 밤마다 찾아오는 쓸쓸함이 사람을 지치게 했다. 비현은 딸을 황궁으로 보내놓고 밤마다 울고 계실 부모님 생각에 밤마다 눈물을 흘렸다.

"아버지, 어머니, 보고 싶어요.'

말리는 어머니 말을 들을 걸 하는 후회가 뼛속 깊이 밀려왔지만 이미 늦은 일이다. 비현은 쥐들이 사각거리는 소리와 스산한 바람 소리에 밤잠을 못 이루며 하루하루를 보냈다.

냉궁에 유폐된 지 얼마 지나지 않아서였다. 하루는 힘없이 침상에 누워 있는데 자신만큼이나 작고 엣된 시비(侍婢) 아이가 하나 들어왔다. 비현은 오랜만에 또래를 만난 기쁨 마음에 먼저 말을 걸었다.

"이름이 무엇입니까?"

"소녀 단홍이라 하옵니다."

인사하는 폼이 자못 귀여웠다.

"나이는요?"

"열다섯이옵니다."

"말동무가 없어서 적적하던 참인데 얘기나 나누다 가지 않을래요?"

비현의 말에 단홍은 얼굴을 붉게 물들이며 수줍은 미소를 지었다. 처음 보기엔 수줍음 많은 소녀로 보였으나 말을 나눠보니 착하고 명랑한 아이였다. 둘은 금세 친해졌고 다정하게 얘길 나누었다. 주로 말하는 쪽은 단홍이었고, 비현은 눈을 반짝이며 그 이야기를 들었다.

"마마님, 여기서 주무시다 아무 일 없었나요?"

"무슨 일?"

"다들 그것 때문에 낮에도 냉궁 오길 꺼려하거든요. 저도 여기 들어서기 전까지 어찌나 떨리던지."

"왜? 귀신이라도 나온대?"

“어머? 어찌 아셨어요? 귀신을 보셨어요?”

“그럼, 난 매일 본다. 지금도 네 뒤에 있는걸?”

“아이고, 부처님!”

단홍이 두 손으로 얼굴을 가린 채 주저앉자 비현이 깔깔깔 웃어 댔다. 항상 처연했던 얼굴이 그제야 제 나이를 찾아 밝고 환해졌다.

“마마님, 지금 농하신 거여요? 너무해요! 간이 발치에 떨어졌다고요.”

“미안해. 하지만 네 덕분에 오랜만에 웃었는걸. 고맙다, 단홍아.”

“앞으로 또 그런 농 하시면 안 올 거여요.”

“알았어. 다신 안 그럴게.”

입이 한 자는 나온 단홍의 어깨를 툭툭 쳐주니 금세 배시시 웃는다. 둘은 금세 동무가 되었다.

“동무들이 만날 못생겼다 하여 핀잔주고 못살게 굴어요.”

“내가 볼 때 단홍이는 어여쁘기만 한데 왜 그런 말을 할까?”

“어여쁘긴요, 볼에 주근깨가 그득한 데다 피부도 거무튀튀한 것이 영 밉상이어요.”

“냉궁으로 오다 보니 근처에 살구나무가 많더구나. 여름에 살구가 익거든 많이 따먹어. 그럼 피부가 한결 고와지고 빛도 밝아질 거야.”

“정말요? 마마님도 살구를 많이 드셔서 이리 피부가 좋은 건가요?”

“응, 고향에서 오라버니들이 많이 따주셨지.”

고향을 떠올리자 갑자기 비현의 눈에 눈물이 고인다. 그러자 단홍이 안타까운 눈으로 비현의 눈물을 닦아주었다.

"불쌍한 마마님, 너무 걱정 마셔요. 제가 자주 와서 말동무 해드릴게요. 에구머니, 이년의 정신을 보라지. 여관님께서 시키신 일이 있었는데 까맣게 잊고 있었네. 그럼 저 이만 가볼게요. 내일 뵈어요!"

단홍이 인사를 하고 잽싸게 나가자 다시 혼자가 된 비현은 쓸쓸히 문만 바라보았다. 그 후부터 비현에겐 단홍을 기다려 이야기를 나누는 것이 유일한 낙이 되었다. 밝고 싹싹한 단홍에게 이런저런 황궁 얘기를 듣노라면 시간이 금세 가곤 했다. 게다가 문 앞을 지키는 병사 몰래 품 안에 살구며 자두를 숨겨와 주기도 하고 서책도 가져다 주니 비현은 그저 고마울 따름이다.

그렇게 냉궁의 세월은 느리게 흘러갔다. 비현에겐 별다른 변화 없이 매일 같은 하루하루였지만 황궁의 판도는 눈에 띄게 바뀌기 시작했으니 새로운 세력의 중심엔 화연궁 귀비 유세아가 있었다.

황제의 명으로 화연궁 옆에 두 개의 궁이 새로이 지어졌다. 황제는 이것도 성에 차지 않았는지 궁 사이에 커다란 호수를 파서 대리석 다리로 연결하고 물 위에 배를 띄워놓고는 온갖 진귀한 음식과 명주를 마시며 밤낮을 가리지 않고 즐겼다. 세아를 비롯한 십여 명의 어여쁜 궁녀들이 황제 옆에서 시중을 들고 호수 가장자리에선 악공과 무희들이 춤을 추니 극락이 따로 없었다. 배 위 비단 보료에 누워 세아가 입에 넣어주는 과일을 받아먹던 황제는 한

없는 기쁨에 취해 있었다.

"미진아, 너와 이리 있으니 천하에 부러울 것이 없구나. 이대로 너와 천년만년 더불어 살 수 있다면 참으로 좋겠다."

"황상, 그 마음 변치 말고 언제나 제 옆에 있어주셔요."

"그럼그럼, 말해 무엇 하랴."

"황상께서 이리 총애해 주시니 신첩은 부러울 것이 없나이다."

황제는 완전히 세아의 손아귀에 사로잡혀 있었다. 입 안의 혀처럼 원하는 대로 해주니 어찌 반하지 않겠는가. 그녀는 황제가 좋아하는 것이면 무엇이든 했다. 나신에 봉밀을 바르고 시중을 들기도 하고 춘화를 가져와 궁녀와 환관들에게 시범을 보이도록 하여 즐기기도 했다. 어느 날은 화연궁에 있는 모든 이들의 옷을 벗겨 생활하도록 하여 황제를 즐겁게 하고, 그녀가 직접 나신 춤을 추기도 했다. 천박하고 질펀하게 놀기 좋아하는 황제를 위해 온몸을 내던지니 그는 포로가 되고 말았다. 황제는 오롯이 세아만의 것이니 하루 종일 그녀를 안느라 모든 조정 일을 파하고 쾌락만을 쫓는 부나방이 되었다.

그러던 어느 밤이었다. 황제의 품에 안겨 잠든 세아가 몸을 떨며 헛소리를 하니 놀란 황제가 일어나 그녀를 흔들어 깨웠다.

"미진아, 어찌 이리 식은땀을 흘리며 헛소리를 하는 게냐. 악몽을 꿨더냐?"

눈을 뜬 세아는 황제의 날가슴을 파고들며 울먹였다.

"황상, 매일 밤마다 악몽이 끊임없이 괴롭히니 신첩은 죽을 것만 같아요."

"무슨 꿈이기에 이리도 고통스러워한단 말이냐."

"사실 신첩은 양아버지께서 거둬주기 주시기 전에 합비 비단 상인의 딸이었습니다. 어릴 적에 못된 이웃 상인이 아버지를 죽이고 어머니와 저를 가로채어 끌고 갔는데 자라는 내내 끊임없이 학대와 수모를 당한지라, 과거 일들이 꿈에까지 나와 괴롭히니 도무지 살 수가 없사와요."

"어허, 그런 금수만도 못한 인간들을 봤나. 그런 말을 왜 이제야 하는 것이냐? 내 당장 그놈들을 잡아들이게 해 목을 치겠다."

"신첩 마음속에 한이 쌓이고 쌓여 뼈에 사무쳤으니 눈앞에서 죽여주시어요. 그래야 어머니의 원한을 풀어드릴 수 있을 것입니다."

"그래, 내 당장 5)사례교위(司隷校尉)에 명해 놈들을 잡아오게 하겠다."

"황상의 하늘 같은 은혜에 그저 감읍할 따름이옵니다."

세아는 황제의 품에 안겨 울먹였다. 입으로는 소리 내어 울고 있으나 눈동자는 치켜 올라가고 입꼬리엔 미소가 걸렸으니 그동안 세아가 벼르고 별렀던 일이 이제 서서히 시작되고 있었다.

열흘 후, 합비에서 잡아들인 소현보와 그의 아들이 화연궁 마당에 끌려왔다. 비밀리에 세아의 명을 받은 자들에 의해 혀가 뽑힌 부자는 눈물을 쏟으며 머리를 조아릴 뿐이었다. 그 앞에 근엄한 표정의 황제와 도도한 표정의 세아가 섰다.

"아무리 천한 축생(畜生)이라 하나 어찌 그리 금수 같은 일을 저

---

5)사례교위(司隷校尉): 치안을 담당하던 관직. 수도와 그 주변의 모든 범죄자를 검거할 수 있는 막강한 권한을 가진다

질렀단 말이냐? 그런 일을 저지르고도 어찌 하늘에 고개를 들 수
가 있어! 미진아, 이들을 어찌 죽여야 너의 한이 풀릴 것이냐? 청
하는 대로 들어줄 테니 말해 보아라."

"황상, 이들이 한 짓을 생각하면 쉬이 죽게 놔둘 순 없음이어
요."

부자를 바라보며 표독한 표정을 지은 세아가 하고 싶었던 대로
청을 하니 옆에 섰던 환관들과 궁녀들이 놀라 외마디 비명을 지르
고 말았다. 그러나 황제만은 희희낙락, 원하는 대로 해주마 흔쾌
히 승낙하고 형틀을 가져오게 하여 두 부자를 묶었다.

병사 둘이 커다란 도끼를 척하니 가져와 옆에 서니 두 부자는
온몸을 떨며 비명을 질러댔다. 그 도끼라는 것이 크기가 어마어마
하고 날이 뭉툭하여 베는 것이 아니라 뭉갠다는 표현이 맞을 듯싶
었다. 사지를 벌린 채 누운 부자는 혀를 뽑혀 알아들을 수 없는 말
로 용서를 빌었으나 눈썹 하나 까딱하지 않은 세아가 손짓을 했
다. 그러자 거대한 도끼가 부자의 팔과 다리에 떨어졌다. 뼈가 으
깨지고 살점과 피가 사방으로 튀었다. 몇몇 궁녀는 그대로 기절해
환관에게 업혀 나가는 둥 난리가 났다. 끔찍한 몰골을 한 부자의
숨이 꼴깍꼴깍 넘어가는데 병사 하나가 달궈진 인두를 가져와 잘
려 나간 부위를 지지고 지혈 가루를 뿌렸다.

"이대로 하루를 두어라. 나머진 내일 마저 할 것이니."

세아와 황제는 얼굴에 웃음을 가득 띠고 화연궁 안으로 들어갔
다. 다음날 반죽음이 된 부자는 독주를 가득 채운 항아리에 넣어졌
다. 너덜너덜한 상처에 독주가 닿으니 그들은 발악을 하며 몸통을

뒤흔들었다. 그 모습을 지켜보는 황제는 그저 신기해할 따름이고 세아는 눈을 반짝이며 미소만 지을 뿐이었다. 화연궁엔 하루 종일 그들이 고통에 겨워 내지르는 비명 소리로 가득하니 아비지옥이 따로 없었다. 그렇게 긴 하루를 보낸 부자는 다음날 배를 갈라 나무판에 살을 꿰어 대흥성에서부터 합비까지 수레로 실어 나르라는 명을 받았다. 그 모진 고초를 겪고 어찌 살아 있으랴. 황궁을 나오자마자 부자는 죽고 말았다. 그럼에도 수레는 죽은 시신을 달고 계속 길을 갔다. 며칠 못 가 시신엔 구더기가 들끓고 썩은 내가 장하여 백성들은 코를 잡고 구경해야만 했다. 끔찍하게 죽임을 당한 것도 모자라 사람들의 구경거리가 되어 합비에 당도한 시신은 마침내 까마귀 밥으로 던져져 고난 했던 여정의 종지부를 찍었다.

이 기괴하고 참혹한 사건이 인구에 회자되면서 이야기는 어느덧 예상치 못한 방향으로 흐르기 시작했다. 죽은 소현보와 그의 아들이 화연궁 귀비의 친아비와 오라비란 것과 함께 그녀가 마귀에 씌여 한주를 멸망시킬 거라는 소문이 퍼지기 시작한 것이다. 이것이 신도와 한주 전역에 널리 퍼져 동네 꼬마 아이들의 노래로까지 유행되니 황궁은 발칵 뒤집혔다. 아무리 황제의 애첩이라 하나 간악한 행실로 황실의 이름을 더럽혔으니 가만 두고 볼 수는 없는 일. 급기야는 황태후가 황제를 불러 잔인한 귀비 유씨를 내치라며 호통을 쳤다. 황태후라면 그 뒤에 어마어마한 세력에 눌려 말대꾸 한번 못했던 황제였으나 이번만은 달랐다. 이미 세아에게 철저히 사로잡힌 황제는 찻잔을 황태후 앞에 내동댕이치며 불같이 화를 내었다. 그리곤 태강전 대문에 못을 박고 한 달 동안 유폐토록 명하니 황궁과 조정에선 한바탕 광풍이 휘몰아쳤다. 끝내 이 일로 몸 져누운 황태후가 죽고 그녀의 권속들은 조정에서 내쳐지고 말았다. 이 기회를 틈타 유이항이 득세를 하니 이제 황궁은 귀비 유씨의 천하라. 힘없는 황후는 몸을 낮추고 두려움에 떨 뿐이었다.

짧은 시간 내에 유세아와 유충겸은 자신들이 원하는 것을 얻었다. 양부를 참혹하게 죽여 백성들의 반감을 불러일으키고 황태후의 진노를 산 것은 미리 계획된 것이었다. 귀비에게 미쳐 있는 황제가 어찌 날뛸지 그들은 알고 있었다. 피 맛에 익숙해진 맹수가 어찌 제 고기를 뺏기겠는가. 생각했던 것보다 한층 더 미쳐 날뛰는 황제 뒤에 유유히 선 세아는 과거의 원한을 하나둘 갚으며 내일을 도모해 나갔다.

황궁에 피바람이 불 동안 유독 잠잠한 곳이 있었으니 은비현이 지내는 냉궁이 그곳이었다. 대흥성 서남쪽에 석림(石林), 별궁, 능묘를 지나면 나오는 초라한 전각 안에서 아름다운 꽃봉오리를 피워내는 비현. 세아라는 소용돌이에 휘말린 황궁이 혼란에 빠진 탓에 냉궁에 버려진 소녀는 점점 잊혀지기 시작했다. 명을 내린 황태후가 세상을 등졌으니 뒷배가 든든한 가문이었으면 황제께 고변해 일찍 냉궁에서 나올 수 있을 터였다. 그러나 한미한 가문의 딸인 죄로 비현은 꼬박 이 년을 보내야 했다. 하지만 주궁과 멀리 떨어져 있으니 함부로 괴롭히는 이 없었고 하늘의 도움으로 두 해 동안 따스한 겨울이 계속되니 그나마 불행 중 다행이었다. 부모와 떨어져 궁에 들어오자마자 냉궁에 유폐되었으니 어린 소녀의 몸고생, 마음고생이 얼마나 심하였을까. 그 많은 고통을 비현은 나름대로 의연히 이겨내었다.

마침내 이 년을 다 채우고 비현은 황후의 명으로 냉궁에서 나와 다시 자애당으로 돌아올 수 있었다. 화연궁 귀비의 광풍이 휘몰던 시절이니 능력을 잃은 후궁 따위가 시선을 받을 수 있겠는가. 사람들의 관심에서 소외되자 비현은 오히려 그 편을 반겼다. 다른 후궁 처소에 비하면 소박하다 못해 초라한 살림이지만 여관에게 청을 넣어 수발드는 시비로 단홍을 데려오니 그저 감사할 따름이었다. 피바람 부는 황궁에서 자애당은 유일하게 평화로운 곳이었다.

二. 봄 밤, 달 그림자

반쯤 열어놓은 창 사이로 가을 햇살이 앞 다투어 밀고 들어와 다홍색 심의를 입고 있는 비현의 등을 비췄다. 긴 머리 타래를 옆으로 늘어뜨려 목덜미의 하얀 속살이 드러나니 햇살이 무색할 정도로 눈부시다. 비현은 햇살이 등을 떠미는 줄도 모르고 정성껏 붓을 놀렸다. 선지(宣紙) 위에 부용과 나비가 소담스럽게 그려져 있었다. 살짝만 기울여도 물이 주르륵 흘러내릴 듯 촉촉하고 붉은 부용과 날개를 펼치고 날아오르려는 청띠제비나비. 비현은 유달리 나비에 세심한 정성을 들였다. 답답한 황궁을 벗어나 하늘로 날아오르고 싶은 마음인 것이다. 활짝 날개를 펴고 있는 나비 날개의 검은 바탕에 흰 선을 그려놓고 중간을 가로질러 청색 줄무늬를 그린 후 비현은 붓을 내려놓고 흐뭇한 얼굴로 들여다보았다.

다듬어지지 않은 미숙한 화법이나 정성과 애정이 담뿍 묻어난 그
림이었다. 비현은 다시 작은 붓을 들어 먹물을 듬뿍 묻히고 그림
우측 상단에 정성껏 글을 써 내려갔다.

[6)壽考維祺 以介景福.]

붓을 내려놓은 비현의 눈에 그렁그렁 눈물이 맺혔다. 때마침 내
실에 들어온 단홍이 그 얼굴은 보지 못한 채 그림에 시선을 주며
탄성을 내뱉었다.

"마마님, 그림이 참으로 고와요. 이 꽃은 부용이지요?"

그제야 비현의 안색을 살핀 단홍이 안쓰러운 얼굴로 물었다.

"마마님, 왜 또 우셔요?"

"어머님 생각이 나서……. 부용을 무척이나 좋아하셨거든."

소매로 눈물을 훔치는 그녀를 안쓰럽게 바라보던 단홍이 바싹
다가서며 그림을 들여다보았다. 그리곤 글을 못 읽는 것이 부끄러
웠는지 얼굴을 붉히며 물었다.

"그런데 옆에는 무어라 쓰신 거예요?"

"오래도록 사시고 즐거우셔서 커다란 복을 누리소서. 나중에 어
머니를 뵙게 되면 드리려고 써봤어. 오늘이 어머니 생신이시거든."

"아, 그렇군요."

시무룩해지는 비현을 보며 덩달아 울적한 얼굴을 하던 단홍이

---

6)수고유기(壽考維祺)하고 이개경복(以介景福)이로다: 오래도록 사시고 즐거우셔
서 커다란 복을 누리소서 ―시경(詩經) 대아(大雅) 행위(行葦)

갑자기 무언가 생각난 듯 손뼉을 치며 말했다.

"아! 몇 해에 한 번씩 일가를 접견할 수 있다고 들었어요. 궁에 들어온 지 사 년이 지나야 한다고 했으니까 이제 얼마 안 남았네요. 마마, 조금만 참으시면 되겠어요!"

"정말? 정말로 궁에서 부모님을 뵐 수 있는 거야?"

"그럼요. 마음 같아서는 다른 마마님들처럼 비자를 사서 서신 교환이라도 하겠지만 아직 형편이 그렇지 못한지라……."

두 소녀의 얼굴에 다시 그늘이 졌다. 원래 후궁은 일 년에 한 번 하사품을 받았으나 비현은 냉궁에 있었던고로 아무런 재물이 없어 육국(六局)에서 물품을 받아다 쓰는 것이 고작이었다. 부유한 사가를 둔 후궁들은 밖에서 몰래 사 오거나 환관들에게 뒷돈을 주어 좋은 비단과 음식, 장식구들을 먼저 차지했지만 아무것도 없는 비현은 뒤에 남은 것을 겨우 얻어다 쓰는지라 허울만 후궁이지 실상은 궁녀보다도 못한 생활을 하고 있었다.

"다음 해 봄이 되면 황태후께서 비단을 내리실 테니 그걸로 비자를 사서 양하에 서신을 전하면 되어요. 그러니까 울지 마셔요, 마마님."

단홍의 말에 비현의 얼굴이 금세 밝아졌다.

"그래, 지금이 가을이니 얼마 안 남았구나. 그때까지 그림 연습을 많이 해야겠는걸."

애써 웃으려 하는 비현을 보며 단홍의 얼굴에 안타까움이 스쳐 갔다. 처음 보았을 땐 풋살구처럼 작고 능소화처럼 어여쁘던 비현 마마님. 힘든 냉궁 생활에 쇠약해지셔서 유폐가 끝난 지 꽤 흐른 지금도 여전히 얼굴이 창백하고 여위어서 바람만 불어도 바스러질 것 같아 가슴이 조마조마했다. 그렇게 고생을 했으면 심성이 거칠어져 화도 내고, 짜증도 낼 법한데 마음씨 고운 그녀는 창밖을 내다보며 조용히 눈물만 흘릴 뿐이었다.

'우리 마마님, 빨리 몸이 회복되시고 마음도 편안해지셔야 할 텐데.'

냉궁에서 겨울은 어린 소녀가 이겨내기에는 참으로 벅찬 것이었다. 비교적 온화한 겨울이었다 하나 냉궁에서 맞는 겨울은 몇 배 더 춥고 고단한 법. 침상 머리맡에 둔 물그릇에 얼음이 얼고 추위에 몸이 굳어 움직이지 못할 때도 그녀는 아프다, 괴롭다는 말 한마디 꺼내지 않았다. 단홍은 한 번도 비현이 얼굴 찡그리는 것을 보지 못했다. 그녀는 힘든 와중에도 봄엔 햇살이 나비처럼 살랑거린다, 여름엔 바람에 실려오는 꽃향기에 더운 줄 모르겠다, 가을엔 하늘이 포도 물 든 것처럼 파랗다, 겨울엔 눈발이 배꽃 같다며 감탄하곤 했다. 아예 나쁜 것을 모르는 분이 아닐까? 한없이 여리다가도 무서울 정도로 강한 면을 보이고, 어린아이처럼 천진하다가도 노인처럼 침착한 그녀를 보고 있으면 단홍은 마음 깊은 곳에서 존경심이 우러나왔다.

"마마님 같으신 분은 꼭 복을 받으실 거여요. 두고 보세요. 오늘날의 이런 고생을 웃으며 말할 날이 꼭 있을 거여요."

단홍의 결연한 말에 비현이 싱긋 웃었다. 겉으론 웃지만 속은 꺼멓게 타 들어가 있음을 단홍은 안다.

'부처님, 우리 마마님 더 이상 눈물 흘리게 하지 말아주셔요. 부

디 좋은 길만 열어주셔서 복되이 살게 해주셔요.'

단홍은 마음속으로 기원하고 또 기원하였다.

음전하고 어질기로 이름난 황후 손씨가 내명부를 이끌면서 무엇보다 중요시 여긴 것은 궁중예절과 네 가지 덕인 부덕(婦德), 부언(婦言), 부용(婦容), 부공(婦功)과 제사였다. 그리하여 후궁들은 매일 궁교박사(宮敎博士)로부터 예절과 기예를 배웠다. 다른 비빈들은 황제에게 잘 보이기 위해 예악(禮樂)과 시가(詩歌)를 배우는 데 힘썼지만 비현은 고서와 서화에 관심을 보여 나날이 일취월장하니 궁교박사들로 하여금 영민하다는 칭찬을 한 몸에 받곤 했다. 하루 종일 서가에서 배우는 데 열중하고 나면 비현은 꼭 숲으로 산보를 갔다. 황제가 사는 궁에는 자객을 염려해 나무가 없지만 내정안의 후원, 별궁과 능묘에는 갖가지 나무와 더불어 울창한 숲이 있었고 그 안에 토끼, 노루 같은 산짐승들도 살았다. 주로 성외곽에 있는 터라 사람 발길이 격조했으나 그 풍광만큼은 어느 곳 못지않게 빼어났다. 비현은 별궁 서쪽 편에 있는 소나무 숲을 즐겨 갔는데 이따금씩 붓과 먹물을 가져가 그림을 그리며 시간을 보내기도 했다.

그를 처음 만난 날도 비현은 어김없이 소나무 숲에 들어가 여기저기를 거닐고 있었다. 이따금씩 겁을 집어먹고 쌩하니 도망치는 노루가 보였고 호기심 많은 청설모가 다리 옆을 스치고 지나갔다. 은은한 솔향을 맡고 있자니 머리가 가벼워지는 듯해 절로 노래가 흥얼거려진다. 비현은 갈대를 하나 꺾어 손에 쥐고 고개를 까딱까딱하며 걸었다.

바로 그때였다. 제법 굵직한 소나무 아래 사람의 형체를 한 것이 보였다. 워낙 외진 숲이라 사람이 오는 것을 본 적이 없어 놀라우면서도 한편으로 무서웠다. 그냥 지나치려던 비현은 누워 있는 자세가 심상치 않자 슬그머니 다가갔다가 놀란 나머지 뒤로 주춤 물러났다. 소나무 아래 청색 관복을 입은 젊은 환관이 목에 명주 천을 휘감고 쓰러져 있었다. 목을 맸으나 무게를 견디지 못한 나뭇가지가 부러져 땅에 떨어진 모양이다.

비현은 무섭다는 생각을 까맣게 잊고 황급히 다가가 그를 흔들었다. 환관은 좀처럼 정신을 차리지 못했다. 서둘러 명주 천을 풀어보니 목둘레에 천을 조여 맨 흔적이 선명하고 얼굴이 검붉게 변해 있었다. 빨리 손을 쓰지 않으면 곧 죽게 될 것이 분명했다. 비현은 환관 옆에서 잠시 망설였다. 황궁에서는 자신이 능력을 잃어버린 줄 아는데 지금 이 사람을 고쳐 주게 되면 다시금 알려지게 될 테고 그 이후는 생각만 해도 두려웠다.

'하지만…… 하지만…….'

고민하던 비현은 미약한 숨을 쉬고 있는 환관의 모습을 바라보다 입술을 질끈 깨물었다. 잠시 숨을 몰아쉰 비현은 드디어 그의 얼굴에 손을 가져다 대고 마음을 담아 노래를 부르기 시작했다. 하지만 얼마 안 가 비현은 울 듯한 표정으로 손을 떼고 말았다. 오랜만에 불러서인가? 전과는 달리 상대방의 격한 감정에 견딜 수 없이 마음이 아팠다. 손끝에 와 닿는 젊은 환관의 서늘한 체온에 가슴이 시리고 깊은 우물처럼 어둡고 끝이 보이지 않는 절망에 혀

끝이 아렸다.

"무엇이 그리 슬픈가요?"

비현은 잠든 것처럼 평화로워 보이는 얼굴을 들여다보며 작게 중얼거렸다. 왠지 그가 살아가기를 거부하는 것처럼 느껴졌다. 이 대로 죽게 내버려 두라고 시위라도 하는 것 같았다. 하지만 이대로 버려둘 순 없다. 이대로 죽기에 그는 젊었고 절망은 깊었다. 비현은 죽음 속으로 깊숙이 침잠해 가는 그를 끌어내기 위해 온몸의 기를 끌어 모았다. 그리고는 살리고자 하는 진심을 담아서 노래를 부르기 시작했다. 이번에는 본인 스스로 가사를 지어 부르는 노래였다.

세상사 고되다 하여도 그리 슬퍼하지는 마오.
사람은 사람이기에 서러워하고
물은 물이기에 흘러가는 게지.
서럽다 서럽다 만년천년 서러울까.
이대로 세상을 등져 버리면
다신 밝은 빛 볼 수 없어.
참고 기다리면 좋은 날 아니 올까.
참고 기다리면 좋은 날 아니 올까.

심장 언저리가 뜨겁게 덥혀짐과 동시에 양미간이 서늘해졌다. 젊은 환관에게서 느껴지는 고통과 슬픔이 사무치게 다가와 비현의 푸르고 아름다운 눈썹이 가늘게 떨렸고 꽃술처럼 길고 풍성한 속눈썹에 이슬이 맺혔다. 큰 눈에 가득 고인 말간 이슬이 후드득 옷섶 위로 떨어지는 찰나였다. 환관의 얼굴에 서서히 핏기가 돌아오더니 숨을 크게 들이마셨다. 비현이 크게 안도하는 차에 환관이 힘겹게 눈을 떴다. 그는 부드러운 눈매에 먹처럼 검고 푸른 눈을 가진 이었다. 눈으로 말한다는 것이 이런 것일까? 그의 검은 눈 속엔 분노와 원망이 고스란히 서려 있어 가슴 언저리가 아파왔다.

"왜 날 살리셨습니까?"

젊은 환관은 누운 채로 비현을 올려다보며 말했다. 그 서늘한 눈빛이 두렵기는커녕 연민이 차 올랐다. 비현은 그가 느끼는 고통이 고스란히 느껴져 왈칵 눈물을 쏟았다. 이해할 수는 없지만 자꾸만 눈물이 났다. 마치 그의 몫까지 대신 울어주기라도 하는 것처럼.

"어머니 말씀이 죽으면 다시는 사람으로 태어날 수 없다고 했어요. 자결하지 마세요. 죽으면 안 돼요."

비현은 아이처럼 울먹였다. 싸늘했던 사내의 얼굴에 체념과 절망이 드리워졌다.

"세상에서 가장 추악한 것이 사람임을 모르시는군요. 차라리 미물로 태어나는 것이 복인 세상입니다."

"자기 손으로 목숨을 끊는 건 나쁜 짓이에요. 무간지옥에 떨어질 거라고요."

"제겐 이 세상이 무간지옥입니다."

사내는 후궁 복색을 한 소녀를 응시하다 시선을 하늘로 돌렸다. 파란 하늘에 흰 구름이 조용히 흘러가고 있었다. 바람에 가지를 흔드는 나무, 은은하게 맡아지는 솔 향. 몇 번이나 이곳에 왔었지만 이런 풍경이 평화롭게 느껴지기는 처음이었다.

그는 한쪽 손을 땅에 짚고 뻐근한 몸을 일으켜 앉았다. 후궁은 여전히 어린애처럼 훌쩍거리고만 있었다.

"마마님, 그만 우십시오."

"약속해요, 안 죽는다고……. 스스로 목숨을 끊지 않겠다고 약속해요."

사내의 얼굴에 당혹과 어이없음이 교차되더니 나중엔 희미한 미소가 입가에 걸리었다.

"약속합니다. 그러니 그만 우세요."

"참말입니까? 참말로 약속하는 거지요?"

"그래요, 약속합니다."

어린 후궁이 그제야 울음을 그치고 소매로 눈가를 닦고 고개를 들었다. 목소리만큼이나 참으로 고운 얼굴이다. 화장기가 없음에도 불구하고 하얀 살결과 또다시 눈물을 쏟을 듯한 축축한 눈. 그 맑은 눈 속에 담긴 뭔가에 사내는 가슴이 저렸다. 그나저나 어찌 살려냈을까. 사내는 의식이 돌아옴과 함께 들리던 노랫소리를 기억해 내고 물었다.

"혹시 마마님이 냉궁에서 나오신 분인가요?"

"네?"

눈을 동그랗게 뜬 어린 후궁이 잠시 머뭇거리다 체념한 듯 고개를 끄덕이자 그는 그럴 줄 알았다는 표정을 지었다. 그는 막 입궁했을 당시 노래로 사람을 고치는 후궁 이야기를 들은 적이 있었다. 더 이상 사람을 고치지 못해 냉궁에 갇혔다 들었는데, 그사이에 다시 능력을 찾은 걸까. 잠시 하늘을 보며 생각에 잠긴 그는 담담히 말했다.

"이 일은 비밀로 하는 것이 마마님께도, 제게도 좋을 듯합니다."

힘겹게 일어난 사내는 관과 의대를 정리하고 생명의 은인인 어린 후궁에게 정중히 예를 갖췄다. 주섬주섬 일어난 그녀는 덩달아 머리를 조아렸다.

"그럼 이만 가보겠습니다."

무영은 뭔가 할 말이 남은 듯한 얼굴을 하는 그녀를 싸늘히 지나쳤다. 고맙다는 말 따윈 하고 싶지 않았다. 하나도 고맙지 않았으니까. 아니, 자신을 살려낸 그녀가 원망스러웠다. 하루에도 수천수만이 죽어가는 세상에 천한 환관 목숨 하나가 왜 이리도 질긴 것인가. 무영은 무거운 걸음을 옮기며 자신의 가혹한 운명에 또 한 번 좌절했다. 그러다 문득 후궁의 노래가 뇌리를 스쳐 갔다. 자신의 고통을 이해한다는 듯 슬프고도 아린 가슴을 어루만졌던 노래. 사람은 사람이기에 서러워하고 물은 물이기에 흘러간다고 했던가. 애잔하면서도 심상을 자극하는 노랫말이 가슴에 와 닿는다. 무영은 잠시 망설이다 뒤돌아서서 말했다.

"아까 들려주셨던 노래 잘 들었습니다. 감사합니다."

그러자 맑은 옥같이 투명한 얼굴에 작은 미소가 감돌았다. 그 모습이 눈이 시릴 만큼 어여뻐서 무영의 가슴속에 일순간 파랑이 일었다.

"약속해요, 안 죽는다고……. 스스로 목숨을 끊지 않겠다고 약속해요."

그녀의 목소리가 끝없이 머리 속에 맴도니 무영의 가슴은 불덩이를 품은 것처럼 뜨거웠다.

'왜 지키지도 못할 약속을 했을까. 매일매일 죽음을 생각하는 내가 왜 그런 약속을 한 것일까. 그 눈물 때문인가? 노래 때문인가?'

무영은 그녀의 맑은 목소리를 떠올리며 작게 전율했다. 세상의 모든 슬픔을 껴안을 것처럼 포근한 눈빛. 그 눈에 서린 것은 연민이었나? 안타까움이었나? 그것은 왜 이리 가슴이 뜨겁게 만드는 것일까? 그는 숲을 나오면서 다시 한 번 돌아보았다. 나락의 심연을 서성이다가 갑자기 맞닥뜨린 소녀. 무영은 그녀에게서 운명을 느꼈다.

"단홍아, 환관은 어떤 사람들이야?"

비현의 머리를 땋아 옥잠으로 고정하던 단홍이 눈을 동그랗게 뜨며 물었다.

"갑자기 환관은 왜요?"

"그냥…… 궁금해서."

"거세당해서 남자 구실 못하는 사내들이죠 뭐."

"거세? 남자 구실? 그게 뭔데?"

아이처럼 순수한 눈을 보며 단홍이 웃음을 터뜨렸다.

"아직도 모르셔요? 순진하셔도 어쩜 이리 순진하실까. 거세란 것은 남자의 불알을 잘라내는 거여요. 그러면 아기를 가질 수가 없지요."

"으윽! 끔찍하다."

불알이 뭔지도 모르면서 잘라낸다는 말이 그저 끔찍한 비현은 목을 움츠리고 이마를 찡그렸다.

"끔찍하죠. 거세 받다가 죽어나는 사람이 수두룩하다니까요. 사내라면 응당 가지고 있어야 할 게 없어서인지 환관은 아주 몹쓸 종자들이래요. 시기와 모함을 잘하고 악독하기 그지없어서 부리긴 하되 믿으면 안 된다고들 하니까요. 실제로 환관 때문에 나라가 망할 뻔한 적이 있었다니 조심하고 또 조심해야 할 종자들이에요."

"응, 그렇구나."

비현은 자못 심각한 얼굴로 고개를 끄덕였다.

'하지만 아까 본 환관은 그리 나빠 보이지 않았는데. 좋은 사람 같았어. 오늘 있었던 일도 비밀로 해준다고 했는걸? 나와 한 약속도 꼭 지키겠지? 별일없어야 할 텐데.'

비현은 잠자리에 들어서도 낮에 있었던 일이 눈앞에 가물가물해서 좀처럼 잠을 이룰 수가 없었다. 창피한 것도 모르고 어린애처럼 울어버린 것은 젊은 환관의 처지와 자신이 너무나 비슷하게 느껴졌기 때문일까? 자신 또한 냉궁에서 죽고 싶었던 적이 한두 번이 아니었다. 아마 몇 달만 더 오래 있었어도 그 환관처럼 목매달아 죽었을지도 모를 일이다. 동병상련의 아픔이었나? 그의 아픔이 왜 그리 절절하게 다가오던지 아직도 가슴이 시큰시큰하였다. 비현은 그 밤 내내 뒤척이며 환관의 먹처럼 검고 겨울 하늘처럼 시린 눈동자를 되새겨 보았다.

며칠 후 숲으로 산보를 나간 비현은 다시금 환관이 목맸던 곳을 지나치게 되었다. 무심결에 소나무를 응시했다가 나뭇가지에 하얀 보자기가 대롱대롱 매달린 것을 발견하고 까치발로 낑낑거리면서 끌어 내렸다. 보자기를 펴보니 안에는 살구, 감, 호도, 무화과 열매 등 말린 과일이 가득 들어 있었다. 좀처럼 먹어보기 힘든 것들이라 함박만한 미소를 지은 비현이 얼른 무화과 열매 하나를 집어 입속에 쏙 넣었다. 달큼하니 맛있다. 비록 서신은 없지만 환관이 감사의 표시로 매달아놓은 것이라 생각한 그녀는 진심으로 안도했다.

'다행이다. 약속을 지켰구나.'

비현은 나는 듯이 가벼운 걸음으로 자애당으로 뛰어갔다. 대문을 열어젖히고는 내실을 청소하고 있는 단홍에게 달려가 의기양양하게 보자기를 내밀었다.

"이게 뭔데요?"

궁금한 얼굴로 풀어본 단홍이 귀한 건과를 보고 펄쩍 뛰며 좋아하더니 한 움큼 집어 입 안에는 넣고 멋쩍었는지 씨익 웃었다.

"괜찮아. 이만큼이나 있잖아."

"근데 어디서 이 귀한 걸 얻으셨어요?"

"글쎄, 귀신이 줬나, 도깨비가 줬나? 모르겠는걸?"

"마마님!"

귀신 이야기만 나왔다 하면 난리를 치는 단홍은 있는 대로 눈을 흘겼다. 이에 말없이 살구를 집어먹은 비현은 그저 웃기만 했다.

그날 밤 비현은 다시 고민에 빠졌다. 말린 과일에 대한 답을 하려는데 궁색한 살림이라 줄 것이 마땅치 않은 것이다.

"답례를 하긴 해야 하는데 어떤 것이 좋을까."

골몰이 생각하던 비현은 마침내 한 가지를 생각해 내고는 눈을 반짝였다.

다음날 새벽같이 일어난 비현은 산야로 다니며 이슬이 채 마르지 않은 감국(甘菊)을 따다가 정성껏 말렸다. 어릴 때 어머니가 종종 국화차를 달여주셨는데 이 무렵에 딴 것이 맛이 좋다는 걸 기억해 낸 것이다. 비현은 잘 마른 감국을 한지에 싸고는 그 소나무로 가서 보자기와 함께 매달았다. 며칠 있다가 다시 가보니 보자기가 없어 잘 전달이 되었을까 궁금하던 차에 그가 다시 보자기에 선물을 담아 나무에 걸어놓았다. 작고 앙증맞은 새 모양의 연적이었다. 그 후 젊은 환관은 며칠 간격으로 직접 만든 것으로 보이는 대나무 참빗과 매화가 조각된 목 비녀, 이야기책과 말린 과일을 매달아두었다. 정성이 느껴지는 선물이 고마워서 비현은 시편이나 그림을 그려 넣어두었다.

첫 눈이 오고 나서 얼마 지나지 않아서였다. 어김없이 솔 숲, 그 나무를 지나치는데 젊은 환관이 서 있었다. 그는 마치 오랫동안 기다리고 있었던 것처럼 묵묵히 서서 비현을 향해 웃고 있었다.

"드디어 뵙는군요."

환관이 허리 숙여 읍하자 비현이 반갑게 다가서며 말했다.

"얼굴이 한결 좋군요. 그동안 잘 계셨나요?"

그러자 젊은 환관의 얼굴에 당혹과 미소가 번갈아 떠올랐다.

"마마님, 그때는 경황이 없어서 말씀을 못 드렸는데 하대를 하세요. 환관 따위에게 존대라니 당치도 않으십니다.”

“그래야 하나요? 궁에 온 지 얼마 안 되어 영 익숙하지가 않아요.”

“혹여 다른 사람이 들으면 제가 매를 맞습니다.”

매를 맞는다는 말에 비현이 알밤처럼 동그래진 눈으로 말했다.

“아, 알았어요! 아니, 그, 그러지.”

말을 더듬은 게 부끄러웠는지 비현의 얼굴이 홍시처럼 붉어졌다.

“소인은 무영이라고 합니다.”

“난 비현, 은비현이라고 해.”

“마마님, 아랫것한테는 굳이 이름은 안 밝히셔도 됩니다.”

“으, 응. 그렇구나. 그러면 만들어준 선물 고마웠다는 말도 하면 안 되는 건가?”

“그건 괜찮습니다. 마음에 드셨습니까?”

“응, 굉장히. 고마웠어, 무영.”

“이름 대신 정 내관이라 부르십시오.”

“알았네, 정 내관.”

어색한 비현의 어조에 두 사람은 피식 웃음을 흘렸다. 말을 나눌수록 무영의 표정이 부드럽게 변하고 입가에 미소가 감돌기 시작했다. 비현은 그 모습을 보고 참으로 잘난 사내라 생각했다. 양하 오라버니들도 꽤 수려한 외모였으나 무영의 얼굴엔 범인들에게선 찾아볼 수 없는 기품이 흘렀다.

‘좋은 사람인 거 같은데 무슨 일이 있어 목숨을 끊으려고 했을까?

비현은 머리 속으로 의문을 품은 채 한동안 그와 얘기를 나누었다. 말수가 적은 그와 있다 보니 도리어 말이 많아진 비현은 이런저런 것들을 물어보았다.

"정 내관은 처소가 어디야?"

"화연궁에 있습니다."

"화연궁? 귀비마마 처소에?"

"네."

화연궁에 대해 말이 나오자 무영의 얼굴에 일순간 그늘이 드리워졌다. 부드럽고 선한 눈매가 날카로워지고 표정이 얼음처럼 차갑게 가라앉았다. 그것을 미처 눈치채지 못한 비현이 천진하게 물었다.

"화연궁은 그리도 크고 화려하다지? 홍이 말로는 진귀한 것이 많은 곳이라던데."

"화려하지요. 그것이 넘쳐 독이 되고 있지만 말입니다."

혼잣말처럼 중얼거리는 그의 말끝에 날카로움이 어려 있었다. 부드러움 속에 감춰진 차가움과 분노. 비현은 이 환관이 화연궁에 대해 좋지 않은 감정을 품고 있다는 것을 느낄 수 있었다.

"마마님께서 주신 그림과 시는 잘 보았습니다. 감사합니다. 전 그저 목숨을 구해주신 것에 작은 보답이나 하려는 것이니 굳이 답례해 주지 않으셔도 됩니다."

"그래도 그냥 받기가 쑥스러운걸."

"한낱 내관일 뿐입니다. 환관들이 어떤 인간인지 아신다면……."

말끝을 흐리는 무영의 눈에 작은 불꽃이 튀었다. 그는 비현의 눈을 똑바로 보더니 결연하게 말했다.

"마마님, 환관을 비롯한 황궁 안의 사람들은 마마님께서 생각하는 것만큼 호의적이지 않습니다. 자신보다 나약하면 달려들어 이용하려 하지요. 섣부른 호의는 독이 될 수 있으니 앞으론 조심하십시오."

비현이 뭐라 입을 열려는 순간, 그가 서둘러 읍을 하더니 말했다.

"소인은 귀비마마를 따라 온천궁으로 가게 됐습니다. 부디 옥체 편안하옵소서."

갑자기 싸늘해진 그의 얼굴에 비현이 얼떨떨해 있는 사이 무영은 그대로 옆을 지나쳐 눈밭을 걸어갔다. 그의 등을 보며 비현은 자신도 모르게 한숨을 내쉬었다.

'왜 마지막인 것처럼 얘기하는 걸까? 혹시 아직도 나쁜 마음을 버리지 못한 건가?'

비현은 내심 불안하기도 하고 섭섭하기도 했다. 자신의 목숨을 함부로 하는 그가 무슨 일을 낼까 걱정도 되고 황궁 안에 또 다른 동무를 만들었다 좋아했는데 다시 이별이라니 아쉬운 것이다. 듣자하니 품계 비슷한 후궁들끼리는 모여서 놀이도 하며 논다지만 그들은 비현을 우스갯거리로 생각하며 거들떠도 안 보는지라 그저 단홍과 흉금없이 마음을 털어놓는 것이 전부였다. 그러다 알게 된 무영이 오라버니처럼 친근하고 편해서 동무가 생겼다 좋아하고 있던 참이었는데……

비현은 멀어져 가는 무영의 등을 보며 시무룩한 표정을 지었다. 신분과 남녀의 차이, 엄중한 황궁 법도 따위는 몰랐다. 그저 마음으로 사귈 수 있는 동무가 있었으면 하는 바람만이 더 클 뿐. 멀어져 가는 무영을 보던 비현은 불현듯 뭔가가 떠올라 그를 불러 세웠다.

"무영! 무영!"

가던 그가 멈추고 돌아봤다. 꽤 놀라는 눈치였다.

"무슨 일로 부르셨습니까?"

"무영이 별궁에서 돌아오면 봄이겠지? 돌아오면 그네 좀 매달아줄 테야?"

"그네요?"

"고향 사가에 있을 때 오라버니들이 매달아주셨거든. 그때처럼 그네 타고 싶은데 매줄래?"

무표정한 얼굴에 희미한 웃음기가 번졌다.

"그러지요. 돌아오면 매달아 드리겠습니다."

"아이, 좋아. 약속한 거지? 이제 봄이면 그네를 탈 수 있겠구나. 고마워, 무영."

"고맙다니요, 그런 말씀 안 하셔도 됩니다."

"그럼, 건강히 잘 있다가 와야 해. 안녕!"

무영은 손을 흔들며 앞서서 달려가는 소녀를 따스한 눈으로 바라보았다. 저 여인은 자신을 사가 오라비쯤으로 생각하고 있는 걸까? 환관이 천하다는 것을 모르는 걸까? 궁에 들어온 후로 그 누구도 자신에게 이렇게 대한 사람은 없었다. 짐승만도 못한 노비,

그저 귀여운 노리개쯤으로 여기는 이들과 달리 저 소녀는 자신을 사람으로 대하고 있었다. 무영은 그것이 낯설었지만 가슴이 두근 거릴 만큼 좋았다.

황제의 별궁 행차는 한주 역사상 유례없이 호화롭고 삼엄하게 이루어졌다. 행렬의 선두와 선미에는 각각 오백여 명의 기마병과 천여 명의 병사가 호위하고 깃발을 든 환관과 궁녀들이 뒤를 따랐 다. 선미에는 악공과 기예를 펼치는 이들도 따랐는데 행차하는 내 내 노래를 부르고 기예를 보였다. 네 필의 말과 세 명의 마부가 모 는 황제의 용거(龍車)는 금과 보석으로 장식되어 한껏 사치스러움 을 뽐냈는데, 수레 안에는 황제와 세아가 호피의(虎皮椅)에 앉아 차를 마셨다. 황제의 행렬은 오직 귀족들만이 볼 수 있었기에 징 을 울려 백성들을 나오지 못하게 하고 온갖 화려한 치장을 한 귀 족들만이 황제의 행차를 구경했다. 이번 행차의 목적지는 역대 황 제들이 줄곧 찾아온 화청궁(華淸宮)이라는 온천궁이었다. 원래는 황제와 황후만이 즐길 수 있는 곳이나 세아가 하도 성화를 하는 바람에 황후 대신 그녀가 따라나섰다. 귀비가 황후를 제쳐 두고 황제와 출행하는 것을 보고 귀족들은 황궁 안에서 세아의 입지가 어떠한지 능히 짐작할 수 있었다.

화청궁에 도착해 대리석과 옥으로 장식한 아름다운 궁을 본 세 아는 매우 기뻐했다. 사치스럽고 호화찬란하여 그녀의 구미에 딱 맞았던 것이다. 게다가 황후가 없으니 영락없이 그녀의 세상이라. 신이 난 세아는 밤마다 귀족들을 불러 연회를 열며 방탕한 하루하루를 보냈다. 낮이면 황제는 임원(林苑)에 나가 사냥을 즐기고, 세아는 백희(百戲: 연극)와 잡기를 구경하며 설창(說唱)을 하는 배우의 우스꽝스러운 표정과 동작에 깔깔깔 웃기도 했다. 그렇게 밤낮으로 노느라 지친 세아가 낮잠을 잘 때면 어김없이 부르는 이가 있었다.

"귀비마마, 부르심 받잡고 왔습니다."

내실에 들어선 무영은 휘장이 내려진 침상을 바라보며 정중히 아뢰었다. 그러자 비단 휘장 사이로 술에 취해 얼굴이 발갛게 달아오른 세아가 나타나 손짓을 했다.

"이리 와. 목이 결리니 안마 좀 해줘."

무영은 무표정한 얼굴로 침상에 다가갔다. 투명하리만치 얇은 비단 옷을 걸친 세아는 자못 요염한 자태로 앉아 무영의 손길을 기다렸다. 무영은 그녀의 어깨와 뒷목을 부드럽게 안마했다.

"아! 네 손은 언제나 나긋나긋하고 부드럽구나. 사내 손 같지가 않아."

사내의 손이 닿자 금세 욕정에 사로잡힌 세아는 나른하고도 유혹적으로 속삭였다. 그녀는 희고 부드러운 손을 뻗어 무영의 옥대를 풀고 옷을 하나하나 벗겨냈다. 은은한 햇살 아래 드러난 무영의 몸은 날렵한 물고기처럼 매끈하고 은비늘이 덮인 듯 하얗게 빛이 났다. 장성한 사내의 골격과 소년처럼 매끈한 골격이 교묘히 섞여 신비로움을 더하고 사모(紗帽) 안에 감춰진 길고 윤기나는 검은 머리칼이 흰 피부와 어울려 아름답기까지 했다. 그런 그를 보고 있으면 세아는 자기도 모르게 몸이 달아올랐다. 무영의 살 냄새를 맡으면 기분이 좋아지고 부드러운 살갗을 쓰다듬고 있으면 그동안의 피로가 사라졌다. 더욱이 그의 손짓 한 번에 가슴이 뛰고 아랫도리가 녹아 없어질 것처럼 흥분이 되니 비록 환관이라 하여도 사내 못지않게 욕정을 일깨우는 것이다. 황제를 모실 때는 어떻게든 만족을 시켜줘야 한다는 의무감에 제대로 즐겨본 적이 없는 세아였으니 아름다운 무영은 억눌린 쾌락을 충족시켜 주는 장난감이었다.

"무영, 네 부드럽고 따스한 몸이 그리웠어. 이리 와서 날 안아 줘."

들뜬 세아와 반대로 무영의 얼굴은 차갑게 가라앉기 시작했다. 그는 메마른 눈빛으로 세아를 안고는 목에 입술을 갖다 댔다. 한 손으로 풍염한 가슴을 쥔 채 딱딱해진 유두를 자극하고 다른 한 손으론 그녀의 등에서부터 둔부까지 부드럽게 훑어 내려갔다. 은근한 신음을 흘린 그녀가 애타는 듯 몸을 비틀며 무영의 머리를 움켜쥐고 가슴 쪽으로 끌어 내렸다. 이에 무영은 그녀의 젖가슴을 덥석 물고 부드럽게 혀를 놀리며 손은 허벅지 사이로 가져갔다. 무영이 진액으로 흠뻑 젖은 곳을 애무하는 동안 세아는 격렬하게 신음을 흘리며 뜨거운 몸을 비틀었다. 그것으론 만족할 수 없었는지 다리를 벌린 세아가 무영의 머리를 잡아 은밀한 곳으로 이끌었다. 무영은 시키는 대로 조심스럽게 하문을 애무했다. 무표정한 얼굴로 시키는 대로 하는 그는 인형과도 같았다. 길이 잘 든 인형, 살아 숨 쉬고 있음에도 불구하고 죽은 듯 생기없는 인형. 세아가 하얀 등을 할퀴고 어깨를 물어뜯어도 무영의 표정은 한결같이 무표정했다.

"더 깊이 들어와. 더 깊이⋯⋯."

세아의 당당한 요구는 무영은 순순히 따랐다. 그의 입술과 혀의 움직임은 너무나도 자극적이었다. 얼음처럼 차가운 입술에서 불같은 뜨거움이 퍼져 나와 온몸을 활활 불태운다. 더 깊이, 더 뜨겁고 거칠게⋯⋯. 세아는 몇 번이고 중얼거리다 외마디 비명을 지르며 무영의 등에 손톱을 박아 넣었다. 두 번 다시 느낄 수 없을 것만 같은 격렬한 쾌감. 세아는 거친 숨을 몰아쉬며 무영의 가는 허리를 끌어안았다. 몸의 열기가 서서히 식고 나른한 피로가 몰려온다. 세아는 미소를 지으며 무영의 몸을 쓰다듬었다. 무영의 몸은 여기저기 피멍이 들고 긴 손톱 때문에 난 상처에서는 피가 배어나오고 있었다.

"아, 무영. 네 몸은 너무나 부드럽고 따뜻해. 남자의 몸이 어쩜 이리 곱고 부드러우냐."

세아가 교태 어린 목소리로 가슴을 쓰다듬으며 말했지만 언제나 그랬듯 무영은 한마디 말도 없었다. 다른 환관과 달리 그는 세아의 총애에 아무런 반응이 없었다. 그저 먼 곳에 정신을 두고 몸만 와 있는 듯 항상 멍한 얼굴을 하고 있으니 그 모습은 더욱더 세아의 욕정을 부추겼다. 무심한 듯하면서 권태로운 표정. 세아는 환심을 사보려고 달려드는 이들보다 항상 우울한 얼굴을 하고 있는 그가 미치도록 좋았다.

"넌 어쩌면 그리 말이 없는 것이냐? 뭐라 말 좀 해보거라. 나한테 원하는 것은 없느냐? 갖고 싶다는 것이 있으면 말해. 원하는 건 무엇이든 주마."

"없습니다."

"흥, 무뚝뚝하기는. 그렇지만 너의 이런 점이 내 마음을 끄는구나. 모두들 하나라도 더 받으려고 하는데 넌 다른 이들과 달라."

"그만 가봐도 되겠습니까? 이만 침수 드십시오."

"잠깐 기다려 보아라. 줄 게 있어."

세아는 머리맡에 있던 옥함을 열어 뒤적이더니 진주와 비취로 장식한 목걸이를 집어 무영에게 건넸다.

"자, 내가 주는 선물이다. 이제 그만 가봐."

침상에서 내려와 옷을 갖춰 입은 무영은 정중히 예를 갖추고는 내실을 나왔다. 빠른 걸음으로 회랑을 걷던 무영은 역겨운 나머지 욕지기가 치밀어 오르자 기둥을 붙잡고 헛구역질을 했다. 이런 짓거리를 하는 자신이 더럽고 추잡해서 숨이 턱턱 막혔다. 구차한 목숨을 끊지 못하는 자신이 한없이 비겁하게 느껴졌다. 가슴에서부터 뜨거운 불덩이가 치밀어 오르자 무영은 빠른 걸음으로 자신의 처소로 향했다. 그리고는 곧바로 보료 밑에 숨겨놓은 단검을 집어 들었다. 공기마저 벨 수 있을 것처럼 새파랗게 날이 선 단검. 무영은 단검을 쥐고 자신의 하얀 목으로 거침없이 가져갔다. 검 끝이 그의 목에 막 닿으려는 순간, 맑은 음성이 귓가에 파고들었다.

"약속해요, 안 죽는다고……. 스스로 목숨을 끊지 않겠다고 약속해요."

"고향 사가에 있을 때 오라버니들이 매달아주셨거든. 그때처럼 그네 타고 싶은데 매달아줄래?"

현을 뜯듯 부드럽고 낭랑한 음성이 그의 동작을 멈추게 했다. 부영은 차마 자신의 목을 찌를 수가 없었다. 이린 후궁의 눈물겨운 부탁이, 맑고 천진한 목소리가 그를 주저하게 만들었다.

'왜! 죽지도 못하는 거야! 이 비겁한 자식! 더러운 자식!'

무영은 바닥에 단검을 떨어뜨리며 무릎을 꿇은 채 고개를 숙였다. 그의 감은 두 눈에서 떨어지는 눈물이 바닥을 흥건히 적셨다.

"형님, 이런 몰골로 목숨을 이어가는 저를 용서하십시오. 궁에 와 처음으로 살고 싶어졌습니다. 제 목숨을 구해준 그분…… 제게 웃어준 그분이 생각나 죽을 수가 없습니다."

상처뿐인 가슴을 따스하게 어루만지던 노래, 눈이 부셔 제대로 바라볼 수가 없던 해맑은 얼굴이 무영의 텅 빈 몸을 채워 나갔다. 살고 싶어졌다. 그녀가 살고 싶게 만들었다. 다시 한 번 보고 싶다. 그녀의 미소를 다시 한 번 볼 수 있다면……. 그럴 수만 있다면 이깟 치욕은 얼마든지 견딜 수 있다. 무영은 나락 속에서 자신을 끌어올리는 손길을 힘껏 붙잡았다. 꼭 살아 돌아가 그녀를 만나겠다고 무영은 몇 번이고 되뇌었다.

✳

해가 바뀌어 봄이 왔다. 성곽에 쌓여 있던 눈이 녹아 해자(垓字)로 흘러들고 잿빛 옷을 뒤집어썼던 황궁이 연초록빛 활력을 되찾았다. 각 궁의 화원마다 나무와 꽃들이 새싹을 피워내고 궁녀들의 맑은 웃음소리가 담장을 넘으니 비로소 사람 살 곳처럼 평화롭다. 자애당 작은 뜰에도 벚꽃과 목련이 만발하고 양지바른 곳에 쑥과 청포, 제비꽃이 앞 다투어 자라니 비현은 봄이 오는 게 즐겁기만 하였다. 따스한 햇살을 맞아 초록 잎과 꽃봉오리를 피워내는 자연도 아름답지만 이제 막 소녀티를 벗기 시작한 비현 또한 연둣빛 새싹처럼 싱그러웠다. 한창 물오른 꽃망울이 투둑 터지듯 피어나는 나이이니 분과 연지를 바르지 않아도 꽃처럼 어여뻤다.

"우리 마마님은 곱기도 하셔라. 다른 처소 마마님들이 아무리 값비싼 분 바르시고 미모를 뽐낸다 하여도 우리 비현마마님에 비하면 까마귀 얼굴이라."

비현의 머리를 빗어 내리던 단홍이가 신이 난 듯 목청을 높였다. 그 소리에 얼굴이 발개진 비현이 고운 이마를 살짝 찡그렸다.

"홍아, 누가 듣겠다."

"들으라지요. 없는 소리 한 것도 아닌걸요."

"참, 애도……."

"마마님 건강도 좋아지시고 얼굴도 이리 밝으시니 전 걱정이 없어요. 이대로 알콩달콩 살면 얼마나 좋을까요?"

"넌 성례 안 하고?"

"시비 주제에 시집은요. 누가 저 같은 거 데려가기나 한대요?"

"네 말로는 스물다섯 살이 되면 궁을 나갈 수 있다고 했잖니. 나가서 좋은 짝 만나 성례해."

"그럼 마마님은 누가 모셔요?"

"일할 사람이야 많은걸. 나야 평생 이리 지낼 운명이라지만 네가 무슨 죄니?"

시무룩하면서도 쓸쓸한 그녀의 말에 참빗을 내려놓은 단홍이 비현의 두 손을 꼭 쥐고 말했다.

"전 언제까지나 마마님 곁에 있을 거예요. 그동안 살아오면서 이렇게 행복했던 적도 없는걸요."

그 고마운 말에 눈물 많은 비현의 눈이 금세 촉촉해졌다. 그러자 단홍이 온갖 너스레를 떨며 이를 놀렸고 두 소녀의 말간 웃음이 창을 넘어 뜰에까지 새어나갔다.

벚꽃이 다 떨어지기 전에 온천궁에 행차했던 황제와 세아가 돌아왔다. 동시에 겨우내 평화로웠던 대흥성에 팽팽한 긴장감이 돌기 시작했다. 좋은 온천물에 목욕을 해서인지 세아는 한결 더 화사해지고 아름다워졌지만 웬일인지 심기가 날카로워 오자마자 궁속들을 못살게 굴었다. 비현은 화연궁 귀비마마가 돌아왔다는 얘기를 듣고 나선 매일 숲에 갔다. 하지만 웬일인지 보름이 지나도록 무영의 모습은 보이지 않았다.

무슨 일이 생긴 건 아닐까 노심초사하던 어느 날, 무영이 소나무 숲에 모습을 드러냈다. 하지만 그는 전과 달라져 있었다. 그의 모습이 살아 있기는 하되 죽은 자처럼 생기가 없고 눈빛은 모래처럼 바싹 메말라 있었다. 비현은 걱정스런 마음에 성큼 다가서서 얼굴을 살폈다.

"무영! 아팠던 거야? 얼굴이 안 좋아."

“그동안 잘 계셨는지요.”

점잖게 읍하는 그를 보며 비현이 급한 어조로 물었다.

“많이 아팠던 거야?”

“괜찮습니다. 감모(感冒)에 걸려서 조금 앓았을 뿐입니다.”

“다행이다. 얼굴이 안 좋아서 놀랐어.”

“아직도 제가 걱정되십니까?”

무영이 여전히 메마른 눈으로 물었다. 딴 세상을 헤매는 것처럼 흐릿한 눈빛에 비현은 가슴이 덜컥거렸다.

“응, 무영의 마음은 아직도 고통스러워하고 있어. 그래서 불안해.”

“제 마음을 읽으십니까?”

“모르겠어. 그냥 그렇게 느낄 뿐이야.”

그는 쓸쓸한 웃음을 지으며 나무에 기대앉았다. 햇살에 드러난 그의 살갗이 눈처럼 하얗다. 특히 턱과 목으로 이어지는 살갗에 푸른 정맥을 보고 있노라면 비현은 가슴이 답답했다. 그는 언제나 금방이라도 사라질 것처럼 위태롭고 슬퍼 보였다. 그래서 마음껏 울 수 있도록 어깨를 빌려주고픈 생각도 들었다. 비현은 무영처럼 나무에 기대앉아 물었다.

“무영은 고향이 어디야?”

“여기서 아주 먼 곳입니다. 동쪽에 큰 강이 흐르는 곳이지요. 산과 소나무가 많고, 두루미가 많은 곳입니다. 흰 옷을 입은 사람들이 소를 몰고 나와 농사를 짓고 여인네들은 피륙을 짜며 아이들은 해가 저물도록 들판에서 뛰어놀았다고 합니다. 그 모습을 실제로 보진 못했지만 아주 평화로운 곳이었다고 해요."

"왜 보지 못했어?"

"전쟁 때문이지요. 제가 본 것은 산과 들에 굶어 죽고 싸우다 죽어간 시체들뿐이었습니다."

"슬펐겠다. 난 아직 주검을 보지 못했어. 그래서인지 죽음이라는 게 실감나지 않아. 그럼 가족들은 고향에 있어?"

비현의 물음에 그는 한참 동안 말없이 허공을 응시했다. 하늘에 흘러가는 구름을 말없이 보던 그 눈빛이 너무나 애잔해 금방이라도 몸이 녹아버릴 것 같다고 생각한 순간, 무영이 갑자기 벌떡 일어나더니 말했다.

"마마님, 그네 매달아달라고 하셨죠? 우선 나무부터 고르러 가지요."

"응? 그래……."

부드럽고 따스했던 눈매가 칼날처럼 날이 서 있다. 비현은 그의 눈매와 건조한 어조에 슬며시 걱정이 되기 시작했다. 뒷모습이 유난히 위태롭다. 금방이라도 무슨 일이 날 것처럼. 비현은 걱정스런 눈빛으로 그의 등을 응시했다.

그들은 말없이 숲 사이를 거닐었고 오래지 않아 숲 깊숙이 자리잡은 커다란 노송을 골랐다.

"제법 좋은 나무군요. 제가 그네를 매어놓을 테니 종종 와서 타십시오."

"고마워, 무영."

무영은 살짝 미소 짓는 그녀를 보며 비 개인 하늘의 구름 사이로 내비치는 햇살을 떠올렸다. 깨끗하고 눈부신 눈망울, 붉은 입술 사이로 드러난 하얗고 고른 치아, 사람 발길이 닿지 않은 호수처럼 때 묻지 않은 순수.

'그녀는 알까? 그녀가 한번 웃고 정다운 말을 건넬 때마다 내 마음이 조금씩 무너진다는 것을.'

황궁에 막 돌아왔을 무렵, 무영은 그녀를 만날 수 있다는 기쁨에 주체할 수 없이 마음이 들떴다. 겨우내 자신을 지탱해 준 그리움이 봇물 터지듯 흘러나와 온몸을 에워쌌다. 곧 만날 수 있다. 만나면 무슨 말을 해야 할지, 어떤 표정을 지어야 할지 머리 속으로 그려보며 얼굴을 붉히기도 했다. 그때 들뜬 무영의 가슴을 일시에 얼어붙게 한 일이 벌어졌다. 어린 궁녀 하나가 무영에게 은근한 추파를 보내는 것을 귀비가 본 것이었다. 귀비는 그 어린 궁녀를 잡아다 하문을 도려내고 궁 밖으로 내쳤다. 밤사이에 벌어진 끔찍한 사건을 목도한 무영은 그동안 자신이 얼마나 어리석은 생각에 빠져 있었는지 깨달았다.

귀비의 지독한 소유욕과 잔인한 성품이 그녀를 해칠 것이라는 생각은 미처 하지 못했다. 그저 자신의 이야기를 듣고 그녀가 어찌 생각할지 두려워 노심초사했을 뿐이다. 궁에서는 무슨 소문이든 금세 퍼지고 만다. 만약 둘이 만나는 것을 알면 어떤 변명을 해도 통하지 않으리라. 자신은 어찌 되든 상관없지만 그녀가 다친다면……. 무영은 상상만으로도 생살이 찢겨져 가는 것만 같은 고통을 느꼈다.

그 후로 무영은 며칠 동안 심하게 앓으며 자신의 피 속에 흘러

들어 온 비현의 흔적을 지워내려 애썼다. 너무나도 그리워 당장이라도 숲으로 달려가고 싶었지만 참고 또 참았다.

'끝내야 해. 더 이상은 안 돼! 하지만 함께한 약속은 지켜야지. 마지막으로 딱 한 번만 보고 오면 돼. 들키지만 않으면 큰일은 없을 거야.'

잠결에서도 숲으로 가라는 속삭임이 들렸다. 마지막으로 딱 한 번만 보고 오라고. 기다리고 있을지도 모르니 마지막 인사라도 하고 오라는 속살거림이 무영을 충동질했다. 서쪽 하늘을 보며 미친 사람처럼 서성이던 무영은 끝내 숲으로 뛰어오고 말았다.

한 여인으로 인해 이토록 절절하게 아플 수 있다니, 이토록 그리워할 수 있다니.

무영은 서러웠다. 오늘이 그녀를 보는 마지막이라는 것이, 다시는 볼 수 없다는 사실이 못 견디게 고통스러웠다. 하지만 그녀를 지키기 위해선 감내해야 할 고통이었다.

노송을 올려다보며 입술을 질끈 깨문 무영은 한껏 가라앉은 목소리로 말했다.

"마마님, 앞으론 제게 잘해주지 마십시오. 혹여 보셔도 아는 내색을 하시면 안 됩니다."

"응?"

놀란 비현이 눈을 동그랗게 떴다. 그 눈빛을 피한 무영은 먼 곳을 보며 말했다.

"노비는 노비 대하듯 하셔야 합니다. 따뜻한 말도, 위로도, 웃음도 함부로 지으시면 안 됩니다. 노비는 사람이 아니라 짐승이니 언제 어떻게 마마님을 해칠지 모릅니다."

그 말에 파랗게 질린 비현이 정색을 하고 소리쳤다.

"아니야! 그런 식으로 말하지 마! 우린 똑같은 사람이야. 단홍이도, 무영이도 내겐 좋은 동무야!"

"동무……. 오랜만에 듣는 말이군요. 마마, 신분이 다른 사람은 동무가 될 수 없습니다."

부드럽고 따스함이 배어나오던 그의 눈매가 싸늘히 변하고 표정이 바위처럼 딱딱하게 굳었다. 비현은 갑자기 변한 그가 무섭고 낯설었다.

"아니야! 우린 같은 사람이니까 좋은 동무가 될 수 있어. 무영은 좋은 사람이잖아. 왜 자꾸 자신을 나쁘게 얘기해?"

"좋은 사람……. 이래도 말입니까?"

무영은 비현의 가는 손목을 움켜쥐고 나무 쪽으로 거칠게 밀어붙였다. 놀란 비현이 정신을 못 차리는 사이, 무영은 고개를 숙이고 그녀의 귓불을 물어 부드럽게 빨았다. 놀란 나머지 외마디 비명을 지르며 몸을 비트는 비현. 그런 그녀를 힘으로 제압한 그가 낮게 중얼거렸다.

"노비는 사람이 아닙니다. 짐승일 뿐입니다. 이제 아셨으면 그만 가시죠. 더 큰 욕을 보기 전에."

그가 손목을 놓자 다리가 풀린 비현이 그대로 주저앉았다. 그 모습을 말없이 내려다보던 무영은 무표정한 얼굴로 자리를 떠나버렸다.

그가 시야에서 멀어졌을 즈음, 비현이 울음을 터뜨렸다. 놀라서 우는 울음이 아니었다. 무영의 서늘한 눈빛이, 순간적으로 온몸에 부딪쳐 오던 절망이 가슴을 짓눌렀기 때문이다. 그는 무엇으로부터 도망가려는 걸까. 왜 자신을 미워하도록 만들려는 걸까. 비현은 알 수가 없었다. 그저 참담하리만치 고통스러운 눈빛을 띤 무영이 안쓰러울 뿐이었다. 그 후 찾은 노송에는 비현이 타기에 딱 알맞은 그네가 매달려 있었다. 그러나 무영의 얼굴은 끝내 보이지 않았다.

오월이 되니 황궁의 젊은 여인들은 들뜨기 시작한다. 단오가 다가오기 때문이다. 꽃다운 청춘에 후궁이 되어 황제의 성총을 입기 위해 기다리는 여인들이 수백 명이요, 궁녀 신분이지만 눈에 띄기 위해 안간힘 쓰는 이들이 셀 수 없이 많았다. 하지만 황제의 몸은 하나인데다 유세아가 독차지하고 있으니 물오른 여인들은 그저 하늘만 보고 있는 셈이다. 그러니 오죽이나 적적한 세월일까. 외로운 그녀들은 누구보다도 간절히 명절을 기다렸다. 정월 보름의 원소관등(元宵觀燈), 오월 초닷새 단오(端午), 칠월 보름의 중원(中元), 시월 보름의 하원(下元)은 한주의 커다란 명절로 호화롭고 시끌벅적함이 역대 어느 나라 못지않았다. 이중 단오는 궁중 여인들이 신분여하를 막론하고 한데 어울려 놀 수 있는 날이었다.

수릿날, 천중절이라 불리는 이날은 초나라 회왕(懷王) 때에 비롯되었다고 전한다. 굴원(屈原)이라는 신하가 간신들의 모함에 자신

의 지조를 보이기 위하여 멱라수(汨羅水)에 투신자살하였는데, 그
날이 오월 초닷새였다. 그 후 해마다 굴원을 위하여 수뢰에서 제
사를 지냈는데 이것이 유래되어 수릿날이 된 것이다. 수릿날이 되
면 대문에 굴원의 시를 써 붙이고 강으로 몰려가 소금물을 묻혀
동그랗게 뭉친 찹쌀밥을 던졌다. 물고기들에게 굴원의 시신을 먹
지 말고 찹쌀밥을 먹으라며 대신 던져 주는 것이다. 수리제가 끝
나면 교외로 뱃놀이, 답청놀이를 갔는데 밤이 되면 처마에 등을
내걸고 불꽃놀이를 하며 놀았다. 황궁에서는 황후가 주관하는 연
회에서 놀이를 하였는데 특히나 후궁들은 나비술래를 좋아했다.
나비술래는 제비에 뽑힌 술래가 나비 모양의 장식을 머리에 달고
숨은 이들을 찾아다니는 것인데 아무도 찾지 못한 술래는 벌로 석
림(石林) 안에 숨겨진 귀신 탈을 찾아 가지고 나와야 했다.

　드디어 오월 초닷새가 되자 아침부터 분주해지기 시작했다. 비
현과 단홍은 찰밥을 해먹고 뜰에서 나비 연을 날리며 놀았다. 오
후엔 황후가 연 연회에 불려갔는데 이미 많은 후궁들과 궁녀들이
한데 모여 즐거운 놀이를 하고 있었다. 그들은 한쪽에 매어놓은
그네와 말을 탔고 투호(投壺)와 바둑을 두며 놀았다. 날이 저물자
백희를 상연했는데 비현은 태어나서 처음 보는 것이라 별세계에
온 것처럼 눈이 휘둥그레졌다. 꽃다운 여인들이 한데 모여 염정소
설을 바탕으로 한 백희를 보니 까르르 웃기도 하고 훌쩍훌쩍 울기
도 하여 참으로 시끌벅적했다. 시비는 올 수 없는지라 아는 이 하
나 없이 재인들과 궁녀들 틈에 껴 있던 비현은 이따금씩 들려오는
이야기들 때문에 좀처럼 백회에 집중을 할 수가 없었다.

“저 아이 후궁이 맞긴 해요? 옷 하며, 머리장식 하며, 품위 떨어질까 옆에 못 앉겠소.”

“하급 관리 딸이라더니 촌티가 자르르 흐르네.”

“어쩜 저리도 볼품없을까. 저런 아이와 같은 품계라니 궁녀들 보기에 면구스러워요.”

그 말을 들은 비현이 슬그머니 입술을 깨물었다. 자신이 화려한 꽃들 속에 잘못 껴들어간 잡초 같아 부끄러우면서도 차림새만 보고 평가하는 그들이 야속하기만 했다.

백희가 끝나자 모두들 품계 별로 무리지어 우르르 몰려갔다. 제비뽑기를 하여 술래를 정하려는 것이다. 앞서 후궁들에게 창피를 당한지라 놀고 싶은 마음이 사라진 비현은 그대로 발을 돌려 가려 했다.

“그냥 가면 안 되지요. 좀 더 놀다 가요.”

막 빠져나가려는데 재인 하나가 다가와 비현의 팔을 잡고 무리들이 있는 곳으로 데려갔다. 얼결에 끌려간 비현은 사람들의 재촉에 죽편을 뽑았다.

“술래가 정해졌어요. 자애당 재인이 술래여요!”

후궁들이 까르르 웃으며 손뼉을 쳐댔다. 그러자 궁녀 하나가 비단 천을 가져오더니 비현의 눈을 가렸다.

“쉰까지 센 다음에 숨어 있는 이들을 찾으셔요. 쉰까지여요.”

갑자기 벌어진 일이라 얼떨떨한 비현은 고개를 끄덕이고 수를 세기 시작했다. 그러자 여인네들이 요란스러운 웃음소리를 흘리며 뿔뿔이 흩어졌다.

"마흔여덟, 마흔아홉, 쉰. 다 세었습니다. 이제 찾습니다."

천을 풀고 눈을 떠보니 조금 전까지만 해도 뜰에 가득하던 마흔 명의 여인들을 자취도 없이 사라졌다. 비현은 들뜬 마음으로 찾아 헤맸지만 자신이 머무는 곳도 아닌 낯선 궁에서 숨은 여인네들을 찾으려니 여간 어려운 것이 아니었다. 황망히 이곳저곳을 헤매던 비현은 끝내 못 찾겠다고 소리쳤고 그제야 여인들이 깔깔거리며 쏟아져 나왔다. 한 무리는 궁에서 멀리 떨어진 누각에서, 또 한 무리는 옆 궁에 숨은 모양이었다.

"이 궁 안에서만 찾는 거라면서요?"

비현이 묻자 재인들이 비아냥거리며 말했다.

"누가 이 궁 안에서만 찾는다고 해요? 그건 또 금시초문이네."

"하지만……."

"아무도 못 찾았으니 재인은 석림으로 가서 귀신 탈을 찾아와 야 해요. 혼자 가야 하는 거 잊지 말아요."

비현은 그제야 이들이 서로 짜고 자신을 속였음을 알았다. 항의 해도 아니라고 딱 잡아떼고 석림 쪽으로 떠미는 데야 그녀도 어쩔 수가 없었다. 한밤중에 등롱 하나 없이 으스스한 능묘를 지나 석림 으로 들어갈 생각을 하니 앞이 까마득하고 온몸에 소름이 돋았다.

"난 황궁 지리도 모르는데 어찌 찾아간담."

한숨을 푹 쉰 비현이 어두컴컴한 황궁을 보며 한 발자국을 내디 뎠다.

"어수룩한 자애당 재인이 걸렸다지 뭐야. 밤새 헤매다가 고생만 실컷 하고 말걸."

"아이고, 불쌍해서 어쩌나. 작년에 걸린 궁녀는 석림 근처도 못 가고 혼절한 채 발견됐다잖아."

"석림까지 찾아간다 해도 귀신 탈 찾기가 쉬운가. 계집들이 오죽이나 겁이 많아야지."

복도를 지나던 무영은 자애당이라는 말에 멈춰 섰다. 자애당 마마가 어찌 됐다는 것인가? 그는 주저없이 방문을 열고 들어갔다. 안에는 화로를 가운데 끼고 앉은 환관들이 낄낄거리며 얘기를 나누고 있었다.

"무슨 얘기를 하고 계셨습니까? 자애당 재인에 대해서 말이 나온 거 같은데?"

갑작스런 무영의 등장에 환관들은 입을 꾹 달았다. 같은 환관들이라 하나 무영의 존재는 달랐다. 세아의 애첩임과 동시에 포로로 끌려와 환관이 된 자이니 곱게 보일 리 만무했다. 그들은 딴청을 피우며 무영을 무시했다. 그러자 무영이 한 환관의 어깨에 손을 얹고 위협적인 어투로 물었다.

"사람이 묻잖습니까? 자애당 재인이 어쨌다고요?"

서슬이 퍼런 무영의 눈빛을 보고 혹시나 세아에게 이를까 겁먹은 환관들은 마지못해 입을 열었다.

"자애당 재인이 후궁들에게 따돌림을 받아 벌칙을 받게 됐다 하오."

"등롱 하나 주지 않고 석림에 가서 귀신 탈을 찾아오라 했다기에 그 얘기를 하고……."

그들이 말을 다 끝내기도 전에 무영이 방을 뛰쳐나갔다. 환관들은 갑자기 사라지는 그를 보며 입을 삐쭉거리며 욕설을 중얼거렸다.

야속한 구름이 달마저 가려 버리고 어두운 황궁 담을 따라 걸어가는 비현은 겁을 잔뜩 집어먹었으면서도 목소리만은 낭랑하였다. 행여 무서워하면 도깨비가 달려들세라 애써 밝게 노래를 부르긴 하나 걸음을 옮기는 다리가 후들후들 떨렸다.

"귀신이 나온다는 냉궁에서 이 년이나 버텼는데 이까짓 밤길을 못 가겠어? 난 갈 수 있어. 꼭 찾을 테야."

비현은 종주먹을 쥐고 담을 따라 석림을 찾아갔다. 미로 같은 황

---

7)시경(詩經): 도요(桃夭)

궁 안을 불빛 하나 없이 가려니 어디가 어딘지 분간이 가지 않는
다. 꽤 오랜 시간이 지난 듯한데 매번 비슷한 정경만 보일 뿐 이때
쯤 나와야 할 석림이 도무지 보이지 않는다. 결국 똑같은 자리만
빙빙 돌고 있다는 것을 알아차린 비현은 집을 딜컥 집어먹었다.

"아, 어찌해. 도무지 모르겠어."

스산한 바람과 두견이 울음소리에 모골이 송연해진 비현은 점
점 울상이 되었다. 포기하고 자애당으로 가려 해도 자신이 지금 어
디 있는지 알 길이 없으니 급기야는 담 아래 주저앉아 울먹이기 시
작했다. 내정과 별궁에 이어지는 문마다 배치된 어전시위마저 보
이지 않는 걸 보면 후궁들이 자신을 골려주기 위해 물리친 것이 분
명하다.

'어쩌면 좋아. 여기서 꼼짝없이 밤을 새야 하나?'

비현은 몸을 감싸며 고개를 숙였다. 무섬증에 이사이가 부딪쳐
딱딱딱 소리를 낸다. 그때 저만치서 작은 불빛이 다가오는 게 보
였다.

'도깨비불인가?'

놀란 비현은 그 자리에 얼어붙었다. 정체 모를 불이 점점 다가
온다. 도망가고 싶어도 금방이라도 아가리를 딱 벌리고 자신을 삼
킬 것만 같아 비현은 꼼짝도 할 수 없었다. 열 발자국…… 여덟 발
자국…… 다섯 발자국.

"엄마야!"

마침내 코앞까지 왔을 때 비현은 무서운 나머지 비명을 지르며
두 눈을 꼭 감고 얼굴을 감싸 쥐었다. 순간, 부드러운 목소리가 들

려왔다.

"마마님! 저 무영이옵니다."

'무영?'

황급히 고개를 든 비현은 등롱을 들고 서 있는 무영을 보았다. 그 모습이 얼마나 반갑던지 비현은 퉁기듯 일어나 그의 목을 끌어안고 울음을 터뜨렸다.

"으흐흑! 무여여엉!!"

갑자기 안기는 비현 때문에 움찔하고 놀란 무영은 뻣뻣하게 서 있다가 한참 만에야 비현의 등을 토닥여 주었다.

"많이 무서우셨습니까?"

비현은 내처 우느라 말을 잇지 못했다. 이에 빙긋이 웃은 무영이 조금 더 등을 토닥여 주다 목에 감긴 손을 풀고 따스하게 말했다.

"의젓하시던 분이 지금 보니 딱 어린애 같습니다. 어두워서 우는 얼굴이 안 보이는 걸 다행으로 여기십시오."

"무여영, 귀신 탈을 찾아야…… 길도 잃어버리고…… 무섭고……."

어깨를 들썩이며 울먹이던 비현은 횡설수설 말을 늘어놓았다. 그녀가 울 때마다 머리에 쓴 나비 장식이 팔랑거려 방울이 딸랑거린다. 그 모습이 한없이 귀엽고 어여쁘다 생각한 무영은 작게 웃으며 비현의 손을 잡아 이끌었다.

"마마님, 어서 석림으로 귀신 탈 찾으러 갑시다."

"와줘서 고마워, 무영. 정말 고마워."

“제 생명의 은인이 아니십니까. 이 정도야 일도 아니죠.”

우는 비현을 달래어 간신히 걸음을 뗀 무영. 둘은 오누이처럼 나란히 손을 잡고 등롱 불에 의지해 석림을 찾아갔다. 길을 가던 무영이 물었다.

“마마님, 지난번 있었던 일로 제가 밉지 않았습니까?”

“아니. 다만 무영이 많이 힘든 것 같아서 걱정이 됐어.”

“마마님은 노여움도 안 타십니까?”

“무영이 좋은 사람인지 아는걸. 이렇게 와준 것만 봐도 알 수 있어.”

무영은 작고 부드러운 비현의 손을 꼭 쥐고 앞으로 힘차게 발을 내디뎠다. 가슴속이 터질 듯 부풀어 오르고 따뜻한 기운이 온몸에 퍼졌다. 맑고 투명한 비현에게 나쁜 물을 들일까 무섭고, 질투심 많은 귀비가 해를 끼칠까 걱정되었다. 무엇보다 자신의 본모습을 알고 비현이 실망할까 두려웠다. 그렇게 벗어나려고 했건만 다 부질없는 짓이었다. 비현을 만나고 온 후 무영은 매일 밤잠을 이루지 못하고 자신의 머리를 쥐어뜯었다. 놀라서 파랗게 질린 비현의 얼굴이 내내 눈에 밟히고 그녀가 사심없이 보여줬던 미소가 목에 걸려 아무것도 먹을 수 없었다. 그러다 우연히 환관들에게서 비현의 얘기를 듣는 순간, 머리 속이 하얗게 변하더니 정신을 차렸을 적엔 등롱을 들고 미친 듯이 그녀를 찾아 헤매고 있었다.

‘마마님, 어쩌지요? 아무래도 마마님을 가슴에 담게 될 거 같습니다. 그것이 저 같은 놈에게 얼마나 큰 죄악인지 알고 있지만 저도 어쩔 수가 없습니다.’

　무영은 잡은 손에 힘을 주며 어금니를 꽉 깨물었다. 불빛 하나 없이 어두컴컴한 그의 가슴속에 한 줄기 빛이 비춰들고 있었다.

　머지않아 석림에 이르자 두 사람은 아이처럼 좋아했다. 진귀한 기암괴석들을 모아놓은 정원 안에 들어서니 무서움은 사라지고 놀이를 하는 것처럼 신이 나서 두 사람의 얼굴에 웃음이 그득했다.

　"자, 그럼 귀신 탈이 어디 있는지 찾아볼까요?"

　그들은 바위 사이사이를 등롱으로 비춰보며 탈을 찾았다. 꽤 넓은 곳이라 찾기 어려울 줄 알았는데 의외로 보기 쉬운 곳에 놓여 있어 비현은 탈을 품에 안고 흐뭇한 표정을 지었다.

　"이제 돌아가는 거야? 탈은 어떻게 해?"

　"내일 지붕 처마에 걸어두세요. 그럼 다들 알 겁니다."

　"고마워, 무영. 무영이 없었으면 담 밑에서 날을 지샜을 거야."

　비현의 말에 무영은 웃음으로 답하며 등롱을 고쳐 들고 걸음을 떼었다.

　"사경(四更)이 다 되었을 겁니다. 늦었으니 어서 가지요. 자애당까지 모셔다 드리겠습니다."

　"응."

　멀리 여우와 두견이 울음소리가 들렸다. 스산한 바람과 함께 어느 전각 처마에 걸어놓은 풍경 소리가 음산하게 떨그렁거렸지만 비현은 이제 무섭지 않았다. 든든한 무영이 자신을 위해 와준 것이다. 비현은 그것 하나만으로도 그동안 섭섭했던 마음이 말끔히 사라졌다.

귀신 탈도 찾았고 이제 돌아가기만 하면 된다고 생각하자 안심
이 되어서인지 비현은 걸으면서 꾸벅꾸벅 졸기 시작했다. 그걸 본
무영은 깨지 않게 조심하면서 그녀를 들쳐 업었다. 그러자 편했는
지 비현은 곧바로 잠들어 버렸다. 무영은 구름처럼 가벼운 비현을
들쳐 업고 나는 듯 걸음을 옮겼다. 나비 장식에서 나는 방울 소리
가 그녀의 목소리처럼 명랑하다. 왜 자꾸 콧노래가 나오는 걸까?
왜 자꾸만 웃음이 나오는 걸까? 무영은 자신도 모르게 미소를 지
으면서 밤길을 갔다. 비현에게서 나는 향기로운 향과 따스한 체온
에 괜스레 얼굴이 붉어지고 가슴이 부풀어 올랐다. 자애당까지 가
는 그 길이 왜 그렇게 짧은지. 그는 궁 앞에 서서 한참이나 머뭇거
린 후에야 비현을 깨웠다.

"마마님, 도착했어요. 이제 들어가셔야 합니다."

"아, 내가 잠들었었구나."

무영이 내려놓자 아직 잠이 다 깨지 않은 비현은 연신 하품을
했다.

"어서 들어가세요."

"오늘 고마웠어. 무영도 잘 자."

발길을 돌리려던 무영은 비현의 마지막 말에 미소로 답했다. 등
롱 불빛에 비친 그의 표정이 정말이지 밝아 보여 비현은 힘차게
손을 흔들어 보이고는 안으로 뛰어들어 갔다. 무영은 그녀가 서
있던 자리를 한참 동안 바라보다 무거운 걸음을 떼었다.

三. 암운暗云

"집어치워! 이것도 음식이라고 만들어온 거야?"

세아는 탁자에 놓인 음식들을 불만스럽게 쳐다보다 그대로 뒤집어 버렸다. 얼굴이 새파래진 궁녀들은 연신 허리를 굽실거리며 내실에 나뒹구는 탁자와 깨진 그릇들을 황급히 치웠다. 하루 종일 심기가 뒤틀려 있던 세아가 온갖 짜증으로 못살게 군 터라 궁녀들의 얼굴엔 지친 기색이 완연했다.

"감히 내가 누군 줄 알고 이따위 것들을 만들어온 거야! 다시 하라고 해!"

"예, 귀비마마."

더 심한 봉변을 당할까 서둘러 나가는 궁녀들을 노려본 세아는 거친 숨을 고르며 입술을 깨물었다. 신경이 칼끝처럼 날카롭게 곤

두서 있어 모든 것에 짜증이 일었다. 황궁에 들어온 지 한참이 흐르도록 아직도 황자를 낳지 못하니 점점 조바심이 나기 때문이다. 한주에는 이미 정궁에게서 난 황태자가 하나 있으니 자칫 잘못하여 황제가 일찍 죽으면 화연궁 귀비는 그대로 나락이다. 세아는 하루라도 빨리 그것들을 끌어내리고 자신이 낳은 아들을 옹립해야 한다는 생각에 애가 탔다.

'어떻게 여기까지 왔는데 아들 하나를 낳지 못해! 그렇게 갖은 수를 다 썼건만.'

황제의 총애는 줄곧 세아에게 향해 있었다. 그렇게 많이 모셨으면 몇 번이고 태기가 있어야 하건만, 감감무소식이니 미칠 노릇이었다.

"이제 남은 것은 한 가지 방법뿐이야. 그분께 부탁을 드려야겠어."

고민 끝에 결심이 서자 세아는 장문의 서신을 썼다. 다 쓴 서신을 나무 상자에 넣어 끈으로 묶은 후 진흙을 발라 봉하고 그 위에 도장을 찍었다. 혹여 다른 이가 엿볼까 철저히 단속한 그녀는 믿을 수 있는 비자에게 맡겼다. 서신을 받는 이는 신도 8)서시(西市)에서 가장 큰 상단을 이끄는 위영종. 서신을 보낸 지 반나절이 안 되어 비자가 답신을 가져왔다. 진흙을 깨고 안에 있는 서신을 꺼내 빠르게 읽어 내려간 세아는 그제야 안도의 숨을 쉬며 만족스런 미소를 지었다.

---

8)서시(西市): 신도에는 각각 동시(東市)와 서시(西市)가 있다. 이는 상업 구역으로 동시는 국내 상인이, 서시에는 국외 상인들이 교역을 하였다

달도 뜨지 않은 캄캄한 밤, 무사들의 호위를 받은 검은 가마 하나가 서쪽 옹문(雍門)을 통해 들어왔다. 가마는 곧바로 화연궁으로 향했고 불을 환히 밝힌 전각 앞에 섰다. 가마꾼들이 가마를 내려놓자 가슴까지 오는 긴 너울을 쓴 여인이 단정한 몸가짐으로 땅을 밟았다.

"신녀(神女)님, 어서 오시어요."

앞에 나와 기다리고 섰던 세아는 반색을 하며 신녀라 부른 여인의 손을 잡았다. 하지만 여인은 그다지 반가운 기색 없이 고개를 쳐든 채 유유히 전각으로 들어갔다. 궁속들은 세아 앞에서 저리 허리가 뻣뻣한 이를 처음 보는지라 그저 놀라며 대단한 사람이 틀림없다 지레짐작을 하였다.

안내를 받아 접견실 푹신한 의자에 앉은 여인은 세아가 건네는 찻잔을 우아한 몸짓으로 받아 들며 흰 너울 속으로 잔을 가져가 조용히 마셨다.

"이리 빨리 와주실 줄은 몰랐습니다. 오시는 데 불편은 없으셨는지요?"

세아는 흥분에 들떠 말했지만 돌아온 것은 인사 대신 차가운 꾸짖음이었다.

"네가 황제의 총애를 얻었다 자만하였구나. 얼굴을 보아하니 대의는 생각하지 않고 사사로운 쾌락만 쫓아다닌 것이 분명해. 어리석은 것, 그리 일렀는데도……. 쯧쯧."

여인의 날카로운 눈에는 보지도 못한 황궁 안의 일들이 선하게 그려지는 모양이었다. 자신이 한 행실이 있는지라 세아는 황급히 무릎을 꿇고 머리를 조아렸다.

"신녀님, 백번 죽어 마땅합니다. 부디 용서해 주시어요."

"네 그 성격이 언젠간 널 파멸로 이끌 거라 하지 않았더냐. 적이 가까이 있는 줄도 모르고 정염에 빠져 있었으니."

뜻밖의 말에 세아가 고개를 번쩍 들었다.

"네? 무슨 말씀이신지요?"

"황궁 안에 있는 뭔가가 널 방해하고 있어. 그 강한 기 때문에 네가 앞으로 나가지 못하고 제자리인 게야."

"네?"

크게 놀라는 세아를 보며 잠시 침묵한 여인은 다소 화기를 누그러뜨린 어조로 말했다.

"너무 큰 걱정은 하지 마라. 이제 내가 왔으니 그것도 큰 힘을 쓰진 못할 것이야. 자, 갈 길이 바쁘다. 신당은 어디에 있느냐?"

"따라오십시오."

세아는 여전히 의문과 긴장이 뒤섞여 복잡한 얼굴로 앞장을 섰다. 그들은 화연궁 궁속들도 함부로 드나들지 못하는 은밀한 전각으로 향했다. 캄캄한 밤, 등롱을 밝혀 신당에 도착한 그들은 궁녀들을 물리치고 안으로 들어갔다. 담황색 휘장이 드리워진 신당 입구를 지나 수많은 초들로 낮처럼 밝혀둔 신실 안으로 들어가자 호랑이 상을 밟고 올라선 여신상이 두 여인을 내려다보고 있었다. 매혹적인 얼굴에 여덟 개의 팔을 펼치고 오만하게 미소 짓고 있는 여신 흑희(黑姬). 음욕과 파괴의 신이자 불을 다스리는 여신은 여덟 개의 팔에 각각 투창, 칼, 방패, 방울, 활, 바퀴, 곤봉, 물 주전 자를 든 채 정면을 응시하고 있었다. 목에는 해골을 엮어 만든 목걸이를 걸고, 허리에는 잘린 손을 엮어 만든 허리띠를 두르니 그 아름다움은 모시는 이들조차 전율할 만큼 기괴했다.

그 신상을 조용히 응시하던 촉영은 그제야 너울을 벗고 신상을 향해 절을 하였다. 너울에 감춰두었던 얼굴은 세아와 별반 다름없이 아름다웠으며 다만 다른 것은 눈처럼 하얀 백발과 흰 눈썹을 가진 여인이라는 것뿐이었다. 촉영은 절을 올린 후에야 비로소 허리를 펴고 신상 앞으로 걸어가 향을 살랐다. 단 아래 가부좌를 틀고 명상에 잠긴 그녀는 한참 만에야 눈을 뜨고 조용한 음성으로 말했다.

"우선 황궁에 서린 기운을 제압한 뒤 잉태를 위한 제를 올려야 한다. 이제 매일 밤 여신님께 제물을 바치고 기도를 할 테니 넌 황제의 곁을 떠나지 말거라. 그리고 제물 준비는 위공이 알아서 할 터이니 성문을 지키는 자들에게 뇌물을 써두어라."

"네, 신녀님."

세아는 신실에 음기가 가득 차 오르는 것을 피부로 느끼며 득의만만한 미소를 지었다.

서각에서 공부를 마치고 돌아온 비현은 좀처럼 보이지 않는 단홍을 찾아 헤매다 뒤뜰 구석에 쪼그려 앉아 울고 있는 것을 발견했다. 얼른 다가가 얼굴을 살펴보니 양 볼이 퉁퉁 부어 있고 턱과 목 언저리 긁힌 자국에 피가 맺혀 있었다. 이에 자지러질 듯이 놀란 비현이 물었다.

"홍아! 얼굴이 왜 이래?"

"마마님……."

단홍은 말을 잇지 못한 채 내내 울기만 했다. 좀처럼 우는 일이 없는 아이인지라 버럭 겁을 집어먹은 비현은 어깨를 흔들며 재차 물었다.

"홍아! 다른 이들이 또 괴롭히기라도 했니? 무슨 일인지 사정을 말해 봐."

"마마님, 전 안 그랬어요. 정말 안 그랬어요."

"도대체 무슨 말이야?"

"아까 황후께서 내리신 비단을 받으러 경사방에 갔는데 내시 놈이 자애당에선 이미 비단을 받아 갔다면서 안 주는 거예요. 아니라고 하니까 뒤에서 몰래 가로채고 시치미를 뗀다고 절 마구 때리고……. 마마님, 전 절대 그런 짓 하지 않아요. 마마님이 어떤 마음으로 기다리셨는지 다 아는데 어떻게 그런 짓을 했겠어요? 전 정말 아니어요. 믿어주셔요."

울먹이느라 힘겹게 말을 잇는 단홍을 보며 비현의 눈에도 눈물이 가득 고였다. 비현은 얼른 단홍을 안아주며 등을 토닥여 주었다.

"이 세상에서 너를 안 믿으면 내가 누굴 믿겠니. 믿는다. 그러니 울지 마라."

"마마님, 억울해요. 참말로 억울해요. 저야 어떻게 되든 괜찮지만 그 비단이 어떤 비단인데, 마마님께서 얼마나 기다리신 비단인데……."

그대로 땅바닥에 주저앉아 목 놓아 우는 단홍을 보며 따라 주저 앉은 비현은 굵은 눈물을 뚝뚝 흘렸다. 잃어버린 비단이 아깝기보다 단홍이 다친 것이 못내 억울하고 화가 났다.

"세상에, 남의 것을 훔친 것도 모자라 처녀 아이 얼굴을 이 지경으로 만들어놓다니. 참말로 몹쓸 자로구나. 내가 변변치 못해 널 이 지경으로 만들어놓았으니 차마 볼 낯이 없다."

울먹이던 비현의 눈에 작은 불꽃이 튀었다. 그동안 단홍이 시비들에게 놀림당하고 골탕먹는 것을 알면서도 어쩌지 못한 것이 가슴 아팠는데 이런 일까지 당하고 보니 도저히 견딜 수가 없었다.

'나를 우습게 보는 것은 용서할 수 있지만 단홍이마저 괴롭히는 것은 절대 용서할 수 없다.'

어금니를 질끈 깨문 비현은 벌떡 일어나 구겨진 옷매무새를 다듬으며 걸음을 옮겼다. 이에 놀란 단홍이 치맛자락을 붙들며 말했다.

"마마님, 어쩌시려고요."

"가서 그 내관을 만나볼 테야. 억울한 누명을 쓰고 가만히 있을 순 없잖아."

"아이고, 큰일나실 소리 하십니다. 경사방 내관이 얼마나 힘이 있는 자인데요. 후궁들도 함부로 건드리지 못하는 자입니다."

"그렇다고 이대로 넘어갈 수 없잖아. 내가 널 이리 만든 것에 대해 꼭 사과를 받아내고 말 테야."

"마마님, 안 됩니다. 큰일나십니다."

비현은 필사적으로 막는 단홍의 팔을 뿌리치곤 경사방으로 갔다. 가난하고 힘없는 것은 견딜 수 있지만 동무를 위해 항변조차 못한다는 건 결코 용납할 수 없는 일이었다. 이대로 넘어간다면 자신을 용서하지 못하리라 생각한 비현은 내관에게 가서 단단히 따지리라 마음을 먹었다.

막 경사방이 있는 용문각에 다다랐을 즈음, 누군가가 급히 가는 비현을 붙들어 세웠다. 깜짝 놀라 고개를 드니 무영이 앞에 서 있었다.

"마마님께서 이곳엔 어인 일로 오셨습니까?"

무영은 비현만큼이나 놀란 표정으로 물었다.

"무영……."

비현이 숨이 가빠 말을 못 잇는 사이 뒤따라온 단홍이 두 사람 사이에 서서 고함을 질러댔다.

"이 내시 놈이! 그분이 누군 줄 알고 손을 대드냐! 그 손 당장 놓지 못하느냐?"

미처 설명할 새도 없이 무영에게 뛰어든 단홍이 그의 팔을 잡고 아그작 물어뜯었다. 비현과 무영이 동시에 비명을 지르고 서로 떼어놓으려 얽히니 담 밑은 그야말로 난장판이 되었다.

"죄송합니다. 전 마마님을 해치려는 줄 알고…… 정말로 죄송합니다."

부끄러워 얼굴이 붉어진 단홍은 이마가 땅에 닿도록 연신 절을 하였다. 이빨 자국이 선명한 무영의 팔에 약초 즙을 발라주던 비현은 어이없다는 표정으로 피식 웃었다.

"너도 참……. 누군지 물어보지도 않고 그렇게 달려들면 어찌

하니?"

이에 무영도 덩달아 웃으며 말했다.

"마마님 곁에 이렇게 든든한 이가 있으니 걱정하지 않아도 되겠습니다."

그들의 웃음에 더욱더 홍시 얼굴이 된 단홍이 소매로 얼굴을 가렸고 자애당에 다시금 청아한 웃음소리가 퍼졌다. 무영은 어느 정도 흥분이 가라앉자 무슨 사연인지 물었다. 단홍에게서 자세한 내막을 전해 들은 그는 어두운 얼굴로 고개를 저었다.

"그 치라면 워낙에 탐욕스러운 자라 그러고도 남을 것입니다. 마마님이 가서 항의하셔도 봉변만 당할 것이니 이쯤에서 단념하시는 것이 좋습니다."

"멀쩡한 얼굴을 이 지경으로 만들어놨는데 말 한마디 못한단 말이야?"

"억울하긴 하지만 난폭하기로 소문난 자이니 자칫 잘못하면 마마님까지 해를 입으십니다."

"마마님, 전 괜찮아요. 약도 발랐으니 조금 지나면 나을 텐데요. 제일 속상한 건 마마님 비단을 그 내시 놈, 아니, 환관이 훔쳐 간 것이지요. 겨우내 기다린 보람도 없이……. 어쩌면 좋아요."

또다시 슬금슬금 우는 단홍을 보고 비현이 넌지시 위로를 하였다. 이번 비단을 팔아 양하 사가에 서신을 전달하려고 했다는 말을 들은 무영은 잠시 생각에 잠겼다가 말했다.

"그 문제라면 제가 도와드릴 수 있을 거 같습니다. 잠깐만 기다려 주십시오."

무영은 설명도 없이 나가더니 한참 만에 돌아왔다. 그가 품에서 꺼낸 것은 진주와 비취로 장식한 화려한 목걸이로 그걸 팔아 비자 사는 데 보태라는 말에 비현이 펄쩍 뛰며 손을 내저었다. 그러나 무영은 목걸이를 억지로 손에 쥐어주며 말했다.

"괜찮습니다. 제겐 아무 의미도 없는 것인데요. 마마님을 위해 쓸 수 있다면 더없이 기쁘겠습니다."

"하지만 이 귀한 것을 어찌 받아……."

"제 목숨을 구해주시지 않으셨습니까. 그것에 비하면 작은 성의지요. 사양치 말고 받으세요."

비현과 단홍은 얼떨떨한 얼굴로 서로를 바라보았다. 고집을 부리며 거듭 사양하던 비현이 마침내 목걸이를 받아 들자 무영은 그제야 안심을 하며 화연궁으로 돌아갔다.

다음날 여관의 허락을 받고 출궁한 단홍은 상인에게 비싼 값을 받고 목걸이를 팔아 비자와 말을 사고 사가에 보낼 선물을 샀다. 그리고 밤잠 못 이뤄가며 쓴 서신과 그림을 동봉해 양하로 보내니 비현은 들뜬 마음에 아무것도 손에 잡히지 않았다. 그 후 보름이 지나 양하에서 답신이 왔다. 비현은 답신을 받자 차마 열어보지도 못하고 바들바들 떨기만 했다. 열네 살에 궁에 들어와 삼 년이 훌쩍 흘렀으니 그동안 부모의 안부가 얼마나 걱정되고 또 그리웠을까. 비현은 궁에 들어온 이후 처음으로 가족들의 소식을 접한지라 그리움이 북받치고 행여나 누가 잘못되었을까 두려워 서신을 볼 엄두가 나지 않았다. 하루가 지나서야 간신히 서신을 뜯은 그녀는 일가 모두 건강하고 오라비들이 모두 혼인을 해 자식까지 두고 있다는 글을 읽고 나서야 비로소 눈물을 흘리며 안도를 했다. 딸만큼이나 그리움으로 가득한 어머니 방씨의 서신엔 구구절절한 이야기가 담겨 있고 딸려 보내온 비단 치마엔 한땀한땀 정성이 가득했다. 비현은 서신과 비단 치마를 닳도록 들여다보며 잠잘 적에도 안고 잤다. 잠들어서도 그리움에 울고 있는 비현이 안타까워 볼에 흐르는 눈물을 닦아준 단홍은 긴 한숨을 쉬며 침상을 지켰다.

어느 날부터인가 신도(神都)에서 끔찍한 일이 일어나기 시작했다. 어린 소녀들이 하나둘 없어지더니 급기야는 수십 명에 이르렀고 그중 일부는 강에서 시체로 떠올랐다. 시체들은 의도를 추측할 수 없을 만큼 다양한 형태로 살해(殺害)되었다. 목이 잘리거나 손목의 동맥이 끊겨 출혈로 죽은 소녀도 있고, 목이 졸린 후 예리한 칼로 복부를 난자당한 채 죽은 소녀도 있었다. 하나같이 잔인하고 몸서리쳐지도록 끔찍하니 원귀의 짓이다, 살인광이 벌인 일이다 말이 많았다. 교위(校尉)들은 살인광을 잡는다며 신도를 휘저었지만 누구 소행인지조차 밝혀내지 못하니 사람들은 그저 불안에 떨 뿐이었다. 살인귀 공포가 극에 달하자 흙먼지 앉을 새도 없이 북적인다는 신도 거리가 해질 무렵이면 한산해지기 시작했다. 특히 딸을 가진 집에선 낮에도 못 나가게 단속을 했는데 그럼에도 불구하고 사라지는 소녀들은 늘어만 갔다.

"피와 골수의 강을 지나 뼈와 내장으로 뒤덮인 들판을 걸어오신 당신께 이 신선한 피를 바칩니다. 피처럼 붉고 달빛처럼 희며 어둠보다 검은 당신의 성스러운 육체 아래 머리를 조아리니, 흑희(黑姬)여! 그 절대적인 힘을 당신을 따르는 이들을 위해 나누어 주옵소서."

청동 단검을 치켜든 채 낮게 읊조린 촉영은 여신상 아래 단으로 성큼 다가서며 그 위에 누워 있는 소녀를 바라보았다. 열다섯 남짓 되는 어린 소녀가 하얀 나신을 빛내며 고요히 잠들어 있었다. 촛불에 드러난 촉영의 얼굴에 광기가 출렁이는 순간, 날카로운 검이 소녀의 명치를 파고들었다. 시퍼런 날이 몸속 깊숙이 파고들어가 내장을 찢어놓자 소녀의 살짝 벌어진 입술과 코에서 피가 흘러나왔다. 촉영은 검을 그대로 둔 채 소녀의 피를 자신의 이마에 찍으며 후족의 언어로 주술을 외었다. 그러자 그녀의 명치에 박힌 단검이 부르르 떨리는가 싶더니 검두(劍頭)에 투각된 흑희의 입에서 피가 흘러나왔다. 순결한 소녀의 피와 살을 좋아하는 흑희가 제물을 마음에 들어한다는 징조다.

촉영은 만족에 찬 미소를 흘리며 서서히 검을 뽑았다. 붉은 피가 사방으로 튀며 단을 적시자 가장자리에 파인 홈으로 피가 고여 아래로 흐르기 시작했다. 흘러내린 피는 단 아래 청동 항아리에 모이니 다 차길 기다린 촉영이 상단으로 가져가 흑희의 발 아래 부었다.

"흑희여! 당신의 힘으로 한족(漢族)을 멸하고 후족(後族)의 세상을 열어주소서! 후족의 피를 타고난 아이를 이곳에 태어나게 하여 중원을 발 아래 두게 하소서!"

붉은 피가 흑희의 발등을 적시고 아래로 흐르기 시작했다. 단 아래에 고여 있는 피 웅덩이를 들여다보던 촉영은 그 속에 어린 형상을 보며 감격 어린 탄성을 내뱉었다.

"흑희께서 드디어 허락의 계시를 내리셨다!"

촉영은 감격 어린 표정으로 무릎을 꿇고 거듭 절을 하였다.

흑희의 허락이 있고 얼마 후 마침내 세아가 회임을 하였다. 황제는 뛸 듯이 기뻐하며 상을 내렸고 세아는 벌써 세상을 손아귀에 쥔 것처럼 오만해지기 시작했다. 촉영은 장래 황제가 될 복중 태아를 위해 계책을 꾸몄다. 자신이 이용되는 줄도 모르고 사냥개 역할을 도맡아하는 유이항이 있다곤 하나 제위에 오르기 전 걸림돌이 되는 것은 미리미리 없애야 한다는 계산에서였다. 촉영은 직접 만든 고독(蠱毒)을 황후, 황태자 전(殿)에 몰래 묻었다. 무고(巫蠱) 중에서도 가공할 만한 힘을 가진 것이 고독이다. 우선 지네, 도마뱀, 개구리, 뱀, 전갈 등 독을 가진 다섯 종류의 동물을 모아 병에 넣어 밀봉한 다음 흙에 묻어둔다. 며칠 후에 병을 열면 자기네끼리 서로 잡아먹고 한 마리만 살아남는데 그 한 마리는 독충 중에서도 최강의 고(蠱)이며, 이것을 죽여 저주의 매개로 삼아 정적을 죽이는 것이다. 촉영은 후족 중에 가장 뛰어난 무녀(巫女)라 그녀의 저주를 받은 이들은 얼마 버티지를 못하고 죽어 나갔다.

쥐도 새도 모르게 묻은 고독은 얼마 안 가 그 효력을 발휘하기 시작했다. 지병이 악화된 황후가 몸져눕고 황태자의 몸이 날로 쇠약해져 갔다. 그 소식을 반긴 촉영은 이참에 자신의 능력을 십분 발휘해 볼 요량으로 자신이 부리는 동물들을 이용해 후궁들이 낳은 황자들을 모두 죽이기로 계획을 세웠다. 화연궁을 중심으로 황궁 안에는 점점 음산한 기운이 감돌았다.

한주에서 덥기로 유명한 고장 중 하나가 신도다. 여름 한낮 거리엔 인적이 드물었는데 대부분 양민들은 집에서 낮잠을 잤고 부유한 귀족들은 호수나 강으로 연음(宴飮)을 떠나거나 번천, 두곡, 위곡 근처의 별장에서 더위를 피했다. 황제는 빙고의 얼음을 꺼내 봉황이나 용으로 조각해 내실에 두어 냉기를 즐기다 그도 성에 차지 않으면 후원이나 별궁으로 피서를 갔다. 황궁에 남은 후궁들은 얼음 화채를 해먹으며 더위를 쫓았는데 올 여름은 초입부터 더위가 대단한지라 빙고의 얼음 비축량이 갈수록 줄어들어 동시(東市) 상인에게 대어 먹기도 모자를 지경이었다. 비현과 단홍은 대흥성 안에 있는 사찰에 가서 더위를 피하곤 했는데 불공도 드리고 연못 가에 핀 연꽃도 구경할 수 있어서 즐겨 찾았다.

칠월 초순. 날이 뜨거워지기 전에 서둘러 사찰에 온 비현과 단홍은 불공을 마친 후 안면이 익은 비구니가 건네준 시원한 차를 마시며 땀을 식혔다. 다시 후원 연못으로 향한 그들은 정자에 앉아 한가로이 부채질을 하며 더위를 쫓았다. 막 정오를 지나 햇살이 작렬하던 때였다. 자리에 누워 깜빡 잠이 들었다가 깬 비현은 수통에 물이 없자 사찰 근처 약수 천으로 향했다. 맛이 좋기로 유명한 곳이라 궁 안 사람들이 종종 찾는 계곡이 그날따라 한적했다. 더운 날씨 탓이려니 생각하고 물을 뜨려는데 어디서 여자와 어린아이의 자지러지는 울음이 들려왔다. 황급히 소리의 진원지를 찾아 나서니 얼마 안 가 바위 위에 궁녀와 어린 소년이 서로 부둥켜안은 채 달달 떨고 있는 걸 발견했다. 왜 그런가 보니 바위 아래에 뱀 세 마리가 똬리를 틀거나 바위 주변을 슬슬 돌고 있어 보기에도 흉측스러워 소름이 돋았다. 비현은 그들이 함부로 움직여 뱀이 달려들까 봐 황급히 외쳤다.

"가만히 있어요! 움직이면 안 돼요!"

막상 소리치고 보니 자신도 할 수 있는 일이 없는지라 비현은 멀리서 발만 동동 굴렀다. 뱀은 건드리지 않는 한 스스로 사람을 공격하는 일이 없다 들었는데 이 뱀들은 다분히 공격적으로 바위를 맴돌고 있었다. 게다가 배어나오는 기운이나 생김새로 보아 여느 뱀은 아니었다. 비현은 까딱 잘못하면 큰일나겠다 싶어 황급히 복숭아 나뭇가지를 꺾어 들고 다가갔다.

"휘어이! 해치지 않을 테니 물러가라! 휘어이! 함부로 사람을 해치면 지신(地神)께서 노하신다!"

비현은 뱀들이 놀라지 않게 조심스럽게 나뭇가지를 흔들며 쫓았다. 처음엔 꿈쩍도 하지 않던 뱀들이 비현이 말에 조금씩 반응을 보이기 시작했다. 위협적으로 혀를 날름거리던 뱀들이 차츰 물러서더니 하나둘 숲 속으로 사라졌다. 마침내 뱀들이 시야에서 사라지자 오들오들 떨고 있던 궁녀와 아이는 자리에 주저앉아 정신을 잃고 말았다.

"내 너를 본 적이 있다. 몇 해 전 태후마마께서 냉궁에 보낸 아이가 아니더냐?"

황후의 감격에 찬 목소리에 비현은 그만 얼굴을 붉히었다. 뱀을 쫓아 구해줬던 아이가 황자라는 걸 안 것은 불과 한 시진 전이었다. 몰래 궁녀를 꼬여 약수 천으로 놀러간 황자가 죽을 뻔한 위기에서 살아난 일이 알려지자 황후가 있는 태민궁은 발칵 뒤집어졌고 공을 세운 비현을 불러 올렸다. 아직도 놀란 가슴을 진정시키지 못한 황후는 비현을 보사마자 대뜸 손부터 붙들고 흥분을 감추지 못했다.

"너와 내가 전생에 서로 덕을 쌓았나 보다. 그때의 인연이 오늘까지 이어지다니, 세상에 이런 인연도 다 있구나. 네가 아니었으면 내 아들이 어찌 살 수 있었겠느냐. 고맙다, 정말로 고맙다."

황후의 말에 비현이 수줍게 아뢰었다.

"황공하옵니다. 마마의 은혜로 지금껏 목숨을 부지하였으니 모두 황후마마께서 쌓으신 은덕이옵니다."

"여자의 몸으로 어디서 그런 용기가 났느냐? 기특한지고, 더없이 고마운지고."

황후는 해가 저물도록 비현의 손을 놓지 않고 몇 년 만에 만난 동기간처럼 좋아하였다. 장자이자 황태자인 재열 뒤에 낳은 황자 재성은 황후가 제 몸처럼 아끼는 아들이니 그 목숨을 구해준 비현에 대한 고마움은 끝이 없었다. 황후가 함께 다과 들기를 청하며 그동안 지내온 일을 묻자 비현은 어느새 수줍음을 잊고 예의 바르면서도 명랑하게 아뢰었다. 그늘이나 경망됨없이 차분하고 밝은 모습에 반한 황후는 더욱더 비현의 행실을 칭찬하며 좋아했다. 이에 그치지 않고 비단 오십 필, 비취 반지와 목걸이, 옥잠과 보요, 은자 한 궤와 호화로운 자개장까지 하사하니 비현은 갑작스럽게 벌어진 일들에 얼떨떨하기만 했다.

"내가 가진 재물을 다 준다 하여도 아깝지가 않구나. 고맙고 또 고마우니 청이 있거든 말해 보아라. 내가 해줄 수 있는 만큼 해주마."

"하사하여 주신 것들로도 분에 넘치옵니다."

"내 성의니 거절하지 말거라. 그래, 네 청이 무엇이냐?"

황망해하던 비현은 한참 동안 말을 잇지 못하더니 겨우 입을 떼었다.

"제가 데리고 있는 시비 아이가 하나 있습니다. 부디 속량(贖良)하게 해주옵소서. 제 청은 그것이옵니다."

이에 황후의 얼굴이 금세 환해졌다.

"그 마음 참으로 곱다. 그리 고운 마음을 쓰니 나쁜 것이 가까이하지 못하는 것이야."

연신 고개를 끄덕인 황후는 흔쾌히 청을 받아들여 단홍을 면천시켜 주고 궁녀로 올려주마 약조하였다.

밤이 늦어서야 태민궁을 나온 비현은 기쁜 마음에 체면불구하고 자애당으로 뛰어갔다. 혹여 나쁜 일로 황후전에 불려갔나 불안한 얼굴로 뜰에 서성이는 단홍을 발견한 비현은 그녀의 품에 뛰어들며 황후가 약조한 일을 알려주었다. 그동안 천한 신분 때문에 갖은 고초를 겪어온 단홍은 그 얘기를 듣자마자 그대로 주저앉아 목 놓아 울기 시작했다.

그 후부터 비현은 수시로 태민궁으로 불려가 병으로 침상에 누워 있는 황후의 말벗이 되며 총애를 한 몸에 받았다. 황후의 각별한 총애를 받게 되니 단박에 대우가 바뀌기 시작했다. 무시하며 면박을 주던 후궁들은 살갑게 말을 걸고 소 닭 보듯 하던 환관과 궁녀들은 서로 잘 보이려 애쓰며 노상 자애당을 들락거렸다. 일이 이쯤 되니 신난 것은 단홍이다. 자신 아래로 두 명의 궁녀를 두게 된 그녀는 성성 들여 비현의 옷을 짓고 머리징식, 화장에 공들이며 자애당 안팎을 열심히 가꾸었다. 소박하고 단아했던 비현이 공들여 치장하니 그 자태가 더없이 어여뻤다. 아직 소녀티를 완전히 벗지 못하였으나 점점 성숙한 아름다움이 드러나니 부러움과 시기를 품은 자들의 입에 비현의 이름이 심심찮게 오르기 시작했다.

"마마님, 왜 그리 기운이 없으십니까?"

비현의 그네를 밀어주던 무영이 슬그머니 물었다. 언제나 구슬처럼 반짝이던 그녀의 얼굴에 시름이 깃들어 있었다. 무슨 일이 있어도 좀처럼 내색을 하지 않는 그녀인지라 무영은 걱정이 되었다. 그의 물음에 비현은 별말없이 고개만 푹 숙인 채 땅을 내려다보았다. 무영은 가슴이 철렁 내려앉았다.

"부모님과 서신 왕래도 하고 단홍이가 면천되어 그저 좋다 하시던 게 엊그제였는데 그새 걱정이라도 생기셨습니까?"

무영이 재차 묻자 비현이 시무룩한 표정으로 말했다.

"무영, 사람의 욕심이란 게 끝이 없나 봐."

"무슨 말씀이신지요?"

"전에는 부모님 소식만 알아도 좋겠다, 불쌍한 단홍이 면천이 되었으면 좋겠다는 생각뿐이었어. 근데 막상 소원하던 것이 다 이루어지니 슬그머니 다른 소망이 생기지 뭐야."

그네 밀던 손을 멈춘 무영은 앞으로 돌아와 비현의 눈을 맞추며 부드럽게 물었다.

"괜찮으시다면 그 소망이 뭔지 말씀해 주시겠습니까?"

한참 동안 망설이던 비현은 귀까지 빨개져서 더듬더듬 말을 꺼냈다.

"사실은…… 여기에 뭐가 걸린 것처럼 아프고 답답해."

두 손을 포개 가슴에 얹은 비현은 촉촉한 눈빛으로 말을 이었다.

"여기가 막 아프고 답답하고 시려. 병이 나서 아픈 건 아닌 거 같아. 그저 황궁이 못 견디게 갑갑해. 무영은 이해할 수 있어?"

무영의 얼굴에 안도가 스쳐 가고 눈빛은 애틋하게 바뀌었다.

"이해할 수 있어요. 저도 그 부분이 칼에 찔린 것처럼 아픈걸요."

"그래? 그럼 무영도 황궁을 나가고 싶어?"

혹여 누가 들을까 자그맣게 속삭이는 그녀를 보고 무영은 미소를 지으며 끄덕였다. 그러자 비현이 수줍게 웃었다.

"나도 그래. 이룰 수 없는 소망이다 단념하려고 해도 그게 잘 안 돼. 단홍이와 무영이 더없이 잘해주니 이런 생각 하면 안 되겠지? 나보다 힘든 사람들이 많을 텐데 이런 생각을 하는 것은 부끄러운 거야. 그렇지?"

커다란 눈망울이 촉촉해지더니 금세 눈물이 가득 고였다. 무영은 그 눈물을 손가락으로 걷어내고 손을 잡아주고 싶은 충동이 들었지만 애써 누르고 부드럽게 달랬다.

"마마, 자유는 부끄러운 것이 아닙니다. 뭐든 원하는 것이 있으면 절대 포기하지 마세요. 간절히 원하면 언젠간 이루어진다고들

하지 않습니까."

"그럴까?"

"그럼요. 그 소망, 꼭 이루실 겁니다."

비현은 애써 웃어 보였다. 그 미소에 무영의 가슴이 묵직하게 내려앉는다.

'마마님, 그 소망이 얼마나 위험한 것인지 아십니까? 마마와 저는 죽기 전에는 이 황궁에서 나갈 수 없는 몸입니다. 나갈 수만 있다면, 마마님과 이곳을 나갈 수만 있다면 얼마나 좋을까요.'

비현이 짓는 미소가 한편으론 슬퍼 보여 무영의 가슴 한끝이 찌르르 울렸다. 그녀가 울면 무영은 심장이 뜯겨 나가는 것만 같다. 어찌하면 그 아픔을 덜어줄 수 있을까. 무영은 소나무 그늘 속에서도 밝은 빛을 발하는 얼굴을 보며 생각했다.

'마마님 말씀대로 사람의 욕심이라는 게 끝이 없나 봅니다. 그저 이렇게 옆에 있기만 해도 좋겠다 했는데 점점 욕심이 생깁니다. 그 눈물이 절 위해 흘리는 눈물이었으면, 그 애틋한 눈빛이 저만을 위한 것이었으면 좋겠습니다. 순수한 마마의 마음을 배반하는 것인 줄 알면서도 이 마음을 어쩔 길이 없습니다.'

콧등이 시큰해져 오자 무영은 다시 비현의 그네를 밀어주었다. 그의 눈가에 맺힌 이슬이 솔 향 머금은 바람과 함께 대기 중에 사라져 갔다.

황제의 총애를 독차지하게 된 세아는 서서히 일족의 염원을 이루기 위해 준비를 시작했다. 그녀는 황제에게 청을 넣어 후족 출신으로 지방관리에 머물러 있는 이들을 하나둘씩 중앙관리로 발탁했고 그들 대부분을 자신의 측근으로 삼았다. 그중 세아의 최측근에 있는 이는 서시의 대상(大商)에서 전중시어사(殿中侍御史: 관리의 부정을 감찰하는 벼슬)가 된 위영종였다. 이제 막 오십을 넘긴 위영종은 뛰어난 장사꾼이자 야심가였다. 그는 일찍이 어린 세아를 이용해 권력의 중심에 다가가려고 치밀한 계획을 세워왔다. 관상가를 매수해서 유이항의 집에 세아를 들여보낸 것도 그였고, 측근을 끌어들이기 위해 막대한 자금을 대는 이도 그였다. 마침내 위영종은 전중시어사라는 관직에 올라 그동안 꿈꿔온 야심의 첫발을 내디뎠다.

자신을 뒷받침해 줄 든든한 세력을 만든 세아는 더욱 거리낌이 없어졌다. 그녀는 자신의 궁에 측근들과 신도의 부호들을 불러 주연을 열고 이따금씩 도박을 하며 놀았다. 그녀의 사치스럽고 난잡한 생활에 황궁 여인들은 눈살을 찌푸렸지만 누구도 나서서 얘기하는 사람이 없었다. 지금 세아는 내궁의 실질적인 황후나 마찬가지였다.

아침 일찍 화연궁을 찾은 위영종은 가져온 옥함을 세아에게 바쳤다. 호기심 어린 눈으로 옥함을 열어본 세아의 눈매가 사납게 치켜 올라갔다.

"이, 이것은 내 목걸이가 아니오?"

세아의 목소리 끝이 분노로 파르르 떨렸다. 얼굴에는 독기가, 눈 속엔 격정이 솟구치고 있었다.

"소신도 처음 보고 놀랐습니다. 귀비마마를 위해 특별히 만들어

올린 것이 아닙니까? 이것을 평범해 보이는 아이가 가져와 은자와 비단으로 바꾸어갔다고 합니다. 세상 물정을 모르는 아이였는지 값어치의 절반도 안 되는 흥정을 했더군요. 이것이 어떻게 그 아이 손에 들어간 것입니까? 어디 짐작 가시는 게 있으십니까?”

위영종의 물음에 세아는 굳은 얼굴로 입을 다물었다. 세아의 분위기가 사뭇 심각해지자 그는 더 이상 묻지 않고 조용히 내실을 나갔다.

쿠당탕탕! 쨍그랑!

위영종이 나간 지 얼마 되지 않아 요란한 굉음과 함께 내실 바닥이 엉망이 되었다. 여기저기 넘어뜨린 장과 깨진 자기가 낭자한 가운데 세아는 거친 숨을 몰아쉬며 이를 바득바득 갈았다.

“내가 준 것을, 이 유세아가 준 것을 다른 년에게 줬다? 네놈이, 네놈이 나를…….”

분노와 질투에 사로잡힌 세아의 눈빛에 차츰 광기가 서리기 시작했다.

황후의 병세가 날로 안 좋아지고 있었다. 시의(侍醫)들이 저마다 약을 지어 올렸지만 황후는 눈에 띄게 수척해지고 침상에서 일어나지도 못하는 날이 늘어만 갔다. 매일 태민궁에 들러 황후의 시중을 드는 비현은 내내 마음이 무겁기 그지없었다. 고칠 수 있는 능력을 숨기고 있는 것이 마냥 죄스러워 하루에도 몇 번씩 고민에 시달렸지만 차마 입을 열지 못했다. 자신을 지키기 위해 감내했던 고통보다 아픈 이를 곁에 두고 돕지 못하는 고통이 더 크게 다가왔다.

"황후마마, 아무런 도움이 못 되어 송구하옵니다."

비현은 고개도 들지 못하고 눈물만 글썽였다.

"별소릴 다 하는구나. 네가 옆에 있으면 한결 마음이 차분해지고 어지럼증도 가시니 난 그저 고마울 뿐이다."

황후는 비현의 손등을 토닥이며 자상한 미소를 지었다. 서른이라는 젊은 보령에도 불구하고 얼굴엔 병색이 가득하니 모두들 안타까워 발을 동동 굴렀다. 병의 원인조차 밝혀내지 못한 시의들은 행여나 목이 달아날까 전전긍긍하고 태민궁에는 민간에서 몸에 좋다고 소문난 것을 가져다 달이느라 약 냄새가 진동하였다. 보다 못해 신도에 있는 모든 사찰에서 황후를 위해 축수의식을 하고 황궁 안에 있는 황제가 아끼는 동물원, 연못, 호수에 있는 동물과 물고기들의 일부를 방생하였다. 그럼에도 불구하고 황후는 좀처럼 차도가 없었다. 때때로 머리가 아프다며 혼절하고, 약을 전부 토해내기도 하며 며칠씩 하혈도 하였다. 증세가 일관되지 못하고 기복이 심하니 모든 이들이 손을 놓고 그저 한숨만 내쉬었다.

황후의 침전에서 오랫동안 머물게 된 비현은 점점 엄습해 오는 심상치 않은 기운에 불안해지기 시작했다. 이상한 기운을 느낀 것은 태민궁에 처음 발을 들여놓을 때부터였다. 무언가가 어깨를 짓누르는 것처럼 무겁고 머리가 아팠다. 그냥 마음이 무거워서 그러려니 했지만 태민궁을 벗어나면 두통이 사라지니 이상하다는 생각이 들었다. 며칠을 두고 조심히 살펴보아도 여전히 같은지라 걱정이 되기 시작했다. 혹여 병의 원인이 궁에서 흘러나오는 나쁜 기운 때문이 아닐까 하는 생각이 들자 비현은 그 길로 궁 안 사찰로 달려가 비구니를 붙들고 자신이 느낀 것을 이야기해 주었다. 그러자 비구니는 심각한 표정으로 말을 꺼냈다.

"얘기해 주신 것을 정리해 보면 일종의 저주술이 아닌가 싶습니다만."

"저주술이요?"

"고대 마교(魔敎)에서 전해오는 것이 있다고만 들었지 소승도 잘은 모릅니다. 재인마마의 말씀이 맞는다면 보통 큰일이 아니니 빨리 손을 써야 할 듯싶군요. 근방에 의식을 하시는 분이 계신가 여쭙고 올 테니 잠깐만 기다려 주세요."

급한 발걸음으로 승원에 들어간 비구니는 한참 만에 나왔다.

"신도 남쪽 교외에 자은사(慈恩寺)라는 절이 있는데 그곳에 법륜(法輪)이라는 대사님이 와 계시답니다. 법력이 높으시다니 그분께 한번 여쭈어봄이 어떨까요?"

그 길로 황후전에 달려온 비현은 때마침 와 있는 대국부인(황후 손씨의 어머니)께 인사를 드리고 나서 비구니에게 들은 말을 전해 주었다. 저주술일지도 모른다는 말에 창백하게 질려 버린 대국부인은 서둘러 자은사에 청을 넣었다.

며칠 안 되어 승려들을 이끌고 황궁에 들어온 법륜대사는 태민궁 앞에 당도하자 안으로 들어가지 않고 담 주위만 한참을 돌았다. 노란 승복에 홍가사를 걸친 백발의 노승은 무척이나 느린 걸음으로 담 주변을 맴돌다 서고, 주위를 둘러보다 다시금 거니는 것을 반복하더니 혀를 끌끌 차며 안으로 들었다.

침전 내실엔 혼절한 황후가 누워 있고 대국부인과 비현만이 그 옆을 지키고 있었다. 조용히 들어와 멀리서 황후를 지켜보던 노승은 시선을 돌려 옆에 선 비현을 뚫어지게 쳐다보았다. 별다른 말 없이 염주를 헤아리는 그의 눈빛이 예사롭지 않아 비현은 적잖이 당황하였다. 마치 천리안을 가진 이처럼 속속들이 헤치는 날카롭고도 담담한 눈빛에 몸이 움츠러들고 속이 철렁거렸다. 왜 그리 보시는 걸까? 비현은 형형한 눈빛을 피하며 고개를 푹 숙였다. 안 그래도 침울한 내실에 침묵만이 감돌자 마음이 급한 대국부인이 물었다.

"대사(大師)께서 태민궁으로 곧바로 들어오시지 않으시고 담 주위를 살펴보셨다 들었습니다. 혹여 황후마마의 옥체에 위해를 가하는 것을 발견하신 건 아닌지요?"

조심스러운 물음에 노승은 눈을 지그시 감고 진언(眞言)을 읊더니 한참 만에야 말을 꺼냈다.

"소승이 살아오면서 이렇게 지독한 저주술은 처음이옵니다. 몇 겹의 진을 쳐 마기(魔氣)가 흘러나오는 것을 감췄으니 역능(力能)이 보통이 아닌 무녀(巫女)입니다. 지금껏 황후께서 버티신 것만도 그저 놀라울 따름이지요."

놀란 대국부인이 그 자리에 털썩 주저앉아 울음을 터뜨렸다. 경악 속에서 노승이 말을 이었다.

"이곳뿐만이 아니옵니다. 입궁하는 내내 살펴보니 도처에 마기가 드리워져 있는 것이 아예 이 나라를 무너뜨리려고 작정하고 수를 쓴 모양입니다."

"대사, 그럼 이제 어찌해야 합니까?"

"지금 당장은 소승도 어찌할 방도가 없사옵니다. 진을 파기하면 파기한 이에게까지 해를 가하도록 만들어놨기 때문이지요. 혼자로는 부족하니 더 많은 승려들을 불러 모아야 할 것입니다."

이 일은 당장에 황제에게 고변되었다. 놀란 황제는 서둘러 법력이 높은 승려들을 불러 모았고 꽤 긴 시간 동안에 걸쳐 진과 고독을 제거했다.

이에 크고 작은 병에 걸렸던 황후, 황자들의 몸이 눈에 띄게 나아지기 시작했고 다소 원기를 회복한 황후는 조석으로 죽을 먹을 수 있게 되어 한결 얼굴색이 좋아졌다. 이에 황후는 병의 원인을 알아낸 비현에게 상을 내리며 다시 한 번 총애를 두둑이 다졌다. 그리하여 경악 속에 들썩였던 황궁이 안정을 찾으니 황후는 각 절에 많은 시주를 하고 법사들과 법륜대사를 불러 진연을 베풀었다. 이 진연에 공을 세운 비현도 같이 불렀는데 우연찮게도 법륜의 바로 옆에 앉아 차를 들게 되었다. 법륜은 처음에 비현을 보았던 것처럼 내내 알 수 없는 눈빛으로 보더니 진연이 파하고 돌아갈 무렵에야 비로소 말을 꺼냈다.

"자신의 운명에 얽매이지 마십시오. 다른 이의 말에 귀 기울이지 말고 마음이 원하는 대로 따라가시면 길이 열릴 것입니다."

비현은 급작스런 노승의 말에 의아한 표정을 지었다.

"대사님, 무슨 말씀이신지요?"

"다시 뵐 때까지 부디 옥체 보전하옵소서. 나무아미타불, 나무아미타불……."

진언과 함께 공손히 합장한 노승은 그대로 법사들과 함께 진연장을 나갔다. 그의 뒷모습을 물끄러미 바라보던 비현은 수많은 의문에 휩싸였다.

'대사의 말씀은 무슨 뜻일까. 그리고 다시 만난다니……. 아직 끝난 게 아닌가?'

비현은 멀어져 가는 대사 일행을 한참 동안 응시했다.

9)호수에 봄이 오니 그림만 같은데

산봉우리들이 에워쌌고 수면은 잔잔하네.

소나무 가지런히 천 겹 비취색으로 산자락 수를 놓았고

밝은 달 호수 한가운데 한 알 구슬로 박혔네.

파란 담요 펼친 논에 뾰죽뾰죽 벼가 자라고

푸른 비단 허리띠런가 새록새록 창포잎이 돋았네.

내 차마 항주 떨치고 떠나가지 못하나니

그 까닭 반절쯤은 바로 이 호수 때문이라네.

비현의 암송이 끝나자 침상에 누워 창밖 연못을 바라보고 있던 황후가 작은 감탄을 내뱉으며 미소를 지었다.

"백거이(白居易)의 시로구나. 네 맑은 목소리로 들으니 참으로 좋구나."

----

9)춘래호상(春來湖上): 호상춘래사도화(湖上春來似圖畵) 난봉위요수평포(亂峰圍繞水平鋪) 송배산면천중취(松排山面千重翠) 월점파심일과주(月點波心一顆珠 碧) 벽담선두추조도(碧線頭抽早稻) 청라군대전신포(靑羅裙帶展新浦) 미능포득항주거(未能抛得杭州去) 일반구류시차호(一半勾留是此湖) -백거이(白居易) 作

"황후마마께서도 백거이를 좋아하시옵니까?"

"목부(牧夫)부터 귀족에까지 사랑받는 시인이 아니더냐. 난 특히 비파행(琵琶行)이 좋아. 비파를 타는 여인이 꼭 나인 것만 같거든. 그것도 암송하고 있느냐? 들려주련?"

비현은 세우(細雨)가 내리는 연못을 보며 조용히 암송했다. 빗물이 고인 연잎이 무게를 이기지 못하니 도르르 물을 쏟았다. 그 초록 연잎이 징검다리인 양 밟으며 유유히 노닐던 검은댕기 해오라기가 날렵한 부리로 먹이를 잡아 목으로 넘기니 평화로우면서도 서글픈 심사를 돋우는 풍경이었다. 내실에 단둘이 앉아 애잔한 시를 읊고, 들으니 자못 울적해진 두 여인의 눈빛이 촉촉해졌다. 비현의 긴 암송이 끝나자 황후가 입을 열었다.

"10)뱃전을 비추는 달빛 차게 빛나고, 이슥한 밤 문득 어린 시절 꿈을 꾸면, 꿈결에 울음 울어 눈물이 난간을 적셨다네. 참 슬픈 시로구나. 어쩜 이리 우리 처지와 같은지."

비파행 중 몇 수를 읊조리는 황후의 얼굴에 아직 가시지 않은 병색과 처연함이 가득했다. 지엄하신 황후와 후궁에겐 엄연한 차이가 있음에도 불구하고 지아비에게 사랑받지 못하고 쓸쓸히 고립된 것은 매한가지니 서로가 가엾기 그지없었다. 신분 고하를 벗어나 시 한 수로 다친 마음을 어르고 달래니 둘 사이에 애틋한 정이 더해졌다.

---

10)비파행(琵琶行): 요선월명강수한(白居易作 繞船月明江水寒) 야심홀몽소년사(夜深忽夢少年事) 몽제장루홍난간(夢啼妝淚紅蘭干) −비파행(616자 장편 서사시) 중에 몇 구를 인용

"나야 기댈 자식이라도 있다지만 네 처지는 더욱더 가련하구나. 이리 곱고 어여쁜 것을, 뉘에게 보여주지도 못하고 아까울 시절을 허비하다니. 내가 할 수만 있다면 좋은 짝을 맺어주고 싶구나."

비현은 얼굴을 붉히며 말했다.

"하늘께서 이리 살라 만들어주신 것을요. 다 뜻이 있어 주신 것이니 원망하지 않고 나름대로 열심히 살려 하옵니다."

"그래, 기특하다. 서글픈 처지라고 하나 이 안에서도 많은 인연들과 희로애락이 있지 않느냐. 살려고 하면 다 살아지는 게 인생인 거지."

두 여인은 잠시 침묵에 잠기며 빗소리에 귀 기울였다. 점점 가늘어지던 빗발이 그치고 구름 사이로 해가 드러났다. 비현은 햇살로 인해 연못이 싱그러운 초록으로 눈부시게 바뀌는 순간을 감탄어린 눈으로 지켜보았다. 먼 하늘에 시선을 두고 있는 비현을 모습을 바라보는 황후의 눈빛이 지극했다. 그때 두 여인의 조용한 상념을 깨고 궁녀의 외침이 들려왔다.

"황후마마, 화연궁 귀비께서 문안 인사 오셨사옵니다. 듭시라 하오리까?"

일순간 황후의 낯빛이 검게 변했다. 그녀는 경직된 어조로 중얼거렸다.

"숨이 다 넘어갈 때는 얼씬도 않다가 병이 나으니 문안 인사를 오는구나."

몸을 일으켜 옷매무새와 머리를 단정히 한 황후가 소리쳤다.

"들라 하라!"

갑작스런 황후의 냉담한 얼굴에 놀란 비현은 숨을 죽이고 귀비가 걸어 들어오는 것을 지켜보았다. 입궁했을 때 보고는 이번이 처음이었다. 처음 대면했을 적에도 아름답다 느꼈던 그녀는 이제 성숙함까지 갖추어 일일이 표현할 수 없을 만큼 화려하고 대담하게 변해 있었다. 황후보다도 화려한 차림새가 병문안을 온 이가 아니라 미태를 자랑하러 온 이 같다. 그녀는 예를 갖추는 비현을 본 척 만 척하며 황후에게만 인사를 건넸다.

"황후마마, 그동안 와보고 싶은 마음 간절했으나 복중에 용종을 품고 있어 차마 뵈옵질 못하였나이다. 옥체는 어떠신지요?"

치켜 올라간 눈초리에 웃음기가 가득했다. 이에 싸늘한 표정을 지은 황후가 말했다.

"염려해 준 덕분에 차츰 회복되고 있는 중이오."

"천만다행이옵니다. 그런 끔찍한 술수를 쓰는 자가 황궁 안에 있었다니 놀라서 밤잠을 못 이뤘답니다."

이에 황후는 어금니를 지그시 깨물며 눈을 가늘게 떴다.

'물증이 없으니 저리 당당한 게지. 마귀 같은 계집.'

황궁에 있는 이들 중 이번 저주술이 유세아가 벌인 짓이라는 걸 모르는 이가 없었다. 다만 황제의 총애를 담뿍 받고 있는 데다 물증이 없어 황후는 분한 마음을 속으로 삭일 뿐이었다.

"다행히 자애당 재인이 있어서 위기를 모면하였소. 재인이 없었다면 이렇게 앉아 귀비와 얘기하지 못하였을 테니 얼마나 고마운지 모르오."

자애당이라는 말에 귀비의 안색이 눈에 띄게 바뀌었다. 고개를 획 돌린 세아가 창가에 서 있는 비현을 쏘아보니 갑작스러운 살기에 내실 공기가 급격하게 얼어붙는 듯했다.

'귀비마마가 왜 저리 보시는고? 게다가 이 기운은 무엇이지?'

온몸으로 전해져 오는 사특한 기운에 비현은 소름이 돋았다. 놀란 얼굴로 서 있는 비현을 머리부터 발끝까지 노골적으로 훑어보던 귀비는 간신히 표정을 수습하고 의연하게 웃으며 말했다.

"아! 이이가 소문이 자자한 재인이군요. 참으로 재주가 많은 이라 들었습니다. 들려오는 얘기만큼이나 어여쁘고 총명해 보입니다."

귀비는 겉으론 웃으나 눈빛만큼은 갈고리처럼 날카로워 비현의 얼굴과 몸을 사정없이 할퀴는 듯했다.

"이 나라의 어머니를 구하셨으니 참으로 장한 일을 하시었습니다. 그 공을 치하하고 싶은데 화연궁에 와주겠어요? 마마, 잠시 재인을 빌려가도 되겠습니까?"

비현과 황후를 번갈아가며 바라보는 그녀의 얼굴엔 웃음기가 가득했지만 뭔가 감추고 있는 것이 확연해 보였다. 이것이 못마땅해 살짝 미간을 접은 황후가 말했다.

"재인은 물건이 아니니 빌린다는 표현은 듣기 거북하구려. 굳이 청하고 싶다면 본인에게 직접 물어보시오."

그 말에 상냥한 표정을 지은 세아가 비현에게 물었다.

"윗사람의 청을 거절하진 않겠지요? 그렇지요, 재인?"

마음 같아서는 사양하고 싶지만 그녀 말대로 윗사람의 청을 거절한다는 것은 무례한 일이라 비현은 결국 승낙하고 말았다.

"이왕 결정된 거 내일 오시지요. 마침 오늘 싱싱한 노서반(老鼠

班: 최고급 석반어)이 들어 왔는데 육질이 쫄깃한 것이 일품이어서 꼭 대접하고 싶어요."

비현은 그녀가 워낙 사근사근하게 물어보는지라 자신이 품은 생각이 잘못된 건 아닐까 생각해 보았다. 그래서 별다른 의심 없이 다시 허락하니 세아는 눈을 반짝이며 기꺼워했다.

저녁 무렵 처소에 돌아온 비현은 단홍이 들인 목욕물에 몸을 담그고 낮에 보았던 세아를 생각했다. 지금까지 본 이들 중에서 가장 판단 내리기가 힘든 사람이다. 겉으로 보이는 것은 더없이 아름답고 상냥한 여인이나 그 속에 감춰진 뭔가가 마음에 걸려 영 껄끄러운 것이다.

"마마님, 오늘따라 무슨 생각을 그리하셔요?"

목욕 시중을 드는 단홍의 물음에 비현이 넌지시 물었다.

"홍아, 내가 귀비마마의 청을 받아 화연궁에 가게 됐거든? 근데 마음이 영 개운치가 않아."

와장창 그릇 깨지는 소리가 요란하게 울렸다. 놀란 비현이 고개를 돌리니 새하얗게 질린 단홍이 물 항아리를 놓친 손을 벌벌 떨고 있었다.

"왜 그래, 홍아?"

"화연궁에 가신다고요? 마마님, 절대로 가지 마셔요. 가시면 큰일나요!"

"왜?"

단홍은 여전히 손을 덜덜 떨면서 주변을 살피다 비현에게로 몸을 기울여 작게 속삭였다.

"귀비 유씨가 얼마나 악독한데요. 차마 입으로 다 담을 수가 없습니다. 잘못해서 실수라도 할라치면 손발이 잘려 나가는 것은 예사고 눈엣가시 같은 후궁들은 데려다 족쳐 반병신이 되어 나오기가 일쑤여요. 무슨 꿍꿍이인지 모르나 절대로 가시면 안 됩니다. 큰 사단이 난단 말이어요!"

"하지만 이미 청에 응했는걸. 약조했는데 어찌 안 가?"

"무슨 방법을 써서라도 가면 안 돼요. 황궁에 있었던 저주술이 귀비 유씨 소행이라고 소문이 파다한데 어딜 가시려고 하십니까?"

"하지만 윗전과의 약속을 어찌 쉽게 어겨? 그리고 밝혀진 것도 아니고 소문인데 지레 겁먹을 필요는 없잖아?"

"아이고, 답답해! 마마님이 그동안 있었던 이야기를 다 못 들어서 그래요. 이를 어쩐다, 큰일났네."

단홍은 비현이 잠자리에 들기 전까지도 내내 서성이며 안절부절못했다. 그 모습을 보던 비현은 미리부터 걱정하지 말고 어서 자라며 억지로 처소로 돌려보냈다.

"잘못한 게 없으니 괜한 사람 해코지는 하지 않을 테지. 도대체 어떤 일이 있었기에 저 난리람?"

비현은 침상에 누워 이런저런 생각을 하다 까무룩 잠이 들었다. 얼마나 잤을까. 덜거덕 소리와 함께 창 고리가 들썩이는 소리가 들리더니 누군가가 들창을 열고 들어왔다. 갑작스러운 소리에 깬 비현은 조심스레 움직이는 인기척에 놀라 눈을 번쩍 떴다.

"거, 거기 누구?"

아무런 대꾸 없이 침상으로 다가오는 그림자를 보자 겁을 집어먹은 비현은 이불을 움켜쥐고 비명을 지르려 했다. 그때 나지막한 목소리가 들려왔다.

"저 무영이옵니다."

"무영?"

서둘러 침상 휘장을 걷으니 무영이 서 있었다. 새어 들어온 달빛에 방이 환하여 그인 것을 금방 알아볼 수 있었다.

"무영! 이 밤중에 무슨 일이야?"

그러자 성큼 다가선 무영이 비현의 입을 막으며 작게 중얼거렸다.

"쉿, 조용히 말씀하십시오. 누가 들으면 큰일이 납니다."

"무슨 일인데 왔어?"

비현이 자그맣게 중얼거리자 무영이 침상에 반쯤 걸터앉아 말했다.

"내일 화연궁에 오시면 안 됩니다. 일을 만들어서라도 못 온다 하십시오. 아니, 아프다고 둘러대세요."

"왜 다들 안 된다고 하는 거야? 잘못한 것도 없는데 무슨 일이 있을 까닭이 없잖아."

"사실은……."

무영은 더 이상 말을 잇지 못하고 고개를 숙였다. 비현은 달빛을 받아 푸르스름한 빛을 내는 그의 어깨를 보고 있자니 분명 무슨 사연이 있겠다 싶어 물었다.

"무영과 얽힌 일이지? 괜찮으니 무슨 일인지 말해 줘."

"마마, 다른 사정일랑 묻지 마시고 제 부탁을 들어주시면 안 되 겠습니까?"

그의 말속에 절실함이 배어 있었다. 이렇게까지 말하는 것으로 보아 무슨 곡절이 있겠다 싶어 비현은 고개를 끄덕였다.

"그럼, 정중히 거절해 볼게. 그러니 너무 걱정하지 마."

"거듭 당부드립니다. 절대로 화연궁에 오시면 안 됩니다."

"그래, 알았어."

고개를 든 그는 그제야 안심이 되었는지 긴장된 숨을 내쉬었다. 그걸 보고 있던 비현은 비로소 자신이 얇은 홑옷 차림인 것을 생 각해 내고 얼굴을 붉히며 가슴께까지 이불을 끌어당겼다. 이를 본 무영도 민망했던지 얼른 침상에서 일어섰다. 어둠 때문에 얼굴빛 이 드러나진 않았지만 그 역시 얼굴을 붉힌 참이었다.

"급한 마음에 큰 결례를 했습니다. 용서해 주십시오."

"괘, 괜찮아."

"그럼, 가보겠습니다. 다음에 뵙지요."

"응."

무영은 다시 조용한 발걸음으로 들창을 열고 나갔다. 다시 어둠 속으로 사라지는 그를 보며 비현은 가슴이 묵직해지는 것을 느꼈 다. 그가 가지고 있는 비밀이 뭘까? 무엇이건데 이 밤에까지 찾아 온 것일까? 비현은 아무리 생각해 보아도 연유를 짐작할 수가 없 었다.

이런저런 생각을 하다 새벽녘에야 잠든 비현은 늦잠을 자다가 단홍이 들어와 흔들어 깨워서야 간신히 눈을 떴다.

"마마님, 지금 주무시고 있을 때가 아니어요. 화연궁 궁녀가 모시러 왔으니 빨리 일어나 보셔요."

"으, 음. 벌써 아침이야?"

"벌써는요, 해님이 미리꼭지에 달렸구만요. 곤히 주무시기에 일부러 깨우지 않았는데 갑자기 화연궁 궁녀들이 들이닥친지라. 무슨 꿍꿍이인지 몰라도 이걸 마마님께 전해주라고 하던걸요?"

단홍은 평범한 나무 상자를 내밀며 연신 고개를 갸웃했다. 어두운 얼굴로 그것을 받아 열어본 비현은 자기도 모르게 급히 숨을 들이마셨다. 상자 속에서는 지금껏 비현이 무영에게 그려준 채색화와 시편이 들어 있었다. 이것을 왜 귀비마마께서 가지고 있을까? 무영에게 무슨 일이 있어났음을 감지한 비현은 급하게 자리에서 일어났다.

"홍아, 빨리 갈 채비를 하자. 어서 준비해."

"마마님, 정말 가시려고요?"

"급해! 어서!"

비현은 부랴부랴 단장을 했다. 밀려오는 불길함에 속이 달달 떨려 얼굴을 씻었는지, 의복을 입었는지 벗었는지 당최 분간할 수가 없었다.

간신히 준비를 마치고 화연궁 궁녀들의 안내를 받아 자애당을 나오니 덩이 기다리고 있었다. 당황하는 비현을 보며 궁녀가 직접 주렴을 걷어주며 말했다.

"귀비마마께서 직접 내리신 것이옵니다. 어서 오르시지요."

얼떨결에 오르니 환관들이 가마를 가뿐하게 들어 올렸다. 이에

화연궁 궁녀들이 따르고 그 뒤에 단홍과 두 명의 자애당 궁녀가
따랐다. 덩은 화연궁 안으로 들어서서도 한참을 들어가더니 귀비
가 아끼어 즐겨 찾는다는 향정에 멈춰 섰다.

"마마님은 저희를 따르시옵고 자애당 궁인들은 옆 전각에서 기
다리지요."

그러자 단홍이 비현의 앞을 막아서며 따라가겠다고 말했다. 이
에 궁녀 하나가 가소롭다는 표정을 지으며 단홍을 밀쳤다.

"귀비마마의 명이다. 어찌 일개 궁녀 따위가 거스르려고 하는
것이냐!"

화가 난 단홍이 주먹을 움켜쥐고 나섰지만 비현이 붙들고 어깨
를 토닥여 주었다. 그리고 괜찮으니 걱정 말라는 눈빛을 보냈다.

"하지만……."

불안해하는 단홍을 향해 애써 웃어준 비현은 그대로 궁녀들을
따라 안으로 들어갔다. 연못에 반쯤 걸쳐 지은 향정(香亭)은 천축
에서 들여온 침향목과 단향목으로 만들어 후각을 즐겁게 하면서
도 장려한 모습을 뽐내고 있었다. 궁녀가 이끄는 대로 연못이 환
히 내려다보이는 방에 들어서니 넓은 탁자에 음식들이 차려져 있
었다.

"잠시만 기다리옵소서. 곧 귀비마마께서 오실 것이옵니다."

조용히 고개를 끄덕인 비현은 연못가에 시선을 둔 채 복잡한 머
리 속을 가다듬으려고 노력했다. 그 여유도 곧이어 이어지는 발걸
음 소리에 깨지니 낭랑한 웃음소리와 함께 세아의 목소리가 들렸
다.

"어서 오세요. 많이 기다리진 않았는지요?"

세아를 향해 무릎을 굽히며 예를 갖추던 비현은 그녀의 목 언저리를 보고 놀란 나머지 숨이 멎는 것만 같았다. 두루미처럼 탐스럽고 하얀 목에서 반짝이는 목걸이. 그것은 무영에게 받아서 내다 판 목걸이였다. 부모님께 서신을 보낼 돈을 마련하기 위해 팔았던 목걸이를 왜 귀비가 하고 있는 것일까? 충격을 받은 비현이 말문을 열지 못하는데 세아 말고 또 다른 이가 들어왔다. 무영이었다.

"어디 불편하십니까? 얼굴색이 안 좋군요. 자, 자리에 앉읍시다."

눈썹을 살짝 치켜 올린 세아는 여전히 웃음이 가득한 얼굴로 의자에 앉았다. 그러나 비현은 무영만을 쳐다볼 뿐 움직이지 못했다. 지금 그녀의 눈에는 바위처럼 딱딱하게 굳은 그의 얼굴과 턱과 목에까지 걸쳐 난 상처 자국만이 보일 뿐이었다. 누가 봐도 여인의 손톱자국이 분명했다. 어젯밤은 어두워서 보지 못했던 상처. 비현은 그것에서 눈을 떼지 못하고 멍하니 서 있었다.

"재인?"

세아의 높은 어조에 비현은 그제야 정신을 가다듬고 자리에 앉았다. 자꾸만 몸이 떨려와 애써 허리를 곧추세우고 탁자 밑에 손을 꽉 움켜쥐었다.

"자, 그럼 식사부터 하지요. 무영아, 아이들에게 음식을 내오라 일러라."

명에 고개를 숙인 무영이 나갔다가 다시 음식 쟁반을 든 궁녀와 함께 들어왔다. 탁자에 김이 모락모락 나는 생선찜과 고기찜이 놓이고 궁녀 하나가 비현의 옆에 서서 음식 시중을 들었다. 비현은 굳은 표정으로 젓가락을 들긴 했지만 제대로 목으로 넘기질 못했다. 그런 비현의 모습과 무영을 번갈아가며 관찰하던 세아가 코웃음을 치더니 궁녀들을 모두 내보내고 무영만을 남겼다.

"자, 이제 음식도 어느 정도 들었고 궁녀들도 내보냈으니 재인을 청한 이유를 말하겠습니다."

그 말에 젓가락을 놓은 비현은 세아를 똑바로 쳐다보았다.

"이 목걸이 보셨지요?"

"네, 마마."

"어떻게 보셨나요?"

"여기 있는 정 내관이 건네주었습니다."

"뭐라고 하면서 주던가요? 무슨 연유로 이 목걸이가 필요했나요?"

"목걸이에 관한 내력은 말하지 않았고 제가 어려운 처지에 있어 팔아 쓰라고 준 것입니다."

"그뿐인가요? 아무 대가 없이 그냥 이것을 주었단 말입니까? 왜요?"

"……"

여기서 비현의 말이 막혔다. 무영이 죽으려고 했고 자신이 그걸 고쳐 줬다는 말을 해야 할까. 침착한 표정으로 숨을 들이마셨다가 내쉰 비현이 입을 열었다.

"정 내관이 곤경에 빠졌을 때 제가 도와주었습니다. 그것에 대한 사례였습니다."

"이상하군요. 무얼 어떻게 도와줬기에 이런 고가의 목걸이를 선뜻 내주었을까요?”

“…….”

그때까지 웃음기가 가득하던 세아의 표정이 서서히 표독하게 변하기 시작했다. 그녀는 앞에 놓인 찻잔을 들어 입술을 축인 다음 말했다.

“그래, 안아보니 어떻던가요? 매끈하고 부드러운 것이 이런 음식 따위와는 비교도 안 될 만큼 좋던가요?”

비현은 둔탁한 무언가에 얻어맞은 듯 강한 충격을 느꼈다. 혼란 속에 머리가 멍해 있는 사이 세아가 신경질적인 미소를 지으며 말했다.

“꽤 쓸 만한 물건이지요? 제대로 된 사내라면 금상첨화였겠지만 지금 이 상태로도 충분히 만족했을 겁니다. 워낙 길을 잘 들여놓아서 딱히 가르칠 것은 없었겠군요. 재인은 어떻게 해주는 걸 좋아하나요? 이 아이는 특히 설경(舌耕)을 잘하는데. 아, 설경을 모르십니까? 후궁들 사이에선 혀로 밭을 간다고 하는데 어디 밭을 가는지는 아시겠지요?”

비현은 눈앞이 캄캄했다. 무영에게서 짙은 분노가 흘러나오고 있었다. 입을 다물었지만 칼이 뱃속을 휘젓는 것처럼 속으로 끔찍한 비명을 지르고 있었다. 비현은 그 소리없는 비명을 듣는 것이 고통스러운 나머지 탁자를 손으로 내려치며 일어섰다. 그녀의 얼굴은 하얗게 질려 있었고 입술과 손이 안쓰러울 정도로 떨리고 있었다.

“왜요, 나누어 쓰신 것이 불쾌하십니까? 뭐, 나 또한 딱히 기분이 좋진 않습니다. 다른 이와 돌려가면서 쓰기엔 너무나도 아끼는 물건이거든요."

비현의 몸이 점점 더 급격하기 흔들리기 시작했다. 그걸 본 세아가 미소 속에 날카로운 눈으로 물었다.

"어린애처럼 그림이나 그려주고 시편이나 적어주면서 갖고 노셨습니까? 겨우 이 정도에 넘어가다니 재인 솜씨도 보통이 아닌가 보군요? 황후 앞에서는 순진에 빠진 얼굴로 입 안에 혀처럼 굴고 밤이면 내시를 품고 질탕하게 노니 어린 나이에 대단하십니다."

세아는 다시 한 번 차로 입술을 축이며 눈물이 그렁그렁 맺힌 채 떨고 있는 비현을 노려보았다. 그리고 시선을 돌려 옆에 그림자처럼 서 있는 무영을 보았다. 두 여인 사이에 서서 정면을 응시한 채 서 있는 그는 건드리기만 해도 폭삭 내려앉을 것처럼 보였다. 무표정한 얼굴에 메마른 눈동자, 그 속에 일렁이는 분노. 세아는 저 얼굴이 이 소녀 앞에선 어찌 변할지 궁금했다. 지금처럼 저렇게 화난 눈빛을 할까? 내 앞에서 그랬던 것처럼 차가운 표정으로 나무토막처럼 누워 있을까? 세아는 씁쓸한 미소를 지으며 찻잔을 내려놓았다.

"재인에게는 안 된 일이지만 이제 다른 이를 찾아봐야 할 것입니다. 전 황후처럼 성정이 너른 이가 못 되어 질투가 많습니다. 소문을 들어 익히 알고 있겠지만 내 눈 밖에 난 사람치고 이 궁에서 온전히 나간 적이 없습니다. 그러나 이번만큼은 예외로 하지요. 황실에 큰 공을 세우셨고 황후께서도 총애를 하니 잘못 건드렸다간 낭패를 볼 거 같기 때문입니다. 하지만 이번 한 번뿐임을 잊지

마세요. 이 한 번으로도 전 커다란 인내를 한 셈입니다. 한 번 더
제 눈 밖에 났다간⋯⋯."

잠시 말을 끊은 세아는 무영을 쳐다보며 힘주어 말했다.

"한 번 더 내 눈 밖에 났다간 재인은 물론 이 아이까지 온전하지
못할 것입니다. 긴 고통으로 빨리 죽여달라 사정할 때까지 시간을
끌었다가 형체를 알 수 없게 찢어 죽이고 뭉개 죽일 겁니다. 전 충
분히 그럴 수 있는 이이니 흘려듣지 마십시오."

말을 마친 세아는 싱긋 웃으며 손수건으로 입가를 닦았다. 그리
곤 자리에서 일어나 문으로 걸어가다 뒤돌아서서 무영에게 말했
다.

"게서 무얼 하고 있느냐, 어서 따라와야지?"

한동안 무영은 움직이지 못했다. 그는 눈 한 번 깜빡하지 않고
맞은편 창을 응시하고 있었다. 마치 유령을 보는 듯하다. 비현은
그런 무영을 보며 후드득 눈물을 떨어뜨렸다. 자신도 고통으로 질
식할 것만 같은데 그는 어떨까. 비현은 무영에게 괜찮냐고 물어보
고 싶었다. 그동안 얼마나 힘들었냐고 묻고 싶었다. 하지만 굳어
버린 입술이 열리지 않는다. 무슨 말이든 하고 싶은데 입술이 열
리지 않았다.

"뭐 하느냐! 어서 따라오래도!"

앙칼진 세아의 목소리에 무영은 그제야 몸을 돌려 세아를 따라
갔다. 돌아서는 무영을 보던 비현은 그의 손에서 뚝뚝 떨어지는
핏방울을 보았다. 그는 너무 세게 움켜쥔 나머지 손톱에 손바닥이
찢어져 피가 흐르고 있었다. 비현은 선연한 핏자국과 무영의 등을

번갈아 바라보다 그대로 울음을 터뜨리며 자리에 주저앉았다.

향정을 나온 비현은 단홍의 얼굴을 발견하자마자 그대로 쓰러지고 말았다. 축 늘어져 정신을 놓은 그녀를 보며 대경실색한 단홍은 비현을 급히 덩에 태워 자애당으로 향했다.

밤늦게서야 겨우 정신을 차린 비현은 아무것도 입에 안 대고 침상에만 누워 있었다. 무슨 일이 있었느냐 물어도 대답없이 울고만 있으니 답답해진 단홍이 침상 주위를 서성이며 을러도 보고 달래도 보았지만 비현은 아무 말도 없이 그저 울기만 했다. 그녀는 잠도 자지 않고 물 한 모금도 넘기려 하질 않았다. 그저 멍하니 창밖만 바라보다 듣는 이의 간장이 녹아내릴 만큼 서럽게 울었다.

그러는 날이 하루, 이틀, 나흘이 지나 마침내 열흘이 되었다. 눈에 띄게 수척해진 비현은 황후가 보낸 죽을 간신히 넘기긴 했지만 반도 못 먹고 수저를 놓더니 바로 게워내고 말았다. 시의가 와서 진맥을 짚어보려 해도 도리질을 하고 물 한 모금도 간신히 넘기니 이대로 가다간 곧 죽어 나갈 것만 같았다.

끝내 단홍의 눈이 뒤집혔다. 어떻게든 비현을 살려내야겠다는 생각에 이런저런 궁리를 하던 그녀는 죽을 작정을 하고 화연궁에 숨어 들어갔다. 때마침 화연궁은 귀비의 생일을 앞두고 연회 준비를 하느라 시장통처럼 북적이고 있는 탓에 누구 하나 그녀를 눈여겨보는 이가 없었다. 궁궐 이곳저곳을 헤매던 단홍은 한참 후에야 후원 나무 아래서 멍하니 서 있는 무영을 찾아냈다. 그는 자애당 쪽 하늘을 바라보며 석상처럼 서 있느라 사람이 다가온 줄도 몰랐다. 단홍은 주위를 살피며 무영에게 속삭였다.

"정 내관, 저 단홍이어요."

몇 번을 불러도 그는 넋을 놓고 서 있기만 했다. 보다 못한 단홍이 소매를 잡아끌사 그세야 정신이 차린 무영이 그녀를 발견히고 크게 놀랐다.

"여긴 어떻게……."

무영은 얼른 주위를 살펴보더니 단홍을 끌고 전각 뒤편으로 갔다.

"정 내관, 우리 마마님 좀 살려주세요!"

다짜고짜 울기 시작하는 단홍을 보며 무영의 얼굴빛이 검게 변했다.

"마마님께 무슨 일이라도 생기셨습니까?"

"열흘째 아무것도 안 드시고 울기만 하십니다. 오늘 아침에야 간신히 죽을 넘기긴 하셨는데 반도 못 드시고 다 토해내셨어요. 이러다 돌아가실 것만 같아 겁이 납니다. 도대체 화연궁에서 무슨 일이 있었던 거예요?"

무영은 말이 없었다. 몇 번이고 재촉해도 돌처럼 굳은 얼굴로 서 있기만 했다.

"제 말을 통 안 들으십니다. 그러니 정 내관이 와서 죽 드시라고 말 좀 해줘요. 네?"

굳게 입을 다물고 있던 무영이 한참 만에야 입을 뗐다.

"전 안 갑니다."

이 말에 놀란 단홍이 눈을 동그랗게 뜨고 물었다.

“안 가다니요! 제가 잘못 들은 겁니까? 지금 마마님이 죽어가고 계시다구요!”

“저와는 상관없는 일입니다. 다른 이 눈에 띄기 전에 돌아가세요.”

“어떻게 이렇게 나 몰라라 할 수가 있어요? 우리 마마님이 정 내관에게 오죽이나 잘해주셨습니까? 그렇게 정 많고 따뜻한 분이 죽어가신다는데 어쩜 이리 무심할 수가…….”

단홍은 서럽고 화가 나서 목이 메었다. 그러나 무영에게서 돌아온 말은 안 간다는 말뿐이었다. 지금 앞에 있는 이는 지금까지 보았던 정 내관이 아니라 다른 이 같았다. 마마를 보는 눈이 너무나 애틋해 혹시 딴마음을 품고 있지나 않을까 겁이 덜컥 나곤 했는데 전부 잘못 본 것일까? 사람 마음이 어쩌면 이리도 빨리 변할 수가 있단 말인가. 단홍은 주먹을 움켜쥐고 분한 어조로 말했다.

“사람 인정이 어쩜 이리 야박할 수가 있나! 천것이라 무시하는 우리를 벗처럼 대하고 살뜰히 챙겨주신 분을, 그런 분을 이리 나 몰라라 해도 되는 겁니까?”

“더 이상 들을 말이 없으니 이만 가보겠습니다. 그럼.”

단홍은 그대로 지나쳐 가려는 무영의 등 뒤에다가 소리쳤다.

“이런, 은혜도 모르는 개종자 같으니라고! 우리 마마님은 이런 것도 모르고 잠결에도 네 이름을 부르더라. 에잇, 나쁜 내시 놈! 동무는 무슨 망할 놈의 동무야! 에잇, 퉤!”

단홍의 그의 발치에 침을 탁 뱉고는 어깨를 획 밀치며 자리를 떠났다. 혼자 남겨진 무영은 그저 고개만 숙일 뿐이었다.

멀리 밤이 깊었음을 알리는 종소리가 들려왔다. 어둠 속에서 눈을 뜬 비현은 휘장을 살짝 걷고 달빛이 새어 들어오는 창을 물끄러미 응시했다. 문살에 비친 나뭇가지가 바람에 이리저리 흔들리고 있었다. 가을바람이 제법 센지 나뭇잎이 팔랑거리며 떨어져 내리는 것도 보였다. 벌써 가을이다. 황궁에 와서 네 번째 맞는 가을. 비현은 이불을 가슴께까지 끌어당기고는 똑바로 누웠다.

"왜 날 살리셨습니까."

"마마님, 제겐 이 세상이 무간지옥입니다."

무영의 말들을 떠올리자 금세 눈물이 차 오르더니 눈 옆으로 도르르 흘러내렸다.

"노비는 노비 대하듯 하셔야 합니다. 따뜻한 말도, 위로도, 웃음도 함부로 지으시면 안 됩니다."

"좋은 사람……. 이래도 말입니까? 노비는 사람이 아닙니다. 짐승일 뿐입니다. 이제 아셨으면 그만 가시죠. 더 큰 욕을 보기 전에."

비현은 입술을 깨물며 끝내 울음을 터뜨렸다.

'무영, 그때 날 멀리하고 싶었던 거지? 내가 다칠까 봐 가까이 오지 못하게 하려던 거지?'

숨을 쉴 수 없을 정도로 가슴이 아팠다. 무영이 왜 목숨을 끊으려고 했는지, 왜 그리 아파했는지 알게 되자 자신이 미워지기 시작했다.

'나 때문에, 나 때문에 무영이 고통받고 있어. 차라리 죽게 내버려 뒀다면, 그네 같은 거 매달라고 하지 않았다면, 어린애처럼 의지하지 않았다면 그가 고통받지 않았을 텐데.'

향정에서의 무영은 딴사람 같았다. 가슴이 먹먹할 만큼 지독한 고통에 절어 있던 그의 모습을 떠올리자 온몸을 쥐어짜는 고통이 밀려왔다.

'나 때문이야. 내가 무영을 고통 속에 빠뜨린 거야. 나만 아니었으면, 나만 아니었으면……'

비현은 이불을 움켜쥔 채 소리 죽여 울었다. 시간을 다시 되돌릴 수만 있다면, 그럴 수만 있다면 무영을 살리지 않았을 것이다. 그가 원하는 평온을 줬을 텐데, 더 이상 고통스럽게 만들지 않았을 텐데.

'나 때문이야. 나 때문이야.'

밤잠을 못 이루며 끊임없이 죄책감에 시달리고 있을 때였다. 갑자기 들창이 덜컥거리더니 슬며시 열리며 인기척이 들렸다. 무영이다! 비현은 얼굴을 보지 않아도 느낄 수 있었다.

"무영! 무영이지?"

울먹이며 작게 속삭인 비현은 얼굴을 확인하기 위해 휘장을 좀 더 젖혔다. 그러자 창으로 새어 들어온 달빛을 등지고 서 있는 이가 눈에 들어왔다. 어두워서 얼굴은 안 보였지만 분명 무영이었다. 목이 메어 선뜻 입을 열지 못하는 사이 낮은 음성이 들려왔다.

"마마님……"

"무영!"

비현은 얼굴을 보고 싶은 마음에 서둘러 침상 옆 탁자를 더듬으며 등잔을 찾았다. 그러나 잡히는 것은 무영의 손이었다.

"켜지 마십시오. 감시하고 있는 자가 있을지도 모릅니다."

"무영! 괜찮아?"

비현의 물음에 그는 대답 대신 손으로 얼굴을 쓰다듬었다.

"울고 계셨습니까? 의젓하시던 분이 지금 보니 어린애 같습니다. 어두워서 우는 얼굴이 안 보이는 걸 다행으로 여기십시오."

쓸쓸하게 들리는 말에 비현은 그의 품속에 뛰어들며 울음을 터뜨렸다. 마치 예전으로 거슬러 올라간 것만 같다. 귀신 탈을 찾으러 석림에 갔다가 길을 잃었을 때 등롱을 들고 찾아와 준 무영. 그때도 지금과 같이 말했었지. 그때도 지금처럼 어깨를 토닥여 줬었지. 비현은 눈물로 그의 어깨가 눈물에 푹 젖도록 울었다.

한참이 흘러 어느 정도 울음이 진정되자 무영은 비현의 얼굴을 감싸 쥐고 조심스레 눈물을 닦아주었다.

"전에 말입니다. 마마께서 흘리는 눈물이 저를 위한 것이었으면 좋겠다고 생각한 적이 있었습니다. 그게 얼마나 어리석은 생각이었는지 이제 알겠습니다. 마마, 제발 울지 마십시오. 저를 위해서든, 누구를 위해서든 울지 마십시오. 마마가 우시면 전…… 죽을 것만 같습니다."

"무영……."

"죽도록 부끄러웠습니다. 그 자리에 혀를 물고 죽고만 싶었습니다. 마마께서 절 어찌 보실지 생각하면 견딜 수가 없었습니다. 다신 저 같은 거 거들떠도 보지 않으실 거라 생각하니 제 자신이 죽도록 미웠습니다."

비현은 가슴이 쿵쾅거려서 아무 말도 할 수 없었다.

"단홍이가 와서 마마님 소식을 전해주었을 때, 왠지 절 미워하지 않고 있다는 느낌을 받았습니다. 짐승 같은 절 용서해 주실 거라 생각했습니다. 제 생각이 맞습니까?"

비현은 울먹이며 고개를 끄덕였다.

"그럼 됐습니다. 마마께서 절 짐승으로 보지만 않으시면 전 견딜 수 있습니다. 그거면 충분합니다."

"무영, 내가 무영을 곤경에 빠뜨렸어. 이런 내가 밉지 않아?"

비현의 눈물을 닦아주던 무영의 손이 잠시 멈칫했다. 한참의 침묵이 흘렀다. 두 사람의 숨소리만 가득한 내실. 먼 곳에서 소슬한 바람 소리가 들리는 가운데 어둠 속에서도 그의 눈동자가 또렷하게 빛나는 것이 보였다. 먹처럼 검었던 그의 눈동자가 이번엔 달빛 가루를 뿌려놓은 듯 빛을 발하자 비현은 형언할 수 없을 만큼 가슴이 시렸다.

'밉다니요. 아직도 제 마음을 모르시겠습니까? 전 마마를 은애하고 있습니다. 이 세상 그 무엇보다도 마마를 은애하고 있습니다. 이 짐승 같은 놈을 따뜻하게 대해준 마마를 주제도 모르고 사모하고 있었습니다.'

그동안의 진심이 무영의 가슴속에서만 맴돌았다. 지금이 아니면 평생 말하지 못할 것이라는 생각이 들었지만 도저히 꺼낼 수가 없었다. 이미 가슴에 박혀 그의 일부가 되어버렸는지 나오려 하지 않는다. 무영은 어두워서 아파하는 표정이 보이지 않음을 다시 한 번 감사하며 나지막이 말했다.

"마마님은 제게 새 세상을 열어주셨습니다. 스스로 목숨을 끊는 비겁한 자가 아니리 지옥 속에서도 살아갈 수 있는 용기를 주셨습니다. 그런 마마님을 알게 되어서 얼마나 행복했는지 모릅니다. 그러니 죄책감 같은 짓은 비리세요. 마마님이 건강하셔야 저도 살아갈 희망이 생깁니다."

"무영…… 난, 나는……."

무영은 쉴 새 없이 볼을 타고 흘러내리는 비현의 눈물을 손가락으로 걷어냈다. 눈물로 흠뻑 젖은 그녀의 얼굴. 그는 자신의 입술을 가져가 비현의 이마에 부드럽게 입을 맞췄다. 가슴속에 사무치는 그리움 때문에 자신도 모르게 한 행동이었으나 후회하지는 않았다.

"부디, 옥체 보전하십시오. 죽는 날까지, 아니, 죽어서도 마마를 잊지 못할 겁니다."

무영은 그 손을 놓고 자리에서 일어섰다. 성큼성큼 창으로 걸어가던 그는 잠시 멈춰 서서 비현을 돌아보았다. 흰 달빛에 드러난 비현의 얼굴이 안쓰러울 정도로 말라 있었다. 무영은 울음이 터져 나오려는 것을 간신히 삼키고 힘겹게 말했다.

"마마님, 살려주셔서 고맙습니다."

무영은 그대로 돌아서 내실을 빠져나갔다. 그는 소리 내서 울지 않기 위해 필사적으로 입술을 깨물며 두 눈에 흐르는 눈물을 그대로 내버려 둔 채 어둠 속으로 내달렸다.

四. 음모陰謀

단홍은 아침 일찍부터 정성 들여 쑨 죽을 쟁반에 받쳐 들고
내실로 향했다. 오늘은 억지로라도 꼭 먹일 것이다 모질게 마음먹
은 터였다. 막 내실 문을 열고 들어서니 이게 웬일인가. 창에 쳐놓
은 휘장들이 걷혀 있고 침상엔 비현이 오도카니 앉아 있었다.

"마마님!"

감격한 단홍은 죽이 넘치는지도 모르고 한달음에 달려갔다.

"일어나셔도 괜찮으시겠어요?"

"홍아, 나 배고파."

비현은 기운없이 목소리로 중얼거리자 단홍의 눈이 왕방울만해
졌다.

"네? 지금 배고프다 하셨어요? 제가 제대로 들은 거 맞지요? 꿈

꾸는 거 아니지요?”

단홍은 눈물에 콧물까지 쏟으며 좋아했다. 서둘러 자리를 잡고 앉아 죽 한 수저를 담뿍 떠서 입에 넣어주니 비현은 싫은 내색 없이 얌전히 받아먹었다. 단홍은 감격에 겨운 일굴로 조심조심 떠먹였고 바닥까지 닥닥 긁어 마지막 한 수저까지 다 먹자 눈물을 글썽였다.

“마마님! 장하셔요! 앞으로도 이렇게 드셔야 해요. 알겠지요?”

“그래. 앞으로는 뭐든 잘 먹을 거야.”

“아이고, 부처님! 감사합니다. 우리 마마님 살려주셔서 감사합니다!”

더없이 좋아하는 단홍을 보며 비현이 희미하게 웃어주었다. 그러나 그 마음속에는 보이지 않는 눈물을 끊임없이 흘리고 있었다.

‘무영이 말대로 꼭 건강해질 거야. 건강하게 잘 지내는 모습 보여줘서 더 이상 걱정시키지 않을 거야.’

지난밤, 비록 말은 하지 않았지만 무영의 절절한 감정을 느낄 수 있었다. 그 마음이 비현을 설레게도, 슬프게도 만들었다. 태어나서 처음 느껴보는 감정이다. 이것을 남녀 간의 정이라고 하는 건지는 모르겠지만 무영의 그 애틋한 마음을 저버리기가 싫었다.

‘무영, 나 강해질게. 이제 무영에게 의지하지 않고 스스로 일어설 수 있도록 노력해 볼게.’

비현은 이마에 와 닿은 무영의 입술 감촉이 아직도 생생해 자기도 모르게 쓸어보았다. 그녀의 눈동자가 예전처럼 생기를 띠고 빛나기 시작했다.

비현의 건강이 차츰 회복되어 갈 무렵이다. 화연궁에서 궁녀가 와서 일주일 앞으로 다가온 귀비 유세아의 생일 진연에 와달라고 청했다. 그러면서 비단 스무 필을 건네니 부디 아름다운 모습으로 뵙길 고대한다는 말을 전해왔다. 비현은 궁녀에게 잠깐 기다리라 해놓고 종이와 붓을 가져오게 했다.

[귀비마마께서 화연궁에 다시 한 번 청해주시니 감사천만(感謝千萬)이옵니다. 기쁘고 즐거운 자리 꼭 찾아뵈올 테니 그때까지 옥체 편안하시옵소서. 그리고 궁녀 편에 보내주신 선물은 제 분에 넘치는지라 마음만 받고 비단은 돌려보내도록 하겠습니다.]

서신을 쓰는 내내 잔뜩 궁금한 얼굴로 옆에 섰던 단홍은 궁녀가 나가자마자 물었다.

"마마님, 비단을 돌려보낸 걸 보면 안 간다고 쓰신 거지요? 잘하셨어요. 사람을 그 지경을 만들어놓고 또 청을 하다니, 뻔뻔해도 그리 뻔뻔할 수가 있나."

"간다고 했어."

비현의 말에 단홍이 화들짝 놀랐다.

"가요? 화연궁에 다시 간단 말씀이어요? 그렇게 혼쭐이 나시고도 또 간다는 말씀이세요?"

"홍아, 예전에 황후마마께 받은 비단 있지? 그걸로 옷을 지어줘. 더없이 아름답게 말이야."

"예? 그건 또 무슨 뜬금없는 말씀이셔요?"

"그리고 나 아직 몸이 다 회복되지 않은 거 같아. 어선방(御膳房: 궁중요리 방)에 가서 보양식 좀 올리라고 해."

"예?"

단홍은 일떨떨한 얼굴로 비현을 뚫어지게 쳐다보았다. 이분이 몸져누웠다가 일어나시더니 실성을 하시었나? 그동안 예쁜 옷 좀 해입자 해도 멀쩡한 옷이 있는데 왜 새 옷을 짓냐며 못하게 하고, 좋은 요리도 입속에 들어가면 그만이라고 사양하시던 분이었다. 그런데 갑자기 웬일이람? 단홍이 우물쭈물하자 비현이 담담한 어조로 말했다.

"되도록이면 건강하고 아름다워 보이고 싶어. 부탁해."

단홍은 지금까지 볼 수 없었던 비현의 표정에 어안이 벙벙했다. 꼭 전쟁터라도 나가는 이처럼 비장하고 결기가 가득하니 딴사람을 보는 듯했다.

'저번에 화연궁에서 당한 복수를 하시려나? 우리 마마님께 이런 면도 다 있었네. 그렇담 내가 가만히 있을 수 없지. 다른 후궁들 코가 납작해지도록 어여쁘게 만들어 드려야지.'

단홍은 그때부터 바빠지기 시작했다. 눈썰미 좋고 솜씨 좋은 침방 궁녀에게 은자를 두둑이 얹어주며 가장 돋보일 만한 어여쁜 옷을 만들어달라 부탁하고 직접 동시(東市)에 나가 비단신과 서역에서 들여온 고급 안료와 연지, 분 등을 사 왔다. 그사이 비현은 어선방에서 내온 해물요리와 인삼어죽, 거북탕을 먹으며 기력을 회복해 갔다.

시간은 흘러 화연궁 귀비의 생일날이 밝았다. 황궁에서 어느 정도 세력을 가지고 있는 이들은 모두 화연궁 청객(請客)이 되니 후궁들과 그에 딸려온 궁속들로 여기저기 시끌벅적했다. 호수가 한눈에 내려다보이는 취호각(趣湖閣)에 황후를 위시하여 모여 앉은 후궁들은 모처럼 만에 이야기꽃을 피우며 즐거운 시간을 보냈다. 아리따운 여인들이 가득 모이니 바람결에 분 냄새가 멀리까지 퍼져 나가고 그윽한 호수 풍취와 비파, 거문고 가락이 맞물리니 선경이 따로 없었다. 선녀처럼 아름다운 여인들 중 특히 주목받는 이가 있었으니, 평소에 단아하고 수수하기로 이름난 자애당 재인으로 오늘따라 아름답고 화려하기가 그지없었다. 막 봄이 움트는 것처럼 싱그러운 꽃이 수놓아진 담녹색 심의를 입고 긴 술이 달린 비취잠과 알록달록 보요를 꽂은 그녀는 낙수의 여신 복비(宓妃)처럼 어여뻤다. 구름이라도 밟고 하늘에 오를 것처럼 가뿐한 걸음걸이며 제법 대담하게 파인 가슴 선과 봉긋이 솟은 가슴에 환관들의 시선이 모아졌다. 특히 다른 후궁과 구별되는 것은 엷은 백분에 결을 따라 안료로 살짝 그린 눈썹이었다. 다른 후궁들은 백분에 홍분, 안료, 연지, 이마와 뺨에 화전(花鈿)까지 그려 현란하기 그지없었는데 재인만은 엷은 분만 바른지라 한결 청초하고 우아해 보였다.

환관들의 안내를 따라 황후가 차를 들고 있는 누대로 안내된 그녀는 걸음을 유유히 옮기다 잠시 멈춰 섰다. 구석에 두 손을 가지런히 모으고 허리를 숙이고 있는 한 이를 발견한 것이다. 얼굴을 보이지 않았지만 누군지 알겠다는 표정이 스쳐 가자 눈빛이 사뭇 깊어졌다. 비현은 침착함을 잃지 않고 윗전 후궁들이 자리한 곳으로 갔다. 상석에 앉아 이야기를 나누던 황후는 다가오는 비현을 보고 크게 기뻐하며 말했다.

"재인! 아프다 하여 못 오는 줄 알고 있었는데 왔구나. 아팠던 게 아니라 물 좋은 온천에 갔다 온 게냐? 갓 시집온 새색시처럼 얼굴색이 좋으니 어쩐 일인고?"

이에 비현은 웃음을 머금은 채 공손히 예를 갖추었다.

"다 황후마마께서 각별히 보살펴 주신 덕이옵니다."

"아니, 아프셨습니까? 그런 줄 알았으면 보약이라도 보내 드릴 걸 잘못하였군요."

황후의 오른편에 앉은 유세아가 진심으로 걱정된다는 얼굴로 물었다. 이에 다시 공손히 예를 갖춘 비현이 말했다.

"그다지 심려하실 정도는 아니었습니다. 이렇게 쾌차하였으니 유념치 마십시오."

그 말에 세아는 입으로는 상냥하게 웃으나 눈에서는 조롱이 가득했다. 황후가 자신의 왼편 자리를 비현에게 내주자 미인 이상의 품계 높은 후궁들이 입을 삐쭉거렸다. 하지만 그만큼 황후가 비현을 아낀다는 의미니 별다른 말은 꺼내지 못했다.

곧이어 연회가 본격적으로 시작되자 황후가 직접 내린 음식을 포함해 연회 음식이 들어왔다. 차가운 음식부터 뜨거운 음식 순으로 차례차례 들어오니 각 지방에서 올라온 진귀한 음식이 탁자에 차고 넘쳤다. 여인네들이 모이면 그러하듯 음식을 들면서 귀족들 사이에 오르내리는 연애담이나 우스갯거리를 소재 삼아 깔깔거리던 와중이었다. 세아는 얼마 전 어렵게 구한 화집(畫集) 이야기를 꺼내며 은근히 자랑을 하였다. 한주에 가장 이름 높은 초계라는 화가의 알려지지 않은 그림을 웃돈까지 얹어 비싸게 사들였다 뽐내니 이를 들은 황후가 화집을 보고 싶다 청했다. 궁녀가 화집을 가져와 돌려가며 구경하자니 후궁들 사이에서 감탄이 연신 흘러나왔다.

"자연의 묘미를 잘 살려냈군요. 장식적인 취미를 없애고 실경에 힘을 쓰니 참으로 미려합니다."

"붓은 볼수록 간결하나 기운은 장엄하기 그지없군요. 그림에 깊이가 있습니다."

"초계가 화폭 위에 경물을 그리면서 자신의 마음을 담아 표현한 거 같습니다. 사계절 자연의 변화 속에 심상이 고대로 묻어나는군요."

그림깨나 안다는 후궁들이 저마다 호들갑을 떨며 아는 체를 하던 와중이었다. 서첩을 꼼꼼히 들여다보던 비현이 다른 후궁에게 건네주며 말했다.

"이것은 모사본(模寫本)이옵니다."

순간 장내가 조용히 가라앉았다. 웃고 있던 세아의 얼굴이 점점 굳어지더니 노기가 드리워졌다. 어리둥절한 표정을 지은 황후가 제일 먼저 나섰다.

"재인, 이것은 내가 보기에도 진품이 분명해 보이는데 왜 모사본이라 하느냐?"

"서첩 안에 회향(懷鄕: 고향을 그리워함)이라는 그림을 보면 나는 새가 목과 다리를 모두 펴고 있었습니다."

"그것이 어찌 됐다는 것이냐?"

"나는 새는 목을 움츠리면 다리를 펴고, 다리를 움츠리면 목을 펴지 둘 다 펴는 법은 없습니다. 초계 같은 거장이 이를 몰랐을 리 없으니 이것은 모사본이 분명합니다."

이에 모든 이들의 입에서 탄성이 흘러나왔다. 저마다 아는 체를 한 후궁들은 부끄러워 얼굴이 빨개지고 세아는 눈빛이 한층 날카로워졌다. 이에 황후는 속으로 감탄을 하면서 도화서(圖畵署)의 화원(畵員)을 불러와 진위를 확인해 보았다. 불려온 화원은 화첩을 한참을 들여다보다 엎드려 말했다.

"원래 진본과 가본의 차이는 종이 한 장 차이옵니다. 이 서첩은 진본과 거의 흡사하여 전문가라도 쉽게 가려내기 힘드니 관찰력이 뛰어난 재인마마의 지적이 아니었으면 그냥 지나칠 뻔하였사옵니다."

"오! 재인이 영민한 줄은 알고 있었으나 이 정도일 줄은 몰랐구나. 안 그렇소, 귀비? 이제라도 모사본인 줄 알아냈으니 얼마나 다행이오?"

황후의 말에 세아는 간신히 웃으며 고개를 끄덕이더니 금세 새침한 표정으로 돌아갔다. 청객들은 음식을 다 먹고 차가 나오자 아까의 어색함을 애써 잊고 다시 화기애애한 분위기로 돌아갔다.

이런저런 얘기를 나누던 차였다. 좀 전의 수모로 화가 난 세아가 놀이 하나를 제안했다. 시의 한 구절을 골라 화제(畵題)로 내면 가장 잘 그린 이에게 후한 상을 내리는 놀이인데 모두들 좋아하며 동의했다. 각기 종이와 붓, 물감을 들여오고 후궁들은 한껏 상기된 표정으로 화제 내기를 기다렸다.

"윤초항의 시에서 고르기로 하지요."

황후는 '꽃 밟으며 돌아가니 말발굽에 향내나네'라는 화제를 내었다. 이에 다들 어려운 얼굴을 하더니 주섬주섬 붓을 들었다. 하지만 말발굽에서 나는 꽃향기를 그림으로 그리라 하니 다들 어찌할지 모르고 붓을 들었다 놓았다 하며 난감해하였다. 다만 세아만은 주저없이 그림을 그리기 시작했다. 흰 말을 탄 여인이 꽃으로 뒤덮인 벌판을 지나고 그 뒤에 여자 시종이 화려한 해 가리개를 높이 들고 따르는 그림이었는데 그 색감이나 구도가 하나같이 완벽하여 자리한 이들이 저마다 감탄을 하였다. 그사이 비현은 그림은 그리지 않고 호수 너머 숲만 바라보고 있었다. 이에 후궁들이 아무리 잘난 체하는 재인이라도 그림만큼은 따라오지 못하는 게로구나 하며 속으로 비웃었다.

그렇게 풍광을 구경하던 비현은 세아의 그림이 거의 다 끝나갈 무렵에야 조용히 붓을 들었다. 모두의 시선이 세아에서 비현으로 옮겨간 가운데 몇몇 후궁들이 고개를 갸웃하며 알 수 없다는 표정을 지었다. 마침내 세아와 비현이 그림을 끝내자 황후가 각자 그린 그림에 대해 설명해 줄 것을 부탁했다. 세아가 먼저 입을 열었다.

"이 그림은 연음(宴飮: 술잔치)에 갔다 돌아오는 여인을 그린 것이옵니다. 들판에 핀 꽃들 사이를 지나며 즐거운 한때가 지나는 것을 안타까워하고 있는 것이지요."

모두들 세아의 그림을 들여다보며 활짝 핀 꽃과 말의 근육까지

생생히 표현해 낸 운필(運筆)에 감탄을 하였다. 그 다음은 비현의
차례가 되었다. 비현은 내놓은 그림엔 여백이 가득한 가운데 말
뒷발굽과 나비 몇 마리가 고작이었다.

"재인, 이 그림은 무얼 뜻하는 것이오?"

"이 그림은 달리는 말과 그 뒤를 따르는 한 무리의 나비를 그린
것으로 꽃을 즈려 밟고 온 말의 말발굽에서 향내가 나니 나비들이
꽃인 줄 알고 따르는 것을 그린 것이옵니다."

담담한 비현의 말에 장내에서 감탄이 터져 나왔다. 이에 황후는
무릎을 치며 크게 기꺼워하였다.

"오호라! 꽃을 드러내지 않고 향기를 그렸구나. 참으로 재기가
넘치는 그림이로고."

승리는 화제를 가장 재치있고도 쉽게 표현해 낸 비현에게 돌아
갔다. 일이 이쯤 되고 보니 후궁들이 슬슬 세아의 눈치를 보기 시
작했다. 생일연회를 벌여놓고 된통 망신만 당하고 있으니 성질 고
약한 그녀가 패악을 떨까 두려운 것이다. 하지만 그동안 그녀가
한 행실이 있어놔선지 속으론 고소하고 흐뭇하니 황후와 후궁들
의 표정이 유쾌하기 그지없었다.

해질 무렵이 되어 연회가 파하자 후궁들은 각기 이야깃거리를
잔뜩 품고 상기된 얼굴로 돌아갈 채비를 했다. 황후 옆을 모시고
조심스럽게 누각을 내려가던 비현은 조금 멀리 서 있는 환관들 무
리 속에서 무영을 발견했다. 아까는 제대로 보지 못했는데 이번엔
그의 얼굴이 잘 보였다. 그는 조금 야윈 듯 보였으나 환한 미소를
짓고 있었다. 자랑스럽다는 듯 흐뭇한 표정이다. 이에 비현도 주

저없이 뿌듯한 미소를 보냈다.

'무영, 오늘 내 모습 봤어? 나 이렇게 건강하고 씩씩해. 앞으로도 절대로 기죽지 않을 거야. 무영처럼 강한 용기를 가진 사람이 될 거야.'

비현은 그대로 무영 앞을 지나치며 가슴으로 기원했다. 이제 무영을 고통에서 벗어나게 해달라고, 희망을 갖게 해달라고.

화연궁 연회가 있은 후 내정에는 그날 있었던 일들로 시끄러웠다. 후궁들과 궁비들은 모였다 하면 그 이야기를 꺼내 비현의 슬기와 재치를 칭송하고 망신당한 세아를 비웃었다. 게다가 후궁들 사이에 진한 화장 대신 비현이 했던 엷은 화장법이 퍼지니 이것은 내정 여인들은 물론 귀족들에게까지 유행되었다.

침전 내실로 돌아온 세아는 찢듯이 옷을 벗으며 머리에 꽂은 잠(簪)을 빼서 바닥에 집어 던졌다. 아끼던 잠이 두 동강이 났지만 세아는 눈 하나 깜짝하지 않고 내실에 있는 모든 집기들을 바닥에 집어 던져 부서뜨렸다. 끓어오르는 화를 주체하지 못하는 세아가 두려워 아무도 접근하지 못하는 와중에 촉영이 문으로 들어섰다. 촉영을 보자 그제야 멈춘 세아는 거친 숨을 몰아쉬며 분을 삭였다. 촉영은 그런 그녀를 보며 혀를 끌끌 찼다.

"무엇이 그리도 분하느냐? 복중 태아에게 좋지 않으니 그만두어라."

"왜 그년을 가만두라 하십니까? 왜 아직 안 된다고 하시냐구요!"

"무엇이든 때가 있는 법인데 왜 그리 성급하게 구느냐."

"도대체 그때가 언제입니까?"

"대해(大海)를 차지하기 위해선 그깟 물고기가 나대는 것은 잠시 내버려 두어도 되느니라. 조금만 기다려라. 이제 서서히 때가 가까워졌느니."

촉영은 여유만만한 미소를 지었지만 세아의 눈 속엔 아직도 분노가 가득했다.

'나를 망신 주기 위해 일부러 그랬음이야. 발칙한 것! 이제 무서울 것이 없다는 것이렷다. 오늘 수모는 몇 배로 돌려주마.'

세아의 눈매가 날카로워지는 가운데 오가는 이야기를 몰래 엿듣는 이가 있었다. 어둠 속에 몸을 감추고 귀를 기울이던 무영은 뭔가 심상치 않은 것이 일어나고 있음에 긴장하며 소리없이 그곳을 빠져나왔다.

촉영은 막 운반되어 온 대추나무 등걸을 보며 서늘한 눈빛을 빛냈다. 오랜 공을 들여 찾아낸 나무니 보고만 있어도 뿌듯했다. 한주 풍습으로 대추나무는 원귀가 많이 달라붙는다 하여 죽음을 상징하기도 한다. 복숭아나무가 귀신을 쫓는 것과 반대의 의미다. 특히 이 대추나무에서 수십 명이 목을 매어 죽으니 원혼이 다닥다닥 붙어 무사 중에 으뜸인 자신조차 모골이 서늘한 정도로 지독한 음기를 내뿜고 있었다. 고독 같은 독으로 저주술을 거는 것도 치명적이지만 직접 원기를 조종하는 것만큼 강력한 무기는 어디에도 없다. 스스로 목을 매어 죽은 이는 세상에 원한이 많기 때문에 쉽게 11)액귀(縊鬼)로 변한다. 강한 원념으로 탐욕적이고 파괴적으로 변한 액귀는 잘만 길들이면 원하는 이를 흔적없이 손쉽게 죽일 수 있다. 촉영은 뿌듯한 표정을 지으며 나무를 번쩍 들어 올렸다. 짙게 퍼져 나오는 음기가 온몸을 전율케 했지만 그녀는 그저 웃을 뿐이었다.

촉영이 제일 먼저 한 것은 대추나무 등걸을 깎아 작은 목각인형으로 만드는 것이었다. 그 다음 소녀들의 피에 오랫동안 담가두었다. 목각인형 속의 액귀는 피를 마시고 점점 잔인해지고 흉악해져 웬만한 부적으로는 없앨 수 없을 정도로 강해졌다. 촉영은 어서 빨리 빠져나와 활개를 치고 싶어하는 액귀를 잠시 눌러두며 피를 맛본 그들이 허기에 몸부림칠 때까지 두었다. 촉영은 밤마다 피를 달라 날뛰는 액귀에게 말했다.

"태자를 죽여 명부(冥府)로 이끌어라. 그러면 너희들에게 더욱 더 신선하고 맛있는 피를 선사할 터이니!"

촉영의 날카로운 웃음에 목각인형이 부르르 떨며 화답을 했다. 그들이 피를 맛볼 날이 점점 가까이 다가오고 있었다.

깊은 밤, 후족 출신의 궁녀가 쥐도 새도 모르게 황태자 전으로 숨어들었다. 그녀 품속에는 검은 천에 싸인 목각인형이 있었다.

---

11)액귀(縊鬼): 중국에서 목을 매 자살한 인간이 변화했다고 하는 귀신의 일종. 살아 있을 때와 같은 인간의 모습을 하고 있다. 자살한 인간은 벌로써 전생하지도, 지옥의 관직에 오르는 것도 허락받지 못하고 액귀가 되어 매일 밤 자신이 목을 맨 장소로 찾아가 자살하는 장면을 재연해야만 한다. 스스로 목을 맨 자는 남에게 격렬한 원념을 가지고 있기 때문에, 운이 나쁘게 액귀와 만나는 사람도 같은 모습으로 목을 맨 시체로 다음날 발견된다고 한다

목각인형에서 뿜어져 나오는 살기에 벌벌 떨면서 침궁 가까이 접근한 그녀는 전각 뒤에서 부적을 불사르고 인형을 땅에 묻고 황급히 달아났다.

삼경이 막 지났을 시각, 복각인형 속의 액귀들이 슬금슬금 기어나와 태자의 침소로 향했다. 침소로 들어가는 대문 주위엔 법사들이 원귀과 나쁜 병을 물리치기 위해 붙여놓은 부적들이 있으나 힘이 강성해진 포악한 액귀들은 쉽게 찢어발기고 안으로 들어갔다. 문설주마다 주사(朱砂)로 쓴 12)벽사문(辟邪文)이 붙여 있었지만 강성해진 액귀들에겐 한낱 코웃음거리였다. 침소 입구에 지키고 섰던 환관들은 갑작스런 살기와 귀기(鬼氣)에 스르르 잠이 들고 문을 지나 태자가 잠들어 있는 침상으로 다가간 액귀들은 저마다 황태자 얼굴을 들여다보며 낄낄거렸다.

다음날 아침, 황태자전에서 요란한 비명이 들려왔다. 이제 겨우 열여섯이 된 태자가 스스로 목을 매어 죽은 것이다. 이 전대미문의 사건에 황궁은 물론 한주는 커다란 충격에 휩싸였다.

슬픔과 경악 속에 휩싸인 황궁은 모든 것이 정지된 듯 보였다. 곳곳에서 원통한 울음이 가득하니 향내와 승려들의 염불 소리도 산 자의 슬픔을 달래주지 못했다.

황태자전에서 황제와 황후가 지켜보는 가운데 대렴(大殮)이 이루어졌다. 대렴이 끝나고 궁문이 열리자 금 의장대가 호위하는 가운데 융제와 황후, 종실과 만조백관들이 뒤를 따르며 차례로 곡을 하였다. 태자 재열의 관은 신도 서쪽 능묘에 묻히기 위해 출발했

---

12)벽사문(辟邪文): 요사스러운 잡귀(雜鬼)를 물리치기 위하여 쓴 글을 말한다

다. 장사 행렬은 지극히 비통하고 비장한 분위기 속에서 나아갔다. 영구 수레 앞에 꽂힌 깃발을 보고 많은 백성들이 눈물을 흘렸으며 애도의 북소리에 울음을 터뜨렸다. 차가운 능묘에 태자의 시신을 안치하고 돌아온 황후는 하루에도 몇 번씩 혼절을 거듭하며 죽은 아들의 이름을 불렀다. 목숨을 끊기 전날까지만 해도 황제를 따라 사냥을 가게 되어 들떠 있던 태자다. 그런데 왜 갑자기 목숨을 끊는단 말인가. 분명 타살이라 생각한 황후는 금위(禁衛)에 명을 내려 백방으로 증거를 찾게 했지만 찾은 것은 아무것도 없었다.

겨울에 막 들어서자 슬픔에 잠긴 황궁에 또다시 불행이 덮쳤다. 황제의 병증이 악화되어 자리에 몸져누운 것이다. 풍비(風痹)로 인해 팔다리가 마비되어 몸을 가누지 못하고 앞까지 보이지 아니하니 황실은 큰 근심에 빠졌다. 우환은 거기에서 그치지 않았다. 신도에 가까이 있는 천경, 남경, 유수에 큰 불이 나 많은 인명 피해가 나고 백성들의 살림은 더욱더 곤궁해졌다. 관리들의 수탈은 더욱더 심해지고 조세 부담은 갈수록 무거워지니 살기 어려워진 백성들이 예국(濊國)으로 도망가는 일이 속출했다. 남쪽 지역인 장강과 회하쪽 번진(藩鎭)을 붉은 귀신의 군대가 점령하여 예의 영토는 더욱 늘어났고 투항하는 병사와 유민(流民)에게 땅까지 준다는 소문이 돌자 그 수는 눈덩이처럼 불어났다.

자국의 백성들이 나라를 버리고 다른 나라로 도망가는 상황에 이르렀는데도 금과 보석으로 장식한 침상에 누워 있는 황제는 오직 살기 위해 혈안이 되어 있었다. 황제는 태사국(太史局) 점복사에게 날을 받아 태산에 봉선을 올리고 신도 안의 사찰마다 많은 돈을 시주하고 축수를 빌도록 했다. 자신의 명을 늘리기 위해 아낌없이 돈을 쏟아 부으니 국고는 나날이 비어만 갔다.

한주의 망싱패소(亡徵敗兆)가 짙어가는 가운데 혹독했던 겨울이 지나고 봄이 되었다. 삼월 초닷새, 황제의 총애를 한 몸에 받는 귀비 유세아가 건강한 아들을 낳았다. 병석에서 그 소식을 들은 황제는 상서로운 징조라며 좋아했고 실제로 점차 몸이 회복되기 시작해 화원을 거닐 수 있을 정도가 되었다.

"우리 엽(曄)이 덕에 아비가 자리를 털고 일어났으니 만고에 이름날 효자로다."

융제는 방실방실 웃고 있는 아기를 번쩍 안아 들고 기쁨을 감추지 않고 소리쳤다. 그 옆에서 환히 웃던 세아가 아뢰었다.

"황상, 그리 좋으셔요?"

"좋다 뿐이냐. 다시는 봄을 맞지 못하는 줄 알고 있다가 이리 자리를 털고 나와 아들을 안아보니 하늘이 날 버리지 않았음을 새삼 깨닫는구나."

"하늘께서 황상을 살리기 위해 엽이를 보냈나 봅니다."

"그러게 말이다. 참으로 귀한 아들이니 정성을 다해 키워 나라를 번성케 할 큰 인물을 만들어야 하느니라."

"예, 명심하겠사옵니다."

다소곳이 예를 갖추는 세아의 눈 속에 요기가 흘렀다.

'제 목숨 줄이 내 손안에 있는 줄 모르고 마냥 희희낙락이로구나. 한동안 느슨하게 풀어놓았으니 이제 다시 고삐를 당겨볼까?'

세아는 속으로 코웃음을 치며 황제를 응시했다.

그로부터 며칠 못 가 황제의 병세가 다시금 악화되었다. 시의들이 조석으로 들락날락하며 진맥을 하고 약을 써봤지만 별다른 차도를 보이지 않았다. 그러던 차에 세아가 옥반(玉盤)에 뚜껑이 덮인 황금 잔을 받쳐 들고 황제의 침전에 들었다.

"황상, 신첩이 약을 구해왔습니다. 일어나서 들어보시어요."

황제가 간신히 몸을 일으켜 물었다.

"그것이 무엇이냐?"

세아가 내미는 옥반을 받아 뚜껑을 열어본 황제가 확 끼치는 피 비린내에 고개를 돌리며 밀쳤다.

"망측하구나! 이게 웬 핏덩이란 말이냐?"

"황상, 이것은 보통 피가 아니라 소녀들의 초경(初經)이옵니다. 소녀들의 초경을 마시면 병이 낫고 장수를 한다 하여 신첩이 천신만고 끝에 모은 것이니 물리치지 마시고 드시옵소서. 다 황상을 위한 일이옵니다."

"병이 낫고 장수를 해?"

얼굴을 찌푸리고 손사래를 치던 황제는 슬그머니 잔을 넘겨다보며 중얼거렸다. 장수를 한다면야 무언들 못 먹을까. 침을 꿀꺽 삼키고 숨을 가다듬은 황제는 역겨운 피비린내를 애써 참고 잔 속에 든 피를 마셨다. 엉킨 핏덩이를 목으로 넘길 때마다 구토가 치밀어 올랐지만 간신히 다 넘긴 황제는 몇 번을 헛구역질을 하다 세아가 내민 차를 마시고 간신히 숨을 돌렸다.

"이것이 진정 효험이 있긴 한 것이냐?"

"신첩이 해로운 것을 황상께 올리겠나이까? 조금만 기다려 보시옵소서. 바로 효험이 니터날 것이옵니다."

참으로 신기한 일이었다. 초경을 마신 후 하루가 지나자 황제의 몸이 눈에 띄게 회복되기 시작했디. 병색이 완연하던 얼굴에 홍조가 돌고 마비되었던 팔다리가 풀려 일신이 날아갈 듯 가벼워졌다. 황제는 세아를 불러 손을 붙들고 기쁨에 들떠 말했다.

"미진아, 어쩜 이리 감쪽같이 나을 수가 있단 말이냐."

"황상을 염려하는 신첩의 마음이 하늘에 닿은 것이지요."

"고맙구나. 정말 고맙구나. 내가 무엇을 해주면 좋겠느냐? 말만 해라. 궁을 지어달라면 지어주고, 보석을 달라면 아낌없이 줄 터이니."

황제의 말에 세아가 정중히 아뢰었다.

"황상, 제 소원은 오직 하나뿐이옵니다."

"그 소원이 무엇이냐?"

"엽이가 태자로 책봉되는 것이옵니다."

순간 융제가 멈칫하며 웃음을 거두었다. 지난해 황태자가 재열이 죽고 나서 황궁엔 아직도 그 비통함이 가시지 않고 있었다. 이때에 낳은 지 몇 달도 안 된 아이를, 그것도 정궁이 아닌 귀비의 아이를 황태자로 올린다는 것은 있을 수 없는 일이었다.

"하, 하지만……."

"황상, 엽이는 상서로운 기운을 타고난 아이입니다. 전에 말씀드린 것처럼 땅속에서 솟구친 구룡(九龍)이 하늘로 올라가는 태몽 끝에 낳은 아들이며 태어남과 동시에 황상의 몸이 건강해지지 않으셨사옵니까? 게다가 오랜 가뭄 끝에 비가 오니 하나같이 좋은

징조로 가득하니 엽이가 아니면 누가 황태자가 된다는 말씀이시
옵니까?”

“하지만 엽이는 아직 어리고 정궁이 낳은 황자가 있으니…….”

“황상, 하늘을 따르셔야지 잘못하여 어기는 날엔 한주의 명운
도 기울 것이옵니다. 부디 하늘의 뜻을 따르시옵소서.”

지금 황제 앞에 있는 것은 나긋나긋 웃기만 하던 세아가 아니었
다. 표정은 단호하고 목소리에 기세가 대단하니 황제의 조금씩 위
축되기 시작했다.

“황상, 지금껏 황상이 아플 때 황후는 무얼 했사옵니까? 밤낮없
이 태민궁에 들어앉아 청승을 떨며 황상의 병환엔 관심도 두지 않
았습니다. 앞으로 누가 황상을 보필하여 한주를 일으킬 것인지 심
사숙고하여 주시옵소서.”

며칠 동안 깊이 생각한 황제는 마침내 엽을 태자로 책봉하기로
마음을 먹었다. 그리하여 지체없이 교지를 써서 만조백관에게 이
일을 알렸다. 이에 조정에서 수많은 대신들이 상주문(上奏文)을 올
려 어지를 거둬달라 했지만 황제는 이미 마음을 굳힌 상태였고 유
이항과 그 패당이 적극 옹호하였다. 고금을 통틀어 갓난아기가 태
자에 책봉된 예는 없었다. 황후의 아버지인 손가경 이하 측근들과
종친들이 끊임없이 상주문을 올리며 거세게 반대를 하였다. 아기
를 태자로 옹립하려는 세력과 반대하는 세력 간의 싸움은 점점 격
렬해지기 시작했다. 두 파벌 간의 대립은 궁밖에서도 이어져 서로
죽고 죽이는 싸움이 계속되었고 세 달이라는 시간이 흐른 후 승리
는 유이항 쪽으로 돌아갔다. 손가경은 황후의 아버지라는 이름으

로 큰 문책은 받지 않았지만 그의 측근들 대다수가 유배되거나 참수되니 조정을 이끌어 나갈 대신들이 줄어 어려움을 겪을 정도였다. 신난 것은 유이항의 패당이다. 그들은 매관 전서를 일삼으며 조정을 마음대로 휘저었고 급기야는 황제에게 간언해 태자의 어머니인 세아를 고래에 없었던 직첩인 서후(西后)로 봉해 황후와 동등한 권한을 주었다. 한주 최고의 권력을 움켜쥐게 된 세아. 한주 왕조에 유례없이 잔혹한 피바람의 서막이 이제 막 시작되었다.

"황후마마, 이것 좀 드셔보시어요."

비현은 벽을 보고 돌아누운 황후에게 간절히 말했다. 그러나 황후는 꼼짝도 하지 않고 두 눈을 감고 있었다.

"뭐라도 드시고 기운을 차리셔야지요."

"기운은 차려 무얼 하느냐. 이대로 죽는 것이 마음 편한 것을."

"황후마마."

비현의 눈에 눈물이 그렁그렁 맺혔다. 지난해에 황태자를 잃고 이번엔 아버지인 손국공마저 병으로 몸져누우니 황후는 살 의욕을 완전히 잃었다. 삶이란 것이 왜 이리 역경이 많은 것일까. 어질고 인자한 황후께 왜 이런 고통이 따르는 것일까. 하루 종일 황후 옆에서 시중을 들던 비현은 힘없는 발걸음을 옮겨 자애당으로 향했다. 계절은 벌써 가을로 접어드니 옷깃을 파고드는 찬바람에 가슴이 도려내지는 듯 아파왔다. 들려오는 이야기들은 하나같이 가슴을 무겁게 짓누르는 소식들뿐이다. 변방에선 여전히 전쟁이 계속되고 있고 백성들은 굶주려 죽어가고 있었다. 그런데 자신은 황궁에서 부족한 것 하나 없이 살아가는 것이다. 가까이엔 아들의 죽음으로 고통받고 있는 황후가 있고 모진 운명에 시달리는 무영이 있다. 무영은 무얼 하며 지낼까. 비현은 화연궁 쪽을 바라보며 한숨을 쉬었다. 그를 본 지가 열 달이 다 되어간다. 소나무 숲에 가서 서성거려도 보고 궁 사이를 오갈 때도 혹시나 볼 수 있지 않으려나 기대를 가져봤지만 끝내 보이지 않았다.

"무영, 잘 지내고 있는 거지? 건강한 거지?"

비현은 어두워지는 하늘을 날아가는 한 무리의 새들을 보고 쓸쓸한 마음을 애써 달래보았다.

화연궁 안에 유독 궁속의 출입이 금지된 곳이 있었다. 극히 몇 사람만이 드나들 수 있는 전각 옆에 검은 그림자가 어른거리더니 소리없이 담을 넘어 안으로 들어갔다. 그림자는 칼을 들고 지키는 젊은 궁녀들을 예의 주시하며 조심스레 안으로 잠입했다. 먼지처럼 가벼운 발걸음으로 복도를 걷던 그림자는 갑자기 들려오는 자지러지는 웃음소리에 멈칫했다. 유세아의 음성이었다. 그는 급히 빈 내실로 숨어 들어갔고 웃음소리가 들려오는 벽에 다가가 귀를 기울였다.

"이제 모든 걸 이루었는데 뭘 그리 조심을 하십니까? 내 아들이 황태자라구요, 곧 황제가 될 거란 말입니다."

술에 거나하게 취한 세아의 목소리는 꽤나 도도했다. 그 어조가 영 거슬린 촉영은 엄한 얼굴로 나무랐다.

"네가 힘을 가졌다 하여 상대를 얕보면 안 되느니라. 아무리 날개 꺾인 새라 하나 이 나라의 정실황후요, 은비현이라는 계집은 심상치 않은 기운을 타고난 아이다. 쉬운 길이라도 조심해야 탈이 없는 법이야."

"이제 제깟 것들이 무슨 힘이 있으려고요. 황제한테 하는 것처럼 염승술로 실컷 괴롭히다 죽여 버리면 되지 않겠어요?"

"쯧쯧, 이리 아둔해서야. 꼬리가 길면 밟히는 법이라 하지 않았드냐. 한 방법이 먹혔다 하여 재차 우려내면 꼭 탈이 나느니라. 게다가 조정에는 아직도 황후를 따르는 무리들이 산재해 있으니 만만히 볼 것이 아니야."

"그럼 어쩌자는 것입니까?"

세아가 짜증난다는 어조로 묻자 촉영이 미간을 접으며 말했다.

"구실이 있어야 하느니라. 대의명분 앞에서는 저들도 다른 말을 하지 못할 터이니 그 명분을 찾아야지."

"황후는 쉽사리 처치하긴 어려울 테니 그 자애당 계집부터 처리하지요. 안 그래도 그년 없앨 날만을 손꼽아 기다리고 있었습니다."

"그래, 황제가 아주 좋아할 만한 일을 만들어보자꾸나."

간간이 웃음이 섞인 두 여인의 말을 엿듣던 무영의 얼굴이 삽시간에 얼어붙었다. 그들이 꾸미는 계략은 인간이라면 차마 할 수 없는 성질의 것이니 그는 머리 속이 하얗게 비워지는 충격을 받고는 허겁지겁 전각을 빠져나왔다.

'저들은 인간이 아니다. 짐승보다도 악독한 아귀들이다!'

하얗게 질린 얼굴로 처소에 돌아온 무영은 문을 닫자마자 주저앉고 말았다. 주체할 수 없을 정도로 온몸이 떨려서 자신의 팔을 감싸고 몸을 웅크려 보았지만 좀처럼 진정이 되질 않았다. 귀신같은 속삭임이 귓가에 들러붙어 떨어지지 않는다.

"그년은 두 눈을 뜬 채로 자신의 뱃가죽이 갈라지고 창자가 쏟아지는 것을 보게 될 것입니다. 정신을 잃지 않도록 약을 먹여놓고 천천히 살을 발라내고 핏물을 받을 거예요. 그년은 고통에 못 이겨 어서 죽여달라 애원하겠지요? 흐흐흐."

"안 돼!!"

무영은 제 머리를 쥐어뜯으며 비명을 질렀다. 차마 상상할 수조차 없었다. 말만으로도 끔찍하고 참혹하여 숨이 막히고 속이 뒤집힌다.

"그년의 피를 마시고 염통과 간을 삶아 씹어 먹을 것입니다. 아주 천천히 음미하며 말이지요."

세아는 인간으로서는 상상할 수 없는 일을 저지르려고 하고 있었다.

"아아악—!!"

무영은 문을 주먹으로 내려치며 울부짖었다. 격렬한 증오와 분노가 가슴 깊은 곳에서부터 솟구쳤다. 처음엔 그녀의 욕망이 단순한 육욕이고 집착이라 생각했다. 사내로서의 치욕과 분노를 차치하고 여인으로서, 사람으로서 티끌만한 연민을 느낀 적도 있었다. 하지만 지금의 그녀는 인간이 아니었다. 그녀는 짐승이 되어가고 있었다. 왜 그토록 비현을 저주하는지, 끔찍한 분노에 사로잡혀 있는지 알 길이 없었다. 그것은 단순한 소유욕과 질투 이상이었다. 무영은 그것이 비현의 몸을 갈가리 찢어놓을 것을 생각하니 미쳐 버릴 것만 같았다.

'차라리 제가 없는 것이 나을 거라고 생각했습니다. 제가 지켜 드리지 않아도 꿋꿋하게 잘사실 거라 생각했기에 떠날 마음을 굳혔던 것입니다. 하지만 이 일을 알게 된 이상 전 갈 수가 없습니다.'

그는 무거운 몸을 일으켜 침상으로 다가갔다. 그리고 침상 구석에 숨겨놓은 서신을 꺼내 들었다. 손때가 묻은 한 장의 서신. 지난날의 기억이 밀려오고 그리움이 절절히 끓어올랐다. 한 나라의 대군이었고, 포로로 한주에 잡혀와 고문과 궁형을 겪으며 죄인에서 환관이 되었다. 그것이 자신의 삶이었다. 이 서신을 받기 전에 과거의 삶은 허황한 꿈처럼 아련하기만 했다. 하지만 이제는 아니다. 예국의 왕인 형님이 자신을 이 지옥 같은 곳에서 빼내주려고 하고 있었다. 다시금 과거로 돌아갈 수 있다, 고국으로 돌아갈 수 있다 환희하던 것이 불과 몇 달 전이거늘. 하루 사이에 자신의 운명이 또다시 방향을 바꾸게 된 것이다.

무영은 서신을 가슴에 품고 두 눈을 지그시 감았다.

'형님, 용서해 주십시오. 저도 어쩔 수가 없습니다. 그녀가 나락으로부터 절 건져 낸 순간 모든 것은 바뀌어 버렸습니다. 그녀를 사모합니다. 사내로서, 사람으로서 그녀를 은애합니다. 그녀가 죽는다면 전 한순간도 견뎌낼 수 없습니다. 용서해 주십시오. 부디……'

그의 눈에서 뜨거운 눈물이 흘렀다. 자신이 무슨 짓을 하려는 건지, 그것이 세상 하나뿐인 혈육에게 얼마나 큰 죄를 짓는 건지 알기에 죄책감이 너무나도 컸다. 하지만 이대로 그녀를 외면할 수 없다. 숲에서 그녀를 본 순간 운명을 느꼈듯이, 무영은 이 순간 다시금 운명을 느끼고 있었다. 이십여 년의 세월 동안 악착같이 살아온 것이 그녀를 오롯이 지켜내기 위한 것이었음을, 그것이 생애에 오직 하나뿐인 목표처럼 다가왔다.

'꼭 지킬 것입니다. 제가 살아 있는 한 꼭 지켜 드릴 것입니다.'

무영은 작게 흐느끼며 서신을 끌어안았다. 그는 혈육과 사모의 정 사이에 갈등하다 끝내 과거를 버리고 현재를 택하고 말았다. 이 세상에서 자신만이 그녀를 구할 수 있었다. 오직 정무영만이 그녀를 구할 수 있다. 지금 무영의 머리 속에는 오직 그 한 가지 생각뿐이었다.

"미진아! 피를, 피를 다오."

황제는 침전에 들어서는 세아를 보자마자 애절하게 부르짖었다. 촉영이 제조한 마약(魔藥)에 중독된 그는 반미치광이가 되어 서슬이 퍼런 눈을 희번덕거렸다. 그의 눈은 세아의 손을 더듬었지만 보이는 것은 빈 손뿐이었다. 세아는 서글픈 표정으로 황제의 손을 잡았다.

"황상, 어쩌면 좋습니까. 더 이상 초경이 남아 있지 않사옵니다."

"뭐야? 없어? 그럼 어서 만들어야지 무얼 하고 있는 것이냐!"

"황상, 그것은 그리 쉽게 얻어지는 것이 아니옵니다. 오랜 시간과 공을 들여야 하는 것이니 당분간은 어려울 듯합니다."

"당분간 어렵다니! 그사이에 짐이 잘못되면 어쩌려느냐! 네 아들을 태자 자리에 앉혔다고 이제 짐을 버리려는 것이냐?"

"황상, 그럴 리가 있사옵니까. 초경을 구하러 사람을 보냈으니 좀 더 기다려 주시옵소서.”

“안 된다. 지금 당장 필요해! 시금 낭장!”

황제는 침상 주변을 왔다 갔다 하며 안절부절못했다. 뒤에서 슬쩍 미소를 지은 세아가 조심히 아뢰었다.

“신첩에게 방도가 있긴 한데, 그것이 워낙 망측한 일이 되어놔서…….”

“방도가 있어? 무엇이냐? 어서 말해 보아라!”

안달이 난 황제를 슬슬 골리며 말을 돌리던 세아는 한참 만에야 입을 열었다.

“태자의 젖어미에게 들은 이야기온데 후족 이야기 중에 이런 것이 있다 하옵니다. 옛날 고장에 역병이 돌아 수많은 이들이 죽어가던 무렵 부족 안에 영험한 능력을 가진 소녀가 있었다고 합니다. 아픈 이를 고치는 능력을 가지고 있었는데 나이가 들어 능력은 잃었지만 하늘에게서 받은 신이한 기운이 몸에 남아 있어 부족을 살리기 위해 자기 살을 베어주었다 합니다. 그 소녀의 살을 조금이라도 베어 먹은 이들은 차츰 병이 낫기 시작했고 급기야는 죽은 부족장까지 살려냈다 합니다. 결국 소녀는 죽고 말았지만 자신을 희생해 온 부족민을 살린 것이지요.”

“오! 그런 이야기가 있었느냐? 그런데 그 이야기가 나와 무슨 상관이 있단 말이냐?”

“황제의 후궁 중에도 그런 아이가 하나 있지 않습니까?”

“내 후궁 중에?”

잠시 생각에 빠진 황제는 무릎을 탁 치며 벌떡 일어났다.

"옳거니, 황후전에 자주 드나든다는 그 아이 말이냐?"

"맞사옵니다. 자고로 영험한 기운을 받고 태어난 이이의 살을 먹으면 불사의 힘을 갖는다 하지 않습니까? 그 아이가 황궁에 들어와 있는 것도 다 황상을 위해 하늘이 내려주신 것이옵니다. 다 황상의 크나큰 은덕이지요."

"그렇구나! 그 아이의 살을 먹으면……."

말을 잇던 황제의 얼굴이 다시 어두워졌다. 반미치광이가 되어 살려고 발버둥 치는 그라도 인육을 먹자니 조금 저어됐기 때문이다.

"하지만 인육을 어찌 먹는단 말이냐. 게다가 짐의 후궁이고 다른 이들이 알면 짐의 체면이……."

"지존을 구하는 일인데 인육이면 어떻습니까? 정 남의 눈이 꺼려지신다 하시면 다른 방법이 있습지요."

"다른 방법?"

세아의 말을 듣는 황제의 눈에 점점 광기가 서리기 시작했다.

해가 지기도 전, 자애당에 경사방(敬事房) 태감과 여관들이 들이닥쳤다. 당당한 기세를 떨치며 들어온 그들은 단홍과 궁녀들에게 엄숙하게 일렀다.

"자애당 궁속들은 들으시오. 천자께서 오늘밤 침궁에 들어 시침(侍寢)할 후궁으로 자애당 재인을 지목하시었소. 그러니 서둘러 침궁으로 모실 채비를 하시오."

내실에서 이 소리를 들은 비현의 가슴이 철렁 내려앉았다. 이게 무슨 날벼락이란 말인가. 병환으로 몸져누우셨다는 황제께서 후궁을 부르다니, 게다가 오늘밤 당장? 비현은 천지가 뒤집힌 것처럼 놀라 먹물 묻힌 붓을 들고 멍하니 앉아 있었다.

"빨리 채비를 하지 않고 뭣들 하고 있는 거요?"

환관은 가만히 서 있기만 하는 단홍과 궁녀들을 보며 짜증스럽게 외쳤다. 그러자 굳은 얼굴로 서 있던 단홍이 말했다.

"혹시 실수로 잘못 찾아오신 게 아닙니까? 정말 자애당 마마님이 맞습니까?"

"어허, 그럼 내가 너희들을 붙들고 농을 하겠느냐? 어서 상전을 단장시켜 드리지 않고 뭐 하고 있어!"

다른 후궁전 같으면 기쁨에 어쩔 줄 몰라 했을 테지만 단홍은 금방이라도 명부에 끌려갈 것처럼 새파랗게 질려 있었다.

'정 내관 말이 사실이었구나! 설마 했는데 참말이었구나!'

단홍은 후들거리는 무릎을 간신히 곧추세우고 고개를 숙인 채 예의 바르게 말했다.

"나리, 지금 재인 마마님께서 오늘 낮에 막 월경을 시작하신지라 폐하를 모실 수가 없습니다."

이 말에 인상을 구긴 환관이 들고 있던 서책을 뒤적이더니 말했다.

"여기에 쓰인 것을 보면 매달 열이레 날에 월경을 하신다 되어 있다."

"그렇긴 하오나, 몸이 약해지셨는지 이번엔 열흘 늦게 시작하셨습니다. 이 일을 어쩌지요?"

단홍의 말에 환관은 있는 대로 얼굴을 구기며 뒤에 서 있는 여관들을 돌아보았다. 여관들도 난감한지 서로의 얼굴만 바라볼 뿐이었다. 환관은 꽤나 곤란했던지 단홍에게 신경질을 내다가 결국 어쩔 수 없다는 어투로 말했다.

"그럼, 할 수 없지. 윗전에 말씀을 올릴 테니 몸이 깨끗해지시면 다시 천자를 모실 수 있도록 준비를 해놓아라."

경사방 환관과 여관들이 나가자 단홍은 맥이 풀린 듯 그 자리에 털썩 주저앉고 말았다. 가슴이 쿵쾅대는 소리가 귓전을 때리고 속이 달달 떨렸다. 정신을 간신히 수습하고 내실로 들어가니 반쯤 얼이 나간 비현이 다가와서 물었다.

"단홍아, 나중에 들키면 어쩌려고 그런 말을 했니?"

"우선은 살고 봐야……."

단홍은 입술을 살짝 깨물고 어물거리다 고쳐 말했다.

"우선은 피하고 봐야겠기에 둘러댔어요. 많이 놀라셨죠?"

"놀란 정도가 아니야. 명이 십 년은 줄었을걸."

아직도 놀란 가슴을 진정시키지 못하고 우왕좌왕하던 비현은 단홍의 얼굴을 보다 슬그머니 웃기 시작했다. 그 모습을 본 단홍은 어이가 없어 말했다.

"천자께 승은을 입을 기회를 제가 가로막았는데 지금 웃음이 나오셔요?"

"네가 내 마음을 미리 알고 고한 것이잖아. 고맙기도 하고 안도도 되니 절로 웃음이 난다. 정말 꼼짝없이 침궁에 가는 줄 알고 얼마나 마음을 졸였는지……."

비현은 한숨을 길게 쉬며 진심으로 안도했다. 황제께서 무슨 연유로 자신을 부른 것인지는 모르나 곧 성정을 바꾸실 거라 생각했다. 총애하는 서후를 두고 어찌 자신을 지목하셨단 말인가. 잠시의 착오였을지도 모를 일이니 괜히 떨 거 없다며 자신을 위로했다. 아무것도 모른 채 친진하기만 한 비현의 모습에 단홍은 울고 싶어졌다.

'마마, 지금 웃으실 때가 아닙니다. 서후가 마마를 죽이려고 한답니다. 그냥 죽이는 것도 아니고……. 아이고, 부처님!'

사람들의 눈을 피해 몰래 찾아온 무영의 말을 처음 들었을 때, 단홍은 도무지 믿겨지지가 않았다. 어디서 그런 허황된 얘기를 꾸며내냐며 벌컥 성을 내고는 도리질을 했다. 그러나 최근 화연궁 일어난 사건들과 무영의 조리있는 말을 들으니 충분히 있을 수 있겠다 싶었다.

"침궁으로 들어왔을 때 황제를 시해하려 했다는 누명을 씌울 거랍니다. 그걸 빌미로 마마를 죽이고 황제에게 시신을 바칠 것입니다. 이 일로 황후를 포함해서 눈엣가시 같은 이들을 쳐내려는 수작이지요."

단홍은 무영의 말을 떠올리며 입술을 지그시 깨물었다.

'우리 마마 이제 어쩌나…… 이 일을 어쩌나.'

단홍은 눈물이 그렁그렁해진 허공을 응시했다. 비현은 단홍이 어떤 심정인 줄도 모르고 그저 침궁에 불려가지 않은 것에 안도하고 있었다. 검은 기운이 점점 자애당을 둘러싸고 있건만 그것을 모르는 것은 비현뿐이었다.

긴 의자에 비스듬히 누워 궁녀들이 따라주는 포도주를 홀짝거리던 세아는 조용히 걸어 들어오는 촉영을 보고 만면에 웃음을 띠며 반겼다.

"서역에서 좋은 포도주가 들어와 같이 들려 했는데 왜 이제야 오십니까? 자, 같이 한잔해요."

만취한 세아는 잔에 술을 가득 따라 내밀었다. 이에 촉영이 싸늘하게 내뱉었다.

"지금 이딴 술이나 퍼마시고 있을 때냐? 쥐새끼가 요리조리 피해 도망 다니고 있는 참인데."

"흥, 무슨 걱정이셔요. 제까짓 것이 도망쳐 봤자 황궁 안입니다. 아무리 발버둥 쳐봤자 후궁 따위가 황제의 명을 거역할 수 있겠습니까? 별의별 핑계를 다 대도 어차피 걸려들게 되어 있습니다."

"넌 어째 그리 태평한 게냐?"

촉영의 말에 포도주를 한 모금 들이켠 세아는 한껏 들뜬 목소리로 중얼거렸다.

"모든 걸 이뤘으니 태평할 수밖에요. 천하다 손가락질받는 후족 어머니 밑에서 태어나 정실부인에게 매 맞고 그 자식들에게 짓밟히며 살아온 몸입니다. 그런 비천한 것이 황후에 오르고 아들은 태자가 되었으니 이젠 술이나 마시고 즐겨도 되지 않겠습니까?"

격앙됐지만 쓸쓸한 미소를 짓고 있는 세아. 그 모습을 보는 촉영의 눈이 더욱더 차갑게 빛났다.

"아직 가야 할 길이 멀다. 어서 빨리 천대받는 후족을 일으켜 세우고 이 땅에 한족들을 몰아내야 할 것이 아니냐?"

"흥, 이 땅에 있는 한족을 몰아내고 후족으로 채운들 제게 무슨 소용이 있답니까? 어차피 나는 이 지긋지긋한 감옥에 갇혀 미친 황제 시중이나 들고 있는걸요."

"헛소리하는 것을 보니 술이 과했구나!"

촉영의 노기 어린 음성에 세아가 코웃음을 쳤다.

"왜요, 이제 와서 산통을 깰까 두려우십니까? 딸이 어찌 되든 말든 그저 후족의 앞날만 걱정되세요?"

"아란아!"

세아는 오랜만에 아명을 듣는지라 깔깔깔 웃음을 터뜨렸다. 웃음소리는 간드러지지만 눈빛엔 쓸쓸함과 서러움이 가득 어려 있었다. 오늘따라 약해지는 그녀의 모습이 못마땅한 촉영은 씹어뱉듯 말했다.

"이제 와서 무너지면 모두 끝장이다. 정신 차려라!"

간신히 웃음을 멈춘 세아는 눈가에 맺힌 물기를 닦으며 중얼거렸다.

"저도 끔찍하고 잔인한 년이지만 어머니는 더하십니다. 하나밖에 없는 딸자식을 이리 만들어놓으시니 직성이 풀리세요?"

그 말에 어금니를 질끈 깨문 촉영은 앞에 있는 술잔을 들어 세아의 얼굴에 뿌렸다. 술을 뒤집어쓴 세아는 차가운 눈빛으로 촉영을 쏘아보았다.

"어머니가 원하는 대로 해드렸으니 이젠 제가 하고 싶은 대로 할 겁니다. 예전처럼 고분고분 말 잘 듣는 아란이가 아닐 겁니다. 가르쳐 준 그 이상으로 잔인해질 테니 두고 보세요."

촉영은 날카로운 웃음을 흩뿌리며 술을 마시는 세아를 노려보다 불길한 예감에 사로잡혔다. 뭔가 단단히 어그러진 느낌이다. 어디서부터 무엇이 잘못된 것일까. 촉영이 불안의 원인을 점치기 위해 신궁으로 향했다.

경사방 태감이 자애당에 다녀가자마자 이야기는 금세 내궁 곳곳에 퍼졌다. 후궁들 사이에 서후가 음모를 꾸며 자애당 재인을 해하려고 한다는 소문이 돌았다. 온갖 추측이 무성한 가운데 망측한 소문은 몸져누운 황후의 귀에까지 들어갔다. 그녀는 태감을 시켜 황제께 마음을 돌리도록 노력했으나 이 일은 도리어 황제의 진노를 사서 수모만 당했을 뿐이었다. 태사국에서 내 달 초이레를 합궁일로 정하니 이제 황후도 어찌할 도리가 없었다. 황후는 무능한 자신을 탓하며 눈물을 흘렸고 비현은 오히려 황후를 위로하며 안심시키려 안간힘을 썼다.

황후전에서 돌아오는 길에 비현은 최근에 종종 들르는 대나무 숲에 산보를 갔다. 따르는 이들을 물리치고 호젓하게 걷자니 착잡하고 서글픈 마음이 더해진다. 소문대로 서후가 자신을 해하기 위해 함정을 파놓은 것일지도 모르고 자신의 치유능력을 시험하기 위해 황제께서 부른 것일지도 모른다. 어쨌거나 황제의 후궁으로서 당연히 따라야 할 일이건만, 애써 마음을 추슬러도 가슴 한쪽에서는 서러움이 밀려왔다.

푸드득. 어디선가 새가 힘찬 날갯짓을 하며 날아오르는 소리가 들렸다. 불어오는 바람에 사스락사스락 댓잎 스치는 소리가 시원하다. 얼굴에 불어오는 바람에선 대나무 특유의 향이 났다. 비현은 눈을 지그시 감고 대숲을 거닐었다.

쏴아아……. 우우우…….

바람이 불 때마다 일제히 울리는 청명한 소리에 귀가 씻겨 나가는 것처럼 개운하다. 비현은 대 숲 깊숙이 걸어 들어가며 고개를 젖혀 잎 사이로 쏟아지는 햇살을 바라보았다. 눈부시게 푸른 하늘에 구름이 제법 빠르게 흘러가고 있었다. 세상은 이토록 아름다운데 삶은 왜 그러지 못하는 걸까.

하늘을 올려다보며 한참을 걷던 비현은 땅에 박힌 돌에 걸려 그만 넘어지고 말았다. 주섬주섬 옷을 걷어 상처난 무릎을 보려는데 난데없이 사내의 목소리가 들렸다.

"여전히 조심성이 없으십니다. 많이 다치셨습니까?"

화들짝 놀란 비현은 얼른 치마를 내리고 고개를 들었다. 무영이 며칠 전에도 본 것처럼 친근하고 다정한 얼굴로 서 있었다. 놀란 비현이 입을 못 여는 사이 그가 손을 내밀었다.

"일어나실 수 있겠어요?"

"무영……."

이제까지 멍해 있던 비현의 얼굴에 미소가 퍼지기 시작했다. 비현은 얼른 손을 잡고 일어섰다.

"그동안 잘 있었어? 여긴 어떻게 왔어? 이렇게 얼굴 봐도 괜찮은 거야?"

거침없이 쏟아지는 질문에 그는 껄껄 웃기만 했다.

"겨울에 멀리서 한 번 보고 내내 안 보여서 걱정했어. 잘 지냈어?"

그는 여전히 미소를 지으며 고개를 끄덕였다. 오랜만에 본 그의 얼굴은 어딘가 모르게 달라진 듯했고 눈빛은 한층 깊어져 있었다.

"마마님 덕분에 잘 지냈습니다."

그의 미소에 비현은 덩달아 미소를 지었다. 보고만 있어도 이렇게 기쁘고 두근거리니. 비현은 그를 몹시도 그리워했음을 새삼 실감했다.

"이렇게 가까이서 무영을 보니까 좋다. 다시는 못 보는 줄 알았어."

하고 싶은 말이 너무 많았는데 막상 얼굴을 보니 아무것도 생각나지 않는다. 오랫동안 헤어진 동기간을 만난 것처럼 가슴이 뭉클해지니 덩달아 눈시울이 뜨거워졌다. 이를 본 무영은 부드러운 미소를 지으며 앞서 걸었다. 비현은 몰래 눈물을 훔치고 그의 뒤를 따라 걸었다. 둘은 말없이 천천히 걸었다. 한참을 걷다 문득 무영이 말했다.

"마마님, 운명에 대해서 생각해 보셨습니까?"

"응?"

난데없는 질문에 비현이 머뭇거리는 사이, 무영은 하늘을 올려다보며 말했다.

"제가 얼마 전 이야기를 하나 들었습니다. 구진에서 여름 별궁을 짓던 중 지붕을 떠받치던 지지대가 무너지기 시작했답니다. 그것이 전부 무너지면 그 아래서 노역을 하는 백성들은 꼼짝없이 죽는 것이지요. 모두 다 죽는구나 생각하고 있는데 그곳에 있던 힘 좋은 병사가 뛰어들어 기둥 하나를 어깨에 떠받치고 사람들을 피신시켰답니다."

"그래서 어떻게 됐는데?"

"곧 기둥이 무너지고 병사는 깔려 죽었지요. 그 덕분에 그 자리에 있던 사람들은 다행히 목숨을 건졌다고 합니다. 이야기를 듣고 나서 문득 이런 생각이 들었습니다. 그 병사는 결국 얼굴도 모르는 낯선 이들을 구하기 위해 이십 평생을 살아온 것이구나. 여러 사람의 목숨을 구한 의기를 칭송해야 하는 건가, 아니면 처자식과 부모를 저버리고 함부로 목숨을 던진 것을 비난해야 하는 건가? 그 사람은 그리 죽으려고 이 세상에 태어난 것인가? 사람이 태어남에 이유가 있는가?"

비현은 그의 우울한 독백을 듣고 있자니 갑자기 서글퍼졌다.

"무영, 세상에 누구를 위해 태어나는 사람은 없어."

"그렇게 생각하십니까?"

"단순히 누군가를 돕기 위해 세상에 태어난다면 그 사람의 삶이 너무 슬프잖아. 그 병사는 자신의 희생함으로써 많은 사람들의 목숨을 구할 수 있다 생각했기에 죽음을 택했을 거야. 그 숭고한 신념을 단순히 운명이라 단정해서는 안 된다고 생각해."

"그 병사가 훌륭하다고 생각하십니까?"

"그럼, 자신의 목숨과 다른 사람들의 목숨을 맞바꾼다는 것은 대단한 일이라고 생각해."

무영은 더없이 밝게 웃어 보였다. 환한 햇살 아래 드러난 그의 모습이 일순간 눈부시게 아름다워서 꼭 천상의 사람을 보는 듯했다. 금방이라도 하늘 저편으로 사라질 것만 같아 작은 불안조차일 정도였다. 그때 무영이 말했다.

"마마, 제가 포로로 끌려와 환관이 됐다는 이야기 기억하십니까?"

"응. 고향을 많이 그리워했잖아."

"다시 고향으로 돌아갈 수 있는 방법이 생겼습니다. 그래서 새 삶을 찾아 황궁을 나가려고 합니다. 도와주시겠습니까?"

"뭐? 황궁을 떠나?"

갑작스런 말에 비현이 멍한 표정을 지었다. 숨 가쁘게 뛴 것처럼 심장이 제멋대로 쿵쾅대기 시작했다.

"이곳에서 도망가는 것만이 제가 불행에서 벗어날 수 있는 길입니다. 도와주시겠습니까? 아니, 도와주셔야 합니다. 꼭 도와주셔야 합니다."

무영의 눈에서 휘황한 빛이 감돌기 시작했다. 황궁에서 나간다는 기쁨 때문일까. 그것을 바라보던 비현은 아쉽고 서운하긴 하지만 애써 고개를 끄덕였다. 그러면서도 내내 코끝이 찡해지고 왠지 울고 싶어졌다.

"그래, 도와줄게. 내가 할 수 있는 게 있다면 뭐든 도울 거야."

그의 얼굴에 안도와 긴장이 차례로 스쳐 가는 걸 보면서 비현은 몹시도 마음이 아팠다.

'그래서 오늘따라 무영이 달라 보였던 걸까? 볼 순 없지만 같은 황궁에 있다는 것만으로도 안도가 되었는데.'

무영에겐 잘된 일이지만 비현은 갑자기 모든 것이 텅 비는 듯

허전했다. 그가 없는 황궁이 못 견디게 두려워졌다. 황제의 침전에 들 생각을 하니 울음이 터질 것만 같았다. 싫다. 그가 떠나는 것도, 은애하지도 않는 이와 밤을 보내는 것도 모두 싫다. 비현의 마음속에서 처음으로 진심이 흘러나왔지만 입 밖으로 내뱉지는 못했다. 그의 설명을 들으며 내내 고개를 끄덕이던 비현은 가지 말라는 말이 나오려는 걸 간신히 참았다. 자신은 그의 행복을 막을 자격이 없었다. 오히려 그를 고통 속에 몰아넣은 장본인이니 도와줘야 한다는 생각이 들었다. 그래, 무영을 보내줘야 해. 비현은 속으로 무영에겐 너무나 잘된 일이라고, 다행이라고 몇 번이고 되뇌었다.

"제가 당부드린 대로 하셔야 합니다. 들키는 날엔 마마님도, 저도 목숨을 부지할 수 없습니다."

무영은 비현의 눈을 들여다보며 몇 번이고 힘주어 강조했다. 잘해낼 테니 안심하라고 몇 번이나 안심을 시켰지만 그는 몇 번이고 설명하며 실수해선 안 된다고 주의를 주었다. 비현은 머리 속으로 무영의 설명을 몇 번이고 외우며 그가 건네준 것을 두 손에 꼭 쥐었다.

새벽녘 어둠이 다 걷히기 전에 주섬주섬 일어난 비현은 이불 속에 베개를 넣어 사람이 누운 것처럼 두둑하게 만들어놓고 침상에서 내려왔다. 그리곤 침상 아래에 몰래 숨겨놓았던 시비 옷을 꺼냈다. 거친 갈옷과 여기저기 기운 가죽신은 지난밤 시비 방에서 몰래 가져온 것이었다. 태어나서 처음으로 남의 것에 손을 댄 것이라 침실로 돌아오는 내내 얼마나 식은땀을 흘렸는지 모른다. 비현은 허름한 옷을 쓸어보다가 마음을 가다듬고 저고리 고름으로 손을 가져갔다. 그때 갑자기 문이 열리더니 단홍이 들어왔다. 깜짝 놀란 비현은 서둘러 옷을 숨겼으나 단홍의 눈을 피할 순 없었다.

"마마, 옷은 뭐여요?"

"저기, 그게, 사실은……."

당황한 비현은 말끝을 길게 끌며 고개만 푹 숙였다. 그러다 단홍이 재차 물으니 어쩔 수 없이 무영의 부탁을 털어놓았다. 지금껏 서로를 속인 적이 한 번도 없었기에 미안함은 더욱 컸다.

"얼른 나가서 서신만 전해주고 오면 되는 거야. 홍아, 속여서 미안해."

"아무리 그래도 그렇지 저 몰래 나가려고 했다니 섭섭합니다."

"안 그래도 간단한 서신을 써놨어. 금방 돌아오겠다고 말이야."

"글을 가르쳐 주시더니 서신 쓰시는 데 재미 들리셨어요? 그런 건 말로 해도 된다고요."

"미안해."

단홍은 진심으로 미안해하는 비현을 애처롭게 바라보다 표정을 바꾸고 명랑하게 말했다.

"시비는 머리장식, 옷 입는 법부터 다르기 때문에 혼자서는 못 하셔요. 이리 와 앉으세요. 머리 묶어드릴게요."

비현을 의자에 앉히고 머리를 매만지는 단홍의 얼굴은 금방이라도 눈물이 쏟아질 듯했다. 입술을 깨물어가며 간신히 참아낸 단홍은 시비들이 하는대로 머리를 양쪽으로 길게 땋아서 동그랗게 말아 옆에 고정했다. 그리고 비단옷을 벗기고 낡고 거친 무명옷을 입혔다. 몸종들이 하는 머리와 옷을 입었지만 온몸에서 풍기는 귀티는 숨겨지지가 않았다.

'아무 탈 없이 궁문을 빠져나가셔야 할 텐데. 무슨 일이라도 생기면 어쩌나.'

단홍은 마음속의 불안을 지울 수가 없었다. 그녀는 밤새 울어 충혈된 눈을 보이지 않기 위해 애써 시선을 피하며 발각되지 않도록 조심하라며 거듭 당부했다. 마침내 채비를 마친 비현은 곧 다녀오겠다는 말을 남기고는 혹여 있을 감시를 피해 자애당 뒷문으로 나갔다. 그 모습을 지켜보던 단홍은 그대로 주저앉아 두 손으로 입을 막고 울음을 터뜨렸다.

"황궁에는 신분에 따라 드나드는 문이 따로 있습니다. 시비들과 잡역부들은 북동쪽 문을 이용합니다. 제가 드린 목패는 하루만 궁문을 드나들 수 있는 출입증이니 나가실 때 문지기에게 보이십시오. 혹여 알아보는 이가 있을지도 모르니 처음 궁문을 열 때 나가십시오."

비현은 무영이 해준 말을 떠올리며 종종걸음으로 북동쪽 문으로 향했다. 궁의 지리를 몰라 헤맨 탓에 다소 지체했더니 성문 앞에는 벌써부터 드나드는 이들로 번잡했다. 대부분은 궁에 음식 재료와 물품을 대는 일을 하는 잡역부들과 심부름 가는 시비들이다. 성문 앞에 늘어선 십여 명의 병사들은 그들의 짐을 수색하고 꼼꼼히 점검하는 역할을 했는데 평소와 다름없이 짐들을 뒤지고 사람들의 얼굴을 확인하고 있었다.

비현은 가슴속에 든 서찰이 잘 있나 확인해 본 후 궁문 앞으로 걸어갔다. 가슴이 미칠 것처럼 뛰고 긴장한 탓에 실수를 할까 걱정됐지만 용기를 쥐어짜 걸음을 옮겼다. 행여나 얼굴을 알아보는 이가 있을까 고개를 살짝 숙인 비현은 병사에게 다가가 목패를 내밀었다. 시비 부서에 있는 관리들의 직인이 세 개나 찍혀 있는 목패를 이리저리 돌려보던 병사는 비현을 아래위로 쓰윽 훑어보더니 의뭉한 어조로 물었다.

"처음 보는 얼굴인데 온 지 얼마 안 되었느냐?"

"예? 아, 예. 온 지 얼마 안 되었습니다."

비현이 허리를 굽실거리자 주변에 있던 병사들의 시선이 그녀에게로 모아졌다.

"오! 시비들 중에 보기 드물게 곱다. 네 나이가 어떻게 되느냐?"

"저, 저기…… 여, 열아홉…….."

얼굴이 붉어진 비현이 말을 못 잇자 병사들은 음흉한 웃음을 지으며 서로 눈짓을 해댔다.

"이야, 한창 무르익을 나이구나. 내가 맛난 것 사줄 터이니 궁성 밖에서 얼굴이나 한번 보자."

뚱뚱하고 수염이 덥수룩하게 난 병사 하나가 비현의 손을 덥석 쥐고 흔들어댔다. 이에 겁을 집어먹은 비현은 얼른 손을 빼고 뒤로 물러났다.

"어이, 그만 희롱하고 보내줘. 그렇게 지분거리다 저번처럼 경을 칠라!"

멀찍이 서 있던 병사가 소리치자 나머지 병사들은 아쉬운 듯 입맛을 쩝쩝 다시고 비현을 보내주었다. 비현은 목패를 받아 들고 빠른 걸음으로 궁문을 나섰다. 걸음을 뗄 때마다 가슴이 철렁 내려앉으면서도 드디어 해냈다는 뿌듯함이 밀려왔다. 무영! 드디어 내가 궁문을 빠져나왔어! 드디어 해냈다고! 비현은 좀처럼 실감이 안 나 굳은 표정으로 황성을 나섰다.

밖으로 이어지는 긴 도로를 빠져나오니 때마침 밝아오는 햇살에 차츰 모습을 드러내는 신도의 모습이 한눈에 들어왔다. 비현은 몇 년 만에 맞닥뜨린 바깥세상에 얼떨떨하면서도 가슴이 부풀어 올라 견딜 수가 없었다. 상기된 얼굴로 힘차게 걸음을 옮기는 가운데 무영의 당부가 아스라이 들려왔다.

"마마, 서시에 있는 월하라는 객점을 찾아가십시오. 그곳에 이한이라는 상인이 있습니다. 그에게 제가 드린 서찰을 주십시오. 그러면 그가 알아서 뒷일을 처리할 것입니다."

비현은 대흥성에서 조금 떨어진 곳에 서서 자애당 쪽을 바라보았다. 두터운 성벽 너머에서 벌어졌던 수많은 일들이 왠지 꿈결처럼 멀게 느껴진다. 오 년의 세월이다. 그 오 년 동안 참으로 많은 일이 있었고 울고 웃으며 소녀에서 여인으로 성장해 온 것이다. 새삼 세월의 빠름이 실감난다. 비현은 공연히 눈물을 날 것만 같아 황급히 눈을 비비고 뒤돌아섰다. 그리곤 거리로 한 걸음을 내디뎠다. 잠시나마 맛볼 자유에 만감이 교차한다. 비현은 입을 굳게 다물고 세상 속으로 달려갔다.

五. 조우遭遇, 그리고…

한주의 수도이자 대륙에서 가장 큰 도시인 신도(神都). 황성(皇城)이자 동서 무역의 교역장인 이곳은 수많은 문화와 종교가 한데 어우러져 국제적인 성격을 띠는 도시였다. 멀리는 대식(大食: 이슬람 제국), 대진(大秦: 로마), 천축(天竺: 인도), 강국(康國: 소그디아나)에서 상인들이 왔고 가까이로는 사막과 초원의 수많은 국가들과 부족 상인들이 모여들어 무역을 했다.

동서 삼십 리, 남북 이십오 리의 거대한 신도성은 용수산 지맥을 따라 육효(六爻)에 해당하는 여섯 개의 언덕을 중심으로 설계되었다. 백팔 개의 방(坊)이 동서로 대칭을 이루는 바둑판 모양인 신도는 다양한 인종과 문화가 얽혀 비교적 개방적인 분위기였다. 상업도시라는 이름이 가장 잘 어울리는 이곳엔 북쪽에 위치한 대홍성과 남쪽 명덕문으로 이어진 주작대로를 중심으로 동쪽엔 동시(東市), 서쪽엔 서시(西市)라 불리는 상권이 자리 잡았다. 동시는 내륙의 무역 상권으로 춘명문(春明門: 내륙 상인들이 주로 드나드는 문), 동남쪽으로는 귀족들이 모여 살았다. 서시는 서역에서 들어온 물품을 거래했는데 금광문(金光門: 서역 상인과 승려, 사신들이 지나는 문) 주변으로 상인들의 점포, 객점, 찻집, 기루 등이 빽빽이 들어차 있었다. 한주의 백성들은 황성 밖 방리에서 살았으며 황성 안에는 주로 상인, 관리, 귀족들이 모여 살았다.

신도는 새벽같이 황성에 입궁하는 관리들, 점포를 여는 상인들과 사막 길을 따라 자국으로 돌아가는 서역 상인, 혹은 들어오는 상인들로 일찍부터 붐비기 시작했다. 그곳에 첫 발을 내디딘 비현은 얼이 반쯤 나간 얼굴로 거리 구경에 여념이 없었다.

멀리 황토 고원에서 불어오는 먼지를 잠재우기 위해 길에 깐 흰 모래가 햇살에 눈부실 정도로 하얗게 반짝였다. 폭이 삼백 척쯤 되는 도로에 낙타를 타고 오가는 행인들의 모습이 이채롭고 도로 양옆에 서 있는 붉고 거대한 돌기둥들이 웅장한 분위기를 더하고 있었다. 비현은 서시에 가서 이한이라는 상인을 찾아야 한다는 생각을 까맣게 잊고 미로처럼 얽히고설킨 거리를 헤매며 낯선 것을 구경하는 재미에 폭 빠졌다.

일찍부터 화려한 무늬의 비단을 걸어놓고 장사를 준비하는 사내, 김이 모락모락 나는 개, 소, 돼지의 내장 손질하는 고깃간 푸주, 독특한 흰 옷차림에 운두가 높고 하얀 모자를 쓴 마니교 사제들, 하늘빛처럼 파란 눈동자를 가진 서역 기생, 귀족 여인이 탔을 법한 호화로운 가마, 물통을 어깨에 짊어지고 바쁘게 걸음을 재촉하는 노인. 비현의 눈에 비친 신도는 눈이 확 떠질 만큼 신기한 것이 많은 신천지였다.

아이들처럼 구경하는 재미에 빠져 거리를 헤매던 그녀가 간신히 정신을 차린 것은 정오를 알리는 종이 막 울리고 나서였다. 무영 말로는 궁문에서 나와 무조건 서쪽으로만 가면 된다고 했는데 방향 구분없이 헤맸으니 어디가 서쪽인지 알 길이 없다. 물어보자니 온통 낯선 서역인들이요, 그나마 보이는 한족은 다들 바쁘게 휙휙 지나가느라 붙들고 물을 겨를이 없었다. 한참 동안 주위를 두리번거리던 비현은 지나가는 비구니에게 간신히 길을 물어 가르쳐 준 방향으로 걸음을 옮겼다.

시간이 흐르자 거리는 정신을 추스를 수 없을 정도로 붐비기 시작했다. 사람에 치이고 수레와 가마를 피하느라 비현은 벌써부터 녹초가 되었다. 점점 허기지고 다리가 아파 비척비척 걷던 비현은 노점에서 파는 산리홍(山里紅) 꼬치와 월병, 만두를 보며 침을 꼴깍꼴깍 삼켰다. 옷을 갈아입으면서 돈 챙기는 것을 잊은지라 주린 배를 움켜쥐고 억지로 걸을 때였다. 길 한편에서 광대들과 원숭이들이 묘기를 부리며 온갖 기예를 하는 것이 눈에 들어온다. 사람들 틈에서 낀 비현은 또다시 정신을 쏘옥 빼놓고 구경하다 문득 깨닫고 제 머리를 콩 쥐어박았다.

"아! 이러다간 날이 새고 말겠어. 정신 차리자, 은비현!"

비현은 결심한 듯 주먹을 꼭 쥐고 성큼성큼 걸어 서시에 당도했다. 옆에 사람에게 소리쳐도 들리지 않을 정도로 번잡스러운 곳에서 객점 찾을 생각을 하니 암담할 뿐이었다.

간신히 노점 상인에게 물어 객점 거리를 찾아갈 무렵이었다. 갑자기 알아들을 수 없는 고함이 들리더니 뒤에서 요란한 말 울음소리가 들렸다. 돌아보니 짐칸에 물건을 가득 실은 마차가 비현을 향해 달려오고 있었다. 순간, 너무 놀란 그녀는 겁에 질려 꼼짝을 할 수가 없었다. 다리가 땅에 붙어 떨어지질 않아 이제 꼼짝없이 마차에 치어 죽는구나 생각한 순간, 누군가가 비현을 획 잡아끌었다.

순식간에 일어난 일이라 달달달 떨고만 있던 비현은 간신히 정신을 수습하고 고개를 들었다. 눈에 들어온 것은 사람 얼굴 대신 검은 장포를 걸친 사내의 가슴팍이었다. 비현은 당황하여 좀 더 고개를 젖혔다. 아득할 만큼 큰 키를 가진 사내가 비현을 내려다보고 있었다.

자신이 너무 작아서인지 그는 큰 키와 체격만으로 상대방을 위축시키는 사람이었다. 비현은 강한 기운에 억눌려 어깨를 움츠리다 그제야 그의 가슴에 안겨 있다는 것을 깨닫고 황급히 떨어졌다.

"조심히 다니시오."

사내는 무뚝뚝한 한마디를 툭 내던져 놓고는 반대편으로 걸어갔다. 갑작스런 일에 아직도 멍하기만 한 비현은 장신에 어둡고 강한 기운을 가진 사내를 유심히 바라보았다.

"온몸에서 냉기가 흐르는 것이 여름에도 덥지는 않겠다. 그나저나 엄청 큰 사람인걸. 무영이보다도 더 크네."

아주 잠깐이지만 그에게 느껴지는 차가움과 건조함 때문에 온몸에 소름이 돋았다. 얼핏 스친 눈길로도 꽤 잘생긴 사내임을 알 수 있었지만 서늘한 눈빛이 인상을 딱딱하게 만들었다. 비현은 저만치 멀어지는 사내를 보다 경황이 없어 인사조차 건네지 못한 것을 기억해 내고 미안해졌다. 비현은 쫓아가서 고맙다고 말해 볼까 생각하다 기겁을 하며 펄쩍 뛰었다.

"아! 또 정신을 놓고 있잖아. 은비현, 꾸물대지 말고 빨리 객점을 찾아야 해!"

비현은 정신을 가다듬고 다시 객점을 찾아 나섰다. 기루, 전당포, 인쇄소, 찻집, 요릿집, 귀중품 보관소를 지나니 객점들이 몰려 있는 거리가 나왔다. 그제야 안도의 숨을 내쉰 비현은 월하라는 객점을 찾아 두리번거리기 시작했다. 그때였다.

"어이, 예쁜 기생아! 어딜 급히 가느냐?"

한 객점에서 우르르 몰려나온 사내들이 비현을 에워싸고 기분 나쁜 수작을 걸어왔다.

"신도 계집들이 꽤나 반반하다고 하더니 허언이 아니었구만. 넌 어디 유곽에서 왔느냐?"

검남도 사투리를 심하게 쓰는 사내들은 술 냄새를 풍기며 비현의 옷자락을 끌어당겼다. 놀란 비현은 서둘러 길을 가려 했으나 사방으로 가로막은 사내들이 팔을 잡아당기며 노골적으로 희롱하기 시작했다.

"이봐, 어디 유곽이냐고 물었잖아? 우리가 이번 장사로 재미 좀 봤으니까 돈 걱정은 하지 말고 네가 속해 있는 곳으로 안내해."

"전 그런 사람이 아니에요. 그러니 길을 비켜주세요."

"아니긴, 고귀한 집 처자가 이런 객점에 얼씬거릴 리가 있겠어? 잔말하지 말고 빨리 가자고. 오늘 하루 서방님이 잘해줄 테니까 말이야."

한 사내가 비현의 가는 허리를 홱 끌어당기자 주변에 있던 이들이 일제히 웃음을 터뜨렸다. 비현은 비명을 지르며 사내에게 벗어나려 안간힘을 썼다. 그러자 그들은 더욱 지저분한 농담을 던지며 비현을 끌고 가려 했다. 그때 질그릇이 구르는 것처럼 거친 음성이 천둥처럼 귀에 내리꽂혔다.

"우라질! 싫다는데 그 손 좀 놓으시지?"

뒤에서부터 엄습해 오는 커다란 그림자에 놀란 이들이 얼른 뒤를 돌아보았다. 그러자 입이 다물어지지 않을 정도로 올연하게 버티고 선 거한이 눈에 들어왔다. 눈은 퉁방울처럼 부리부리하고 턱엔 솔잎처럼 뾰족한 수염이 덥수룩하게 나 있었다. 그에게 흘러나오는 무시무시한 기운 때문에 비현을 비롯한 사내들은 넋을 놓고 올려다보았다.

"우라질, 어디 할 짓이 없어서 백주(白晝)에 희롱질이야! 그 손 당장 놓지 못해!"

비현의 손목을 움켜쥐었던 사내가 단박에 손을 놓고는 슬금슬금 뒷걸음치기 시작했다. 사내들의 수가 월등히 많았지만 상대가 보통이 아닌지라 지레 겁을 먹은 것이다.

"그놈의 대갈통을 으깨놓기 전에 당장 사라져!"

그 말이 끝나자마자 후다닥 소리가 나더니 사내들이 사라졌다.

자신을 위협하는 이들이 사라졌건만 눈앞에 버티어 선 사내 때문에 겁을 잔뜩 먹은 비현은 숨만 간신히 몰아쉬고 있었다. 도망가는 이들에게서 시선을 돌리고 비현을 쳐다본 거한은 멋쩍은 표정을 짓더니 이렇다 말도 없이 헛기침을 하며 뒤돌아가기 시작했다. 비현은 감사하단 말이라도 하고 싶었지만 상대가 워낙 무서워서 말도 못 붙이고 찾던 객점을 마저 찾기로 결심했다. 이리저리 살피며 객점 거리를 걷는데 앞서 가던 거한이 자꾸만 뒤를 보며 비현의 눈치를 살폈다. 이에 무안해진 비현은 고개를 푹 숙이며 길 밖에 내걸린 객점의 깃발을 살피며 조심조심 걸었다.

그렇게 한참을 가다 마침내 월하라고 쓰인 객점을 찾아냈다. 막 좋아하고 있는 참인데 앞서 걷던 거한이 객점 안으로 들어가려고 했다. 그가 객점에서 머물면 이한이라는 사람을 알지도 모른다고 생각한 비현은 무서움도 잊고 쫓아가 물었다.

"저, 여쭤볼 게 있는데요. 여기 객점에 머무시나요?"

갑작스런 비현의 질문에 돌아선 사내는 눈알이 튀어나올 것처럼 부릅뜨더니 일언반구없이 안으로 쑥 들어가 버린다. 무안해진 비현이 막 점소이를 부르려는데 쿵쾅쿵쾅 소리가 나더니 두 명의 사내가 튀어나왔다.

"진짜라니까! 날 쫓아왔다고! 게다가 말까지 걸었다니까!"

"미친놈, 허풍은……. 지나다 우락부락하게 생긴 널 보고 비명 지른 거 아냐?"

"우라질, 아니라니까. 분명히 말을 걸었다고!"

"그럴 리가 없어. 돈에 환장한 늙은 기생이거나 길 한가운데에 나무 둥치가 서 있는 게 신기해서 감탄한 걸 거야.”

“우라질! 왜 안 믿는 거야. 분명히 내게 말을……. 저 봐, 아직도 문 앞에 서 있잖아!”

티격태격하던 그들은 문 앞 있는 비현을 발견하고 잠시 말을 잇지 못하며 얼버무리며 비현을 바라보았다. 그것은 어처구니없게도 수줍음과 의문이 가득 서린 눈빛이었다.

“저기 말 좀 여쭙겠습니다.”

“거봐, 내 말이 맞지?”

거한이 사람 머리통만한 주먹으로 옆에 선 사내의 어깨를 쳤다. 비현은 그 손 크기에 놀라 할 말을 잃었다가 다시 정신을 가다듬고 말했다.

“이한이라는 분을 만나러 왔는데 이 여각에 머물고 계신가 해서요. 혹시 아시는지요?”

비현의 물음에 두 사내는 얼굴을 마주 보더니 심각한 표정을 지었다.

“기루의 가기인가? 여인에게 무심하신 줄만 알았더니 그것도 아니었나 보네.”

“우라질, 우리들은 방 안에 처박혀 꼼짝도 못하게 하고선 혼자만 재미 보러 다니시다니.”

“점잖은 얼굴을 하고선 수완이 보통이 아니시란 말이야.”

물어본 이가 무안할 정도로 두 사내의 잡담은 끊일 줄을 몰랐다.

“저기요, 이한이라는 분이 여기 묵고 계세요?”

보다 못한 비현이 재촉하자 사내들은 그제야 질문에 답을 해주
었다. 그들이 설명하기를, 객점을 빙 돌아가면 후문이 나오는데
그 안으로 들어가면 별채가 나온다고 했다. 그곳 이층으로 올라가
오른쪽 세 번째 문으로 들어가면 이한이라는 사람이 머무는 곳이
나온다고 일러주었다. 비현은 별난 사내들에게 꾸벅 인사를 하고
는 여전히 의미심장한 표정을 짓고 있는 그들을 지나쳐 별채를 찾
아갔다.

별채는 한눈에도 꽤 고급 손님들이 머물고 있는 곳으로 보일 만
큼 화려하고 고급스런 분위기가 났다. 그들이 일러준 문 앞에 선
비현은 크게 심호흡을 하고 문을 두드렸다. 한참을 기다려도 아무
말이 없자 비현은 슬쩍 열고 안으로 들어갔다. 그런데 참 이상한
일이다. 걸음을 들여놓자 난데없이 뿌연 수증기가 쏟아져 나오는
것이 아닌가? 예상치 못한 광경에 어리둥절해진 비현은 수증기가
걷히고 차츰 형체가 드러나자 눈을 크게 떴다. 어스름하게만 보였
던 사물이 점점 또렷해지면서 제일 먼저 눈에 띈 것은 윤이 나게
닦아놓은 청동 거울처럼 그을린 피부였다. 비현은 그런 빛깔을 가
진 이를 본 이가 없기에 멍하니 보고만 있었다. 그러다 미세하게
가슴 근육이 꿈틀거리는 것을 발견하고는 황망히 고개를 들었다.
뿌연 수증기가 말끔히 걷히고 제일 먼저 드러난 것은 매처럼 날카
로운 눈이었다. 분명 사내의 눈이다.

비현은 벼락이라도 맞은 것처럼 눈앞이 아찔했다. 눈앞에 실오
라기 하나 걸치지 않고 물을 뚝뚝 흘리고 있는 사내의 나신이 있
다. 일말의 당혹도 없이 당당히 버티고 선 사내에게서 시선을 떼

지 못하던 비현의 머리 속은 점차 하얗게 비워지기 시작했다. 자신이 뭘 보고 있는지 제대로 깨닫지 못한 그녀는 날카로운 눈에서 아래로 시선을 옮겼다. 한족 남자들과 달리 깨끗이 면도한 턱에선 물이 뚝뚝 떨어지고 펼쳐 놓은 병풍처럼 넓은 어깨를 보니 목이 꽉 막힌다. 두툼한 가슴 근육과 가운데 파인 골이 탄탄한 복부로 이어지고 그 골을 중심으로 자리 잡은 근육들을 봤을 때는 이미 숨을 멈춘 후였다. 이대로 도망가야 한다는 것을 알고 있지만 바닥에 들러붙은 다리가 놓아주질 않는다. 이미 자신의 것이 아닌 게 되어버린 눈이 의도와는 상관없이 사내의 몸을 훑다가 발칙하게도 아래로 미끄러져 내려갔다. 끝없이 이어질 것만 같던 평평한 근육 아래 거뭇거뭇한 뭔가가 묵직하게 자리 잡은 것이 보인다. 그 다음엔…… 비현의 머리 속에서 다시금 하얀 수증기가 피어오르기 시작했다.

'지금 본 게 뭐지? 무언가를 본 거 같긴 한데 생각이 안 나네. 그런데 왜 이리 어지러운 거지?'

갑자기 온몸의 기운이 쑤욱 빠져나가더니 공중에 붕 뜬 것처럼 다리에 감각이 없다. 비현은 뭔가를 말하려고 필사적으로 입술을 달싹거리다 그대로 쓰러져 정신을 놓고 말았다.

정신을 잃었던 비현은 작게 몸서리를 치며 눈을 떴다. 꿈속에서 굉장히 무서운 것을 본 것 같은데 그 느낌만 생생할 뿐 무엇을 봤는지는 도무지 기억이 나지 않는다. 비현은 어지러운 머리를 짚으며 몸을 일으켰다.

"홍아, 나 물 좀……."

불러도 아무런 대답이 없자 비현은 어리둥절해하며 주위를 둘러보았다. 그러자 한 번도 본 적 없는 낯선 풍경이 눈에 들어왔다. 평범하고 낡은 침상에 아무것도 걸려 있지 않은 벽, 낯선 냄새와 창을 통해 들려오는 떠들썩한 사람들의 웅성거림에 비현은 그제야 자신이 있는 곳이 자애당이 아니라는 것을 깨달았다. 동시에 신도 거리에서 보고 들었던 감각들이 밀려오며 가뜩이나 아픈 머리 속이 더 헝클어져 버린다.

'그래, 무영의 부탁으로 황궁을 나왔어. 그리고 월하라는 객점을 찾아 헤맸고, 이한이라는 상인을 찾아 문을 열었는데……. 그런데 내가 왜 여기에 누워 있는 것일까?'

갑작스런 환경 변화에 정신을 차리지 못하고 당황하고 있을 때였다. 쿵쿵쿵 무거운 발소리가 문 앞으로 다가오고 있었다. 비현은 얼른 눕고는 두 눈을 질끈 감았다.

누군가가 거칠게 문을 열어젖히고 들어왔다. 무겁고 느린 발소리가 실내를 울릴 때마다 비현의 심장도 덩달아 쿵쿵 뛰었다. 왠지 겁주려는 듯 다분히 의도적이고 위협적인 울림이다. 비현은 겁을 잔뜩 집어먹고서 덜덜 떨고만 있었다. 그때 사내의 목소리가 들려왔다.

"정신이 들었으면 그만 일어나지."

낮게 가라앉은 음성은 온몸이 떨릴 만큼 차가웠다. 비현은 하얗게 질린 얼굴로 슬며시 몸을 일으켰다. 침상 맞은편에 선 남자가 팔짱을 낀 채 이쪽을 보고 있었다.

“이한이라는 상인을 찾았다고 들었다. 왜 날 찾았지?”

비현이 선뜻 입을 열지 못하고 한참을 머뭇거렸다. 그러자 그가 몇 걸음 더 다가왔다. 창에서 스며들어 온 햇살 아래 완전히 드러난 사내의 얼굴이 왠지 낯이 익다. 순간 비현의 뇌리에 무수한 영상들이 스쳐 갔다. 마차, 검은 옷을 입은 장신의 사내, 객점, 안개처럼 뿌옇던 방 안, 그리고 끔찍하게 무서웠던 나신. 경악 속에 보았던 모습이 한꺼번에 주르륵 펼쳐지자 비현은 새어나오는 비명을 두 손으로 막았다.

'맙소사, 저 사람은 아까 날 구해줬던 사람이잖아. 게다가 알몸까지 보고 말았으니 이 일을 어떻게 하지?'

귓불까지 빨갛게 달아오른 비현은 간신히 심호흡을 하고 입술을 달싹였다.

“정말 이한이라는 상인이신가요?”

“내가 묻는 말에 먼저 대답해라.”

“정말 본인이신지 확인하기 전까진 말씀드릴 수 없습니다.”

사내의 눈빛이 더욱 싸늘하고 날카로워졌다. 그는 품속을 뒤지더니 명편을 찾아 비현에게 던졌다. 한주의 성인 남자에게 주는 명편(名片)에 이한이라는 두 자가 또렷이 박혀 있다는 것을 확인한 비현은 그제야 안도하여 말을 꺼냈다.

“정무영 내관의 심부름으로 왔습니다. 여기 전해달라는 서신이 있어요.”

비현은 살짝 몸을 돌려 가슴에 품고 있던 서신을 꺼냈다. 그것을 거칠게 가로챈 남자는 황급히 읽어 내려가기 시작했다. 서신을 읽는 사내의 숨소리가 점점 거칠어진다. 점점 창백해지는 사내의 얼굴을 보며 비현은 뭔가 잘못됐음을 느꼈다. 서신을 움켜쥔 사내의 손이 부르르 떨리고 무척이나 길게 느껴지는 순간, 그는 서신을 바닥에 집어 던지며 욕설을 내뱉었다. 난데없는 거친 욕설에 놀라는 사이 무서운 얼굴로 성큼 다가온 사내가 비현의 머리채를 잡아챘다.

"넌 누구지? 황제가 보낸 첩자인가? 유하는 어떻게 된 거지?"

아픔과 놀람으로 비현의 얼굴이 새파랗게 변하기 시작했다. 사나운 짐승 같은 눈빛과 서늘한 목소리에 비현의 어깨가 움츠러들었다.

"무, 무슨 말씀이신지 모, 모르겠습니다."

"말해! 유하는 지금 어디 있나!"

비현이 아무 말도 못하자 사내는 머리채를 움켜쥐고 침상으로 밀어붙였다. 그리곤 커다란 손으로 비현의 목을 조르기 시작했다.

"이깟 서신을 가지고 오면 믿을 줄 알았나? 빨리 말해! 네가 여기 온 이유가 뭐야!"

점점 목을 조여오는 힘에 마구 몸을 떨며 발버둥 치던 비현은 그의 팔을 할퀴며 연신 고개를 저었다. 하지만 반항이 거세질수록 목을 내리누르는 힘은 더해져만 갔다.

"속일 생각 같은 건 하지 마! 잔꾀를 부렸다간 거지패들에게 넘겨 실컷 겁간을 당하다 죽게 만들 테니!"

사내는 지금 당장이라도 목을 꺾어버릴 것처럼 소리쳤다. 비현은 엄습해 오는 공포와 아픔 속에 비명을 질렀다. 그러나 그는 눈

하나 꿈쩍하지 않고 억지로 내리눌렀다. 고통스러운 나머지 흘러 내린 눈물이 귀밑을 적시고 떨림은 더욱 격렬해졌다.

"말해! 네 정체가 무엇이냐!"

방 안에서 들려오는 비명을 듣고 인걸과 효겸이 뛰어들어 왔다. 그들은 이성을 잃은 유인을 재빨리 떼어놓고 다시금 달려들려는 그를 붙잡아 말렸다.

"무슨 짓이십니까! 연약한 여인입니다!"

"첩자다, 황제가 보낸 첩자!"

두 사내가 옥신각신하는 사이, 효겸은 바닥에 떨어진 서신을 주워 들고 천천히 읽어 내려갔다. 점점 얼굴빛이 검게 변한 그는 믿기지 않는다는 듯 예국 언어로 중얼거렸다.

"인걸아, 대군저하께서……. 이럴 수가."

말을 잇지 못하는 효겸을 보며 고개를 갸웃하던 인걸은 서신을 빼앗아 정신없이 읽어 내려가기 시작했다.

[형님, 저는 짧은 삶을 살아오면서 많은 것을 배웠습니다.

저 또한 불행해질 수 있다는 것을 배웠고, 삶이 몹시도 질기다는 것을 배웠습니다. 지옥 속에서도 희망을 품는 법을 배웠고, 순간순간을 소중히 여겨야 한다는 것을 배웠습니다.

그리고 운명을 거스르는 것보다 그것을 받아들이는 것이 더욱 용기있는 일임을 배웠습니다.

형님께서는 황궁에 남은 저를 이해하지 못하겠지요. 혈육의 정을 버린 못난 놈으로 생각하겠지요.

하지만 저는 믿고 있습니다. 다시 예로 돌아간다고 해서 환관 정무영이 대군 반유하로 바뀌진 않을 것이라는 사실을요.

저는 이미 환관으로서 주어진 운명을 받아들였고, 앞으로 가야 할 길을 알고 있습니다. 제 스스로 결코 나약하거나 못난 사람이라 생각하지 않습니다. 제가 그토록 지켜주고픈 이를 지킬 수 있다는 것에 무한한 기쁨을 느낍니다. 그리고 지금까지의 삶이 그리 나쁘지만은 않았다며 스스로를 위로해 봅니다.

형님, 그녀를 지켜주십시오. 황제의 후궁이고 제 목숨과 맞바꾼 사람이지만 그래도 아껴주고 보살펴 주십시오. 그녀가 예 땅에서 온전히 살아갈 생각을 하면 가슴이 벅찹니다. 그녀와 그녀의 자손들이 예 땅에 뿌리를 내려 살아가는 한 저는 죽지 않을 것입니다.

비현을 지켜주십시오. 반유하와 정무영의 남은 삶을 지켜주십시오. 아우의 마지막 유언입니다.]

실내에는 사내들이 내뱉는 거친 숨소리와 긴장만이 감돌았다. 마침내 서신을 다 읽어 내려간 인걸은 믿기지 않는다는 얼굴로 소리쳤다.

"우라질, 이게 다 무슨 소리야? 대군저하께서 왜 자신 대신 이 여인을 보낸다는 거야!"

비현은 멍한 표정으로 사내들의 얼굴을 번갈아가며 바라보았다. 그들이 나누는 말을 알아들을 수가 없다. 한족 언어가 아닌 낯선 타국의 언어. 그러나 느낌만으로도 엄청난 일이 벌어졌다는 것이 온몸으로 와 닿았다. 본능적으로 몸이 부들부들 떨리고 얼음처

럼 찬물을 뒤집어쓴 것처럼 오한이 나기 시작했다. 비현은 서신을
보여달라고 말하려다 자신을 노려보는 사내들과 눈이 마주치자
입을 다물었다. 사내들, 특히 자신의 목을 조른 사내에게서 흘러
나오는 격한 분노에 숨이 막히기 시작했다. 자신은 아무것도 모르
는데, 그저 심부름을 했을 뿐인데 왜 이러는지 이해할 수가 없다.

"말해! 유하를 어찌한 것이냐! 빨리 말해!"

격렬한 증오를 온몸으로 내뿜으며 사내가 소리쳤다. 그가 내뱉
은 말은 한어(漢語)였지만 비현이 좀처럼 알아들을 수 없는 말들뿐
이었다.

"무, 무슨 말을 하시는 건가요?"

"왜 유하가 아닌 네가 왔는지 말하란 말이다! 도대체 무슨 일이
있었던 것이냐!"

그가 말하는 유하와 무영이 같은 사람이라는 것을 깨닫는 데는
오래 걸리지 않았다. 충격으로 비현이 점점 망연해지는 사이 사내
는 주위의 손을 뿌리치고 달려들었다. 그는 미친 듯이 비현의 어
깨를 흔들며 외쳤다.

"왜 말을 못하는 것이냐! 유하가 어찌 됐냐고 묻지 않나!"

여인의 어깨를 움켜쥐고 사납게 소리치던 유인은 어느덧 그녀
가 축 늘어져 있음을 깨닫고 신음을 흘렸다. 움켜쥔 손을 놓자 여
인은 힘없이 침상 위로 쓰러졌다.

"제기랄!"

유인은 욕설을 내뱉으며 물러섰다. 수소문 끝에 찾아낸 아우가
거세되어 환관이 되었다는 소식을 듣고 느꼈던 분노가 덜도 더함

도 없이 그대로 밀려왔다. 유인은 짐승처럼 울부짖으며 손에 잡히는 모든 것을 부쉈다. 생살이 갈기갈기 찢기는 고통이, 흉곽이 파헤쳐져 심장이 뜯기는 고통이 휘몰아쳤다. 당장에 모든 군을 끌고 황성으로 쳐들어가고 싶다. 하지만 아직도 한주의 군사력은 막강했다. 결국 그가 선택한 방법은 오랜 공을 들여 황궁 안의 환관과 여관들에게 뇌물을 주고 유하의 탈출을 모색하는 것이었다. 유하와 서신을 나누게 된 것이 불과 몇 달 전이요, 그 후 긴 준비 기간을 거친 끝에 대상(大商)으로 위장해 적국의 수도에까지 들어왔다. 하루라도 빨리 만나보고 싶은 마음에 위험을 감수할 만큼 유인에게 동생을 찾는 일은 중요한 일이었다.

그렇게 애써 찾아온 자신을 유하가 배신했다는 것이 믿겨지지 않았다. 혈육을 나눈 동기와 생명을 포기하고 한낱 여인을 택하다니. 유인은 마지막 유언이라는 글자를 떠올리며 어금니를 깨물었다. 그의 눈에 붉은 핏발이 서 있었다.

"전하."

옆에 선 효겸이 말했다.

"이 여인은 첩자가 아닙니다. 서신을 읽으시고도 모르시겠습니까? 이 서신은 대군저하께서 직접 쓰신 것입니다."

유인은 주먹을 움켜쥔 채 정신을 잃은 여인을 노려보았다.

"지금 감정에 흔들리실 때가 아니십니다. 황제의 후궁이 없어진 게 발각된다면 당장에 수색이 시작될 것입니다. 어쩌면 지금쯤 찾느라 혈안이 됐을지도 모릅니다. 성문을 닫기 전에 한시라도 빨리 신도를 빠져나가야 합니다."

간곡한 효겸의 말에 유인의 눈빛이 차갑게 가라앉았다.

"오 년이다. 여기까지 오는 데 오 년이나 걸렸다. 이젠 볼 수 있다고 생각했는데……."

유인은 침상에 힘없이 쓰러져 있는 여인을 노려보며 중얼거렸다.

"지금 당장은 어쩔 도리가 없습니다. 대군저하 스스로 선택한 길이니 운명에 맡길 수밖에요. 우선은 이곳을 떠나는 것이 상책입니다."

"인정할 수 없다. 절대로 인정 못해!"

"전하……."

해는 점점 기울고 있었다. 성문이 닫힐 시간이 가까워 오는데 유인은 자리에서 꿈쩍도 하지 않고 서 있었다. 이에 마음이 급해진 두 사내는 그의 발치에 한쪽 무릎을 꿇고 고개를 숙인 채 말했다.

"전하, 시간이 없사옵니다."

그들의 비통한 음성에 유인은 그제야 비현에게서 시선을 돌렸다. 효겸과 인걸을 번갈아 바라본 그는 잠시 침묵하다 말했다.

"한 개 조만 남겨두고 나머진 인원은 모두 철수한다."

"존명(尊命)!"

두 사내는 유인에게 거듭 고개를 숙인 후 방을 나갔다. 비현과 단둘이 남겨진 유인은 핏기없는 그녀의 얼굴을 싸늘히 노려보다 구겨진 서신을 펴 들었다. 그리고 다시 한 번 서신을 읽어 내려가기 시작했다.

유시(酉時)를 알리는 종소리와 함께 궁문이 닫혔다. 서서히 어둠이 내리자 단홍이 자애당 뒷문을 열고 나와 주위를 살피며 근처 참나무 아래로 다가갔다. 참나무 그늘엔 무영이 와서 기다리고 있었다. 조급한 듯 불안한 걸음으로 서성이던 그림자는 단홍을 보자 반색을 하고 다가왔다.

"돌아오셨습니까?"

그 말에 단홍은 침울한 표정으로 힘없이 고개를 저었다.

"다행입니다. 정말 다행입니다."

무영은 그제야 안도의 숨을 내쉬었다. 마음속 긴장이 느슨히 풀어지며 하루 종일 굳어 있던 몸과 마음이 물에 젖은 듯 축 늘어진다.

"정 내관, 이제 우리 마마님 바깥세상에서 행복하게 잘사시겠지요?"

단홍의 말에 조용히 고개를 끄덕인 무영은 명치에서부터 올라오는 그리움에 숨 끝이 아려왔다. 눈앞에 그녀의 더없이 미소가 그려진다. 무영은 그것이면 족하다고 속으로 몇 번이나 되뇌었다.

"쉬운 일이 아니었는데 도와주셔서 감사합니다. 이 밤은 들키지 않고 넘겨야 하니 궁녀들 단속을 해주십시오. 그리고 마지막으로 부탁드릴 것이 있습니다."

무영이 품속에서 두툼한 서신을 꺼내 내밀었다. 그동안 세아의 악행을 고스란히 담은 장문의 서신이었다.

"이것을 황후께 전하세요. 반드시 직접 전해 드려야 합니다. 만

약 나인께서 고초를 겪을 일이 생기면 황후께서 도와주실 것입니다. 이 서신이 그 정도의 값어치는 있는 것이니 너무 걱정하지 마십시오."

"정 내관은요?"

안쓰러움이 가득한 물음에 무영은 씁쓸한 미소를 지었다.

"어떻게든 되겠지요. 그럼, 부디 몸조심하세요."

무영은 허리 굽혀 절을 하고 그대로 몸을 돌려 화연궁으로 향했다. 단홍은 그가 전해준 서찰을 물끄러미 내려다보다 어깨를 늘어뜨리며 자애당으로 돌아갔다.

깊은 밤, 사위가 잠들어 세상이 어둠 속으로 침몰하여 가라앉을 무렵이다. 무영은 얼음처럼 차가운 물속에 제 몸을 깊이 담그고 지그시 눈을 감고 있었다. 뼈마디가 시릴 정도로 찬물 속에서 그는 오랜만에 평온을 맛보는 중이었다. 무영은 고개를 뒤로 젖혀 물속에 잠겼다. 곧 침묵이 찾아오고 동시에 지난 추억이 몽글몽글 떠올랐다.

빙옥처럼 맑고 깨끗한 얼굴을 볼 때마다 가슴이 내려앉던, 차돌같이 매끄럽고 휘황한 빛을 감춘 눈동자에 숨이 멈추던, 봄밤처럼 그윽하고 향기롭던 순간들이 한장한장 그림을 넘기듯 떠올랐다.

'그런 너를 어찌 사랑하지 않을 수 있었겠는가. 너를 구하는데 어찌 내 목숨을 아끼겠는가.'

무영은 향기로운 기억 속에서 희미하게 웃었다.

딸랑딸랑.

　비현의 나비 장식에 달린 방울이 경쾌하게 운다. 그녀의 영혼처럼 맑고 낭랑하다. 무영은 은은한 미소를 머금고 앞으로 손을 내밀었다. 달빛을 머금은 창백한 볼이 손끝에 닿는다. 무영은 방울방울 떨어지는 눈물을 닦아주고 그녀의 이마에 부드럽게 입을 맞추었다. 그녀의 따스한 온기가 몸으로 들어와 심장으로 흘러든다. 심장이 말한다.

　세상에서 가장 값진 것을 얻었으니 후회하지 마라. 이대로 한 줌 재가 되어 강을 따라 대해로 흘러가자. 아니면 바람을 따라 수백 개의 산과 강을 지나 아픔이 없는 곳으로 날아가자. 다시는 사람으로 태어나지 말자꾸나.

　무영은 물 위로 고개를 내밀고 긴 숨을 내쉬었다. 얼굴에 드리워져 있던 그늘이 가시고 옥처럼 하얗고 고운 얼굴에서 빛이 났다. 그는 그 어느 때보다도 아름다웠다.

　곧 태감이 올 것이다. 그전에 준비를 마쳐야 한다.

　무영은 목욕통을 나와 물기를 닦은 다음 옷을 갖춰 입고 관을 썼다. 막 준비를 끝내자마자 기다렸다는 듯이 태감이 기별을 해왔다. 황제가 몸져누운 뒤로 서후는 매일 밤 무영을 찾았다. 익숙한 일이었기에 무영은 담담히 태감을 따라나섰다.

　무영과 태감은 조용한 걸음으로 서후의 침실로 향했다. 긴 회랑을 지나 침실 문 앞에 서자 태감이 몸수색을 했다. 옥체에 위해를 가할 것을 숨겼을까 하여 관까지 벗겨 머리 속을 꼼꼼히 뒤져 본

후에야 태감은 무영을 안으로 들여보냈다.

무영이 침실에 발을 들여놓자 독한 사향 냄새와 분 냄새가 물씬 풍겨왔다. 서후는 침상에 비스듬히 누워 포도주를 홀짝이고 있었다.

"왔느냐? 이리 가까이……."

술에 취한 세아가 하느작거리는 꽃잎처럼 손짓을 하고 있었다. 정중히 읍을 한 무영은 단정한 몸짓으로 다가갔다. 금과 온갖 보석으로 장식한 화려한 침상에 누워 있는 그녀에게서 진한 술 냄새와 애욕의 악취가 풍겨왔다. 알몸이 환히 비치는 비단 속옷을 입은 세아는 독을 품은 꽃처럼 강렬한 아름다움을 내뿜고 있었다.

"옷을 벗어라."

그녀의 명령에 무영은 느리게 눈을 깜빡이며 머리에 쓴 관과 옷을 차례로 벗었다. 등불 아래 하얀 나신이 드러나자 세아는 눈을 빛내며 침상에서 내려왔다. 여인의 손길이 그의 볼과 턱을 쓰다듬고는 향긋한 살 냄새를 맡으며 목을 핥기 시작했다. 붉은 혀는 쇄골과 가슴, 매끈한 복부로 내려왔다. 달콤한 과육을 맛보듯 탐욕스럽게 물고 빠는 모습을 가만히 내려다보던 무영은 그녀의 어깨에 손을 올려놓았다. 고개를 든 그녀는 무영의 따스한 눈과 마주치자 눈썹을 치켜 올렸다. 무영은 그녀와 시선을 맞춘 채 볼을 감싸 쥐고 부드럽게 입을 맞췄다. 온몸이 녹아 내릴 듯한 부드러운 입맞춤. 놀라면서도 기쁜 표정을 그대로 드러낸 세아는 그의 목을 감싸 안고 입술을 내주었다. 이에 언제나 무표정하고 건조하기만 했던 무영은 희미한 미소를 지었다. 세아는 지금껏 무영을 안으면서 웃는 모습을 처음 보았다. 그의 미소는 생각했던 것 이상으로 아름다워 가슴을 두근거렸다.

세아는 반쯤 넋이 나간 얼굴로 그가 이끄는 대로 옷을 벗었다. 그의 손이 닿은 자리마다 뜨거움이 번지고 숨이 가빠오기 시작했다. 꿈인가 싶을 정도로 황홀하여 세아는 그의 눈빛을 거듭 들여다보았다. 무영의 눈은 어느 때보다도 맑고 선명했다. 사랑하는 정인과 잠자리를 하는 것처럼 그의 몸짓은 진실했다. 그것이 더욱 세아를 들뜨게 하고 있었다.

마침내 알몸이 되자 이번엔 그가 먼저 팔을 잡아 침상으로 이끌었다. 지금껏 수없이 잠자리를 해오면서 그가 먼저 손을 내민 것은 처음이기에 세아의 얼굴에 놀람과 기쁨이 스쳐 갔다. 무영은 폭신한 보료에 세아를 눕히고 목에서부터 부드럽게 애무를 해나갔다. 억지로 하는 것이 아닌 스스로 원해서 하는 행동이기에 세아에게는 훨씬 더 자극적이고 짜릿한 몸짓이었다. 세아는 온몸으로 밀려오는 희열에 떨며 나직이 신음을 내뱉었다. 허벅지를 쓰다듬던 손이 은밀한 곳으로 밀고 들어오자 그녀의 숨은 더욱더 가빠지기 시작했다. 그의 손가락이 관능적으로 움직일 때마다 그녀의 등은 활처럼 휘었다. 그것을 바라보던 무영이 그녀의 몸에 자신을 포개고 살짝 벌어진 입술에 입을 맞추었다. 세아는 미소를 지은 채 그의 입술을 받아들이며 그의 입속에 혀를 밀어 넣었다.

두 개의 혀가 하나로 얽히고 두 사람의 숨소리가 점점 격렬해질 무렵이었다. 은밀한 곳을 애무하던 손이 어느 사이엔가 세아의 머리장식에 닿아 있었다. 세아가 움찔 놀라는 사이 무영은 머리에 꽂았던 진주 보요를 빼서 힘껏 움켜쥐고는 그녀의 목을 겨냥해 힘껏 찔렀다. 순식간에 벌어진 일에 크게 놀란 세아는 황급히 몸을 비틀었다. 그러나 그녀의 몸은 이미 무영에게 갇혀 있었다. 간신히 몸을 움직여 목에 찔리는 것은 피할 수 있었지만 칼날처럼 날카로운 보요가 등에 박히고 말았다. 세아는 끔찍한 고통에 비명을 지르려 하자 무영이 자신의 입술로 세아의 입을 막았다. 세아의 눈빛에 공포가 일렁이는 사이, 등에 박힌 보요를 뺀 그가 다시 목을 겨눴다. 날아온 보요가 목 언저리 박히자 피가 튀고 쿨럭쿨럭 흘러나온 피는 보료를 붉게 적시기 시작했다. 세아는 필사적으로 무영에게서 벗어나려 했다. 하지만 그의 눈은 이미 산 자의 것이 아니었다. 그는 목숨을 걷어가기 위해 찾아온 저승의 사자(使者)처럼 섬뜩하고 차가웠다. 세아는 끔찍한 공포를 느끼며 마구 몸부림쳤다.

그들의 몸싸움이 격렬해지자 침상 옆 탁자에 놓은 등잔이 쓰러지면서 기름에 불이 붙었다. 순식간에 휘장에 불이 옮겨 붙으면서 불길은 번지기 시작했다. 그사이 세아는 자신의 몸을 내리누르는 무영과 싸우며 발버둥 쳤다. 여린 사내이기만 한 줄 알았던 그의 힘을 좀처럼 당해낼 수가 없었다. 그는 살기등등한 짐승과도 같았다.

마침내 보료에까지 붙은 불이 세아를 덮쳤다. 다리와 팔, 어깨와 얼굴에까지 화기가 닥치자 불구덩이에 처박힌 듯 끔찍한 고통이 엄습했다. 머리카락 타는 누린내와 함께 살가죽이 지글지글 타기 시작하고 무영의 몸에도 불이 옮겨 붙었지만 그는 끝내 세아를 놓지 않았다. 무섭도록 끔찍한 집념이었다.

이때 고통으로 인해 무영의 입술이 벌어졌다. 세아는 그의 입술에서 간신히 벗어나 미친 듯이 비명을 질렀다. 비명 소리에 놀란 환관들이 달려왔을 때는 손쓸 틈도 없이 불길이 번져 있었다. 한 환관이 바닥에 깔린 모피를 뒤집어쓰고 침상으로 뛰어들었다. 그는 얽혀 있는 두 남녀를 떼어놓으려 했으나 무영의 손이 세아를 붙들고 놔주질 않았다. 있는 힘껏 무영의 손을 뜯어낸 환관은 심각한 화상을 입은 세아를 옷에 싸서 불타고 있는 침실을 빠져나갔다.

"안 돼! 안 돼에에……."

불길 속에서 몸부림치던 무영은 숨 막히는 고통에 비명을 질렀다. 그녀가 숨이 끊어진 것을 두 눈으로 확인해야 한다. 자신과 함께 불에 타 죽게 만들어야 한다. 그녀가 죽어야만 비현이 살 수 있다. 그녀가 이 세상에서 없어져야만 안심하고 죽을 수 있다. 무영은 견딜 수 없는 고통으로 인해 희미해지려는 의식을 필사적으로 붙들며 중얼거렸다.

"비현……."

무영은 처음으로 그녀의 이름을 중얼거렸다. 그립다. 지금 이 땅 어디선가 자신을 떠올리며 울고 있을 그녀가 미치도록 보고 싶었다.

'너로 인해 비참한 내 삶이 빛이 되어 사라지는구나. 살아도 산 것이 아니었던 삶이었다. 하지만 이젠 죽어도 죽지 않고 영원히 살아 있을 것이다. 살아서는 지옥이었으나 죽어서 자유를 찾았으

니 나는 언제나 네 옆에 있을 것이다. 떠도는 바람이 되어 네 머리
칼과 볼을 스치고 네 핏속에 녹아 흐를 것이다. 다시는 사람으로
태어나지 않을 것이다. 다시는…….'

마지막으로 보았던 그녀의 미소가 불길 속에서 환히 빛난다. 무
영은 그 빛으로 팔을 뻗었다. 그녀가 보인다. 그녀가 손을 뻗어 무
영의 손을 잡는다. 그는 태어난 이후로 가장 기쁘게 웃으며 그 손
을 꼭 쥐었다. 하얀 빛이 그를 사로잡는다. 더 이상 아픔도, 슬픔
도 없다. 기쁨만이 그를 포근히 감쌀 뿐이었다. 무영은 하얀 빛 사
이로 천천히 걸어 들어갔다.

한주는 여인들의 여행을 엄격히 단속했다. 곳곳에서 비적(匪賊)
들과 북쪽 고원의 호족(胡族)의 약탈이 자행되는 데다 최근 들어
아이와 여인을 잡아 노예로 팔아넘겼다는 일이 많아 여인들에겐
통행권을 주지 않았다. 비현을 신도에서 빼내기 위해서 방법을 강
구하던 유인 일행은 어쩔 수 없이 그녀를 자루에 넣어 수레에 실
었다. 성문이 닫히기 직전에야 당도할 수 있었던 상단은 관리에게
통행권과 상품에 매겨진 관세, 빨리 처리하기 위해 급행료를 얹어
주고 간신히 춘명문을 빠져나왔다. 상단 행렬은 날이 어두워옴에
도 불구하고 말을 몰아 동남쪽에 있는 서주로 향했다. 서주는 지
난해 예(濊)가 점령한 곳으로 과거엔 중원 대륙의 남북과 동서를
잇는 육상 운수의 중심지였다. 한때는 상업으로 크게 번성했었지

만 예군이 들이닥치자 태수가 성내에 불을 질러 자국의 양민을 학
살하고 패주하여 황폐해진 도시로 유인이 다시 재건 중이었다. 동
북을 차지하고 발해(渤海)만을 끼고 남진해 온 예는 서주를 거점으
로 영역을 확장해 갔다.

십여 대의 수레와 상인으로 위장한 삼십여 명의 장정들은 쉬지
도 않고 길을 재촉해 갔다. 날이 어두워지자 기온도 낮아졌지만
워낙 들판에서 생활하는 것이 익숙한 그들이라 그럭저럭 견딜 수
있었다. 그러나 비현은 달랐다. 성을 빠져나와서야 간신히 정신을
차린 그녀는 덜컹거리는 수레에서 황망히 주위를 살폈다. 왜 이들
과 같이 낯선 길을 가야 하는지, 황궁에서 어떤 일이 났을지 걱정
되어 미칠 지경이었다. 그녀는 수레를 모는 이에게 황궁으로 보내
달라 사정했다. 하지만 입을 꾹 다문 사내는 말없이 말을 몰 뿐이
었다. 화도 내고 애걸도 해보았지만 주위의 사내들은 차갑게 외면
한 채 조용히 말을 몰았다. 마치 그녀란 존재가 보이지 않는 것처
럼, 아무것도 들리지 않는 것처럼 무심하게 굴었다.

비현은 급기야 무영과 단홍을 부르며 아이처럼 울기 시작했다.
이에 뒤편에서 말을 몰던 효겸이 다가와 달래보려 애를 썼지만 비
현의 울음소리는 점점 더 커질 뿐이었다.

“폐 끼치지 않을 테니 다시 신도로 보내주세요. 부탁이에요. 제
발 보내줘요.”

유인이 서주까지 데려간다고 한 이상 비현을 보내줄 순 없었다.
설령 다시 신도로 간다 해도 목숨을 부지할 수 없으니 살기 위해
선 한주를 벗어나는 수밖에 없었다. 그것을 다 알 텐데도 보내달

라 우는 여인을 보며 효겸은 그저 난감할 뿐이었다.

"행수어른, 신도에서도 꽤 멀리 왔는데 잠시 쉬어가는 것이 어떻습니까?"

밤행을 하고 새벽이 가까워질 무렵, 효겸이 넌지시 청을 넣었다. 말과 사람 모두 추위에 지쳐 있었다. 행렬 앞에서 묵묵히 말을 몰던 유인은 돌아보지도 않고 고개를 끄덕였다. 그는 신도를 나온 후 단 한 마디도 하지 않았다. 그에게서 뿜어져 나오는 기운이 어찌나 살벌한지 모두 다 입을 꾹 다물고 길을 갔다.

효겸 덕에 간신히 휴식을 취하게 된 상단은 널따란 평지에 자리잡고 앉아 불을 피우고 간단한 요깃거리를 준비하기 시작했다. 효겸은 소년들이나 입을 법한 작은 치수의 호복과 뭉툭한 나무 사발에 담은 차를 비현에게 내밀었다. 선하게 생긴 외모만큼이나 사려 깊은 효겸이었다.

"여기, 따뜻한 차로 몸을 녹이십시오. 그리고 오랫동안 여행을 하려면 남장을 하시는 게 편할 겁니다. 저 나무 뒤에 가서 갈아입으세요."

멍한 얼굴로 수레 구석에 웅크리고 있던 그녀는 효겸을 보자 무슨 말을 하려다 그만두었다. 맹수 굴에 던져진 토끼처럼 잔뜩 얼어 있는 얼굴을 보니 안됐다는 생각에 효겸은 따뜻한 차를 거듭 권했다. 이에 여인은 간신히 입술만 축이고는 또다시 고개를 푹 숙인다. 효겸은 그 모습이 딱해 보여 자신의 어깨에 두른 두툼한 망토를 덮어주었다. 이에 비현은 몸을 동그랗게 말고 무릎에 얼굴을 묻었다.

"이제 좀 괜찮아?"

일행 쪽으로 돌아온 효겸을 보고 인걸이 물었다. 효겸은 고개를 저었고 인걸은 안됐다는 표정으로 수레를 쳐다보다 일행과 멀리 떨어진 나무에 몸을 기대고 앉아 있는 유인을 보았다. 그는 어둠 속에 얼굴을 가린 채 나무의 일부처럼 미동없이 앉아 있었다.

그 후로 삼 일 동안 유인 일행은 최소한의 휴식만 취하며 길을 재촉했다. 뒤쫓아오는 추격대 없이 신도에서 멀리 떨어지자 작은 마을에 들어가 여각에 여장을 풀었다. 비현에게 작은 방이 주어졌고 목욕물이 들어왔지만 그녀는 멍하니 의자에 앉아 허공만 응시했다. 비록 호복을 입긴 했지만 여인의 얼굴이 고스란히 드러나는 외모에 몸종들이 호기심을 가지고 친절하게 굴었지만 비현은 아무런 반응을 보이지 않았다.

세상 물정에 대해 잘 모르는 촌부들이 봐도 이 상단은 참으로 희한해 보였다. 남자들만 있는 상단에 남장을 한 여인네가 껴 있는 것도 그렇고 장사치들치고는 사내들의 모습이 심상치가 않아 보였기 때문이다. 특히 대행수란 자는 예사 인물이 아니었다. 장수라고 하면 믿을까 도저히 장사치로는 보이지 않았고 귀족적인 생김새나 풍겨 나오는 위엄이 마을 처녀들의 가슴을 두근거리게 했다. 인물 좋고 부유해 보이기까지 하니 잘 보이면 하룻밤은 물론 고향으로 데려갈지도 모른다는 희망이 뭉싯뭉싯 피어올라 저마다 노골적으로 추파를 던졌다. 그러나 사내는 저녁 내내 술만 들이키고는 방으로 올라가 꿈쩍도 하지 않았다. 처녀들은 안타까움에 애꿎은 방문만 보고 있을 뿐이었다.

다음날, 동이 트기도 전에 말을 탄 사내가 마을로 들어왔다. 그는 황급히 여각으로 뛰어들어 오더니 행수의 방으로 올라갔다.

"대왕전하!"

유인은 허리를 깊이 숙이고 한쪽 무릎을 꿇는 병사를 보며 나지막이 말했다.

"황궁의 동태는?"

"궁속들 말에 의하면 화연궁 침전에 불이 나서 서후가 크게 다쳤다고 합니다. 워낙 쉬쉬하기 때문에 밖으로까지 알려지진 않았지만 목숨이 위태로울 정도로 중상이라고 합니다."

"그 일이 유하와 연관이 있나?"

그 말에 병사의 표정이 눈에 띄게 굳었다. 그는 잠시 주저하다 고개를 조아리며 말했다.

"평상시 서후가 젊은 환관을 매일 침실로 불러들였다고 합니다. 그가 대군저하인 듯합니다. 궁에는 서후가 크게 다친 것이 그 환관의 소행이라는 소문이 파다하답니다. 이후 그가 감쪽같이 사라진 것도 소문을 뒷받침해 주고 있습니다."

병사의 예상과 달리 유인은 무서우리만치 차분했다. 그는 무표정한 얼굴로 창밖을 응시하다 한참 만에야 입을 열었다.

"시신은 어찌 됐나 하더냐?"

"거기까지는 시간이 좀 더 걸릴 듯합니다. 백방으로 수소문해 보고 있는 중입니다."

"달라는 대로 쥐어주고 빼내와라. 뼈 한 조각이라도 좋으니 내 눈앞에 가져다 놓도록."

유인은 무표정한 얼굴을 했지만 몸엔 힘이 가득 들어가 있었다. 온몸에서 분노가 휘몰아친다. 그동안의 노력이 허사가 되고 끝내 동생을 죽였다는 죄책감이 밀려왔다. 처음 유하가 잡혔을 때 포로 교환을 요구했지만 황제는 비웃으며 감옥에 가두어 버렸다. 그는 수천 명의 군사들의 목숨보다 유인을 조롱하기 위한 길을 택한 것이다. 유인은 예가 점령한 영토와 유하를 바꾸려 했으나 대장군을 비롯한 관료들의 반대에 부딪쳐 뜻을 이루지 못했다. 결국 한주의 수도로 쳐들어가거나 적당한 기회를 봐서 빼내오는 수밖에 없었다.

'결국 널 죽이고 말았구나. 그 치욕을 견디면서 살아주었는데 내가 너무 늦었어.'

유인은 목으로 쓴물이 올라오는 것을 애써 넘기고 다시 입을 열었다.

"황궁에 또 다른 일은 없나?"

"황후가 총애하던 후궁 하나가 없어졌다 합니다. 궁문을 지키는 병사들을 추궁한 결과 시비 복장을 하고 빠져나간 걸 알아내어 전국에 생포하라는 명령이 내려졌습니다."

그 말에 고개를 끄덕인 유인은 부하를 물러가게 하고 창가로 다가갔다. 유인의 표정은 점점 굳어지고 넓은 어깨가 경직되기 시작했다. 주먹을 꽉 쥔 유인은 창틀을 힘껏 내려쳤다.

쾅! 쾅! 쾅!

그는 손이 찢어져 피가 흐름에도 아랑곳하지 않고 난폭하게 내려쳤다. 자신과 온 세상을 부숴 버릴 몸짓이었다. 그 안에 담긴 분노가 너무 커서 뛰어들어 온 인걸과 효겸조차도 차마 말리지 못했다. 유인은 나무 창이 부서져 나가고 손이 엉망이 되어서야 겨우 멈췄다. 그가 한참 만에 입을 열고 한 말이라고는 다시 출발한다는 한마디뿐이었다.

황궁에선 서후와 비현 때문에 발칵 뒤집혔다. 오른쪽 얼굴과 오른팔, 양다리에 심각한 화상을 입은 세아는 시의(侍醫)들이 살아날 가망이 없다고 포기할 만큼 위중한 상태였다. 이를 두고 크게 분노한 황제는 촉영의 고한 대로 없어진 은비현이 환관을 사주하여 벌인 일로 믿고 전국에 체포령을 내렸다. 덧붙여 생포해 오는 자에게 막대한 상금을 내거니 큰 도시마다 비현의 얼굴이 그려진 그림이 나붙고, 중요한 길목엔 관리들이 길 가는 여인들을 붙들어 대조하며 잡으려고 혈안이 되어 있었다.

상단 일행은 큰 도시를 피해 사람들이 적은 길을 골라 갔다. 대부분은 비적들이 출몰한다 하여 꺼리는 길이었다. 그래서인지 마을도 드문지라 대부분은 노숙을 해야 했다. 사내들도 고된 여행길에 죄인처럼 끌려가던 비현은 차마 볼 수가 없을 정도로 몰골이 엉망이었다. 무슨 이유에서 끌려가는지 설명을 들을 때까지는 아무것도 먹지 않겠다고 단언한 그녀는 침묵과 함께 눈에 띄게 수척해졌다.

여행길에 오른 지 수일이 지나도록 누구도 비현에게 정황을 설명해 주지 않았다. 아니, 유인의 명령에 의해 감히 입을 열지 못하고 있었던 것이다. 그나마 보살펴 주려 애쓰는 이는 효겸뿐이고 나머지는 그녀를 피했다. 호위무사들은 동정과 안쓰러운 눈빛으로 비현이 탄 수레를 바라보았지만 주군의 눈빛이 하도 사나워서 선뜻 말을 꺼내지 못하고 있었다. 이대로 두면 굶어 죽을지도 모른다는 효겸의 말에도 유인은 묵묵히 침묵을 지켰다. 죽어도 개의치 않겠다는 듯 그는 묵묵히 길을 갈 뿐이었다.

"소저, 정신을 차리십시오! 소저!"

효겸은 정신을 놓은 비현의 어깨를 흔들며 소리쳤다. 하지만 그녀는 미약한 숨만 내쉴 뿐 눈을 뜨지 못했다.

"내 이럴 줄 알았다니까. 결국 사단이 났구만."

수레 안을 들여다보며 혀를 차던 인걸은 원망 어린 눈으로 앞서 가는 유인의 등을 응시했다. 엿새 동안 물 한 모금 넘기지 못한 상태에서 혼절을 거듭하던 그녀는 하루가 지나도록 정신을 차리지 못했다. 이를 보고 안절부절못하던 사내들은 차갑게 가라앉은 표정으로 말을 모는 유인에게 사정했다.

"이대로 두고 보실 것입니까? 자칫 잘못하다간 애꿎은 사람 하나 잡겠습니다."

인걸의 외침에 유인은 손을 들어 행렬을 멈췄다. 말을 돌려 수레 옆으로 다가와 비현을 들여다본 그는 다음 마을에서 쉬어갈 것을 허락했다. 땅거미가 질 무렵에야 마을에 당도한 일행은 아녀자들을 불러와 비현의 시중을 들게 했다. 억지로 탕약을 넘겨주어도 그녀는 여전히 정신을 차리지 못했다.

"전하, 소저는 정말 아무것도 모르는 듯합니다. 그러니 무슨 곡절인지 설명이라도 해주어야 하지 않겠습니까?"

효겸은 안타까운 마음에 유인에게 거듭 고했다. 하지만 유인은 여전히 냉랭한 표정으로 말했다.

"지금 첩자일지도 모르는 계집에게 우리의 정체를 말하라는 것이냐?"

"그렇다고 죄인처럼 끌고 갈 수만은 없지 않습니까. 그동안 지켜본 바로 거짓말하는 걸로는 보이지 않습니다. 그렇다면 대군저하가 서신으로 당부하셨듯이 잘 보살펴야……."

효겸은 갑자기 자리에서 일어나 창가로 걸어가는 유인을 보며 입을 다물었다.

"차라리 그 계집이 죽어버렸으면, 내 눈앞에서 사라졌으면 속이 시원하겠다."

"하지만 전하……."

"정말이지…… 그 계집이 내 옆에 있다는 것조차 견딜 수가 없다. 하루에도 몇 번이고 내 손으로 죽여 버리고 싶단 말이다."

효겸은 그의 심정을 이해하기에 그저 안타까울 뿐이었다.

"저 계집이 없었다면 유하는 내게 왔을 것이다."

"소저의 탓이 아닙니다. 대군께서 스스로 내린 결정이 아닙니까?"

"아니다. 유하가 죽은 것은 저 계집 때문이다. 난 저 계집을 증오한다."

유인은 뼈가 하얗게 드러나도록 주먹을 움켜쥐었다. 효겸은 그의 뒷모습에서 혼란과 갈등을 읽었다. 그녀에게만 향하는 증오가 아니었다. 그의 분노는 자신에게도 향해 있었다. 지난 세월 동안

내내 죄책감에 사로잡혀 있던 그이기에 쉽게 용서하지 못할 거란
걸 효겸은 알고 있었다.

　비현은 정신을 놓은 지 이틀 만에야 눈을 떴다. 약탕 냄새가 희
미하게 떠 있는 방 안을 바라보던 그녀는 햇빛이 스며들어 오는
창을 바라보다 다시금 눈을 감았다. 감은 두 눈에서 눈물이 흘러
나왔다.
　'난 어디로 가고 있는 걸까. 무슨 일이 벌어진 건지 왜 아무도
말을 해주지 않는 걸까.'
　비현은 자신이 어떤 지경에 처해 있는지 짐작조차 할 수가 없었
다. 그저 거대한 두려움만이 한없이 밀려올 뿐이었다. 무영은 어
찌 됐을까? 단홍은? 양하에 계신 부모님은 어떻게 되셨을까? 황
궁에서 도망친 후궁과 딸린 궁속들, 그녀의 일가. 생각의 고리에
딸려 나온 일들은 감히 떠올리기조차 두려운 것이었다. 오직 죽
음. 죽음이라는 단어만이 비현의 머리 속을 잠식했다.
　잠에서 깬 비현이 서럽게 울고 있는 것을 발견한 아낙이 효겸에
게 이 일을 알렸다. 효겸과 인걸이 들어오자 비현은 애써 몸을 일
으켰다. 지난밤 예국에 당도할 때까지는 예 왕 일행의 정체를 비
밀로 한다는 조건하에 유인에게 허락을 얻은 효겸은 조심스럽게
말문을 열었다. 비현은 효겸의 설명을 조용히 들었다. 포로로 끌
려가 환관이 된 유하가 상단 행수의 아우라는 사실, 황궁에서 빼
내려 했으나 자신 대신 비현을 내보낸 일, 어쩔 수 없이 비현을 데
리고 신도를 떠나야 했던 일, 그녀에게 체포령이 내려졌고 최대한

빨리 한주를 벗어나야 한다는 사실이 효겸의 목소리를 빌어 흘러
나올 때마다 그녀의 얼굴은 점점 더 어두워져만 갔다.

"무영은 어찌 됐나요?"

효겸은 인설과 시선을 나누며 말했다.

"저희도 아직 알지 못합니다."

당분간은 유하의 일을 얘기하지 않는 것이 그녀를 위하는 길이
라고 판단했기에 그들은 죽음을 알리지 않았다. 백지장처럼 얼굴
이 하얗게 질린 비현이 더듬더듬 물었다.

"부, 부모님은, 양하에 계신 부모님은요?"

"아직 알 길이 없습니다."

커다란 눈망울에 가득 고였던 눈물이 주르륵 흘러내렸다. 비현
은 서럽게 흐느꼈다. 분명 무언가가 잘못됐다. 무영이 왜 자신을
속여 궁 밖으로 내보낸단 말인가. 그토록 나가고 싶어했던 황궁이
었는데, 그토록 가고 싶어했던 고향인데 왜 자신을 대신 보냈단
말인가. 비현은 효겸 앞에 머리를 조아리며 사정했다.

"지금이라도 보내주세요. 그동안 있었던 일은 절대로 발설하지
않겠습니다. 제발 신도로 보내만 주세요. 제가 가지 않으면 많은
사람들이 죽습니다."

애원에도 불구하고 돌아오는 것은 거절, 그리고 뼈아픈 현실이
었다.

"이미 늦었습니다. 지금 돌아가도 변하는 것은 없을 것입니다.
소저 또한 죽게 될 테니까요."

"저는 죽어도 괜찮습니다. 하지만 죄없는 이들마저 죽습니다."

"서신에 소저를 부탁한다는 당부가 있었습니다. 저희 주인께서는 그 약속을 지키기 위해 서주로 안전하게 모실 것입니다. 그럼 이만."

그들이 일어나려고 하자 비현이 울며 소리쳤다.

"보내줘요! 신도로 다시 보내달란 말이에요!"

"내일 다시 출발할 것이니 그리 아십시오."

울며 애원하는 여인을 외면하며 돌아서는 사내들의 표정은 형편없이 구겨져 있었다. 비현의 긴 울음이 밤새도록 이어졌다.

암울한 기운과 함께 여행길에 오른 지 이십여 일이 지났다. 일행의 모습에는 변한 것이 없었다. 유인은 여전히 무서운 표정으로 앞만 보며 말을 몰았고 비현은 수레 속에서 기진한 얼굴로 흐느낄 뿐이었다. 무거운 침묵과 우울 속에 길을 가다 땅거미가 내려앉으면 인걸의 지휘하에 땔감을 모아오고 넓은 천막을 쳤다. 해가 점점 짧아지고 밤공기가 싸늘해지고 있었다. 오랜 노숙으로 인해 모두들 익숙하게 저녁을 준비하여 막 들려는 참이었다. 요란한 함성과 함께 오십여 명의 비적들이 일행을 들이닥쳤다. 각자 도끼, 창, 도를 든 비적들 중 수괴인 자가 나와 유인 일행을 향해 위협을 하기 시작했다.

"우리는 하음에서 가장 악랄한 비적단이다! 목숨이 아깝거든 짐을 버리고 썩 꺼져라!"

이렇게 고함을 치고 나면 대부분은 겁에 질린 얼굴로 걸음아 나살려라 도망치기 마련이었다. 그러나 이 상단은 코웃음을 치며 태연히 저녁을 먹었다. 우적우적 음식을 먹는 사내들을 보고 비적들은 어리둥절할 뿐이었다. 그들이 예국의 적룡을 호위하는 최고의 무사임을 알았던들 그리 의기양양하게 들이닥치진 못하였을 것을. 그것을 알 턱이 없는 비적 수괴가 사납게 소리쳤다.

“이것들이, 너희들이 우리의 악명을 듣지 못한 게로구나! 우리는 하음에서 가장 악랄하고 무서운…….”

“우라질, 시끄러우니까 그만 좀 빽빽대! 조상 중에 귀먹은 이가 있나, 웬 목청이 그리 커?”

나무를 한 짐 가득해 온 인걸이 땅에 땔감을 부리고 손을 탁탁 털며 소리쳤다. 비적들은 갑자기 나타난 거한에 움찔하며 뒤로 슬금슬금 물러나기 시작했다. 장사치라고 하기엔 엄청난 체구에 맨손으로 소도 때려잡을 듯 보이는 커다란 손을 보아하니 보통이 아니라는 생각이 들었기 때문이다. 하지만 수적으로는 월등하다 판단한 수괴가 앞에 나서며 말했다.

“네놈은 무엇을 믿고 그리 큰소리냐! 죽고 싶어 환장을 한 게로구나!”

“우라질, 네놈이야말로 죽고 싶어 환장을 하는구나. 황천길 구경하고 싶지 않으면 좋은 말 할 때 꺼져!”

“뭐야! 이 덩치만 무식하게 큰 놈이!”

그 순간 무사들 사이에서 억눌린 한숨이 터져 나오고 인걸의 눈에 불똥이 튀었다. 인걸이 가장 싫어하는 말이 무식하다는 것이었으니 저놈도 세상 구경은 다 했다고 무사들끼리 수군거렸다.

“우라질, 무어라 앙알댄 게냐? 무식이 뭐가 어째?”

인걸은 손마디를 우두둑 꺾으며 성큼 다가섰다. 그러자 비적들이 슬금슬금 뒷걸음치며 물러서기 시작했다. 이에 수괴가 눈에 띄게 당황하며 외쳤다.

"그러고도 너희들이 비적이냐! 수로 보면 우리가 훨씬 많다! 쳐라!"

오십여 명의 군사들이 한꺼번에 달려들려는 순간 검을 든 사내 하나가 인걸의 앞에 섰다. 유인이었다.

"너는 물러나 있어라. 내가 상대한다."

그러자 인걸이 억울한 표정을 지으며 툴툴거렸다.

"행수어른, 제게 맡겨주십시오. 소인이 저놈의 머리통을 다 뽑아놓겠습니다."

"내가 한다고 했다. 넌 구경이나 해."

유인에게서 뿜어져 나오는 한기에 인걸은 더 이상 아무 말 못하고 뒤로 물러났다. 무표정하던 그의 얼굴이 서서히 맹수처럼 사나워지기 시작했다. 그동안 애써 억눌러 왔던 울분을 모두 풀려는 듯 자못 심각한 살기까지 흘러나왔다.

"겨우 한 놈이 우리를 상대한다고? 같잖은 놈 같으니라고! 오냐, 와라!"

비적패들과 유인이 정면으로 부딪칠 찰나였다. 갑자기 작은 사람이 불쑥 튀어나오더니 비적들 앞을 막아섰다.

"무슨 짓이십니까? 안 됩니다!"

양쪽 다 깜짝 놀라 멈춰 섰다. 비적들은 뜻밖의 여자 목소리라 놀랐고, 유인은 오는 내내 우는 것이 전부였던 비현의 출현에 어이가 없었다. 금방이라도 쓰러질 것 같은 얼굴로 누가 누굴 지킨다는 건가. 유인은 양팔을 벌리고 버티고 선 비현을 내려다보며 차가운 눈을 빛냈다.

"같이 베이고 싶지 않으면 비켜라!"

그는 오싹하리만치 낮은 목소리로 비현을 위협했다. 그러나 그녀는 한 발자국도 움직이지 않은 채 유인을 똑바로 올려다보았다.

"저들은 양민들입니다. 제대로 무기를 휘두를 줄도 모르는 농사꾼들이 굶주림에 못 이겨 나온 것입니다. 배고파서 어쩔 수 없이 비적질을 하는 것이니 그냥 보내주세요."

그녀는 더 이상 약해 보이던 여인이 아니었다. 눈빛, 몸짓 하나하나가 사내 못지않게 당당하고 강렬했다. 그녀를 보는 유인의 눈매가 가늘어졌다.

"제 주제를 모르는군. 네가 나설 자리가 아니다."

"굶주린 저들의 얼굴이 안 보이십니까? 헤치려고 한 게 아니라 단순히 짐을 뺏으려고 한 자들입니다. 그러니까 그냥……."

"비키라고 하지 않았나! 나는 두 번 말하지 않는다!"

순간 유인은 비현을 밀치고 앞으로 나아갔다. 저만치 나가떨어진 비현을 붙잡아 안전한 곳으로 피신시킨 효겸은 다시 일어나려는 그녀의 어깨를 잡아 누르고 안 된다는 표정을 지었다.

순식간에 비적들 사이로 파고든 유인은 가볍고 빠른 동작으로 비적들의 허리를 단숨에 베어 넘기기 시작했다. 일말의 동정심도, 주저도 없었다. 오히려 살상을 즐기는 것처럼 잔인하고 희열에 넘치는 몸놀림이었다. 낭자하게 피가 튀는 가운데 어떤 이는 목이 날아가고, 어떤 이는 허리가 두 동강이 나거나 사지가 잘려 나갔다. 이에 비현은 비명을 지르며 효겸 쪽으로 고개를 돌렸다. 온통 사람들의 비명과 신음 소리, 칼이 뼈와 살을 베며 나는 소리에 비현은 치를 떨었다. 질린 것은 비현뿐만 아니라 인걸을 비롯한 무사들도 마찬가지였다. 적당히 겁을 줘서 쫓아버리려고 했던 애당초 계획과 달리 처참하게 벌어지는 살상에 다들 놀랄 뿐이었다. 예군(滅軍)에는 무슨 일이 있어도 양민(良民)은 죽이지 않는다는 계율이 있었다. 그것을 지금껏 충실히 지켜온 유인이건만 이번엔 달랐다. 굶주림에 비적이 된 사내들은 제대로 무기를 휘둘러보지도 못하고 유인의 검에 죽음을 맞이해야 했다.

너무나 쉽고 어이없는 죽음을 목전에서 본 비현은 커다란 충격을 받았다. 생명을 저리 하찮게 여기는 사람이 있다니, 그는 절대로 용서받지 못할 일을 벌이고 있었다. 말려야 한다. 더 이상 사람들을 죽게 할 수는 없다! 비현은 두려움도 잊은 채 효겸의 손을 뿌리치고 유인에게 뛰어갔다.

"그만둬요! 안 돼!!"

미처 말릴 틈도 없이 벌어진 일이었다. 막 한 사내의 목을 베려던 유인은 갑자기 뛰어든 비현을 보고 황급히 검을 거두었다. 그러나 날카로운 검 끝이 비현의 팔을 스치면서 소매가 북 찢어졌다. 무사들의 외마디 비명과 함께 비현은 그대로 바닥에 쓰러졌다. 찢어진 옷소매에서 붉은 피가 흘러나오고 있었다.

"무슨 짓이냐!"

유인은 굳은 얼굴로 비현을 노려보았다. 그가 잠시 검을 거둔

사이 목숨이 붙어 있던 비적들이 일제히 도망치기 시작했다.

"그러면 안 돼요. 사람을 함부로 죽이다니……. 소중한 생명을 그리 대해선 안 되는 거예요."

"어리석은 짓 같으니. 지 시내들이 널 겁탈하고 죽여도 그런 소리가 나오겠느냐?"

"저 사람들은 나쁜 사람들이 아니에요. 단지 배가 고파서……."

"웃기는 말이군. 그럼 배가 고파서 사람을 죽이는 건 괜찮다는 말이냐? 계집에 굶주려 겁탈하는 것도 괜찮다는 것이냐?"

"제 말은 그런 의미가 아닙니다. 다만……."

"닥쳐라!"

분노에 찬 유인은 검을 들어 비현의 목에 겨누었다. 그러자 놀란 인걸과 효겸이 뛰어와 가로막았다.

"안 됩니다!"

"내 명을 어기는 자는 죽음뿐이다. 비켜라!"

"사람들의 목숨을 살리려 했던 것이니 용서해 주십시오. 서신에 적힌 내용을 잊으셨습니까? 부디 지켜달라 부탁하지 않았습니까!"

인걸의 외침에 유인의 표정이 눈에 띄게 변했다. 피가 뚝뚝 흐르는 검을 치켜든 유인은 새파랗게 질려 있는 비현을 노려보다 팔을 내렸다.

"사내들을 제 편으로 만드는 데 천부적인 재주가 있구나. 하긴 목숨을 부지하기 위해선 여러 사내들에게 잘 보여야 했겠지. 참으로 간사한 계집이다!"

쓰디쓰게 내뱉은 말에 비현이 눈을 질끈 감았다. 그에게 느껴지는 차가움, 분노, 황폐함에 온몸이 떨려왔다. 그는 비현이 생각했던 것 이상으로 증오하고 있었다. 이유없이 가슴이 아파와 비현은 고개를 푹 숙이고 눈물을 흘렸다.

"그 흔한 눈물, 내 앞에서는 보이지 마라. 네 눈물을 그냥 보아줄 정도로 너그러운 이는 아니니."

유인은 비현을 쏘아보더니 그대로 자리를 떠났다. 그가 떠나고 스무 구의 시체와 피에 젖은 땅을 바라보던 비현은 그대로 허물어지고 말았다. 그 모습을 굳은 표정으로 바라보던 인걸이 그녀를 안아 들고 천막으로 가서 다친 상처를 치료해 주었다.

그날 저녁, 무사들은 인걸의 지시로 땅을 파고 시신들을 묻어주었다. 처참한 시신을 본 충격이 컸는지 비현은 정신이 들고도 여러 번 구토를 하다 다시 혼절하고는 한참이 되어도 정신을 차리지 못했다.

사위에 어둠이 내리고 모두들 잠이 든 시각, 인걸과 효겸만이 모닥불 앞에 앉아 술을 마셨다. 조용히 술잔을 기울이던 그들 중 먼저 입을 연 것은 효겸이었다.

"적인걸, 넌 자신은 돌보지 않고 다른 이들의 목숨을 구하기 위해 뛰어들 수 있냐?"

막대로 모닥불을 뒤적이던 인걸은 비현이 잠든 천막을 넘겨다보며 말했다.

"우라질, 내 목은 하나라서 그리는 못하것다."

"솔직히 아까는 좀 의외였다. 한없이 약해 보이던 아가씨였는데 어디서 그런 용기가 났을까."

"그러게 말이야. 그 마음을 몰라주고 전하께서 말이 좀 심하셨
어."
"단단히 미워하고 계시는 모양이다. 저리 매몰찬 성정은 아니
신데."
두 사내는 잠시 입을 다물고 생각에 잠겼다.

천막으로 돌아온 유인은 옷도 갈아입지 않고 그대로 주저앉아
머리를 쥐어뜯었다. 미처 날뛰는 자신을 통제할 수가 없었다. 몸
속 뜨거운 불덩이를 차갑게 식히기 위해선 피가 필요했다. 갈가리
찢긴 심장을 적셔줄 타인의 피. 유인은 이런 자신이 괴물이 된 것
만 같았다. 누구를 죽이지 않고서는 살지 못하는 괴물. 얼굴을 일
그러뜨리며 괴로워하던 유인은 혐오스럽다는 듯이 자신을 올려다
보던 까만 눈동자를 떠올려보았다.
　'젠장, 망할 놈의 눈빛.'
　저잣거리에서 처음 보았을 때 그녀는 손만 대도 으스러질 것처
럼 여려 보였다. 이상하게도 그 여린 면이 마음을 잡아끌었다. 지
남석이 반대의 성질을 가진 것을 잡아끌듯 자신과 너무도 다른 생
명체에 유인은 끌리고 말았다. 때 묻지 않은 맑은 미소가 다시금
떠오르자 유인은 슬며시 미간을 찡그렸다. 광대들과 원숭이들의
묘기를 보고 아이처럼 깔깔거리던 모습, 호기심 가득한 눈망울로
거리 곳곳을 바라보던 천진함에 유인은 자신도 모르게 미소를 지
었었다. 여자란 귀찮은 족속들일 뿐이라며 관심도 두지 않았던 자
신이 낯선 여인에 관심을 갖는 것에는 스스로도 놀라울 따름이었

다. 유인은 실없다며 스스로를 욕하면서도 그녀의 뒤를 따랐다. 해를 좇는 식물처럼, 빛에 끌리는 나방처럼, 그렇게 따라다녔다. 지금 생각해 보면 그것은 어처구니없을 정도로 치기 어린 행동이었다. 그런 가식적인 허울을 뒤집어쓴 여인에게 호감을 갖다니. 유인은 그 당시를 떠올릴 때면 견딜 수 없이 화가 났다.

'그 가증스런 눈빛으로 얼마나 많은 사내들을 유혹해 왔나. 그럴듯한 표정과 말로 포장해 마음을 사로잡고 자신을 위해서 이용했겠지? 외롭고 힘든 유하도 그렇게 유혹했나? 서후를 대신 죽여 달라 사정이라도 했나? 넌 그럴듯한 가면 속에 욕망을 숨긴 사악한 여자일 뿐이야. 너같이 교활한 계집에게 다신 속지 않아!'

한때나마 그녀에게 끌린 것에 화가 나서였을까, 그럼에도 불구하고 아직도 눈앞에 아른거리는 모습 때문에 혼란스러운 걸까. 유인은 그녀와 있는 것이 고통스러웠다. 뒷모습만 보아도 나신을 맞닥뜨리고 놀라던 큰 눈과 살짝 벌어진 입술이 떠올랐고, 동시에 비참하게 죽어갔을 유하의 모습이 떠올랐다. 동생의 고통을 어쩌지 못하고 방치했던 죄책감과 자신에 대한 혐오감이 가슴을 짓눌렀다. 유인은 피에 젖은 주먹을 움켜쥐고 절대로 그녀와 한주를 용서하지 않겠다고 다짐했다.

'내 목숨을 걸고 한주 땅을 쓸어버리리라. 황제 놈의 목을 베어 옥좌 위에 걸어놓고 내가 죽기 전까진 내리지 못하게 할 것이다. 그리고 너란 여자, 평생을 고통받게 해줄 테다.'

유인의 차가운 눈 속엔 복잡한 격정들이 회오리치고 있었다.

六. 달빛에 가슴이 베이다

"일어나셨습니까? 나와서 아침 드십시오."

천막 문 앞에서 몇 번이고 부르던 효겸은 이상한 낌새에 안으로 들어섰다. 짚 위에 깔아놓은 모포 위엔 아무도 없다. 누운 흔적조차 없는 잠자리를 보고 그는 유인에게 뛰어가 이 사실을 알렸다. 유인은 광활한 대지에서 맨몸으로 도망친 여인의 어리석음을 탓하면서 휘하 무사들을 시켜 찾아오도록 명했다.

모두들 그녀를 찾으려고 일제히 흩어졌을 무렵, 비현은 북쪽을 향해 걸어가고 있었다.

"내가 잡히지 않으면 다른 사람이 피해를 입게 돼. 황후마마께 나 혼자 벌인 일이라 고하면 다른 이들은 풀어주실 거야."

후궁이 황궁에서 도망 나왔으니 가문까지 멸문지화(滅門之禍)를 입을 것이 뻔했다. 그걸 알면서도 혼자 살자고 도망갈 수는 없다. 원래 계획은 마을이나 도시에 들렀을 때 제 발로 자복하는 것이었지만 일행의 감시가 워낙 삼엄하고 외진 산길만을 골라 가는지라 비현은 뜻을 이룰 수 없었다. 곧 변경 지역에 닿는다는 말에 조급해지던 참에 어제의 처참한 살육에 질려 버려 그녀는 한시라도 빨리 살인마로부터 벗어나고 싶었다. 그에게선 진한 피 냄새가 났다. 끈끈한 분노로 뒤덮인 그의 서늘함을 맞닥뜨릴 때마다 매번 오한이 났다. 자신을 바라보는 그 눈빛이란……

비현은 그에 관한 생각을 애써 떨쳐 버리려 노력하며 걸음을 재촉했다. 새벽부터 걷기 시작해 아침이 밝았으니 꽤 많은 시간이 흘렀다. 얇은 옷 속으로 파고드는 추위에 오한이 나고 검에 베인 상처가 욱신거렸지만 이를 악물고 걸었다. 노상으로 갔다간 금방 들켜 버릴 것만 같아서 조금 떨어진 곳을 택해 쉬지 않고 걸었다.

얼마나 걸었을까? 싸늘한 아침 공기를 뚫고 아이들의 울음소리가 들려왔다. 비현은 황급히 울음소리가 나는 곳으로 뛰어갔다. 길에서 조금 떨어진 노송 아래 여인이 누워 있고 네 명의 아이들과 아비로 보이는 자가 그녀를 에워싸고 있었다.

"엄마, 죽지 마!"

"아아아앙! 엄마!"

가까이 가서 보니 만삭인 여인이 남편의 손을 붙든 채 혼절해 있었다. 피로 흠씬 젖어 있는 치마를 보아하니 아이를 낳다가 그만 정신을 놓은 모양이었다. 가까이 온 비현을 보고 사내가 다급하게 소리쳤다.

"아이고, 우리 마누라 좀 구해주세요. 밤새 진통을 하다 정신을 놓았는데 깨어날 줄을 몰라요!"

나이 지긋한 사내가 애처럼 목 놓아 울자 옆에 있던 아이들도 덩달아 울기 시작했다. 비현은 망설임없이 옆에 앉아 여인의 맥박을 짚어보고 동공을 확인했다. 맥박은 간신히 뛰고 있었지만 약했고 동공은 거의 풀려 있었다. 이대로 조금만 더 지체하면 여인도, 뱃속에 아이도 잘못되고 말 것이다.

"정신을 놓은 지가 얼마나 됐나요?"

사내는 비현의 익숙한 몸짓과 차분한 어조에 안도하며 말했다.

"저기, 해 뜨기 전이니까 한참 됐습니다."

"물 좀 가져다 주시겠어요?"

침착한 비현의 말에 사내는 얼른 수레로 가서 물이 담긴 호리병을 가져왔다. 비현은 그 호리병에서 물을 조금 따라 여인의 마른 입술을 적셨다. 그리곤 여인의 배에 손을 대고 눈을 지그시 감았다. 손 아래 두 개의 심장이 여리게 뛰고 있는 것이 느껴졌다. 작은 새의 깃털처럼 부드럽지만 너무나도 미약한 그 기운에 가슴 한쪽이 아파왔다.

'그들을 꼭 살려내야 해.'

마음속에서 어서 노래를 부르라고 채근을 하고 있었다. 이에 비현은 작은 목소리로 민가를 부르기 시작했다. 뜬금없이 노래를 부르는 여인이 자못 희한하여 멀뚱하니 보고 있던 아이들은 고개를 갸웃갸웃하다 누가 먼저랄 것도 없이 조그맣게 따라 부르기 시작했다. 어느덧 네 아이들이 비현의 노래를 큰 소리로 따라 부르자 잠시 후 놀라운 일이 벌어지기 시작했다. 정신을 놓은 여인의 창백한 얼굴에 차츰 혈색이 돌더니 얼마 안 가 정신이 돌아왔다. 사내는 겨우 눈을 뜬 여인을 끌어안고 눈물을 펑펑 쏟았고 아이들은 기쁨의 소리를 지르며 어미의 옷자락에 매달렸다.

"선녀님, 고맙습니다. 정말 고맙습니다."

사내가 비현에게 절하자 아이들도 일제히 절을 하기 시작했다. 이에 얼굴이 빨개진 비현은 손을 내저으며 말했다.

"선녀라니요, 당치도 않습니다."

"아닙니다. 하늘에서 선녀님을 저희에게 보내주신 것입니다. 이 은혜를 어찌 갚아야 할지요."

사내가 거듭 절을 하던 와중이었다. 갑자기 여인이 배를 움켜잡고 비명을 지르기 시작했다. 아기가 나오려고 진통을 하는 것이다.

"선녀님, 선녀님이 좀 봐주십시오."

사내의 부탁에 얼결에 여인의 다리 밑에 자리를 잡고 치마를 들춰본 비현은 놀란 가슴을 진정시킬 수가 없었다. 난생처음 보는 장면에 무서운 마음이 들었기 때문이다. 하지만 이내 가슴 뭉클한 뭔가가 안에서부터 흘러나와 눈시울을 뜨겁게 했다. 고향에 계신 어머니를 떠올린 비현은 눈가에 이슬을 닦아내고 식은땀을 흘리며 고통스러워하는 여인에게 소리쳤다.

"아주머니, 힘을 내세요! 조금씩 머리가 보입니다! 이제 거의 다 나왔습니다! 조금만 더!"

비현은 자기가 낳는 것처럼 얼굴을 찡그리더니 덩달아 숨을 몰아쉬었다.

잠시 후 산골짜기에 힘찬 아기의 울음이 울려 퍼졌다.

"어머, 사내아이예요! 아주 건강해요!"

유랑민 일가와 비현은 크게 환호하며 좋아했다. 비현이 아이를 받아 사내에게 건네주자 그는 탯줄을 잘라 묶고 큰 아이가 가져온 포에 갓난아기를 싸서 산모에게 건넸다. 감격에 겨운 얼굴로 아이를 바라보던 산모는 몸을 일으켜 비현에게 절을 하려고 했다. 놀란 비현은 산모를 말리며 도로 눕혔다. 그녀는 눈물을 글썽거리며 비현의 손을 꼭 잡았다.

"선녀님, 고맙습니다. 정말 고맙습니다."

"그런 말씀 마셔요. 산모와 아이가 건강하니 천만다행입니다."

네 아이들은 좋아하며 비현의 옷자락에 매달렸고 사내는 수레에서 먹을 것을 꺼내 산모와 비현에게 나눠 주었다. 거듭 사양하던 비현이 어쩔 수 없이 음식을 받아 입에 넣다 말 울음소리에 화들짝 놀라 뒤를 돌아보았다. 황망한 시선으로 주위를 더듬는데 멀지 않은 곳에 말을 탄 세 사내가 서 있는 것이 눈에 들어왔다. 잔뜩 굳은 얼굴의 세 사내. 낮은 신음을 흘리며 슬그머니 일어선 비현은 주춤주춤하다가 쏜살같이 도망치기 시작했다. 하지만 그녀가 아무리 토끼처럼 빨리 뛴들 말을 당해낼 재간은 없었다. 어이없을 정도로 쉽게 따라잡은 그들은 무서운 기세로 비현의 앞을 가로막았다. 네 사람 사이에 무거운 긴장이 흐르는 가운데 유인이 냉랭한 표정으로 입을 열었다.

"우선 우리가 본 게 무엇인지 설명부터 들어보기로 하지."

비현은 심각한 표정의 그들을 보고 잠시 주저했다. 그러자 유인의 얼굴에 조소가 어렸다.

"왜, 본인 입으로는 차마 사술(邪術)을 쓰는 요녀라고 자백을 못 하겠나?"

눈에 띄게 당황하는 비현의 전신을 차갑게 훑어 내린 유인이 말했다.

"지금껏 노래로 사람을 고친다는 얘기는 들어본 적이 없다. 눈으로 보지 않았다면 믿지 않겠지만 죽어가는 여인이 네 노래로 눈을 뜨고 아기까지 낳았다. 우연이라고 설명할 테냐?"

"그, 그건……."

"넌 황후가 총애하던 후궁이라고 들었는데 서후를 죽이라는 명을 받은 것이냐? 그래서 유하에게 대신 죽여달라 부탁했나?"

"아닙니다! 어떻게 그렇게 끔찍한 말을……."

하얗게 질린 비현의 얼굴을 보며 그가 가소롭다는 듯이 내뱉었다.

"황궁의 후궁들은 밤이나 낮이나 환관을 품고 농탕질은 한다던데 유하도 그리 이용했던 것이냐? 도대체 어떻게 미혹했기에 그 아이가 자신의 목숨을 내던지고 서후를 죽이려 한 것이냐? 너 때문에 그 아이는 개죽임을 당했다. 불타는 전각 속에서 고통에 몸부림치다 죽었단 말이다. 한 사내의 연정을 이용하고 그것이 발각될까 두려워 도망치려던 것이 아니냐? 입이 있으면 말해 보아라!"

충격으로 굳어버린 비현은 간신히 입을 떼고 중얼거렸다.

"무, 무영이가…… 주, 죽었나요?"

그는 싸늘한 시선으로 비현을 내려다볼 뿐이었다.

"다, 다시 한 번 말해 주세요! 무영이가 죽었나요?"

비현의 몸이 급격하게 흔들리기 시작했다. 창백한 얼굴에 드러난 고통이 보는 이로 하여금 연민을 불러일으켰다. 그러나 유인에게는 가증스럽게만 보일 뿐이었다.

"죽었다. 네가 황궁을 나오던 날 저녁에."

서 있는 것조차 힘겨워 보이는 그녀를 보며 효겸이 나서려고 했다. 그러나 유인이 손을 들어 저지하고는 차갑게 말했다.

"아우의 유언이 있었기에 널 지켜주려 했다. 하지만 네가 사악한 요녀임을 알게 된 이상 지켜줄 이유가 없다. 잡지 않을 테니 네 마음대로 해라. 다른 사내에게 붙어 목숨을 구걸하든 도시로 가서 붙잡히든 내 알 바 아니다."

그의 매정한 목소리에 비현은 자신도 모르게 흠칫 떨었다. 그에게서 배어나오는 분노가 천 개의 바늘이 되어 온몸을 찔렀다.

'이 사내는 뭔가 단단히 잘못 알고 있다. 아니, 거짓말을 하고 있다. 그럴 리가 없어, 그리 죽었을 리가 없어!'

비현은 주먹을 움켜쥐고는 그를 노려보았다.

"전…… 지켜달라고 한 적 없어요."

낮게 가라앉은 그녀의 목소리에 유인은 한쪽 눈썹을 치켜뜨고 다음 말을 기다렸다.

"요녀든 마녀든 마음대로 불러도 좋아요. 하지만 무영에 대해서 함부로 말하지 마세요. 무영과 저에 대해서 아무것도 모르면서 마음대로 추측하지 말란 말이에요!"

천천히 고개를 드는 비현의 얼굴에는 원망과 분노가 가득 담겨 있었다. 촉촉이 젖은 커다란 눈에 일렁이는 푸른 기운. 유인은 새로운 그녀의 모습에 잠시 망연해졌다.

"무영은 따뜻하고 강한 사람이었어요. 제가 힘들 때마다 도와주고 지켜준 좋은 동무란 말이에요. 멋대로 그 이름을 더럽히지 마세요. 아무것도 모르면서 다 안다는 듯이 비난하지 말라고요! 지켜주지 않아도 좋아요. 애초부터 아무런 설명 없이 여기까지 끌고 온 것은 당신네들이었으니까."

결연히 외친 비현은 그들에게서 차갑게 돌아섰다. 몇 발자국 걸음을 옮기던 비현은 다시금 돌아와 유인을 노려보며 말했다.

"그리고 무영은 죽지 않았어요. 그렇게 쉽게 죽을 리가 없어요!"

단호한 어조, 진심이 고스란히 느껴질 만큼 생생한 눈빛. 유인은 그녀의 얼굴을 살피며 진실이 뭔지 알아내려고 했다. 황후가 시킨 일이라면 이대로 뒀을 리 없고 요녀라고 하기엔 석연찮은 구석이 많다. 도대체 그녀가 노리는 것이 무엇일까. 혹시 일행의 정체를 알아내어 관아에 찾아가는 길은 아니었을까? 유인은 끊임없이 그녀를 의심하고 불신했다. 뭐든 핑계를 잡아서라도 그녀를 떨쳐 내고 싶었다. 그녀만 없어지면 이 모순된 감정을 사라질 것이다. 그녀만 없어지면 더 이상의 혼란은 없을 것이다.

유인은 몸을 돌려 북쪽 길을 향해 걸어가는 그녀의 뒷모습을 보며 어금니를 질끈 깨물었다. 금방이라도 쓰러질 듯 위태로운 모습으로 한발한발 힘 주어 걸어가는 모습이 슬그머니 안쓰러워졌다.

“저대로 그냥 보낼 겁니까?”

효겸의 말에 유인은 묵묵히 말머리를 돌렸다.

“본인이 스스로 지켜줄 필요 없다고 했으니 그냥 가게 둘 수밖에.”

“저대로 가면 굶어죽거나 비적들에게 당하고 말 겁니다. 설령 도시에 간다 해도 금세 잡히고 말아요.”

“사악한 요녀야. 지켜줄 이유가 없다.”

“아까 보고서도 그런 소리가 나오십니까? 죽어가는 여인과 아이를 살려내는 걸 보셨잖아요!”

“많이 지체했다. 그만 가자.”

“대군저하 스스로 택한 죽음입니다. 저 소저는 아무런 잘못이 없다고요!”

인걸의 외침이 시끄럽다는 듯 유인은 빠르게 말을 달려갔다. 멀어지는 그의 뒷모습을 보던 두 사내는 이해할 수 없다는 표정을 지으며 뒤따랐다.

“그럴 리가 없어. 죽었을 리가 없어.”

비현은 흐르는 눈물을 소매로 닦으며 힘차게 걸었다. 믿고 싶지 않다. 무영이 죽었다는 것을, 이 세상에 없다는 사실을 절대로 인정할 수 없었다.

“저 사람이 거짓말한 거야. 절대로 죽었을 리 없어.”

하릴없이 흐르는 눈물 때문에 시야가 뿌옇게 보였다. 그녀는 쉼 없이 흐르는 눈물을 닦아내며 입술을 깨물었다.

'불에 타 죽었다니. 어떻게 그리 끔찍한 거짓말을 할 수가 있지? 무영, 아니지? 저 사람이 잘못 안 거지?'

비현은 간신히 울음을 진정하고 마음을 다잡았다. 무영은 살아갈 용기를 가졌다고 했다. 아무리 삶이 고통스러워도 열심히 살아갈 거라고 말했다. 그러니 절대로 죽지 않는다, 절대로! 비현은 주먹을 불끈 쥐며 힘겹게 발을 내디뎠다.

'갈 거야! 신도로 꼭 가서 내 눈으로 확인하고 말 거야!'

금방이라도 쓰러질 것처럼 위태롭게 걸어가는 그녀의 뒤로 조금 전 생명을 구해준 유랑민 일가가 수레를 끌며 다가왔다.

"선녀님, 왜 우셔요?"

대여섯 살쯤 되어 보이는 여자 아이의 물음에 비현은 서둘러 눈물을 닦았다.

"어디로 가시는 길입니까?"

아이를 안은 산모가 물었다.

"신도로 가는 길입니다. 어떻게 가는지 아십니까?"

"북쪽 길을 따라 가시면 됩니다. 저희들은 하음성까지 가니 그곳에 당도할 때까지는 모시고 가고 싶습니다만."

"그럼 부탁드립니다."

"와아! 신난다! 그럼 선녀님이랑 같이 가는 거여요?"

네 명의 아이들이 저마다 손뼉을 치며 좋아했다. 비현은 사내의 배려로 산모와 같이 수레에 올라탔다. 수레에 자리 잡은 비현은 일행들이 갔던 길을 한참 동안 바라보았다. 그가 한 말이 귀에 달라붙어 떨어지지 않았다.

‘저들이 잘못 알고 있는 것이다. 내가 눈으로 보아야만 믿을 것
이다.’

비현은 눈물이 그렁그렁한 눈으로 입술을 자근자근 깨물었다.
그녀의 눈빛에 두려움과 절망이 일렁이고 있었다.

유인 일행은 다시 서주로 가기 위해 말을 몰아갔다. 호위무사들
사이에서 비현의 안위를 걱정하는 말들이 오갔지만 앞장서 가는
유인은 입을 꾹 다문 채 복잡한 상념에 빠져 있었다.

‘내가 기억하는 유하와 그녀가 기억하는 무영은 어떤 차이가
있는 걸까.’

유인이 기억하는 유하는 착하고 다정한 아이였다. 자신이 겨울
이라면 그 아이는 봄과 같았다. 눈이 부실 정도로 밝고 따스한 미
소를 지닌 그는 항상 여리게만 보여서 그저 감싸주어야 할 대상이
었다. 모든 끔찍하고 나쁜 것은 자신이 도맡아하고 그 아이에게는
좋은 것만 보여주고 싶었다. 같이 좋은 나라를 만들어보자 약속했
었는데, 이제 그 꿈에 가까워지려는 찰나 그는 갑자기 세상을 떠
나 버렸다. 봄처럼 찬란했던 동생이 죽고 그 사이에 낯선 여자가
끼어들어 자신보다 그를 많이 알고 있는 것처럼 말한다. 여리게만
보았던 동생을 그녀는 강하고 따뜻한 사람이라고 말했다. 두 사람
이 서로 다른 이를 두고 이야기하고 있는 것처럼 낯설었다. 유인
은 그녀의 말에서 그녀가 자신만큼이나 유하를 아끼고 있음을 느
꼈다. 순간 유하와 그녀의 유대감에 질투가 났다. 이건 또 무슨 어
처구니없는 감정이란 말인가. 유인의 머리 속은 더욱더 헝클어져

버렸다. 두 사람이 서로 은애하는 사이였다면, 유하의 서신이 사실이고 그녀를 위해서 스스로 목숨을 던진 거라면……. 그는 극도로 혼란스러웠다.

'유하가 자신의 목숨과 바꿀 정도로 사모했던 여인이야. 꼭 지켜달라고 부탁까지 했는데 저대로 보내면 안 돼!'

'그 요사스런 계집으로 인해 유하가 죽었어. 그 계집은 나마저도 파멸시키기 위해 앞에 나타난 게 분명해! 제 발로 간다 할 때 보내. 죽든 말든 내 알 바 아니야!'

갖가지 상념들이 해가 저물도록 치열하게 싸움을 벌였다. 유인은 이런 일에 갈팡질팡하는 자신에게 짜증이 났지만 그녀의 영상이 머리 속에 들러붙어 떨어지지 않았다.

"행수님, 식사 준비가 다 되었습니다. 어서……."

유인의 천막에 들어선 인걸은 텅 비어 있는 안을 멍하니 보다가 뒤통수를 긁적였다.

"아주 번갈아가며 사라지시는구만. 도대체 어딜 가신 게야? ……혹시?"

인걸의 얼굴이 차츰 밝아지기 시작했다.

유인은 등에 검을 차고 빠르게 말을 몰았다. 헤어진 지 한참 되었지만 여자의 몸이라 멀리 가지는 못했을 테니 금방 따라잡을 수 있을 것이다. 하지만 막상 찾으려고 하니 쉽사리 보이지 않는다. 질 나쁜 패거리를 만났거나 비적들에게 붙잡힌 건 아닐까 걱정이 되기 시작했다. 비적이든 누구든 간에 근방에는 마을이 없는지라

분명 노숙하리라. 유인은 연기가 피어오르는 곳을 뒤지면 그녀를
찾을 수 있을 거란 생각에 고지에 올라 주위를 살펴보았다.

어둠 속에 차디찬 달이 세상을 비추는 가운데 저 멀리 숲 한가
운데서 연기가 피어오르는 것이 보였다. 유인은 그쪽으로 빠르게
말을 몰아갔다. 인기척이 있는 곳으로 조심스럽게 접근해 가자 낯
이 익은 얼굴들이 모닥불 앞에 옹기종기 모여 있었다. 낮에 그녀
와 같이 있던 유랑민 일가였다. 아이들은 서로에게 기대 잠이 들
어 있었고 어미는 갓난아이에게 젖을 물리고 있다. 유인은 빠르게
주변을 훑었지만 그녀는 보이지 않았다. 그는 불을 뒤적이는 사내
에게 다가섰다.

"낮에 만났던 처자를 보지 못하였느냐?"

불쑥 나타난 유인을 보고 깜짝 놀란 사내의 얼굴에는 염려와 경
계하는 기색이 완연했다.

"저기…… 어찌 되는 사이이신지요?"

말투로 보아 행방을 알고 있는 것이 분명하다. 유인은 다소 마
음을 놓으며 경직된 말투를 풀었다.

"오라비인데 찾으려고 하니 가르쳐 주게."

잠시 주저하던 그는 어렵게 입을 떼었다.

"저기, 잠깐 씻고 오겠다고 저쪽 계곡으로 갔습니다."

'비적들이 들끓는 곳에서 한가로이 목욕이라니.'

찾았다는 안도도 잠시뿐, 계집들이란 어쩔 수가 없다 속엣말을
하며 유인은 계곡으로 향했다.

계곡 줄기를 따라간 지 얼마 안 되어 흰 바위에 앉아 있는 그녀

가 보였다. 그녀는 냉염한 달을 오래오래 우러르며 달빛에 젖어들고 있었다. 지상에 또 다른 달인 양 빛을 가득 머금었다가 다시금 몸 밖으로 흘러나오는 은은한 광채. 그것은 옥과 얼음의 결정인 듯 곱고 눈이 시리도록 차가웠다. 그 빛은 단숨에 어둠을 뚫고 유인의 가슴에 파고들어 왔다. 차가운 빛날이 심장을 할퀴고 지나간다. 벌어진 상처에서 선혈이 뚝뚝 떨어지고 동시에 눈시울이 뜨거워졌다.

'유하는 이 모습에 끌렸던 것인가? 이것을 지키기 위해 제 몸을 희생한 것인가.'

유인은 뼈가 하얗게 드러나도록 주먹을 움켜쥐었다.

'배신이다. 너는 나와 조국, 돌아가신 양친을 배신한 것이다. 한낱 계집에게 제 몸을 던지다니. 너는 어찌 그리 어리석단 말이냐. 나는 저 모습에 속지 않을 것이다. 널 죽인 저 계집을 두고두고 미워할 것이다.'

유인은 그녀를 향해 성큼성큼 걸어갔다. 그녀는 사람이 다가오는 줄도 모르고 깊은 생각에 잠겨 있었다. 가까이 다가선 유인은 그녀가 울고 있음을 알았다. 작은 흐느낌과 함께 투명한 물줄기가 볼을 타고 흐르고 있었다. 다시금 심장의 상처가 벌어지고 선혈이 배어나온다. 심장이 뜨거워짐을 애써 무시한 유인은 더없이 싸늘하게 내뱉었다.

"그 눈물을 자신을 위한 눈물인가, 아니면 불안한 내일에 대한 두려움인가."

그녀는 화들짝 놀라며 돌아보았다. 달빛과 눈물에 얼룩진 얼굴이 비에 젖은 배꽃처럼 측은하다. 모르는 여인이었다면, 가슴에 맺힌 것이 없는 사이였다면 이리 차갑게 말하지는 않았을 것이다. 하지만 그녀는 동생을 죽였다. 유인은 눈물이 방울방울 떨어지는 눈망울에서 시선을 돌리고 씁쓸하게 말했다.

"여인들이 흘리는 눈물에는 두 가지 의미가 있다더군. 하나는 자신의 처지에 대한 연민, 다른 하나는 동정을 불러일으켜 자기 쪽이 유리해지기 위한 수단이라고 말이야. 지금 눈물은 어느 쪽이지? 역시 연민인가?"

그녀의 얼굴이 순식간에 얼어붙었다. 창백해진 얼굴과 다문 입술에서 화난 기색이 드러난다.

"아직도 못다 한 말이 남았나요?"

그녀의 목소리는 얼음처럼 차가웠다. 그것이 왠지 어울리지 않는다고 유인은 생각했다.

"데려가려고 왔다."

"괜한 헛걸음을 하셨군요."

"너란 여자가 어찌 되든 내 알 바는 아니나 그래도 내 동생과 맞바꾼 목숨이니 덧없이 죽게 놔둘 순 없지."

"무영은 죽지 않았다고 했잖아요!"

주먹을 꼭 쥐고 필사적으로 외치는 모습이 애처롭다. 그래, 어쩌면 이 계집도 유하를 좋아했을지도 모르겠군. 혼자만 가슴 태우다가 이용된 것이 아닐지도 모른다고 생각되자 유인은 동생에 대한 안타까움이 조금 덜어졌다.

"그렇게 우긴다고 죽은 사람이 살아 돌아오지는 않아. 억지 그만 부리고 데려간다고 할 때 따라나서지."

"안 가요. 난 다시 신도로 돌아가야 해요. 부모님이, 무영이와 단홍이가 나 때문에 고초를 겪고 있을 거라구요!"

"다시 가봤자 변하는 건 없어. 이래저래 다같이 죽기만 할 뿐이지. 왜 거기에 자신의 목숨까지 보태려고 하지?"

유인의 말에 그녀가 벌떡 일어섰다. 그녀는 경멸이 가득한 표정으로 노려봤다.

"당신도 무영일 아끼죠? 그래서 동생을 빼려내려고 한 거잖아요. 본인 또한 소중한 것을 지키기 위해 신도까지 왔으면서 왜 남이 지키려고 하는 건 하찮게 생각하죠?"

어둠 때문에 표정이 다 드러나지 않았지만 가식은 아니었다. 그녀가 온몸으로 표현하는 진심이 유인은 왠지 불쾌했다.

"이러다간 밤새워 말씨름을 하게 생겼군. 밤이 더 깊기 전에 빨리 출발하지. 적어도 아침엔 일행과 합류를 해야 하니까."

"안 간다고 했잖아요!"

"언제까지 똑같은 말을 반복하게 할 건가? 정말 한심한 여자군."

"절대로 당신 같은 인간과는 안 가. 그러니 가란 말이에요!"

"투정도 어느 정도야. 더 이상 말 섞을 기분 아니니까 빨리 따라나서라고."

"왜 그렇게 말귀를 못 알아듣는 거예요! 안 간다구요!"

옥신각신하던 유인은 안 되겠던지 성큼성큼 바위로 올라가 그녀를 떠메고 내려왔다. 비현이 비명을 지르며 손톱을 세워 꼬집어 대자 유인은 엉덩이를 냅다 치려다 어금니를 질끈 깨물고 참았다.

"내려놔요! 내려놔!"

"앞으로 갈 길이 먼데 기운 빼지 말고 가만히 있지."

"내려놔! 이 살인마!"

비명을 지르며 발버둥 치는 비현을 어깨에 짊어지고도 유인은 거리낌없이 척척 계곡 길을 내려왔다. 그 소리를 듣고 쫓아온 일가를 보고 유인이 아무렇지도 않게 말했다.

"집 나간 동생인데 고생 좀 하도록 내버려 두려다 그냥 데려가니 상관하지 마시오."

"누가 당신 동생이에요? 내려놔요!"

비현이 얼굴에 빨개지도록 소리침에도 불구하고 유인의 기세가 하도 무서운지라 가족들은 불안한 얼굴로 그저 쳐다볼 뿐이었다. 말을 매어놓은 곳으로 온 그는 비현을 짐짝마냥 싣고 올라탔다.

"저대로 둬도 괜찮을까요?"

그들을 모습을 바라보던 아낙이 말했다.

"저 사내 풍채로 보아 불한당 같지는 않구먼. 무슨 곡절이 있는 게지."

부부를 비롯한 아이들은 저만치 멀어지는 그들을 불안한 눈으로 지켜보았다.

도망간 지 하루 만에 끌려온 비현은 또다시 몸을 결박당하고 재갈까지 물린 채로 수레에 태워졌다. 효겸과 인걸이 거세게 항의했지만 유인은 들은 척도 하지 않고 말을 몰 뿐이었다. 이후 비현은 전보다 더 철저한 감시를 받게 되었다. 비현이 울고불고하다 곡기까지 끊어도 돌아오는 것은 인정없는 사내의 싸늘한 시선뿐이었다.

상단은 점차 변경에 다다랐다. 한주와 예 사이의 변경은 그동안 접해온 풍경과는 사뭇 달랐다. 오랜 가뭄과 비적들의 약탈로 황폐했던 내지의 풍경이 오히려 평화롭게 느껴질 만큼 변경 지역은 참담하기 그지없었다. 마을마다 약탈과 전쟁으로 폐허가 되었고 길 위에는 고향을 버리고 내지로 피난을 떠나는 이들로 넘쳐 났다. 여기저기 죽은 시체가 나뒹굴고 굶주림에 못 이겨 자식들을 바꿔 잡아먹었다는 흉흉한 소문도 돌았다. 비현은 말로만 듣던 참상을 직접 목도하니 자신이 겪은 것처럼 가슴이 쓰렸다. 이곳에 비하면 황궁은 그야말로 천상계처럼 평화롭고 호화로운 곳이었다. 굶주림으로 죽어가는 비참한 변경의 모습과 모든 것이 풍족하게 넘치는 신도의 모습이 극심한 괴리감을 안겨주며 그녀를 괴롭혔다.

'끔찍하다 말은 들었지만 이 정도일 줄은 몰랐구나. 같은 한주 땅인데 이리도 다를 수가……'

비현은 끔찍한 참상을 외면하지 않고 모두 보아두었다. 꼭 기억해 두었다가 이들을 도우리라 다짐했다. 한때는 신이한 능력에 가린 자신을 찾고 싶다 생각했었지만 참담한 현실을 보고 나니 그것은 배부른 투정일 뿐이었다. 이런 현실에서 살아가는 목적을 찾아 헤맨다는 것은 우스운 일이었다. 살아남아야 한다, 어떻게든 살아내야 한다는 절박함이 도처에 가득했다. 살아남는 것조차 힘겨운 이들 속에서 삶의 의미란 덧없는 말장난일 뿐이었다. 비현은 삶의 본모습에 한 걸음 더 다가가고 있음을 느끼며 자신을 다시 한 번 돌아보았다.

하음성은 변경 지역에서 밀려든 피란민들로 인해 아침부터 번잡했다. 성문을 지키고 있는 군사들은 젊은 여인들을 볼 때마다 손에 든 그림과 비교해 보며 비현을 찾으려 혈안이 되어 있었다. 한 병사가 젊은 처자를 붙들고 심문한다는 핑계로 희롱을 하고 있던 참이었다. 옆을 지나던 수레에서 어린 여자 아이가 자그맣게 외치는 소리가 들렸다.

"어! 선녀님이다. 언니, 선녀님이야!"

큰 아이가 작은 아이의 입을 틀어막는 것을 놓치지 않고 잡아낸 병사는 긴 창을 들고 성큼성큼 수레 앞으로 다가섰다.

"너 방금 뭐라 했냐? 선녀님?"

식솔들의 표정이 잔뜩 굳어 있는 것이 이상하다 생각한 병사가 험악한 표정으로 재차 물었다.

"어른이 묻지를 않느냐? 빨리 얘기하지 못해?"

병사가 소리치자 이불 보퉁이에 싸여 있던 갓난아이가 요란스럽게 울기 시작했다. 그러자 작은 계집아이들도 덩달아 울어댔다. 당황한 부모가 울음을 진정시키려 애쓰는 사이 처음 입을 연 꼬마 아이가 입을 막은 손을 치우고 중얼거렸다.

"언니, 선녀님 나쁜 사람이야? 왜 무서운 아저씨들이 찾는 거야?"

그 말을 들은 병사의 얼굴에 음험한 미소가 드리워졌다.

그는 곧바로 식솔들을 잡아 관청으로 끌고 갔다. 그리고 아비

되는 자를 형틀에 묶어 모진 고문을 가해 엿새 전 하음 외곽에서 그녀와 말을 탄 사내들을 봤다는 고변을 받아내기에 이르렀다. 하음의 태수는 의미심장한 미소를 지으며 조정으로 전령을 보냈다.

　날이 밝기도 전인데 유인의 천막으로 사내들이 하나둘 모여들었다. 안에는 다섯 명의 사내들이 각기 심각한 표정으로 앉아 있었다. 유인과 효겸, 인걸, 그리고 그들이 각각 지휘하는 호위대의 연락책 등이 모여 새로이 맞닥뜨린 상황에 대해 논의 중이었다.
　"하음성의 움직임이 심상치 않습니다. 특별한 일도 없는데 지원군을 요청한 것도 그렇고 수백 명의 병사가 성문을 나서서 변경으로 향하는 것도 수상합니다. 소문엔 유랑하는 일가를 붙잡아 한바탕 소란을 벌였다고 하는데 아무래도 저희 쪽과 연관이 있는 듯합니다."
　"음……."
　유인의 얼굴이 심각하게 변했다.
　"붙잡혔다는 이들이 저번에 목숨을 구해준 식솔들이 아닐까요?"
　효겸의 말에 천막 안에 있는 사내들이 난감한 표정을 지었다. 이번엔 인걸의 부하가 나서서 말했다.
　"변경 지역 경계도 한층 강화되었습니다. 관문마다 이 개 조 이상의 인원이 늘고 주변 순찰이 삼엄해졌습니다. 아예 하남도와 강남도 이남으로 가는 상단, 승려들의 출입을 금하게 될 거라는 소문도 돌고 있습니다."

"골치 아프게 됐군."

유인의 말에 사내들은 입을 꾹 다물고 제각기 생각에 잠겼다. 하음 땅은 주변으로 하남도(河南道), 회남도(淮南道), 강남도(江南道), 영남도(嶺南道), 섬중도(黔中道)를 잇고 있는 곳으로 현재 하남도, 회남도는 예의 점령하에 있었다. 모든 곳으로 통하는 곳을 막아버린다면 그야말로 한주 땅에 고립되고 마니 잡히는 것은 시간 문제였다. 저쪽에서 상단 일행이 예왕 유인인지까지는 모르고 있겠지만 나중에 발각이 되는 날엔 예는 고립무원의 궁지에 빠지게 되는 것이다.

"호위대 숫자만으로 국경을 뚫기는 역부족이라 생각되는데요."

효겸의 말에 유인이 고개를 끄덕였다.

"우라질, 예의 최고무사들이 모였는데 무에가 겁난다고 몸을 사립니까? 전하, 그냥 밀어붙이는 건 어떻습니까? 더 많은 병사들이 밀어닥치기 전에 뚫고 나가면 승산이 있지 않을까요?"

"섣불리 모험을 하기엔 우리 쪽 위험이 너무 커. 다른 곳으로 방향을 돌리든지 위장을 해서 통과하는 수밖에 없지."

효겸의 말을 듣고 있던 유인이 말했다.

"다른 쪽으로 방향을 돌린다 해도 깔아놓은 병사들로 인해 언제 포위될지 모른다. 그쪽에서 눈치챈 이상 위장도 위험해. 이 근처의 지형은 어떤가?"

"예와 가파른 협곡을 사이에 두고 있기 때문에 대부분 관문을 통해서만 통행을 하고 있습니다. 피란민 일부가 한주군의 눈을 피해 협곡을 건너고 있다지만 최근에 물이 불어 엄두를 못 내고 있는 실정입니다."

"일반 백성들이 건널 수 있다면 우리도 할 수 있다. 병사들을 시켜 비교적 완만한 지형을 찾아보도록 하고 그사이 산속에서 몸을 감추고 동태를 살펴보도록 하자. 그리고 현재 인원을 삼 개 조에서 오 개 조로 나눈다."

"전하, 안 그래도 수가 부족한데 이 인원에서 더 나누다니요."

"한꺼번에 모두 잡히면 누가 누굴 구할 것이냐. 이러는 편이 위험부담을 덜 수 있다. 혹 다른 개 조에서 검문을 받더라도 통행증과 교역증을 제시하면 크게 의심을 받지 않고 빠져나갈 수 있을 것이니 지원군을 요청해라. 나나 황제의 후궁은 국경 관문을 넘는 것이 불가능하다. 따라서 그 여인과 나는 협곡을 따라 탈출구를 찾는다."

유인의 말에 다른 사내들이 펄쩍 뛰었다.

"두 분이서 같이 움직이시다가 잘못하여 전하께 위험이 생기면 어쩝니까?"

"그리 쉽게 잡힐 줄 알았으면 국경을 넘지도 않았다."

불안해하는 사내들과 달리 유인은 침착했다. 어려운 상황에 빠지면 빠질수록 더욱더 침착해지고 위험한 승부수를 던지는 이가 반유인이었다. 부하들은 주군의 그런 일면을 알기에 명을 따르면서 불안감을 떨쳤다.

날이 밝기도 전에 상단으로 위장한 일행은 전투에 편한 호복으로 갈아입었다. 소매가 긴 심의로 이루어진 한주의 평복에 비해 호복은 소매와 바짓단 부분이 짧고 밀착되어 움직임이 편했다. 그들은 필요없는 수레와 그 위에 실린 짐을 모두 절벽 아래로 굴려 버리고 말에 탔다. 갑작스러운 무사들의 행동에 놀란 비현은 아무 말도 못하고 있다가 인걸의 말에 태우려 하자 겁을 잔뜩 집어먹고 고개를 저었다. 다른 사내들 앞에서는 욕설을 중얼거리며 호탕하게 소리치던 인걸이었지만 유독 비현 앞에서 서면 제대로 입을 열지 못했다. 그가 땀을 뻘뻘 흘리며 어쩔 줄 몰라 하자 효겸이 다가왔다.

"한주군이 소저의 행방에 대해 눈치를 챈 것 같습니다. 이제부터는 병사들을 피해 산속으로 숨어들 것이니 수레는 탈 수가 없습니다. 인걸의 말이 불편하시면 제 말에 타십시오."

비현은 어쩔 수 없이 효겸의 말에 올라타게 됐다. 그리하여 상단은 각기 뿔뿔이 흩어지게 됐고 유인에게는 효겸과 인걸을 포함해 여덟 명의 사내들이 따르게 되었다. 그들은 서로 긴밀히 연락을 취하며 협곡을 따라 아래로 내려갔다. 회하곡(回河谷)이라 불리는 협곡은 상류로 갈수록 가파르고 험한지라 하류를 따라 이동했지만 가을철 우기로 인해 장정도 건너기 힘들 만큼 물이 불어 있었다.

낮에는 산속에서, 밤에는 협곡을 따라 내려간 지 이틀째 되던 날이었다. 부슬부슬 내리던 빗줄기가 차츰 엷어지고 묵직하게 하늘을 가리고 있던 구름이 걷히기 시작했다. 차가운 빗줄기 속에서 오랫동안 방치된 비현은 어깨에 걸친 망토 하나로 간신히 버텨냈다. 유인 일행 중 유일한 여인이고 말을 못 타는지라 지독한 근육통과 추위에 시달린 비현은 지칠 대로 지쳐 있었다. 다른 이라면 아프다 투정이라도 부렸을 텐데, 짐이 되기 싫은 비현은 이를 악물고 견뎌냈다. 그렇게 숲속에서 꼼짝없이 밤을 새우고 있을 즈음, 어둠 속에서 난데없이 피리 소리가 들려왔다. 공중으로 치솟아 대기를 가르는 날카로운 음에 유인을 비롯한 무사들이 반응을 보였다.

"명적(鳴鏑)이다!"

무사 하나가 낮게 소리쳤다. 명적은 사슴뿔에 구멍을 뚫어 화살 끝에 끼운 것으로 소리로 신호를 주고받기 위한 사용하는 것이었다. 밤하늘을 가르고 명적이 세 번 울자 유인 일행은 급하게 말에 올라탔다. 근처에 한주군이 가까이 왔다는 신호였기 때문이다.

"젠장, 이 비 오는 밤에 뭐 하러 나다니는 거야?"

인걸은 말에 올라타며 낮게 욕설을 중얼거렸다. 일행은 잔뜩 긴장을 한 채 말을 달렸다. 협곡을 끼고 빠르게 달리던 중 뒤편에서 수많은 횃불들이 줄지어 오고 있는 것이 보였다. 적이었다.

"내륙에서 오고 있는 지원군과 마주친 모양이군. 오늘밤은 운이 없는 건가."

유인의 말에 무사들은 말고삐를 바투 쥐며 긴장을 했다. 빠르게 말을 달릴 즈음, 앞서 가던 인걸이 말을 멈추고 급하게 소리쳤다.

"이런 우라질, 앞에도 있습니다!"

사내들은 앞뒤에서 밀려오는 불길들을 보고 얼굴을 일그러뜨렸다. 이에 본 유인이 급하게 소리쳤다.

"두 패로 나눠 북동, 북서로 흩어진다. 나머진 나를 따르도록!"

유인의 말 옆으로 효겸과 인걸이 바짝 따라붙었다. 그들은 비

때문에 미끄러운 흙길을 세차게 달리기 시작했다. 멀리 기병대가 따라오는 것이 보이자 달리는 말의 속도가 더 빨라졌다. 비현은 효겸의 망토자락을 꼭 움켜쥐고 눈을 질끈 감았다. 이젠 추위나 욱신거림이 문제가 아니었다. 터질 듯한 긴장과 두려움. 갑자기 닥친 긴박한 상황에 미칠 듯이 심장이 뛰었다. 머리 위로 나뭇가지가 스치고 이따금씩 가지에 걸려 팔에 생채기가 났다. 그러나 그것보다 더 위험한 것이 뒤에서 날아왔다. 비현은 날카로운 소음과 함께 귓가를 스치는 무언가에 비명을 질렀다. 화살이었다. 어둠 속에서 날아오는 화살이 나무에 박히는 소리에 비현은 자기도 모르게 효겸의 허리를 꽉 끌어안았다.

"끈질긴 자식들이군. 소저, 절 꼭 잡으세요."

효겸의 말에 비현은 눈을 꼭 감고 몸을 숙였다. 효겸은 바람처럼 말을 달려 유인의 옆에 붙었다. 또다시 밤하늘로 명적이 울었다. 흩어졌던 무사들이 모이자 후방에서 한바탕 전투가 시작되었다. 그러나 남은 몇몇 기병들이 여전히 유인의 뒤를 쫓고 있었다.

"이 이상 시간을 끌면 모두 위태로워진다. 협곡을 건너자!"

세 사내는 부하들이 시간을 벌어주는 틈을 타 협곡 하류로 향했다. 다행히 구름이 완전히 걷히고 사이로 흐릿하게나마 달빛이 비치기 시작했다.

달빛의 도움으로 완만한 지형을 고른 일행은 말에서 내려 안장에서 밧줄을 꺼냈다. 이때 채 따돌리지 못한 병사들이 들이닥쳤다. 효겸은 바위 사이에 비현을 숨기고 검을 꺼내 병사들과 싸우기 시작했다. 유인과 인걸도 어느 틈엔가 검으로 적과 싸우고 있었다. 어둠 속에 챙챙 검들이 부딪치는 소리가 들리자 비현은 몸을 움츠리고 공포에 떨었다. 열댓 명의 한주 병사들이 땅에 쓰러졌지만 점점 많은 숫자가 밀려오고 있었다.

"우라질, 이러다간 끝도 없겠습니다! 전하, 먼저 내려가십시오!"

인걸이 유인을 향해 외쳤다.

"괜찮겠나?"

"이런 일이 어디 한두 번입니까? 저희가 어떻게든 시간을 벌어볼 테니 빨리 내려가십시오!"

"그럼 살아서 보자!"

유인의 외침에 적의 검을 받아내던 두 사내가 큰 소리로 응수했다. 이에 유인은 몸을 웅크린 채 덜덜 떨고 있는 비현을 일으켜 세웠다.

"절벽에 떨어져서 죽고 싶지 않으면 정신 똑바로 차리고 따라와."

그는 비현이 대답도 하기 전에 팔을 끌고 절벽 쪽으로 끌고 갔다. 그는 커다란 고목에 밧줄을 묶고 절벽 아래로 늘어뜨렸다. 그가 밧줄을 잡고 절벽을 내려가라 했지만 절벽 아래 흐르는 검푸른 강을 보고 겁을 집어먹은 비현은 제자리에 주저앉았다. 죽어도 저 아래 내려갈 수 없다 버티자 유인이 험악하게 위협했다.

"우리를 살리기 위해 모두들 죽음과 싸우고 있는데 이까짓 벼랑을 못 내려가겠단 거야?"

"무, 무서워요. 발이 안 떨어진단 말이에요."

비현의 울먹거림에 그가 욕을 중얼거렸다. 그리곤 비현의 손목을 거칠게 잡아채고 질질 끌고 가려 했다. 그때 슉! 하는 소리와 함께 어둠을 가르고 날아온 화살이 유인의 옆구리에 박혔다. 순식간에 벌어진 일에 비현이 외마디 비명을 질렀지만 그는 억눌린 숨을 토해내면서도 여전히 그녀를 끌고 절벽으로 갔다.

"괘, 괜찮아요?"

"계속 지체했다간 몸이 벌집이 되고 말겠군. 내려갈 텐가, 아니면 여기서 죽을 텐가?"

그의 위협에 비현은 눈을 꼭 감고 간신히 고개만 끄덕였다. 그제야 유인은 옆구리에 박힌 화살을 힘겹게 뽑아내고 잠시 숨을 골랐다. 비현은 서둘러 상처를 치료해야 한다고 말했지만 그는 아랑곳하지 않고 벼랑 쪽으로 이끌었다. 비교적 완만한 경사를 이뤘다고 해도 어둠 속에선 천 길 낭떠러지나 다름없다. 가파른 절벽과 그 아래 흐르는 강의 폭을 가늠해 보던 유인은 웬만한 사내도 내려가기 힘들 거라고 판단했다. 그렇다고 되돌아가기엔 이미 늦었다. 잠시 고민한 그는 비현 혼자 밧줄을 타고 내려가는 건 무리라 생각하고 외쳤다.

"등에 업혀!"

"예?"

"자꾸 말시키지 말고 등에 업히란 말이다! 내 목이 생명줄이다 생각하고 꼭 붙들어."

비현이 머뭇거리자 유인이 강제로 그녀를 업었다. 얼결에 그의 등에 업히자 비현은 눈을 질끈 감고 그의 목에 매달렸다. 그러자 유인은 밧줄을 잡고 조심스럽게 아래로 내려가기 시작했다. 젖은 흙을 밟아 몇 번이고 미끄러졌지만 유인은 어금니를 꽉 깨물고 밧줄에 매달렸다. 멀쩡한 몸으로도 내려가기 힘든 곳을 부상에, 여인까지 업었지만 그는 힘든 기색을 드러내지 않고 조심조심 발을 내디뎠다. 움직일 때마다 손바닥이 쓸려 까지고 옆구리에선 피가 배어나왔다. 하지만 아픈 것까지 신경 쓰기엔 너무나도 절박한 상황이다. 유인은 그저 살아서 이곳을 빠져나가야 한다는 생각뿐이었다.

그는 온몸의 힘을 쥐어짜 절벽을 내려갔다. 모든 감각을 동원해 균형을 유지하고 미끄러지지 않을 곳을 골라 발을 디뎠다. 그렇게 한발한발 디딜 때마다 등에 매달린 여인의 심장 박동과 떨림이 가쁜 숨소리가 집중력을 방해했다. 이해할 수 없는 일이었다. 부상으로 인한 아픔은 느껴지지 않는데 여인의 떨림만은 생생하게 전해져 오다니. 까딱 잘못하면 낭떠러지로 떨어져 죽을 판에 여인의 숨소리, 떨림에나 신경 쓰고 있는 자신에게 속으로 한바탕 욕설을 퍼부은 유인은 좀 더 빨리 몸을 움직였다.

강을 얼마 안 남겼을 무렵이다. 순간 밧줄이 격렬하게 요동쳤다. 위에서 누군가가 잡아당기고 있었다.

"이런 제길!"

짧게 중얼거린 유인은 점점 끌려 올라가게 되자 비현을 향해 외쳤다.

"헤엄은 칠 줄 아나?"

"저, 그게……."

"젠장, 할 줄 아는 게 뭐야? 죽기 싫으면 꼭 잡아!"

비현이 대답하기도 전에 유인이 밧줄을 잡은 손을 놓았다. 비현은 비명을 지르며 아래로 곤두박질쳤고 그 와중에도 유인은 그녀의 팔을 놓지 않으려 필사적으로 애쓰고 있었다.

첨벙!

두 사람은 검푸른 강물 속으로 떨어졌다. 비현은 얼음처럼 차가운 물속에서 던져지자 충격으로 몸을 움직일 수가 없었다. 비현의 몸이 점점 물밑으로 가라앉자 유인이 손을 잡아 수면 위로 끌어올렸다. 물을 잔뜩 먹은 비현이 간신히 숨을 들이마시려는 찰나, 두 사람은 급류에 걷잡을 수 없이 휩쓸리기 시작했다. 우기로 물이 불어 흐름이 거세졌기 때문에 두 사람은 순식간에 하류로 쓸려 내려가기 시작했다.

"꼭 잡아! 놓치면 안 돼!"

유인의 외침이 우레와 같은 물소리에 묻혀 버렸다. 헤엄을 치지 못해 몇 번이고 물속에 잠겼다 올라온 비현은 결국 그의 손을 놓치고 말았다. 멀리 그의 외침이 들렸지만 비현은 점점 더 물속으로 가라앉을 뿐이었다.

"사, 살려주세요……."

비현은 연신 물을 먹으며 손을 휘저었다. 하지만 아무것도 잡히지 않고 몸은 점점 더 무거워져만 갔다. 비현은 수십 개의 팔이 몸을 잡아당기는 것만 같아 마구 비명을 질렀지만 물소리에 묻히고 몸은 아래로 끌려 내려가기 시작했다. 다급한 외마디 비명을 끝으로 비현은 수면 위에서 자취를 감추고 말았다.

「마마님!」

어둠의 심연에서 한 사람의 목소리가 들려왔다. 온몸을 따스하게 감싸오는 음성에 비현은 정신을 차렸다.

「무영? 무영!」

그녀는 몇 번이고 무영의 이름을 불러보았다. 부르면 부를수록 그리움이 밀려온다. 동시에 소나무 아래서 미소를 지으며 반기던 그의 얼굴이 아련하게 떠올랐다. 그의 등 너머로 바람결에 솔가지가 흔들리고 먼 하늘에는 하얀 구름이 흘러간다. 비현은 더 이상 어둠도, 살을 에는 추위도 느껴지지 않았다. 그저 무영이 곁에 있어 마음이 훈훈해지고 온몸을 에워싸는 온기에 나른함이 밀려왔다.

「마마님! 헤엄을 쳐서 물 밖으로 나가야 해요.」

「무영, 너무 춥고 힘들어. 몸을 움직일 수가 없어.」

「안 돼요! 조금만 더 기운을 내서 손을 위로 뻗어보세요.」

「못해. 손발이 움직이지 않아. 그냥 이대로 있으면 안 될까?」

「아직 일러요. 땅 위에서 수많은 이들이 마마를 기다리고 있어요. 그러니 어서!」

「저번처럼 또 밀어내지 마. 무서운 사람들이 있는 곳으로 보내지 마.」

「마마님은 강한 분이시니까 잘 이겨내실 겁니다. 자, 어서!」

한없이 물밑으로 가라앉던 비현은 뭔가가 위로 밀어 올리는 것을 느꼈다. 그제야 정신이 돌아온 비현은 마지막 힘을 모아 물 밖으로 고개를 내밀었다. 그리고는 힘껏 숨을 몰아쉬며 팔을 휘저었다. 비현은 물은 토해내며 필사적으로 외쳤다.

"사, 살려주세요."

누군가가 급히 헤엄쳐 오는 소리가 들린다. 비현은 소리가 나는 쪽으로 있는 힘껏 손을 뻗었다. 그러자 커다란 손이 그녀의 손목을 붙잡았다. 비현은 자신을 잡아당기는 힘에 크게 안도하며 그 팔을 붙들었다.

유인은 비현의 손목을 움켜쥐고 강 가장자리로 헤엄쳐 가기 시작했다. 좀처럼 몸을 가눌 수 없었던 비현은 축 늘어져 이끄는 대로 끌려갔다.

두 사람은 한참 동안 물에 휩쓸리고 헤엄치는 것을 반복하다 간신히 강가로 나올 수 있었다. 유인은 유인대로, 비현은 비현대로 너무나 지쳐 있었기 때문에 강기슭에 몸이 닿자마자 그대로 누워 가쁜 숨을 몰아쉬었다.

"괜찮아?"

유인은 기침을 하며 물을 토해내는 비현을 걱정스러운 눈으로 지켜보았다. 그녀가 급류에 휩쓸려 갔을 때는 꼼짝없이 잃는구나 생각했었다. 미친 듯이 찾아 헤매다 간신히 떠오른 것을 봤을 때의 기쁨이란. 유인은 지친 나머지 움직이지도 못하는 그녀의 손을 잡았다. 작은 손이 얼음처럼 차가웠다. 유인은 그녀를 일으켜 움직이게 했다.

"이대로 누워 있으면 체온이 내려가서 안 돼! 불을 피울 수 있는 곳을 찾을 때까지 움직여."

그는 축 늘어진 비현을 끌고 물가를 벗어났다. 비현은 힘이 빠져 당장이라도 주저앉을 것 같았지만 필사적으로 걸었다.

두 사람은 얼마 안 가 협곡에서 조금 벗어난 곳에 위치한 동굴을 찾아 들어갔다. 유인은 동굴에 들어서자마자 산짐승이 없는 걸 확인하고는 그제야 자리에 주저앉았고 비현은 그대로 누워버렸다.

“이런 제길, 이 짓도 두 번 다신 못하겠군.”

무쇠처럼 건장한 유인이라도 이번엔 피곤한 기색이 역력했다. 무엇보다 부상을 입고 움직인 탓에 피를 많이 흘렸고 차가운 물속에서 오래 있어 온몸이 뻣뻣하게 굳어버렸다. 하지만 말이라도 할 수 있는 그는 양호한 편이었다. 비현은 거의 정신을 놓아버렸다. 새파랗게 질린 얼굴로 떨고 있는 그녀를 위해 유인은 마른 나뭇가지를 모아 와 불을 지폈다. 얼마 안 가 불이 활활 타오르자 그는 모닥불 옆으로 비현을 옮겨와 눕혔다. 잠들었는지 정신을 놓은 건지 그녀는 한참 동안 움직이질 못했다. 그런 비현의 얼굴을 한참 동안 들여다보던 유인은 피곤이 몰려오자 바위에 기대 눈을 감았다.

얼마나 지났을까. 사람의 시선을 느낀 유인이 흠칫 놀라며 눈을 뜨자 어느덧 정신을 차린 그녀가 자신의 얼굴을 조심스레 뜯어보고 있었다. 그녀는 자신과 눈이 마주치자 화들짝 놀라더니 간신히 열었다.

“괜찮아요?”

그녀의 시선을 따라 자신의 옆구리를 내려다본 유인은 그제야 다쳤다는 것을 기억해 냈다.

"아직까지 살아 있는 걸 보면 크게 다치진 않은 모양이지."

비현의 눈동자는 다소 불안해 보였으나 이내 어서 상처를 보고 싶다는 뜻을 내비쳤다. 비현에게 남다른 제주가 있다는 것을 떠올린 유인은 푹 젖어 몸에 척척 감기는 망토와 겉옷을 벗었다. 그가 옷을 벗자 안에 덧대어 입은 질긴 가죽 옷이 드러났다. 그 옷이 아니었으면 화살이 깊숙이 파고들어 가 큰 상처를 입었겠지만 다행히도 상처는 깊지 않았다. 유인은 이 정도 상처야 늘 입어서인지 무덤덤하게 보아넘겼지만 비현은 잔뜩 겁먹은 얼굴을 하고 있었다. 자신이 다친 것처럼 얼굴을 찌푸리는 비현을 보며 유인은 갑자기 언짢아졌다. 저 눈빛만을 본다면 벌레 한 마리도 제대로 해치지 못할 것처럼 보였다. 아이처럼 순진무구한, 누구를 속이거나 이용할 리 없어 보이는 맑은 눈망울이 유인의 심기를 건드린다. 그가 바라는 그녀는 영악하고 악랄한 여자다. 그래서 마음껏 증오하고 경멸하고 싶었다. 헌데 지금 그녀의 모습은 정반대였다. 이 때문에 유인은 한층 더 혼란스럽고 불쾌했다.

"상처도 많이 벌어지고 피도 많이 흘렸어요. 제가 좀 봐도 될까요?"

"이딴 상처로 죽지는 않으니까 앞에서 얼쩡거리지 말고 비켜."

"하지만……."

아무리 차갑게 쏘아붙여도 그녀는 계속 걱정스런 얼굴로 상처를 들여다보았다. 유인은 짜증이 확 이는 것을 애써 누르고 다시금 눈을 감았다. 시간이 흐를수록 옆구리 통증은 더해지고 온몸의 근육이 뒤틀리는 것처럼 쑤셨다. 어금니를 깨물고 통증을 참아내던 유인은 조용한 주위가 신경 쓰여 다시 눈을 떴다. 그녀가 아까보다 한층 더 가까이 다가와 옆구리 상처를 뚫어져라 보고 있는 것이 시야에 들어왔다. 숨소리도 크게 내지 못하고 웅크리고 있는 모습이 조금은 안쓰럽다. 유인은 조금 누그러진 말투로 말했다.

"언제까지 거기 그러고 있을 텐가?"

"많이 아플 텐데……. 제가 고치게 해주세요. 신경 쓰이지 않게 할게요. 금방 끝날 거예요."

다친 사람은 가만히 있는데 왜 본인이 나서서 애원을 하는 걸까. 유인은 이마를 찡그리며 비현을 바라보다 마지못해 고개를 끄덕였다. 그러자 비현은 대번 환해진 얼굴로 성큼 다가앉아 유인의 상처에 손을 뻗었다. 유인은 차가운 손 때문에 잠깐 흠칫했지만 곧 따스한 온기가 밀려오자 지그시 눈을 감았다. 그녀는 거의 들리지 않을 정도로 작게 중얼거렸다. 노래 같기도 하고 주문 같기도 한 것을 중얼거리자 갑자기 상처 부위가 뜨거워지기 시작했다. 형언할 수 없지만 온몸을 감싸는 묘한 기운에 몸의 긴장이 풀어진다. 더운피가 심장으로 몰리더니 온몸이 후끈해지고 몸이 가벼워진다. 유인은 난생처음 느껴보는 감각에 신기한 생각이 들어 슬그머니 눈을 떴다.

유인은 눈을 감고 무언가를 중얼거리는 비현을 빤히 쳐다보다 문득 헝클어진 머리칼 사이로 보이는 흰 피부를 만져 보고 싶다는 충동을 느꼈다. 고온에서 구워낸 백자처럼 유백색을 띠는 피부가 사내의 본성을 자극했다. 새파랗게 변한 입술을 자신의 뜨거움으로 붉게 물들이고 싶다. 저 입술을 맛보면 얼음 맛이 날까, 아니면 물처럼 시원하고 덜디던 맛일까? 여기까지 생각이 미치자 유인은 피를 많이 흘려 잠시 미친 모양이라고 스스로를 자조하며 바위에 봄을 기댔다.

밀려오는 노곤함에 잠시 잠이 든 유인은 그녀가 자신의 손을 잡자 다시 눈을 떴다. 그녀는 밧줄에 쓸려 엉망이 된 두 손을 들여다보더니 말했다.

"많이 아팠겠어요. 손이 못쓰게 되어버렸어요."

그녀의 예기치 못한 행동에 당황한 유인은 미처 손을 뿌리치지 못하고 멍한 표정으로 비현을 보았다. 사내의 손을 아무렇지도 않게 꼭 쥔 그녀는 또다시 들릴 듯 말 듯 무언가를 중얼거렸다. 그러자 속살이 보일 만큼 까지고 피가 흐르던 상처가 점점 아물기 시작했다. 유인은 그녀를 물끄러미 내려다보며 혼란스러운 표정을 지었다.

아무리 목숨을 구해준 이라 하나 거침없이 사내의 맨살에 손을 갖다 대고, 서슴없이 손을 잡는 그녀를 이해할 수 없다. 사내에 대해 두려움이 없는 건가, 아니면 그런 쪽에 무지한 건가? 그도 아니면 나란 인간을 믿고 있는 건가? 나른함이 더해지는 가운데 유인은 퉁명스럽게 말했다.

"그만 주무르고 놔주지 그래. 날 유혹하는 게 목적이 아니라면 말이야."

그 말에 그녀가 얼른 손을 놓았다. 어른에게 혼난 아이처럼 잔뜩 주눅이 든 얼굴이다.

"특이한 능력을 가졌군. 그렇게 주문을 외워야만 치료할 수 있는 건가?"

생각과 달리 비꼬는 듯한 말투가 새어나왔다. 그 어투가 마음에 안 들었는지 그녀가 이마를 살짝 찡그리며 말했다.

"주문이 아니고 노래예요."

"그게 노래였군. 그럼 그 노래를 듣는 사람은 모두 치료가 되나?"

"저도 잘은 모르지만 노래를 부른다고 모두 다 고쳐지는 건 아니에요. 상처에 손을 대고 그 아픔을 읽을 수 있어야만 해요. 그러고 나면 저도 모르게 노래가 나와요."

"그렇군."

유인은 더 이상 말을 할 수가 없었다. 극도의 피로 때문에 졸음이 밀려와 견딜 수가 없었다. 그는 의식이 혼탁해지는 것을 거부하다 끝내 꾸벅꾸벅 졸기 시작했다. 유인은 잠들기 전 불 옆에 널어놓은 망토를 가져와 덮어주는 비현의 모습을 보았다. 이런 것 따윈 필요없다 말하고 싶었지만 입을 열기도 전에 어둠이 밀려왔다. 그는 오랜만에 깊은 잠을 잤다.

타닥타닥 탁탁탁.

모닥불에서 솔가지가 타는 소리에 정신이 든 유인은 몸이 한결 가벼워졌음을 느끼며 눈을 떴다. 욱신거리던 통증은 말끔히 가셔 있었다. 몸을 일으켜 밖을 보니 여전히 밤이었다. 그는 자신을 덮고 있는 망토를 물끄러미 바라보다 맞은편에 있는 여인을 응시했다. 축축한 바닥에 웅크리고 누워 있는 그녀는 한 손으로도 들 수 있을 것처럼 작아 보였다. 저 아이 같은 여인이 정녕 주술을 쓰는 무녀인가? 동생을 유혹해 죽게 만든 요부인가? 아니다, 저런 얼굴을 한 이가 그런 사악한 짓을 했을 리 없다. 유인은 잠든 그녀에게서 시선을 떼지 못하고 물끄러미 비리보았다.

'그리 나쁜 이는 아닌 것 같은데 조금은 따뜻하게 보아줄까?'

갈등하는 자신이 못마땅한 유인은 잔뜩 얼굴을 찌푸리며 앉아 있었다.

"추워……."

웅크리고 누워 있던 그녀가 자그맣게 중얼거렸다. 다가가 확인해 보니 식은땀을 흘리며 몸을 떨고 있었다. 서둘러 이마를 짚어 보니 지나치게 뜨거웠다.

"이런, 남은 잘도 고치면서 정작 본인은 왜 이리 아픈 거야?"

유인은 인상을 팍 구기고는 바닥에 망토를 펴고 그녀를 안아 그 위에 눕혔다. 그리곤 옷자락을 찢어 강가로 뛰어가 물에 적셔 가지고 돌아와 비현의 이마에 얹었다. 그것을 몇 번이고 반복했지만 열은 내릴 줄을 모르고 그녀는 더욱더 몸을 떨며 춥다고 중얼거렸다. 정신을 차리지 못하고 열에 들뜬 그녀를 난감하게 내려다보던 유인은 초조하게 동굴 안을 서성였다.

"어머니…… 추워요. 너무 추워……."

유인은 그녀의 눈가에 흐르는 눈물을 보고 멈춰 섰다. 잠시 후, 그는 나지막이 욕설을 중얼거리며 비현의 젖은 웃옷을 벗겼다.

"무슨 마음이 있어서 이러는 게 아니야. 단지 죽을까 봐, 지금까지 고생한 게 헛수고가 될까 봐 돕는 것뿐이야."

오한이 날 때는 체온을 떨어뜨려야 한다는 것을 기억해 낸 유인은 얇은 속옷만을 남겨두고 젖은 옷을 모두 벗겼다. 그리고는 찬물에 적신 천으로 얼굴과 어깨 팔을 연신 닦아주었다. 그러나 그녀의 떨림은 더욱 커지고 숨소리도 거칠어졌다. 아무리 애써도 몸은 여전히 불덩이인지라 유인은 그대로 비현을 안고서 강으로 달려갔다. 그녀를 안은 채 얼음처럼 찬 강물에 들어가니 저절로 신음이 흘러나온다. 유인은 뼛속까지 시린 고통을 참으며 비현의 열을 내리기 위해 안간힘을 썼다. 그 차가운 물속에 들어가 있으면서도 그녀는 좀처럼 정신을 차리지 못했다. 왜 깨지 못하는 거지? 혹여 잘못된 것이 아닌가? 더욱 걱정이 된 유인은 물속에서 몸을 담그고 비현의 체온이 내려가기를 기다렸다.

그녀의 떨림과 체온을 온몸으로 느끼고 있자니 유인의 머리 속으로 많은 생각들이 스쳐 지나갔다. 그토록 증오했던 사람인데, 차라리 죽어버렸으면 하고 바랐던 사람인데, 이렇게까지 애쓰는 자신의 진심이 무엇인지 알고 싶었다. 왜 그녀의 손길을 뿌리치지 못한 걸까. 왜 이렇게 심장이 뛰고, 목이 마르고, 몸이 텅 빈 것처럼 느껴지는 걸까. 왜 내가 아닌 다른 사람처럼 느껴지는 걸까. 유인은 잠시 주저하다 그녀의 뜨거운 뺨에 자신의 뺨을 대보았다. 온몸에 뜨거움이 퍼진다. 견딜 수 없는 뜨거움이다. 태어나서 처음 느껴보는 뜨거움이다. 견딜 수가 없다. 정말이지 견딜 수가 없다.

유인은 황급히 몸을 일으켜 강물에서 빠져나왔다. 비현을 안고 동굴로 향하는 그의 표정은 그 어느 때보다도 딱딱하게 굳어 있었다.

동굴에 돌아와 망토 위에 비현을 내려놓은 유인은 열이 어느 정도 내린 것을 확인하고는 억눌렀던 숨을 토해냈다. 정말이지 이가 갈리도록 춥고 고통스러운 밤이었다.

"갖은 고생을 시켜놓고 잘도 자는군."

비현이 고른 숨을 쉬며 비교적 안정이 된 듯 보이자 유인은 그 옆에 주저앉아 잠든 모습을 물끄러미 바라보았다. 복잡하고 괴로운 표정을 짓고 있던 그는 충동적으로 손을 뻗어 머리칼을 찬찬히 쓸어 넘겨보았다. 그의 손끝은 머리칼과 이마를 지나 뺨으로 내려왔다. 하얀 목과 어깨, 물에 젖은 천 때문에 고스란히 드러나 보이는 몸의 윤곽을 빠짐없이 훑으며 유인은 고통스러우리만치 격렬한 흥분에 들떴다. 시선이 그녀에게 달라붙어 떨어지질 않았다. 자꾸만 그녀를 보고 싶고 만지고 싶다. 그녀의 몸속을 헤집고 들어가 미칠 듯한 흥분을 잠재우고 싶다. 유인의 손끝은 목과 쇄골을 지나 가슴 언저리에 머물렀다.

한 번도 느껴보지 못한 부드러움이 사내의 본능을 일깨운다. 낯설고도 황홀한 감각이 손끝에서부터 전해져 머리 속을 헝클어뜨렸다.

'이대로 시간이 더 흐른다면 정신을 차리고 났을 때는 이미 널 갖은 후겠지.'

널 갖고 싶다. 처음 본 순간부터 갖고 싶었다.

곱고 요염하기로 이름난 여자를 보고서도 아무런 흥을 못 느끼던 유인이었다. 한창 젊을 때이니 기루에 들락거리거나 정부를 둘 만도 한데 그는 여자엔 통 관심이 없었다. 지기들 사이에서는 색

다른 취향이 있는 게 아니냐며 우스갯소리를 했지만 그는 아직 여유가 없어서일 뿐이라고 생각했다. 여인을 가까이 하지 않았으니 유인은 아직 동정이었다. 남들이 어여쁘다고 하는 여인들을 보면 진한 분 냄새에 고개가 돌아갔고 요염하고 관능적인 여인의 자태를 보아도 아무런 흥이 나지 않았다. 그렇게 여인에게 무심했던 자신이 이 여인을 처음 봤을 때 반응하고 말았다.

'왜 너일까? 왜 하필 네게 마음이 움직인 걸까.'

마음속 혼란이 거세질수록 그의 욕망도 커져만 갔다. 손끝이 그녀의 속옷 고름으로 향한다. 얇은 천에 가려진 그녀의 몸이 몹시도 보고 싶다. 지친 내 몸을 이 작은 몸속에 묻고 싶다. 유인의 머리 속에는 오직 그녀를 갖고 싶다는 욕망만이 가득했다. 자신이 누구인지, 이 여인이 누구인지에 관해서는 모조리 지워지고 뜨거운 피가 흐르는 사내만이 남았다. 떨리는 손끝으로 옷고름을 풀고 끌어 내리려는 찰나, 유인은 잠시 멈췄다. 그녀의 흐느낌이 들려왔기 때문이다.

"죽지 않았어…… 죽지 않았어……."

유인의 뜨거운 가슴은 일시에 차가워졌다. 멍했던 머리는 명료해지고 흐릿했던 시야는 비에 씻긴 듯 선명해졌다. 비현과 자신의 손을 번갈아 바라보던 유인은 자신이 무엇을 하려 했는지 비로소 깨닫게 되자 흠칫 놀라며 뒤로 물러났다.

"이런……. 내가 무슨 짓을……."

그의 얼굴은 부끄러움과 분노로 일그러졌다. 내가 이런 인간이었던가. 아파서 정신을 놓은 여인을, 아우가 지켜달라 부탁한 여인을 겁탈하려고 하다니. 이것이 제정신으로 할 짓인가.

유인은 그녀의 몸에 마른 옷을 덮어주고는 억눌린 신음을 흘리며 동굴을 뛰쳐나왔다. 그는 머리를 쥐어뜯으며 괴로워했다. 이렇듯 이성을 놓아버릴 정도로 그녀에게 강하게 이끌린 자신이 무섭도록 끔찍했다. 도대체 왜 이러는 걸까. 왜 자꾸 어그러지는 걸까. 유인은 여명이 밝아올 때까지 동굴 앞을 서성이며 밑바닥까지 떨어진 자신을 조롱하고 책망했다.

새벽의 푸른빛이 물러가자 선명한 햇살이 숲을 일깨우기 시작했다. 새의 지저귐이 점점 크게 들려오는 가운데 고목에 기대 잠들었던 유인은 나뭇가지 사이로 스며드는 햇살에 슬그머니 눈을 떴다. 그는 멍한 눈으로 주변을 응시하다 벌떡 일어나 동굴 안으로 뛰어들어 갔다. 모닥불은 다 타서 재만 남았고 그녀는 아직도 정신을 차리지 못하고 있었다.

유인은 낮은 한숨을 쉬며 그녀의 이마에 흩어져 있는 머리칼을 넘기고 이마에 가만히 손을 짚어보았다. 아직도 미열이 있긴 하지만 지난밤보다는 한결 내려가 있었다. 밤새 열에 시달려 해쓱해진 그녀는 죽은 사람처럼 평온한 얼굴로 깨어날 줄을 몰랐다. 혼수 중인지 잠든 건지 구분할 수 없을 만큼 고요한 얼굴을 보며 유인은 난감한 표정을 지었다.

"열은 내렸는데 왜 정신을 못 차리는 거지? 도대체 어찌 만들어진 몸이길래 이렇게 약한가?"

밖으로 새어나온 말투는 퉁명스러웠지만 그녀를 바라보는 눈은 그렇지 못했다. 유인은 귀를 기울여 규칙적인 숨을 쉬고 있는지 확인하고 손목의 맥을 짚어보았다. 의술에 대해 잘은 모르지만 자신과 비교해 볼 때 정상적인 맥은 아니었다. 그녀만큼이나 여리고 느린 맥이다. 유인은 메마른 입술을 축이며 인상을 써댔다. 그녀는 마치 모래로 만들어놓은 사람 같아 큰숨만 쉬어도 날아갈 것 같고 살짝만 건드려도 부서질 것 같다. 이렇게 여린 사람이 어찌 숨은 쉬고 걸어다니나 신기할 정도다.

유인은 잠든 모습을 계속 들여다보다 또다시 안아보고 싶은 충동에 사로잡혔다. 지난밤 자신의 가슴에 와 닿던 뜨거움을 다시 한 번 느껴보고 싶었다. 살갗에 와 닿던 뜨겁고도 간지러웠던 숨결, 향긋한 살결과 감촉. 무심결에 비현의 볼에 손을 가져가던 유인은 불에 덴 것처럼 얼른 손을 거두었다.

"이런, 아직도 정신을 못 차린 게로군."

유인은 벌게진 얼굴로 일어나 밖으로 나왔다. 그리곤 찬 공기에 달아오른 얼굴을 식히며 심히 못마땅한 듯 인상을 써댔다. 마음속 혼란이 차츰 가라앉자 유인은 한주 쪽을 바라보며 지난밤의 급박했던 순간을 떠올려 보았다. 지금 상황에서 가장 시급한 것은 흩어진 부하들의 생사를 아는 것이다. 수많은 전투 속에서 살아남은 이들이니 쉽게 어떻게 되진 않겠지만 적들 기세가 만만치 않았던 만큼 걱정을 떨칠 수가 없었다. 게다가 예의 국경으로 넘어왔다고는 하지만 한주와 지척이어서 정찰 나온 한주군에 붙잡힐 수 있으니 자신의 신변 또한 안전한 것이 아니었다.

'이맘때쯤 내가 도착한다는 것을 알고 있으니 예군은 변경 쪽을 주시하고 있었을 것이다. 경진이라면 어젯밤 일을 눈치챘을 테고 날 찾기 위해 군사들을 풀었을 것이다. 문제는 한주군보다 먼저 와야 한다는 것인데.'

병자를 데리고 섣불리 움직이느니 몸을 숨기고 기다리는 것이 낫다고 판단한 유인은 다시 동굴로 돌아가 깨어날 줄 모르는 비현을 지키며 예군을 기다렸다.

밤사이 내린 비가 채 마르기 전이었다. 멀리서 까악까악 까마귀 울음이 들려왔다. 이에 벌떡 일어난 유인은 서쪽 하늘을 향해 긴 휘파람을 불었다. 그것은 균이 자신을 찾는 암호로 경진이 자주 사용하는 방법이었다. 신호가 온 지 반시진도 되지 않아 창검을 든 장정들이 들이닥쳤다. 무리의 선봉에 선 경진은 유인의 얼굴을 보자마자 고두(叩頭)를 하며 아뢰었다.

"전하, 무사하셔서 다행입니다."

그러자 뒤에 있던 장정들도 일제히 고두를 하며 예를 갖췄다. 엎드려 있는 경진을 일으킨 유인이 말했다.

"네가 직접 나올 줄은 몰랐군."

"전하의 안위와 관계된 일인데 신하 된 자가 어찌 나서지 않겠습니까."

"나는 무사히 탈출할 수 있었지만 남은 이들이 걱정이다. 호위대는 어찌 되었나?"

"한적하던 국계 관문에 갑자기 병사들이 집결하는 것이 이상하여 예의 주시하고 있던 차에 호위대 중 일부가 빠져나와 소식을 알렸습니다. 이에 급히 동서쪽 관문을 습격해 시간을 버는 사이 병사들을 보내 뒤처진 이들이 탈출할 수 있도록 도왔습니다. 그 와중에 크게 다친 자가 있었으나 다행히 목숨을 잃은 자는 없습니다."

유인은 크게 안도하며 경진의 빠른 대처를 치하했다. 경진은 승려였다가 환속하여 젊은 나이에 13)좌위(左位)에 오른 자로 조용하고 겸손한 성품에 지략이 뛰어나 가장 신임하는 신하 중 하나였다.

"전하, 한주에서 모셔온 분이 있다 들었습니다만."

동굴 안을 살피는 경진을 보며 유인은 그제야 비현의 상태에 대해 말했다. 담담히 고개를 끄덕인 경진은 병사들을 시켜 들것을 만들어 비현을 옮기도록 했다. 여전히 깨어나지 못하는 비현을 걱정스런 눈빛으로 지켜보던 유인은 경진과 함께 말에 올라 인근의 제성(霽城)으로 향했다. 제성은 한주 변방의 움직임을 관찰하기 위해 쌓은 성이다.

유인의 말이 제성에 들어가자 삼십여 명의 장수들이 나와 그 앞에 무릎을 꿇었다.

"전하, 무고하시니 천만다행이옵니다."

말에서 내린 유인은 담담히 고개를 끄덕이고는 뒤에 선 호위대를 보며 말했다.

"너희들도 무사해서 다행이다. 그동안 고초가 많았다."

장수들과 함께 제성을 둘러본 유인은 경진의 안내에 따라 성내

---

13)한주에는 좌, 우, 중위가 있는데 이를 합쳐 태위(台位)라고 하였다. 태위는 삼공(三公:태위(太尉) 사도(司徒) 사공(司空)) 중 하나로, 곧 재상(宰相)을 이르던 말이다

관사(官舍)로 들어갔다. 안내하는 대로 주실에 들어가니 간단한 음식과 술상이 차려져 있다. 그들은 빙 둘러앉아 술을 마시며 이야기를 나누었다.

"전하께서 도강(渡江)하시고 나서 더 많은 병사들이 몰아닥쳤습니다. 이제 꼼짝없이 죽는구나 싶었는데 때마침 지원군이 왔지요. 좌위께서 조금만 늦었더라면 지금쯤 저승 구경을 하고 있었을 것이옵니다."

"나참, 장가도 못 가고 죽는 줄 알고 어찌나 간을 졸였는지. 몇 년치 수명이 하루에 다 깎였사옵니다."

효겸과 인걸의 말을 옆에 앉은 경진은 특유의 미소를 지으며 듣고 있었다.

"그런데 좀 이상하지 않사옵니까? 그쪽에서야 우리의 존재를 모를 테고, 약한 여인 하나를 잡으려고 그 많은 병사들을 동원하는 것도 좀 아귀가 안 맞는다 싶고, 참으로 이상합니다."

인걸의 말에 유인이 고개를 끄덕였다. 상인들로 위장했으니 예군임을 알 리는 없고 유인 또한 예의 동북 지역을 순행 중으로 알려졌으니 그 정도의 대규모 군대를 파병할 이유가 없었다.

"나도 그렇게 생각하고 있었다. 단순히 도망친 후궁을 쫓는다기엔 석연찮은 구석이 많다."

"전하, 일전에 보았던 그것과 관련있는 것이 아닐는지요."

효겸의 말에 조용히 입을 다물고 있던 경진이 나섰다.

"무엇에 대해 말씀하시는 겁니까?"

경진의 물음에 인걸은 기다렸다는 듯 일전에 비현이 유랑민을 도와준 사연을 말했다. 이야기를 들을 경진이 그제야 이해가 간다는 표정을 지었다.

"신이 환속하기 전, 부처께서 화신하셨다는 소녀의 이야기를 들은 적이 있사옵니다. 예까지야 소문이 퍼지지 않아 모르시겠습니다만 한주에서는 한때 그 이야기로 소란스러웠지요. 그 소녀의 노래를 들으면 병이 낫고 무병장수한다는 이야기가 돌았는데 황제가 그걸 듣고 후궁으로 들였다 합니다. 소녀가 입궁한 후로 소문도 잠잠하여 잊고 있었는데 그 소녀가 전하와 같이 온 분이라니."

그 말에 자리에 앉은 사내들의 얼굴이 심각하게 변했다.

"여인을 군의(軍醫)에게 보였는가?"

유인의 말에 경진이 대답했다.

"군의 말로는 혼수 중이라 하옵니다. 큰 이상은 없어 보이나 깨어나질 않으니 기이하다더군요."

그 말에 유인은 조용히 앞에 놓인 술을 들이켰다. 무표정한 얼굴로 속마음을 가리긴 했으나 눈빛만은 무척이나 복잡해 보여 효겸과 인걸은 서로 은밀한 시선을 교환했다.

"전하, 제가 한말씀 올려도 되겠습니까?"

나이 지긋한 장수의 말에 유인이 고개를 끄덕였다.

"도주한 황제의 후궁이 예군에 있다는 사실이 알려지면 장안에 말이 많을 것입니다. 자칫 잘못하면 한주의 도발 가능성마저 있으니 깊이 생각하심이 옳을 줄 아옵니다."

유인은 아무런 말 없이 그저 술잔만 내려다볼 뿐이었다.

"지금 예와 한주는 암암리에 휴전 중이옵니다. 저쪽은 오랜 전쟁으로 피폐해 있어 여력이 없고 저희 또한 오랜 전쟁으로 지쳐 있는 데다 군을 유지하기 위한 기반이 취약해 어려움이 많습니다. 백성들의 살길을 마련하기에도 힘든 지금 괜한 도발로 전쟁이 벌어지면 예에 피해가 상당할 것이옵니다.”

“황제의 후궁을 빼돌렸다는 오명이 퍼질지도 모를 일, 다시 한주로 돌려보내심이 어떠신지요.”

자리에 모인 장수들이 저마다 소견을 내놓았다. 이에 인걸이 발끈해서 소리쳤다.

“지금 공들의 말은 연약한 소저를 도로 한주에 넘겨주라는 것인가? 우라질, 힘들게 여기까지 왔구만 이제 와서 돌려보내라고?”

“지금 예군은 전쟁은커녕 겨울을 나기도 빠듯한 실정입니다. 그런 차에 한주군이 넘어온다면 어찌 막으실 겁니까?”

“쳇! 지금껏 잘 싸워왔는데 왜 갑자기 않는 소린가? 여인네 하나 못 지킨다면 그게 사낸가?”

“여인 하나에 병사들의 목숨이 걸렸습니다. 결코 작은 일이 아닙니다.”

장수들과 인걸이 입씨름을 하고 있는 동안 조용히 듣고만 있던 경진이 말문을 열었다.

“전하, 신이 한말씀 올려도 되올는지요.”

“말하라.”

“고사에 기화가거(奇貨可居)라는 말이 있습니다. 진기한 물건이나 사람은 당장 쓸 곳이 없다 하여도 훗날을 위하여 잘 간직하는 것이 옳다는 말이지요.”

좌중의 시선이 경진에게 모아자고 유인은 혼잣말처럼 중얼거렸다.

"기화가거라……."

"사기(史記) 여불위전(呂不韋傳)을 보면 이재에 밝은 여불위가 조나라 인질로 온 자초를 두고 '진기한 물건이니 차지할 만하다' 했다 합니다. 여불위는 자초를 도와 훗날 장양왕(莊襄王)으로 세우고 자신은 승상이 되어 권세를 누렸지요. 무릇 현명한 군주는 신하들의 장단점을 잘 가려내어 자신을 위해 이용할 줄 알아야 한다고 생각하옵니다. 장점만 취한다고 해서 다 득이 되는 것만은 아니옵니다. 장점이 독이 되고 단점이 약이 되는 예는 전부터 많이 있어 왔지요. 약이 될지 독이 될지 헤아려 보시고 신중히 결정하심이 옳을 줄 아뢰옵니다."

"경은 여인의 어떤 점이 가치있다 판단하는가?"

"우매한 황제는 그녀를 자신의 안녕을 위해 궁에 들였지만 전하께서는 그녀를 이용해 백성들의 신망을 얻어봄이 어떠하신지요. 지금 대륙 남쪽은 오랜 가뭄과 각처에서 자행되는 약탈과 전쟁으로 피폐해져 있습니다. 부처의 화신이라 칭송되었던 분이니 자비와 어진 덕으로 백성들을 이끌고 그들의 아픈 상처를 치료한다면 예의 백성들이 전하를 더 우러러보지 않겠사옵니까?"

유인은 담담한 얼굴로 잠시 생각에 잠겼다. 그는 비현을 다시 한주로 돌려보낼 생각 따윈 애초부터 없었다. 유하의 부탁대로 그녀를 지켜주리라 결심했지만 충분한 명분이 없어 신하들의 반대에 부딪치지 않을까 고심하고 있던 참이었다. 이때 나선 경진이 나서 명분을 세워주었으니 그로서는 기쁠 따름이었다. 유인은 장수들을 바라보며 말했다.

"경들에게 그녀를 데려온 이유를 일일이 설명하진 않겠다. 다만 그녀가 짐의 목숨을 구해준 이라는 것만은 알아두길 바란다. 목숨을 구해준 은인을 쫓아낸다는 것은 군주의 몸으로 도를 그르치는 일이 되니 있어선 안 되는 일이다. 또한 좌위의 말을 듣자니 더욱 예에 필요한 인물인 듯싶다. 그 여인을 예 땅에 머물게 할 것이니 더 이상의 논쟁은 불허한다."

차마 이의를 말할 수 없을 정도로 유인의 어조는 단호했다. 이에 장수들은 그저 고개만 조아릴 뿐이었고 효겸과 인걸은 의미심장한 미소를 지었다.

유인이 효겸과 함께 의국(醫局)에 들어서자 군의가 고두를 하며 예를 갖추었다. 유인은 침상에 누워 있는 비현을 내려다보며 물었다.

"왜 아직도 정신을 못 차리는 것인가?"

"전하, 이분은 스스로 기혈의 흐름을 막아놓은 상태이옵니다. 범인(凡人)이라면 벌써 숨이 끊어졌을 것이지만 이분은 남다른 체질을 가지어 스스로 오장육부를 통제하며 잠이 든 것처럼 평온한 상태를 유지하고 계시옵니다. 무슨 연유로 이런 상태가 되었는지는 모르나 스스로 깨어나길 거부하니 저로서는 방법이 없사옵니다."

찬물에 빠져 몸살이 났나 보다 했는데 생각보다 심각하자 유인은 난처한 표정을 지었다. 이에 옆에 있던 경진이 말했다.

"전하, 서주에 하륜 선생께서 와 계십니다. 선생께 이분을 보이는 것이 어떨는지요."

하륜 선생은 유인의 부친인 의종의 태위를 지낸 분으로 유인이 개국하였을 때 태위 직을 맡았다가 지금은 일선으로 물러나 예 땅을 돌며 백성들을 돌보고 후학을 가르치는 데 힘쓰고 있었다. 그의 학식과 뛰어난 의술을 아는 유인은 고개를 끄덕이며 동의했다.

"그럼 하륜 선생께 보내도록 하지. 나도 오랜만에 선생을 뵈올까 한다."

"그리 알고 준비하도록 하겠습니다."

유인은 누워 있는 비현에게 다시금 시선을 주고는 조용히 막사를 나왔다.

다음날 일찍 제성을 출발한 유인 일행은 꼬박 나흘을 달려 서주에 닿을 수 있었다. 서주 곳곳엔 아직도 전쟁의 상흔이 남아 있었지만 유인이 떠나오기 전보다는 복구가 진척된 상황이었다. 유인은 조금이나마 건진 곡식을 거둬들이고 추워지기 전에 집을 짓는 백성들을 보며 조용히 말을 몰았다.

서주성에 도착하니 신하들이 나와 고두하며 유인을 맞았다. 유인은 예를 거두게 하고 자신의 거처로 향했다. 유인은 과거에는 태수의 집이었으나 지금은 아문(衙門)으로 쓰는 곳에 머물렀는데 전 태수가 살았다는 집은 궁궐 못지않게 크고 화려했다. 그곳의 절반은 유인이 쓰고 나머진 관리에게 내어주었는데 그곳 외딴 별채에 하륜이 머물며 병자들을 돌보고 제자들을 가르치고 있었다.

유인은 그동안 미뤄두었던 정무를 처리하고 저녁 무렵이 돼서야 별채로 향했다. 하륜의 거처는 그의 성격답게 안팎으로 정갈하게 정리가 되어 있었다. 바깥채에는 병자들이 머물고 안채에는 하륜이 머물었는데 대청에선 글을 읽는 서생들이 간혹 보이고 의술을 배우는 자들이 바깥채와 연결된 복도를 부산하게 오가고 있었다. 유인이 왕인 줄 모르는 이들은 유인을 그저 보아넘기며 제 할 일을 바쁘게 하고 있었다. 유인은 경진과 함께 반질반질하게 닦은 복도를 지나 서재로 들어섰다. 향내가 은은하게 퍼져 나오는 서재 한가운데서 하륜이 제자와 바둑을 두고 있었다. 그는 유인과 경진을 보자 제자를 물리치고는 그 앞에 머리를 조아리며 예를 갖추었다.

"전하, 오랜만에 뵈옵니다. 그동안 강녕하시었는지요."

"다행히 무탈하였습니다. 선생의 건강은 어떠하십니까?"

"지팡이 하나면 운신 못할 곳이 없으니 늙은이로서는 복을 받은 셈이지요. 제자들 보기 남세스러울 정도로 건강합니다."

백발에 선한 미소를 짓고 있는 하륜은 신선처럼 유유자적해 보였다. 세 사람이 자리에 앉아 그동안 밀린 이야기를 나누는 사이 하륜은 제자를 시켜 차를 내오게 했다. 향기 좋은 국화차를 마시며 이런저런 이야기를 나눌 때쯤 하륜이 비현의 이야기를 꺼냈다.

"전하께서 일찌감치 이 늙은이를 찾아주신 연유가 내실에 누워 있는 소저 때문은 아니옵니까?"

농처럼 물은 말에 유인의 얼굴이 살짝 굳어지자 하륜은 흰 수염을 쓸어 내리며 웃었다.

"늙은이 눈에도 참으로 고운 소저입니다. 무슨 마음고생을 하였기에 그리 심신이 지쳐 있는지……."

"상태는 어떠합니까?"

"평생에 그렇게 특이한 체질을 가진 이는 처음 봅니다. 원하는 대로 몸을 다룰 수 있는 능력을 가졌다고나 할까요. 지금 상태는 잠을 잔다고 표현하는 것이 맞을 것이옵니다. 심신이 지쳐 있어 스스로 치료하기 위해 깊은 잠에 든 것이지요. 그리 심각한 상태는 아니니 본인이 원하는 때에 정신이 들 것이옵니다."

경진은 스승에게 그녀의 내력을 조심스럽게 고해 올렸다. 그러자 하륜은 흰 눈썹을 치켜뜨더니 그제야 이해가 간다는 듯 고개를 끄덕였다.

"참으로 귀한 분이 오셨군요."

"선생이라면 안심하고 맡길 수 있으니 잘 보살펴 주십시오."

"오히려 소신이 영광이지요. 성심껏 보살피겠으니 염려하지 않으셔도 되옵니다."

유인은 하륜의 선한 눈매에 자신의 마음 한구석을 들킨 듯 부끄러워졌다. 선생 앞에선 언제나 발가벗고 있는 기분이 든다. 그저 속 좋게 웃고 있을 뿐인데 말이다. 비현으로 인해 마음이 복잡한 유인은 애써 무표정한 얼굴을 유지하며 조용히 차를 마셨다.

七. 미망未忘

죽음의 냄새가 무겁게 떠다니고 있었다. 탁한 공기에 섞여 있는 피비린내, 살이 썩어 들어가는 악취보다 더 고약한 것은 죽음보다 검고 끈적끈적한 침묵이었다. 어둡고 서늘한 방 안 한 귀퉁이에는 금방이라도 악귀들이 뛰쳐나올 것처럼 음산한 기운이 맴돌았다. 지금 이곳은 화연궁 서후의 침실이 아니라 땅 밑에서 솟구쳐 나온 지옥의 한부분이었다. 어둠 속에서 금방이라도 사자(使者)가 튀어나와 세아를 끌고 갈 것처럼 위태한 기운이 스멀스멀인다.

그 어둠과 침묵을 깨고 한 여인이 들어섰다. 긴 옷자락을 끌며 침상 쪽으로 향하는 여인은 촉영. 그녀의 손엔 옥병 하나가 들려져 있었다. 바닥에 발을 딛지 않는 것처럼 미끄러지듯이 걸음을 내디딘 촉영은 촛불을 밝히고 검은 휘장을 걷었다. 훅 하고 끼치는 악취. 화상 자리에 바른 독한 연고와 타버린 살, 혼수 중에 쏟아낸 오물 냄새가 섞여 숨 쉬기 힘들 만큼 고약한 악취가 났다. 촉영은 어육(魚肉)이 된 세아를 조용히 내려다보았다. 한때 아름다움으로 모든 걸 얻었던 딸이 처참한 몰골이 누워 있었다. 오른쪽 얼굴, 오른쪽 어깻죽지부터 팔까지 화상을 입었고 매끈했던 두 다리는 흉물처럼 뭉그러졌다. 천하의 유세아가 하루아침에 나락으로 떨어진 것이다. 촉영은 삶과 죽음의 기로에 선 딸의 얼굴을 가만히 내려보다가 손에 든 옥병을 열었다.

"아란아, 이 방법밖엔 없다. 천지사방으로 방법을 찾아보았지만 끝내 이것밖엔 찾지 못했다. 살아라, 살아서 이 못난 어미를 원망해라."

촉영은 한 손바닥을 펴고 그 위로 옥병을 거꾸로 들었다. 물과 함께 검게 꿈틀거리는 뭔가가 쏟아져 나왔다. 거머리처럼 흉물스러운 것을 손에 쥔 촉영은 세아 쪽으로 몸을 숙였다. 촉영은 세아의 고개를 돌려 귓속으로 질(蛭)이라 불리는 것을 집어넣었다. 질은 순식간에 세아의 귓속으로 파고들어 갔다. 잠시 후 귀에서 검은 피가 흘러나오고 세아가 몸을 격렬하게 떨다가 다시 평정을 되찾았다. 그러자 촉영은 제자리에 주저앉고 말았다. 그녀가 세아의 머리 속에 집어넣은 것은 이름은 질(蛭)이라고 부르지만 실상은 거머리가 아니라 인간의 몸속에 붙어사는 기생동물이었다.

진랍국(眞臘國:현 캄보디아)에서 가져온 질은 주술을 걸면 신비한 능력이 생겨나지만 무사(巫士) 자신의 목숨을 걸어야 하기 때문에 극한 상황이 아니면 누구도 질을 사용하려 하지 않았다. 피와 살을 먹고 자라난 질은 무사의 노예가 되어 명령에 따라 끔찍한 고통을 주게 된다. 이 고통에 저주를 받는 사람은 미치거나 결국 죽는다. 불에 태워야만 완전히 죽는 질은 무사와 저주하는 상대를 이어주는 매개가 되어 무사가 죽으면 질도, 저주하는 상대도 같이 죽게 된다. 세 개의 생명체가 하나로 묶이는 것이다.

촉영은 이 저주를 딸에게 사용했다. 저주를 역으로 이용해 무사가 사는 한 상대방도 죽을 수 없도록 한 것이다. 세아는 화상과 죽은 환관의 원한이 뭉쳐 도저히 살아날 수 가망이 없었다. 촉영은 자신의 피와 살로 사육한 질에 주문을 걸었다. 이것이 세아의 몸속에 들어가면 재생의 주문과 함께 질의 힘을 받아 살 수가 있다. 이로 인해 촉영의 생명이 깎이게 되었지만 세아만 살릴 수 있다면 그녀는 더한 것도 할 수 있었다. 질은 이제 세아의 몸속에서 죽을 때까지 함께할 것이며 그녀의 몸을 다시금 재생하고 생기를 불어넣어 줄 것이다. 하지만 독은 독이다. 머리 속에서 꿈틀거리는 질은 세아에게 끔찍한 고통을 가져다 줄 것이다.

"넌 살아도 산 것이 아닌 게 된다. 지독한 고통에 시달리다 미치게 될지도 모른다. 하지만 지금 네가 죽어버리게 되면 우리 일족은 영원히 멸절하고 말 것이다. 우리 후족을 위해서 살아다오. 살아서 천년의 한을 풀어다오."

촉영은 소리없이 눈물을 흘리며 휘장을 내렸다. 그리고 왔을 때처럼 소리없이 침실을 나갔다.

마침내 세아가 눈을 떴다. 시의들은 있을 수 없는 일이라며 놀라워했지만 그것은 다음에 일어날 일에 비하면 아무것도 아니었다. 거짓말처럼 불에 타 형편없이 뭉그러졌던 다리뼈가 붙고 새살이 돋아났다. 타버렸던 신경이 되살아나 오른팔을 운신할 수 있게 됐다. 인간으로 생각되지 않을 정도로 빠른 재생 능력에 시의들은 두려움마저 느꼈다.

그로부터 열흘 후 세아는 침상에 앉아 죽을 먹을 수 있을 정도로 회복되었다. 그러나 빠른 재생력도 아름다움을 돌려주진 못했다. 세아는 오른쪽 얼굴과 목, 어깨와 팔까지 내려오는 흉측한 흉터를 가지게 됐다. 궁녀들은 세아의 시중을 들면서도 그 부분에 대해서는 입 밖에 내지 않고 방 안에 있던 면경들도 모두 치웠다. 어느 정도 기운을 차린 세아는 자신을 보는 궁녀들의 눈빛에서 뭔가 수상한 점을 감지하고 물었다.

"면경을 가져오너라."

궁녀들은 황망히 고개를 숙일 뿐이었다. 이에 더욱 화가 난 세아가 소리쳤다.

"당장 가져오래도!"

이에 궁녀 하나가 달려가 면경을 가져왔다. 그것을 받아 든 세아는 숨을 가다듬고 자신의 얼굴을 조심스럽게 비춰보았다.

"아아! 아아악!!"

날카로운 비명이 화연궁을 뒤흔들었다. 세아는 면경과 방 안의 모든 것들을 내던지며 울부짖었다. 화상을 입어 얼굴에 흉터가 남았으리라 예상은 했었다. 그러나 이것은 아니었다. 이토록 끔찍할 줄은 상상조차 못했던 것이다. 세아가 닥치는 대로 물건을 부수고 비명을 지르자 보다 못한 궁녀들이 촉영을 데려왔다.

"말해 봐! 내가 왜 이 꼴이 된 거야!!"

세아는 촉영의 앞에다 물건을 내던지며 울부짖었다. 촉영은 궁녀와 환관들을 내보내고는 무표정한 얼굴로 그동안 일어난 일들을 차분하게 설명했다. 불타 버린 침전, 은비현이 도주하고, 정무영의 시신이 사라진 일, 죽음의 문턱에까지 이르렀다가 주술의 힘으로 살아난 것과 머리 속에 기생하는 질(蛭). 이야기를 듣는 내내 가쁜 숨을 몰아쉬던 세아가 일순간 조용해졌다. 넋이 나간 것처럼 멍하게 앉아 있던 세아는 한참 만에야 입을 열었다.

"그러니까 목숨을 깎아 내게 나누어줬단 말이군. 내 머리 속에 기생충이 박혀 있단 말이지? 여기에?"

세아는 자신의 머리를 가리키다 미친 듯이 웃었다. 오열에 가까울 만큼 처연한 웃음이었다.

"살려줘서 고맙다고는 하지 않겠어. 필요하니 아직 죽어선 안 되겠지. 자식을 이 지경으로 만들어놓았으니 속이 시원하겠군. 아 하하하!"

그녀는 허리가 꺾일 만큼 격렬하게 웃다가 촉영을 노려보았다.

"게다가 그것들이 감쪽같이 사라졌다는 거지? 나를 이 꼴로 만들어놓고 사라졌다? 그동안 병사들은 무얼 하고 있었어!"

세아의 찢어질 듯한 목소리가 허공을 뒤흔들었다. 절망에 찬 눈빛에 불꽃이 일기 시작했다. 금방이라도 모든 것을 태워 버릴 듯한 격렬한 분노였다. 그녀는 모든 것을 증오했다. 잔인한 운명과 대의라는 명목으로 자신을 이용하는 어미, 자신을 이 지경으로 만들어놓은 정무영과 은비현을 저주했다.

그녀는 그 후로 며칠 동안 혼절했다 깨어나기를 반복했다. 세아는 정신이 들었을 때는 미친 듯이 웃다가도 오열을 하며 이불보를 찢어발겼다. 그녀의 입에서는 은비현이라는 이름 세 자와 끔찍한 저주들이 끊일 줄 몰랐다. 그러던 어느 날, 남쪽에서 급보가 올라왔다. 세아는 황제 앞에 올린 것을 환관을 시켜 빼내오게 했다. 그것은 비현이 죽어가는 여인을 살리고 남쪽으로 도주하는 중이라는 전갈이었다.

'그동안 제 능력을 감추고 잘도 속여왔겠다. 죽어가는 이를 고친다 하니 내 이 흉측한 몰골도 고칠 수 있으렷다?

생각이 거기에 미치자 세아는 검은 눈을 빛내며 입가에 미소를 지었다. 그녀는 곧 황제에게 사람을 보내 은비현을 꼭 생포해 달라는 청을 넣었다. 촉영의 염승술 때문에 건강이 악화된 황제는 세아를 위해서라기보다는 자신의 건강을 되찾겠다는 일념으로 금군을 전국에 풀었다.

그 후 세아의 광기는 잠시 가라앉는 듯했다. 세아는 검은 너울을 쓰고 황제를 배알할 수 있을 정도로 회복이 되었고 자신의 방에서 조용히 생활해 나갔다. 하지만 겉으로는 잔잔한 호수처럼 안정을 되찾은 듯했으나 실상은 그렇지 못했다.

몸이 망가져 버린 이후로 한 번도 아들을 만나지 않은 세아는 태자궁에 기별을 넣어 유모를 불러들였다. 유모의 품에서 곤히 잠든 아들을 바라보고 있자니 지난날이 눈에 선하게 떠올랐다.

'모정이란 무엇인가. 자신을 향한 어미의 애틋한 마음이 아닌 가. 나는 모정을 느껴본 적이 없었다. 어머니는 내게 따뜻한 정 대신 의무만을 강요했다. 평생을 꼭두각시처럼 이용당하며 살아서 이제 와 남은 것이 무엇이냐.'

아들을 바라보는 세아의 눈은 뱀 허물처럼 서늘하기만 했다.

'어리석게도 그것이 내 운명이라 생각해 왔다. 권력의 정점에 서면 모든 것을 보상받을 것이라 생각했다. 하지만 다 부질없는 일이다. 권력도, 부도 내 얼굴을 돌려주진 못한다. 내 삶을 되돌려 주진 못한다. 이제부터 나는 나만을 위해서 살 것이다. 다른 목적 이 아닌 오직 나만을 위해서.'

신선한 젖내를 풍기며 잠든 아기를 노려보던 세아는 손짓으로 유모를 내보냈다. 홀로 남은 세아는 서역장인에게 특별히 주문해 만든 커다란 거울 앞으로 걸어갔다. 거울을 덮었던 휘장을 걷자 너울을 쓴 한 여인이 나타났다. 세아는 너울을 벗고 자신의 일그 러진 얼굴을 들여다보았다. 죽어버린 살갖에 눈빛만이 형형하게 빛나고 있었다.

"어설프게 잡은 권력은 화만 가져다 줄 뿐이지. 철저하게 내 것 으로 만들어야 해. 그리하여 지난 삶을 모조리 보상받아야 해."

거울을 바라보던 여인은 흰 이를 드러내며 웃어 보였다. 한쪽 얼굴이 일그러져 기괴한 미소가 거울에 비쳤다.

"은비현, 네년을 잡아서 이 얼굴을 고치게 할 것이야. 그런 후 네년도 똑같이 만들어주지. 우리 속에 짐승처럼 가둬놓고 네 장기 를 잘근잘근 씹어 먹을 것이다. 내가 느낀 고통을 고스란히 돌려

주고 말 것이야.”

　세아는 당초 계획보다 빨리 나라를 손아귀에 넣기 위해 움직였다. 촉영조차도 그것을 막지 못하니 그녀는 파괴의 여신 흑희보다도 잔혹한 여인으로 변해가고 있었다.

　황제의 건강이 날로 악화되기 시작했다. 먹구름 사이를 비집고 쏟아지는 햇살처럼 가끔 호조를 보이긴 했지만 그는 침상에 누워 무기력하게 죽음을 기다리고 있었다. 몸과 마음이 약해질 대로 약해진 황제는 언제나 세아를 찾았다. 비록 예전의 아름다움을 잃었으나 그가 기댈 곳이라고는 그녀밖에 없었다. 세아는 매일 황제의 침궁에 찾아갔다. 황제는 어린아이처럼 그녀의 손을 잡고 매달렸다.

　“미진아, 짐을 살려다오! 죽음으로부터 짐을 구해다오!”

　세아는 두려움에 떨고 있는 황제의 얼굴을 쓰다듬으며 안아주었다.

　“황상, 마음이 약해지면 몸도 약해지는 법이옵니다. 심지를 굳건히 하옵소서.”

　“두렵다. 금방이라도 죽어버릴 것만 같아 겁이 난다.”

　황제는 어린아이처럼 엉엉 울며 흰 장갑을 낀 세아의 손을 붙들었다. 그 모습을 보며 세아는 희미한 미소를 머금었다. 그러나 그 미소는 일그러진 가면에 가려 드러나지 않았다. 세아는 흰 가면 속에서 황제와 세상을 비웃었다.

　“황상, 은비현을 찾으면 제 얼굴도, 황상의 병도 고칠 수 있사옵니다. 그러니 어서 그 계집을 잡아들이게 하소서.”

“그래, 하루라도 빨리 그 계집을 잡아들이라 명령했다. 짐이 사는 길은 그 계집을 잡아들이는 것뿐이야.”

침상에 누워 있는 것은 무기력하고 어리석은 황제였다. 과거 그녀를 빈에서 귀비로, 다시 서후로 올라설 수 있도록 디딤돌이 되어준 그였지만 이제는 거추장스런 존재일 뿐이었다. 이제 남은 목표는 황제의 보좌. 여황의 보좌가 자신을 기다리고 있었다. 자신에게는 태자가 있으니 그 아이를 황제로 세우고 자신이 섭정을 하는 한 한주를 다스리는 것은 유세아가 되는 것이다. 여황 유세아. 세아는 보좌에 앉은 자신을 떠올리며 흐뭇한 미소를 지었다.

두려움에 떨던 황제가 막 잠들었을 무렵이다. 하루도 어김없이 황제의 안부를 살피러 오는 황후 손씨가 침궁을 찾았다. 손씨는 잠든 황제의 얼굴을 안타까운 표정으로 바라보다 옆에 선 세아에게 물었다.

“오늘은 차도가 있으셨소?”

“아니요. 마음이 많이 약해지신 모양입니다. 도망간 죄인을 하루바삐 잡아 올리라 거듭 명을 하셨지요.”

가면을 써도 숨김없이 드러나는 차가운 시선을 황후 손씨는 애써 외면했다. 위영종을 비롯한 일부 조정대신들은 서후를 죽이려고 했던 배후는 은비현이 아닌 손씨라고 주장하며 그녀를 폐위해야 한다고 입을 모았다. 그로 인해 황궁 안에서 황후의 입장은 갈수록 난처해지고 있었다.

“걱정입니다, 갈수록 쇠약해지시니.”

"바라던 바가 아닙니까? 황제께서 하루라도 빨리 붕어하셔야만 저희 모자를 궁에서 몰아낼 것이 아닙니까?"

"지금 그걸 말이라고 내뱉는 게요?"

황후는 세아를 쏘아보았다. 일그러지지 않은 한쪽 얼굴이 황후를 향해 웃고 있었다.

"정곡을 찔러 뜨끔하신 모양입니다. 호호호."

"황상이 몸져누우신 곳에서 감히 그런 말을 입에 담다니, 제정신인 게요?"

"모르셨습니까? 황후께서 절 죽이시려고 정무영을 사주한 날 저는 미쳐 버렸습니다. 미치지 않고서는 이 몸을 해가지고 돌아다닐 수나 있겠습니까?"

연신 웃음을 터뜨리는 세아를 노려보는 황후의 얼굴이 창백하게 질려 있었다. 입술을 파르르 떨며 말을 꺼내지 못하던 황후는 몸을 획 돌려 침실을 나갔다. 그 뒷모습을 보는 세아의 입꼬리가 치켜 올라갔다.

"네가 황후의 자리에 있을 날도 오늘로 마지막이 될 것이다. 하루아침에 나락으로 떨어지는 것이 어떤 건지 너도 느껴보아라."

코웃음을 친 세아는 품속에 침통을 꺼내 들었다. 그녀는 극독이 묻은 침을 꺼내 침상으로 다가갔다. 잠든 황제의 얼굴을 물끄러미 바라보던 세아는 자그맣게 중얼거렸다.

"천천히, 고통스럽게 죽으시오, 황제여. 모두 다 당신이 어리석고 탐욕스런 죄요."

세아는 긴 침을 그의 목 깊숙이 찔러 넣었다. 이윽고 얼굴이 검게 변하기 시작한 황제의 숨이 가빠지기 시작했다. 그 모습을 보며 만족한 미소를 지은 세아는 침을 빼 침통에 넣고 느린 걸음으로 침실을 나왔다. 그녀의 가벼운 걸음 뒤로 해가 차츰 지고 있었다.

*

슬프고도 고적한 거문고 음률을 들으며 비현은 길고도 긴 잠에서 깨어났다. 몸은 아직 잠에 취해 있는 듯 힘이 없으나 차츰 귀가 열리고 눈이 떠졌다. 비현은 슬픈 곡조에 이끌려 침상에 일어나 앉았다. 촛불 하나만이 고즈넉이 방 안을 밝히고, 화로에 얹어놓은 청동 주전자가 더운 김을 내뿜고 있었다. 불빛을 보았는지 나방의 긴 그림자가 문풍지에 어지러이 서성인다. 비현은 이 낯선 방 안에서 왠지 모를 친근감을 느끼며 공기를 가득 메우고 있는 독특한 향을 천천히 들이마셨다. 향로에서 타고 있는 향내인가, 아니면 입고 있는 옷에서 나는 청결한 냄새인가. 은은한 향이 안개처럼 희뿌연 머리를 맑게 하였다.

비현은 흐트러진 옷매무새를 매만지고 맨발로 방을 가로질러 복도로 나왔다. 거문고 소리가 나는 곳을 찾아 미로 같은 복도를 한참 헤매다 보니 사방으로 난 창을 열고 달빛에 의지해 거문고를 뜯는 노인이 보였다. 노인의 거문고 소리는 청아하고 깊었으며 슬펐다. 절절히 쏟아내는 슬픔이 아니라 잡힐 듯 말 듯 애타는 슬픔이며 동시에 마음을 어루만지는 정화의 음률이었다.

비현은 그대로 노인에게 다가가 옆에 앉았다. 노인은 기척을 못 느낀 듯 여전히 눈을 감은 채 거문고를 뜯었다. 노인의 손가락이 현 사이를 오갈 때마다 비현은 몸속 내밀한 곳이 찌르르 울렸다. 마음속 켜켜이 쌓인 슬픔이 거문고 가락에 보슬보슬 부서져 가루가 되어 허공에 흩날린다. 비현은 무릎을 꿇은 채 지그시 눈을 감았다. 마음이 편하여 이대로 밤을 새우고 싶었다. 노인의 곡은 두 곡 더 이어졌다.

마침내 노인이 현에서 손을 뗐을 무렵, 비현은 옷섶이 흠뻑 젖도록 눈물을 흘리고 있었다.

"어이하여 우십니까?"

노인이 묻는다.

"저도 잘 모르겠습니다. 까닭도 없이 눈물이 납니다."

"꽤나 긴 잠을 주무셨습니다. 이제 정신이 맑아지셨습니까?"

"더 혼란스럽습니다. 꿈에 그리운 사람들을 보았습니다. 추측컨대 이 세상 사람이 아닌 것만 같았습니다. 이제 저 혼자입니다. 마음이 아픕니다."

"그리운 이를 잃어서입니까, 아니면 혼자 몸이 되어 서러우십니까?"

"그들과 같이할 수 없어서 아픕니다. 같이 가려 해도 밀쳐 내기에 꿈에서도 울었습니다. 눈을 뜨는 것이 지독하게 두려웠습니다."

"저 또한 매일 아침 눈뜨는 것이 두렵습니다. 다시는 이 아름다운 세상을 다시는 볼 수 없을 것만 같아 어린아이처럼 울기도 하지요."

노인은 거문고를 치웠다. 그리고 비현을 끌어당겨 자신의 무릎을 베게 했다. 비현은 아무 거리낌 없이 그가 이끄는 대로 무릎을 베고 누웠다. 시리고 아팠던 가슴이 일시에 차분해진다.

"한숨 더 주무시지요. 지친 마음이 다스려질 때까지, 두려움이 없어질 때까지."

"영영 눈을 뜨지 않았으면 좋겠습니다. 저만 없어지면 더 이상 누구도 다치지 않을 것입니다."

"모두 정해진 운명인 것입니다. 앞으로도 많은 죽음을 볼 것인데 그때마다 이리 고통스러워하시겠습니까?"

"이제 어찌 살아야 할지 막막합니다."

"더 많은 생명을 만들어내야지요. 소멸하는 만큼 다시 만들어지는 것이 세상의 이치인 것입니다."

"왜 저입니까? 왜 제게만 이리 무거운 짐이 지워진 것입니까?"

"혼자만의 짐이 아닙니다. 이 세상 모든 이들이 제각기 짐을 짊어지고 삽니다. 그 짐을 두려워하지 마십시오. 두려워하면 더 무거워지고 가슴에 품으면 가벼워지는 것이 마음의 짐입니다."

"전 그럴 수 없습니다. 두렵습니다. 저란 사람이 너무나 두렵고 무섭습니다."

비현은 눈을 감은 채 눈물을 흘렸다. 한참을 울다 또다시 잠 속으로 빠져들었다. 어둠 속에서 다시 거문고 소리가 들려오고, 그리운 얼굴이 하나둘 스쳐 간다. 비현은 그들에게 달려가며 소리쳤다. 자신을 두고 가지 말라고, 이 무서운 세상에 남겨두지 말라

고……. 그녀는 또다시 고열에 시달리며 몸을 떨었다. 무섭도록
추운 밤이었다.

"그분이 깨어났다 합니다. 이제 막 미음을 들기 시작했다 하온
대 어찌 하명하오리까?"

조정대신들이 올린 상소를 읽어 내려가던 유인은 고개를 들어
무릎을 꿇고 있는 경진을 바라보았다. 그가 입을 다물고 있자 경
진이 다시 아뢰었다.

"불러오라 이를까요?"

"몸도 성치 않은 사람 인사는 받아 무엇 하겠느냐."

유인은 무심한 듯 퉁명스럽게 중얼거렸다. 그의 시선이 허공에
어수선하게 머물다 다시 상소에 닿았지만 읽는 기색은 아니었다.

"계속 선교장(船橋莊)에 머물게 하실 것이옵니까?"

선교장은 하륜의 처소였다.

"선생의 생각은 어떠한지 여쭤보았느냐?"

"여인의 인품이 단정하고 조용하여 곁에 두고 싶다 하셨습니
다. 여인도 그곳에 있길 원하는 눈치라 합니다."

"그럼 됐다. 그곳에 머물도록 두어라."

"예."

경진은 눈매가 한층 깊어지는 유인을 보며 다시 아뢰었다.

"전하, 서주에서 겨울을 나시렵니까? 영주(營州: 예의 국도國都)
에서는 전하께서 환궁하기만을 바라고 있사온데……."

유인은 대답 대신 상소를 덮고 경진의 이름을 조용히 물었다.

“경진아.”

“예, 전하.”

“간절히 원하던 것은 눈앞에서 놓쳐 본 적이 있느냐?”

“…….”

“갑자기 목표를 잃고 나니 망연하구나. 허공을 걷는 듯 아득하구나.”

속내를 드러내는 법이 없는 이가 이렇듯 씁쓸한 말을 내뱉으니 경진은 놀라 고개를 들었다.

“척추가 쑥 뽑혀 나간 것만 같다. 눈이 멀어 앞이 캄캄한 것만 같다. 넌 현명한 이이니 방법도 알지 않을까 싶다. 어찌해야 이 마음이 다스려지겠느냐?”

유인은 군주가 아니라 오랫동안 세월을 같이한 벗으로서 묻고 있었다. 경진은 몸을 일으켜 허리를 곧추세우고 앉아 입을 열었다.

“전하, 애써 다스리려고 하지 마옵소서. 사람 마음이란 공과 같아 억누르면 튀어 오르고 그것을 잡아 누르려 하면 터지기 마련이옵니다. 전하께서는 항시 마음을 억누르고 계셨기에 보는 이들도 불안하였습니다. 이제라도 물 흐르듯 흘러가게 두옵소서. 전하께서 원하시는 것이 결국은 진리이옵니다.”

“그것이 말처럼 쉽다면야 얼마나 좋겠느냐.”

“허공과 암흑은 마음이 만드는 것이옵니다. 그 마음을 다스려 좀 더 너그러운 마음으로 세상을 보시옵소서.”

유인은 조용히 고개를 끄덕여 보였다. 경진은 그의 눈 속에 깊이 어리는 상실감을 보며 마음이 답답했다. 옆에서 오랫동안 모신 이들은 유인이 어떤 이인지 잘 알고 있었다. 스스로에게 지나치리만큼 혹독한 이이니 이번 일이 쉽게 용서되기란 어려운 일일 것이다. 그의 외면은 한없이 거칠고 독선과 아집으로 뭉쳐 있는 듯했지만 그 내면에는 섬세함과 부드러움, 누구보다 뜨거운 가슴이 있었다. 그는 자신의 감춰진 모습을 부끄러워했고 그것을 숨기려고 더 거칠게 자신을 다루어왔다. 특히 유하의 일로 죄책감에 울적해하는 모습이 안쓰럽기만 했다. 십오 년의 세월을 같이한 이로서 점점 안으로 침잠하는 그를 돕고 싶지만 유하까지 잃은 마당에 그를 도울 수 있는 이는 아무도 없었다. 경진은 절을 올리고 내실을 나오면서 선교장 쪽에 시선을 두고 긴 한숨을 쉬었다.

유인은 조정 문무 대신들에게 겨울 동안에는 서주에 머물겠다는 의사를 밝혔다. 대신들은 처리해야 할 국사가 산재해 있으니 영주로 환궁하길 청했지만 유인은 끝내 거부하고 올라온 진소는 서주에서 받겠다고 교지를 내렸다. 서주에 머무는 유인은 국사를 처리하는 것 외엔 사냥을 다녔다. 지난 세월 동안 전쟁없이 사냥만으로 시간을 보내는 일은 유인도, 장수들도 처음이었다. 이것은 적국인 한주가 혼란에 빠져 있기에 가능한 것이었다. 한주는 지금 황제가 급사하여 정쟁(政爭)에 휘말린 탓에 전쟁을 계속할 여력이 없었다. 예의 장수들은 지금이 한주를 칠 절호의 기회라고 여론을 모았으나 곧 겨울이 다가오는 데다 가뭄으로 군량과 마초가 바닥을 드러내고 있어 원정은 봄으로 미뤄둔 상태였다. 지금 유인에게는 손에 검을 든 이후 처음으로 맞는 평온한 시기였다.

＊

　황궁을 비롯한 한주에는 팽팽한 긴장감이 감돌고 있었다. 황제의 죽음은 모든 이들에게 충격이었고 더군다나 사인이 독살로 밝혀지자 나라가 전복되는 것은 아닐까 하는 두려움이 팽배해 있었다. 황족들과 조정대신들은 날카로운 심사를 그대로 드러내며 범인을 색출하기 위해 수사관을 궁 안에 들여보냈다. 수사관들은 황궁 깊숙한 지밀에서 벌어진 참극을 조사하기 위해 궁내를 휘저었다. 제일 먼저 의심을 받은 이는 황제를 가까이 병간호를 한 여관들과 침궁을 드나들었던 황후 손씨와 서후 유씨였다. 이때 문초를 받던 여관 하나가 황후가 곁에서 모시는 이들을 모두 내보내고 황제와 단둘이 남은 적이 있다고 자백했다. 황후와 그녀의 일가는 대경실색하며 무죄를 주장했다. 황후는 정무영에게 받은 서신을 제시하며 서후의 악랄함을 폭로하려 했지만 너무 늦게 내놓은 것이 화근이었다. 이 서신은 오히려 불리하게 작용해 황후를 궁지에 몰아넣었다. 서후는 정무영을 사주해 자신을 죽이려고 했던 이가 황후임이 분명하다며 수사관을 태민궁으로 보내 곳곳을 뒤지게 했다. 얼마 되지 않아 한 궁방에서 독초와 피 묻은 침이 나왔다. 물론 서후의 지시로 화연궁 궁녀가 가져다 놓은 것이다. 시의(侍醫)가 황제를 죽음으로 몰아넣은 독초와 같은 것이라 고하자 황궁은 다시 한 번 충격에 휩싸였다.

　"아니다! 이것은 모함이다! 모두가 다 서후의 짓이란 말이다!"

옥에 갇힌 황후는 밤낮으로 자신의 결백을 울부짖었다.

"모든 죄상이 밝혀졌으니 황후 손씨는 자신의 죄를 이실직고하라!"

"나는 죄가 없다! 악독한 서후가 꾸민 일이란 말이다!"

"태민궁의 여관들이 모두 죄를 자복하였다! 이래도 아니라 우길 텐가?"

"그럴 리가 없다! 그럴 리가!"

억울하고 원통한 황후는 하루에도 몇 번씩 혼절하기를 거듭했다. 황궁 안의 사람들은 이 모든 일이 황후가 아닌 서후의 짓인 것을 알고 있었다. 하지만 그 누구도 황후의 결백을 주장하고 나서는 이가 없었다. 모두 서후 유세아를 두려워하고 있었다. 그녀는 황궁의 환관과 여관, 수사관을 돈으로 매수할 만큼 막대한 부와 권력을 등에 업고 있었다. 후궁들은 자신들의 목을 지키기에도 여념이 없었기에 그저 몸을 낮추며 살아남기 위해 전전긍긍할 뿐이었다.

결국 황후와 그녀의 아버지 손국공은 역모를 일으켜 황제와 황태자를 죽이고 하나 남은 아들 재성을 황제로 옹립하려 했다는 누명을 뒤집어쓰게 되었다. 황후 손씨는 폐위됐고 손씨 일가의 작위와 재산은 나라에 환수됐다. 황후 손씨와 황자, 그 일가가 끝내 옥에 갇히고 그들을 도와 역모를 꾀하려 했다는 죄목으로 수백 명의 후궁들도 옥에 갇혔다. 이후 더 이상 황제 자리를 비워둘 수 없다는 대신들의 간곡한 상소에 황태자인 엽은 황제의 자리에 올랐다. 그리고 황제의 모후인 유세아가 황태후에 올라 대신 섭정을 맡게 되었다. 마침내 유세아가 천하를 호령하는 섭정여황이 된 것이다.

세아는 여황의 자리에 오르자마자 옥에 갇힌 손씨 일가를 궁과 신도를 가로질러 흘러가는 수로인 용수거(龍首渠)로 끌어냈다. 명문 귀족으로 한 시대를 풍미하던 집안이 이제는 죄인의 몸으로 흙바닥에 무릎을 꿇으니 그 수가 육백 명에 이르렀다. 아직도 잡아들이지 못한 죄인이 많으니 전국에 손씨 일가와 그들과 작은 친분이라도 있는 자들은 모조리 잡아들이라는 명령이 내려진 터였다. 구족(九族)을 멸해 싹을 도려내겠다는 세아의 독기는 조정대신들은 물론 백성들까지 두려움에 떨게 만들었다.

높은 누대에 올라 강변에 늘어선 손씨 일가를 바라보던 세아는 옆에 선 위영종을 돌아보며 말했다.

"명문세가라더니 생각보다 그 수가 적지를 않나?"

"태후마마, 도주 중인 자들을 잡아 올리고 있으니 곧 모두 잡게 될 것입니다."

"궁에 남아 있는 후궁들과 그 자식들도 모조리 엮어 끌어다 놓아라. 이 수로가 붉은 피에 젖어드는 것을 보고 싶구나. 황혼녘이 되면 참으로 볼만할 것이야. 그렇지?"

세아는 점차 기우는 해를 바라보며 희미한 미소를 머금었다.

"어서 시작하려무나. 노을이 지기 전에 끝내야 늦지 않게 저녁상을 받을 것이야."

세아의 말에 옆에 선 태감이 깃발을 들어 신호를 했다. 곧 강둑에 오십 명의 손씨 일가가 무릎 꿇고 그 옆에 무거운 참수도를 든 도부수들이 늘어섰다. 멀찍이 있는 병사 하나가 북을 울렸다. 그러자 기다리고 있던 오십 명의 도부수들이 손씨 일가의 목을 베었다. 베어진 목들이 굴러 떨어지고 목 없는 시신들은 끌어다가 수로에 버려졌다. 다시 손씨 일가가 끌려 나오고 북이 한 번 울릴 때마다 참수도에 목이 떨어지길 반복했다. 끔찍한 살상이 계속되는 동안 세아는 피에 젖어드는 강을 바라보며 미소를 짓고 있었다.

"물 빛깔이 참으로 곱구나. 핏빛이 이리 아름다울 줄이야."

바람에 실린 피비린내는 멀리 있는 누대에까지 실려왔다. 마침내 붉은 석양과 함께 땅과 강이 피로 흠뻑 젖자 세아는 몸속에서 퍼져 나오는 희열에 들뜨기 시작했다. 자신이 살아오면서 본 가장 아름다운 광경이 눈앞에 펼쳐지고 있었다. 이것이 권력을 쥔 자의 희열이다. 자신의 손에 파괴되는 생명이 아름다운 자연과 절경을 이루는 것. 이처럼 매혹적인 광경이 세상 어디에 있단 말인가.

핏빛 노을이 지기 시작할 무렵 마지막 남은 이들이 끌려 나왔다. 그들 속에는 황자 재성과 황후 손씨, 그리고 그 아비와 어미가 섞여 있었다. 미친 여인처럼 머리를 풀어헤치고 멍하게 앉아 있던 황후 손씨는 간신히 정신을 차리고 누대를 바라보았다. 그곳에 서 있는 이가 세아임을 안 그녀는 한 맺힌 저주를 퍼부었다. 이때 북이 울리고 도부수가 참수도를 치켜들고는 그녀의 목에 내려쳤다. 한 나라의 황후였던 여인의 목이 무기력하게 강둑 위로 굴러 떨어졌다. 옆에 있던 병사 하나가 그녀의 몸을 밀어 수로 아래로 떨어뜨렸다. 얼음처럼 찬 강물에 시신이 잠기는 것을 멀리서 바라보던 세아는 간드러진 웃음을 흘리며 누대에서 내려와 화연궁으로 향했다.

그 후 용수거에서는 날마다 처형이 이어졌다. 황궁의 후궁들과 그 자손들은 모두 그곳에서 죽임을 당했고 수로 하구에는 진한 피비린내와 함께 시신과 들짐승들로 넘쳐 났다. 이 이야기가 신도 백성들을 통해 온 나라로 퍼지자 백성들은 태후의 잔혹함에 치를 떨었다. 민심은 새로운 황제와 태후가 자신들을 구원하기는커녕 더 큰 도탄에 빠지게 할 것을 예감하고 차츰 돌아서기 시작했다. 관리들의 전횡에 못 이겨 고향을 등지는 양민이 늘고 이로 인해 세입이 줄자 더욱 무거운 세금이 매겨지고 부역도 더 늘어났다.

한주 백성들은 배고픔을 못 이겨 나라를 버리고 이웃 나라로 도망을 치기 시작했다. 백성들만 등을 돌린 것이 아니었다. 부패한 조정을 박차고 나온 몇몇 관리와 장수는 태후를 끔찍한 살인귀로 묘사하며 무리를 모아 반기를 들었다. 한주가 혼란에 빠질수록 세아는 더욱더 잔혹하게 권력을 휘둘렀다. 그녀는 오직 죽이기 위해 세상에 태어난 것처럼 사람들을 죽여댔다. 그로 인해 측근들이 우려의 뜻을 내비쳤으나 세아는 무시해 버렸다. 그녀는 때때로 모조리 멸망시켜 버리고픈 충동을 느끼곤 했다. 가슴에 이는 뜨거운 불길이 세상을 태워 버리라고 외치고 있었다.

"나를 이렇게 만든 것은 너희들이다. 너희들의 탐욕이 나를 이리 만들었으니 그 고통을 고스란히 세상에 되돌려 줄 것이다."

세아는 오늘도 어김없이 누대에 올라 처형이 벌어지는 강둑을 무심히 바라보며 중얼거렸다. 세상이 지옥의 불길에 빠지든 모두 죽든 자신과는 아무 상관 없는 일이다. 그저 세상에 대한 복수만이 그녀가 사는 이유였다. 한주의 모든 백성들을 죽인다 해도 이

복수는 멈추지 않을 것이다. 이 세계 어디에선가 빳빳히 고개를 들고 있을 한 사람을 찾기 전까지 말이다.

"은비현, 네년이 어디에 숨어 있든 언젠가는 내 앞에 무릎을 꿇을 것이다. 그날이 멀지 않았으니 기대하고 있으마."

세아는 핏빛 석양이 지평선 아래로 천천히 가라앉는 것을 조용히 응시했다. 허공에는 살육의 냄새와 함께 찢긴 깃털 같은 눈발이 흩날리고 있었다.

✳

한주가 죽은 자들의 피에 질척하게 젖어 들어가는 것과 반대로 예에는 평화가 찾아왔다. 군(軍)은 무구(武具)를 손보고 병사들을 훈련시키느라 바쁜 나날을 보냈고 백성들은 겨우내 먹고 살 방도를 마련하느라 여념이 없었다. 서주에 머무는 왕은 생애 처음으로 조용한 날을 보내고 있었다. 은둔이라는 단어가 어울릴 정도로 그는 침체되어 있었다. 눈이 내리는 안뜰을 바라보며 생각에 잠기기 일쑤였고 가끔씩 긴 한숨을 내쉬곤 했다.

그 무렵 좌위 척경진은 선교장(船橋莊)에 머물고 있는 은비현에 대한 이야기를 자주 언급했다. 딱히 명한 것도 아닌데 그는 지나는 바람처럼 비현의 얘기를 흘렸다.

"이제 기력을 회복하여 조금씩 운신하신다 합니다."

"스승님께서는 딸을 얻으신 것처럼 좋아하십니다. 낮엔 의술을, 밤에는 거문고를 가르치신다 합니다."

"누가 이른 것도 아닌데 병사에 나갔다 합니다. 처음으로 본 이는 귓병을 얻어 귀가 안 들리는 아이였는데 그 자리에서 아이를 품고 노래를 부르니 끝 무렵에는 아이가 따라 불렀다고 합니다. 이에 모두들 엎드려 절을 했다 하니 참으로 대단한 분이 아닐 수 없습니다."

"하루에도 수십 명의 병자를 보신다 하니 스승님께서는 건강이 상할까 노심초사하시고 계십니다. 백성들은 서주로 모여들고 있고 소문은 각지로 퍼지고 있으니 전하의 은덕으로 귀인이 오셨다 칭송이 자자합니다."

유인은 경진이 아뢸 때마다 그저 묵묵히 들었다. 겉으론 무심한 듯 보여도 항상 그녀를 생각하는 그였다. 비현의 모습과 체취를 되살리고 지워내기를 반복하며 자신과 싸우는 유인이었다. 그는 비현을 볼 때마다 자꾸만 변하는 자신을 느꼈다. 가슴 깊은 곳에서 전에는 듣지 못한 목소리들이 들린다. 부드럽고 이따금씩 그리움에 찬 목소리. 어머니의 품처럼 따뜻하고 그리운 냄새가 코끝에 스친다. 미치도록 향기로운 그녀의 체취가 유인의 머리를 헝클었다. 그것이 두려워서 유인은 찾아오는 그녀를 매번 물리쳤다.

"전하, 은 소저께서 밖에 오셨는데 만나보시겠습니까?"

유인은 아무 말 없이 멀리 보이는 과격을 향해 활시위를 당겼다. 쏘아진 화살이 과격의 정중앙에 박히자 병사가 흰 깃발을 들었다.

"경진아, 눈이 제법 왔구나. 좌우호위에게 사냥을 가잔다고 일러라. 이번엔 좀 더 먼 곳으로 가보자."

유인은 무심한 눈을 들어 하늘을 바라보았다. 하늘을 가득 메우며 눈이 내리고 있었다. 경진은 주군의 옆모습을 물끄러미 바라보다 절을 하고 물러났다.

"어쩌지요? 전하께서는 사냥을 가시려고 채비를 하고 계십니다."

경진은 아문 앞에 서 있는 비현에게 다가가 진심으로 미안한 얼굴로 말했다. 비현이 찾아온 것은 오늘로 여섯 번째였다. 무슨 일인지 그는 매번 알현을 거부했고, 비현은 담담한 표정으로 돌아서길 반복하고 있었다.

경진에게 괜찮다는 미소를 지은 비현은 데리고 온 종자 잠비와 더불어 선교장으로 향했다.

'그래, 아직은 내 얼굴을 보는 것이 불편하시겠지.'

비현의 여린 마음 한쪽에서 죄책감이 다시 고개를 들었다. 그가 자신을 내켜하지 않는 것을 알면서도 비현은 그를 꼭 만나고 싶었다. 서주에 와서 그가 예국의 왕이고 무영이 그의 아우라는 것을 들었을 때는 무척이나 놀랐었다. 그리고 왕이 하나 남은 혈육을 얼마나 아꼈는지, 그 소중한 아우를 잃고 얼마나 큰 상실감에 시달렸는지 들었을 때는 자신의 일처럼 가슴이 아팠다.

분노와 절망이 뒤섞인 날카로운 눈. 그 눈을 떠올릴 때마다 비현은 바위가 가슴을 짓누르는 것처럼 속이 답답했다. 그에게 미안하다고 말하고 싶었다. 얼마나 마음이 아프냐고, 용서가 되지 않겠지만 그래도 용서해 달라고 말하고 싶었다.

'무섭도록 차가운 눈빛을 떠올리면 왜 눈물이 나는 걸까. 왜 자

꾸만 명치끝이 아려오는 걸까.'

길을 가던 비현은 뒤돌아서서 흰 눈이 쌓이는 용마루 끝을 바라보았다. 그의 눈빛처럼 어두운 하늘에서 얼어붙은 눈물이 내리고 있었다.

"오늘은 뵈었느냐?"

선교장 약사에 돌아오자 하륜이 물었다. 비현은 힘없이 고개를 저으며 말했다.

"아니요, 뵙지 못하였습니다."

비현은 약초를 다듬는 하륜 옆에 앉아 약초 바구니를 끌어다 제 앞에 놓았다. 그러자 하륜이 바구니를 자기 쪽으로 가져가며 비현 앞에는 화로를 끌어다 놓았다.

"심심해서 하는 것이니 넌 앉아 불이나 쬐어라."

비현은 가만히 앉아 부젓가락으로 화로를 뒤적였다. 그 모습을 보던 하륜이 넌지시 물었다.

"왜 아무 말도 없는 것이냐? 한바탕 불평이라도 할 줄 알았더니."

"무엇을요?"

"전하를 알현하러 갔다가 헛걸음을 한 것에 대해서 말이다."

"바쁘실 터이니 크게 괘념치 않습니다."

비현은 말꼬리를 길게 끌며 시선을 내리깔았다. 그것을 보는 하륜의 눈이 애잔해졌다.

"거참, 널 보면 나보다 더 늙은 노인을 보는 듯하구나. 말하고 싶으면 말해야지, 그러고 입만 꾹 다물고 있다고 능사는 아닌 게야."

"제가 그리 답답해 보이십니까?"

"답답한 것이 아니라 안쓰러워 그런다. 밤에 후원에 나가 우는 걸 봤다고 잠비가 그러더구나. 어찌 사람이 그래. 힘든 내색을 한다고 뭐라 하는 이도 없는 것을."

하륜의 따스한 목소리에 비현의 입가에 미소가 감돌았다.

"스승님께 폐를 끼칠까 하여서요."

"폐는……. 오히려 늙은이 뒷수발에 병사까지 나가느라 네가 고된 것을. 네가 왜 우는지 안다. 안 그래도 그것에 대해서 얘기를 할까 하였는데 경진이 좀 더 상황을 보자 하여 입을 다물고 있었다. 네가 그리 걱정을 하니 말해 주는 게 좋을 듯 같구나."

하륜은 약초 바구니에서 손을 빼고는 자세를 고쳐 앉았다. 비현은 무슨 이야기인지 궁금해 스승의 얼굴을 보았다.

"전하께서 양하로 사람을 보냈다고 하신다. 네 가족에 대해 수소문해 보라고 보내신 모양인데 남은 식솔이 있으면 예로 데려오라 하셨다구나. 사람이 간 것이 겨울 초입인데 아직도 소식이 없구나."

비현은 순간적으로 숨을 들이마시며 눈을 크게 떴다.

"전하는 그런 분이시다. 겉으론 차가워 보여도 남모르게 배려를 하고 계시는구나."

금세 눈물이 그렁그렁해진 비현의 어깨를 쓸어준 하륜은 다시 약초를 손질하기 시작했다.

비현은 자리에서 일어나 밖으로 나왔다. 안뜰에 흰 눈이 가득 쌓이고 있었다. 서주성에 온 것이 늦가을인데 어느덧 겨울이 되고 해가 바뀌었다. 주위가 어떻게 바뀌는지도 모를 정도로 아득하게 흘러간 시간들이었다. 눈을 뜨니 전혀 다른 세상이 자신을 기다리고 있었고 처음엔 어떻게 받아들여야 할지 몰라 허깨비처럼 앉아 있기만 했다. 일가와 동무들의 생사를 알지 못한 채 자신 혼자만 숨을 쉬고 있는 것이 고통스러워서 매일 불면의 밤을 보내야 했다. 그러다 찾은 것이 사람들을 고치는 일이었다. 누군가를 어루만지고 노래를 부를 때만큼은 슬픔도, 고통도 없었다. 어찌 살아야 할지 아무런 판단도 서지 않았지만 비현은 누군가의 고통을 덜어주는 것으로 자신의 고통을 덜고 있었다.

눈이 무릎까지 쌓인 숲에 사냥개가 왕왕 짖는 소리와 사내들의 고함 소리가 귀가 아플 정도로 쩡쩡 울렸다. 그 기척에 놀랐는지 새들이 푸드득 날아오르고 푸석 하고 눈 더미 내려앉는 소리가 여기저기에서 들린다. 말을 탄 이십여 명의 사내들 중 한 사내가 앞서 달리고 있는 멧돼지를 바라보며 활시위를 당겼다. 곧 경쾌한 소리와 함께 시위를 떠난 화살이 멧돼지의 등에 가 박히었다. 흰 눈에 붉은 피가 낭자하자 장정들의 환호성이 일제히 터져 나왔다. 활을 내린 유인은 말의 옆구리를 걷어차 멧돼지에게로 달려갔다. 커다란 수놈이 한창 마지막 숨을 쉬고 있었다. 유인은 그대로 말고삐를 고쳐 쥐고 다른 쪽으로 달렸다. 오늘만도 여덟 번째 사냥물이지만 유인의 얼굴엔 노획의 쾌감이나 흥분이 보이지 않았다.

그는 무심한 눈으로 하늘을 보고, 눈을 보고, 죽어가는 짐승을 보았다. 안개같이 뿌연 눈으로 눈밭을 헤매보지만 역시 보이는 것은 안개처럼 뿌연 사물뿐이니 모든 것이 그저 공허하기만 했다.

몸과 마음이 천지간처럼 아득하게 떨어진 듯했다. 제 몸뚱어리가 아닌 것처럼 다스려지지가 않는다. 어딜 봐도 그녀가 있다. 하늘에도 있고, 산허리에도 있고, 바람에도 있다. 어떨 때는 나무 옆에 서서 광물처럼 검은 눈으로 자신을 올려다보고 있었다. 유인은 그녀를 피해 눈 덮인 들판을 빠르게 달렸다. 벗어나고 싶다. 다시 예전으로 돌아가고 싶다. 그녀도, 그 속에 서린 유하의 환영도 지우고 싶었지만 발버둥 칠수록 감겨오는 그물처럼 그 눈이, 눈물이 온몸을 옥죄어왔다.

"전하, 날이 어두워집니다. 이만 돌아가시지요."

효겸이 달려와 고했다. 이를 무시한 유인은 빠르게 말을 달리며 저 멀리 달아나는 노루를 향해 활시위를 겨누었다. 그때였다. 달리던 노루가 갑자기 비현으로 바뀌었다. 당황한 유인은 눈을 크게 뜨고 노려보았다. 비현이 검은 머리를 흩날리며 눈밭을 달리고 있었다. 유인은 급히 활을 거두었다. 환영인 줄 알면서도 그는 미친 듯이 비현을 향해 말을 달렸다. 손을 뻗으면 금방이라도 잡힐 듯 가까이 다가온다. 유인은 조금 더 손을 뻗었다. 그때였다. 갑자기 뒤에서 효겸의 날카로운 외침이 들린다. 그제야 정신을 차린 유인이 자신의 몸이 그대로 땅 위로 고꾸라지고 있음을 알았다. 둔탁한 소리와 함께 등에 얼얼한 아픔이 전해지고 다리가 꺾였다. 불행히도 날카로운 바위 위로 낙마를 하고 만 것이다. 하얗게 질린 효겸이 달려와 그의 상태를 살폈다. 다리가 부러져 뼈끝이 튀어나오고 피가 흐르고 있었다.

"전하! 괜찮으십니까?"

"이런, 잠시 한눈을 팔았더니 금세 이 지경이 되었구나."

유인은 어이가 없는 듯 피식 웃음을 흘렸다.

"이런 우라질, 전하!"

뒤늦게 달려온 인걸이 눈 위에 누워 있는 유인을 보고 자기도 모르게 욕설을 뱉어버렸다. 그만큼 유인의 몰골은 말이 아니었다. 병사들은 서둘러 들것을 가져와 왕을 모시고 숲 입구에 쳐놓은 막사로 모셔왔다. 골절이 심해 함부로 몸을 움직일 수가 없자 병사를 시켜 서주성으로 가서 의원을 불러오라 일렀다. 날랜 병사가 말을 타고 떠나자 효겸이 유인의 입에 가죽 띠를 물리고 급한 대로 뼈를 맞추었다. 유인은 신음 한번 지르지 않고 버텨냈다. 그리하여도 크게 벌어진 상처에서 피가 멎지 않자 그는 오한에 몸을 떨기 시작했다. 급히 상처를 묶어 지혈해 보았지만 피는 계속해서 흘러나왔다. 그들은 어서 빨리 의원이 오기만을 기다리는 수밖에 없었다.

사냥터를 떠난 병사가 힘껏 말을 몰아 서주성에 도착한 것은 한 시진을 훌쩍 넘긴 후였다. 그는 급히 성내 의원을 찾았지만 그들은 성밖에 왕진을 간 터라 자리에 있는 이가 없었다. 병사는 다시 하륜의 거처로 뛰어들어 갔다. 이때 비현은 약방에 앉아 약초를 손질하고 있었다.

"선생님, 어디 계십니까?"

급하게 숨을 몰아쉬는 그를 보고 놀란 비현이 물었다.

"성밖에 피란민들이 몰려와서 그곳을 돌아보러 가셨습니다. 왜 그러십니까?"

"전하께서 다치셨습니다. 빨리 의원이 가야 할 터인데……."

서주성에 온 지 얼마 안 되는 신참 병사는 비현이 누군지 모르고 황망히 발만 굴렀다.

"제가 고칠 수 있습니다. 계신 곳이 어딘지요?"

비현은 종자인 잠비와 더불어 병사를 따라나섰다. 말을 타고 성을 나오니 서녘 하늘에 산호빛 노을이 지고 있었다. 그들은 급히 말을 몰아 사냥터로 떠났다.

시간이 흐를수록 눈발은 굵어지고 바람은 앞을 볼 수 없을 정도로 거세졌다. 추위 때문에 말이 고집을 부리며 움직이려 하지 않아 간신히 달래어 길을 재촉했지만 눈은 무릎까지 켜켜이 쌓이고 있었다.

바람과 눈을 뚫고 막사에 도착했을 즘 세 사람은 추위에 극도로 지쳐 있는 상태였다. 효겸과 인걸은 비척비척 걸어오는 비현을 보더니 급히 병자의 상태를 설명했다. 비현은 그들의 안내를 받으며 서둘러 막사로 들어갔다.

화로로 공기를 덥힌 따스한 막사 안에 들어서니 왕이 피에 푹 젖은 채로 누워 있었다. 다른 이라면 벌써 정신을 놓았을 것인데 그는 망연한 눈동자로 비현을 올려다보았다. 둘의 시선이 얽히는 순간, 그들의 심장이 쿵 하고 내려앉는다. 낭떠러지로 내리꽂히는 아득함이자 차마 형언할 수 없는 그리움이었다. 하지만 그것이 그리움인지 알지 못하는 두 사람은 그저 서로의 눈만 들여다볼 뿐이었다.

"뭐 하시는 게요? 그렇게 쳐다만 보아도 고쳐지는 겁니까?"

인걸의 다급한 독촉에 비현은 황급히 고개를 숙였다. 병자를 앞에 두고 넋을 놓은 것이 부끄러워져서 망토를 벗는 척하며 붉어진 얼굴을 가렸다. 속절없이 두근거리는 심장을 진정시키고 환자 옆에 다가서니 피 냄새가 훅 끼쳐 왔다. 어깨, 갈비뼈, 다리뼈가 골절되고 찢어져 피가 흐르니 자칫 잘못했으면 죽었을지도 모를 만큼의 중상이었다.

비현은 그의 상처를 꼼꼼히 보고 나서 행여 차가울까 봐 화로에 언 손을 녹였다. 찬 손을 덥히고 피가 흐르는 다리에 가져가려는데 갑자기 그가 손목을 움켜쥐었다. 황망히 고개를 드니 그가 혼몽 속을 헤매는 듯 아득한 눈빛으로 바라보고 있었다. 비현은 눈빛을 이해할 수 없었다. 다만 붙들린 손목이 아플 뿐이다. 그 손을 뿌리치지 못하고 망연히 있는데 옆에 있던 경진이 다가와 그 손을 놓게 하고 자신이 직접 부축했다. 유인은 그제야 눈을 감고 고통스러운 듯 미간을 접었다. 그 모습은 지독한 악몽이라도 꾸고 있는 이처럼 보였다. 비현은 아픈 손목을 문지르며 숨을 가다듬고는 다시 상처에 손을 가져갔다. 그러고 나서 조용히 눈을 감았다. 뜨거운 체온과 함께 그의 아픔이 몸 안으로 흘러들었다. 보통 병자들과는 달리 감정이 뒤섞인 아픔이다. 비현은 그 아픔을 서서히 받아들이며 마음을 열었다.

　이윽고 귓속말처럼 작고 맑은 소리가 흘러나왔다. 비현의 손 아래서 서서히 부서진 뼈가 맞춰지고 찢겨진 상처가 아물기 시작한다. 이제 그녀의 기가 혈관을 타고 흘러 들어가면 지독한 아픔은 사라지고 졸린 것처럼 노곤해질 것이다. 그리고 며칠을 정양(靜養)하면 말끔히 회복할 수 있을 것이다. 거의 다 되어간다고 안심하고 있는데 그가 갑작스레 눈을 뜨고 중얼거린다.

　"……아프다."

　유인의 입술에서 흘러나온 말에 비현은 놀란 나머지 손을 떼었다. 그는 안개처럼 뿌연 눈동자로 비현을 올려다보며 입술을 달싹거렸다.

　"너 때문에…… 아프다."

　순간 비현은 아무 말도 할 수 없었다. 고통스러운 눈동자, 쥐어짜 낸 듯한 목소리가 가슴에 사무쳐 왔다. 지금껏 아프다는 말을 많이 들어봤지만 그가 내뱉은 말은 달랐다. 몸이 아프다는 건지, 마음이 아프다는 건지 구분할 수 없지만 심중을 알 수 없는 몇 마디에 비현의 가슴속에 크고 작은 파문이 일었다. 그는 무언가 말하고 싶은 눈빛을 하더니 그대로 눈을 감고 규칙적인 숨을 몰아쉬었다. 비현은 잠든 그의 모습을 바라보며 멍하니 앉아 있었다.

　그 말을 듣는 순간 무영의 모습이 스쳐 간 것은 무슨 이유에서였을까. 언젠가 무영이 자신의 처소에 숨어 들어왔을 때 느껴졌던 아픔이 생생하게 떠올랐다. 어렴풋이 그의 아픔은 무영의 것과 비슷하다는 느낌이 들었다.

'제가 그렇게 미운가요? 절 보면 동생의 모습이 떠올라 고통스러운 건가요?'

비현은 자신도 모르게 눈물이 차 오르자 황급히 눈을 깜빡였다. 그러다 옆에 앉은 경진과 눈을 마주쳤다. 언제나 침착하고 단정했던 눈빛이 보기 드물게 흔들리고 있었다. 비현은 무안하여 얼른 고개를 돌렸다. 머리 속이 뒤엉켜 아무것도 생각이 나지 않았다. 그저 아프다는 말만 메아리처럼 울릴 뿐이었다.

"소저께서 직접 와주셔서 천만다행입니다. 자칫 잘못하면 큰일 날 뻔했지요."

치료가 끝나자 효겸은 비현을 위해 따로 마련한 막사로 안내했다.

"아닙니다. 제 할 일을 했을 뿐인걸요."

"피곤하실 테니 쉬십시오."

효겸은 뭔가 더 말하고 싶은 눈치였지만 비현의 지친 얼굴을 보고는 이내 인사를 하고 돌아섰다.

막사 안에 들어선 비현은 망토를 벗어놓고서야 긴 한숨을 내쉴 수 있었다. 잠자리와 화로를 보니 갑자기 피로가 몰려온다. 하지만 막상 겉옷을 벗고 잠자리에 들고 보니 잠이 가시고 이런저런 생각이 몰려왔다. 비현은 이리저리 뒤척이다 지그시 눈을 감고 막사 밖에서 부는 매서운 바람과 이따금 나뭇가지 부러지는 소리, 산짐승 울음소리에 귀를 기울였다.

"아프다…… 아프다…… 아프다."

　다른 소리들을 잠재우고 유인의 말이 슬픈 곡조가 되어 귓속에 울렸다. 거칠고 차갑기만 한 사내인 줄 알았다. 때로는 사람 같지 않고 야수처럼 보일 때도 있었다. 그런 그가 갑자기 사람으로 보이기 시작한다. 그 또한 무영과 마찬가지로 상처받아 괴로운 사내일 뿐이라는 생각이 들자 마음이 아파왔다. 이것은 단순한 연민인가? 하지만 왜 이리 마음이 아프고 또 한편으론 두근거리는 거지? 비현은 그동안 보았던 그의 얼굴을 하나둘 떠올려보다가 괜히 얼굴이 뜨거워져서 모포를 머리끝까지 끌어 올리곤 눈을 꼭 감았다. 그 밤, 호오호오 짐승의 울음 같은 바람 소리를 들으며 비현은 밤새도록 잠 못 이루고 뒤척였다.
　아침이 되자 선잠에서 깬 비현은 때맞춰 들어온 잠비에게 세숫물을 가져다 달라 했다. 이제 막 열다섯 살이 된 잠비는 하얀 이를 씩 드러내며 횅하니 나가더니 더운물을 가져왔다. 세안을 하고 밖에 나가니 병사와 종복들이 바삐 오가며 밥을 짓느라 분주하다. 비현은 잠시 거닐다 오겠다고 이르고 숲에 갔다. 간밤에 온 눈으로 숲은 순백의 비단을 쓰고 청명한 햇살 아래 반짝이기 시작했다. 비현은 멀리 보이는 산허리에 시선을 주며 조심스럽게 발을 내디뎠다. 아무도 지나지 않은 숫눈길을 걷다 보니 마음의 그늘은 사라지고 한결 밝아졌다. 또한 신선한 미풍에 나무에 내려앉은 은빛 가루가 공중에 눈처럼 흩날리는 것을 보니 뒤숭숭했던 기분이 한결 가뿐해졌다.

비현은 늦으면 잠비가 걱정한다는 것을 알면서도 풍경에 마음을 빼앗겨 멀리까지 와버렸다.

'너무 멀리 왔구나. 어서 돌아가야겠다.'

막 돌아서려던 비현은 멀리 보이는 사람의 형체에 멈춰 섰다. 뒷모습일 뿐인데도 그가 반유인임을 금방 알 수 있었다. 큰 키와 다부진 골격이 눈에 확 띄는 편이기도 했지만 그에겐 그만의 독특한 분위기가 있었다. 그는 검은 물밑처럼 차갑고 어두웠다. 아무리 하얀 눈밭 위에 서 있다 해도 그의 주변만은 어둡게 보일 정도였다. 그런 그의 뒷모습을 응시하고 있으려니 심장이 쿵쿵 뛰기 시작했다.

"아프다. 너 때문에…… 아프다."

지난밤 비현을 괴롭혔던 목소리가 또다시 귓가에 맴돌았다. 뒤따라서 슬픈 눈빛, 비릿한 피 냄새와 뜨거운 체온이 차례차례 떠올랐다. 왜 자꾸 저 사람 생각이 머리 속에서 지워지지 않는 걸까? 얼음처럼 차가운 사람임에도 불구하고, 자신을 보면 인상을 쓰고 소리 지르기만 하는데도 불구하고 자꾸만 눈이 간다. 눈이 가면 마음이 따라가고, 마음이 가면 몸이 따라가기 마련이라던가.

비현은 자신도 모르게 그를 따라 걷기 시작했다. 그의 쓸쓸한 뒷모습을 보고 있자니 명치끝이 자꾸만 아려오고 있는지조차 몰랐던 마음의 흉터가 욱신욱신 쑤셔왔다.

'왜 저 사람에게서 눈을 떼지 못하는 걸까.'

멍하니 따라 걷던 비현은 손끝에 느껴지는 그의 피부 감촉을 떠올리며 잠시 멈춰 섰다. 감각이란 기억보다 더 무서운 것이어서 지난 일들이 손끝에서 되살아났다. 그의 손을 힘껏 잡고 물 위로 떠오른 일, 동굴에서 그의 상처를 치유해 준 일, 까무룩 잠든 그의 모습을 보고 그 생김에 경이로운 시선을 보냈던 일이 기억났다. 그는 자신이 아는 한 세상에서 가장 차가운 사람이자 강한 사람이었다. 그리고 가장 외로운 뒷모습을 가진 사내였다.

'맙소사, 머리 속에 온통 저 사람 생각뿐이잖아!'

비현은 자신이 당혹스러워서 얼른 고개를 돌렸다.

'그래, 혼란스러운 나머지 잠시 정신이 나갔던 거야.'

비현은 입술을 지그시 깨물며 서둘러 발길을 돌렸다. 막 걸음을 떼는데 바람에 실려온 노랫소리가 그녀의 발길을 붙잡았다. 예족 언어이기에 무슨 뜻인지 알아들을 순 없었지만 부드럽고도 나직한 목소리가 듣기 좋았다. 밝은 노래를 불렀다면 더없이 좋았을 음성이었지만 서글픈 곡조이기에 더없이 쓸쓸하게 들렸다.

'어떤 내용의 노래일까. 참으로 슬픈 곡이다.'

비현은 고개를 돌리고 느리게 걸음을 옮기는 유인을 바라보았다. 모피로 만든 두건과 큼직한 망토를 두르고 술이 달린 검을 든 채 걸음을 옮기는 왕에게서 흘러나오는 서글픈 노래. 비현은 다가가 머리를 쓰다듬어 주고픈 충동을 느꼈다.

'그래, 나야 울 수도 있고 스승님께 하소연이라도 할 수 있지만 저분은 그렇지 못하니까 많이 힘드실 거야. 마음속으로는 나만큼이나, 아니, 나보다 더 아프겠지?'

비현은 그의 뒷모습을 어루만지듯 부드럽게 바라보다 노래가 뚝 그치자 화들짝 놀랐다. 잠시 후, 유인이 걸음을 멈추고 고개를 돌리려 하자 그녀는 황급히 나무 뒤로 숨었다.

'잘못한 것도 없으면서 왜 숨은 거야? 나도 참⋯⋯.'

비현은 쿵쾅거리는 가슴을 지그시 누르며 들킬세라 한참 동안 숨어 있었다. 사방은 고요하고 이따금씩 눈 더미 내려앉는 소리만이 들렸다. 별다른 기색이 없자 들키지 않았구나, 안심하고 있던 차였다. 긴 숨을 내쉬며 걸음을 떼려는데 갑자기 서슬 퍼런 검날이 눈앞에 아른거렸다. 비현은 놀란 나머지 비명도 지르지 못한 채 멈춰 섰다. 하얗게 질린 채 고개를 돌려보니 그가 차가운 표정으로 검을 겨누고 있었다. 비현이 눈을 동그랗게 뜨는 사이, 그의 얼굴에도 놀람이 스쳐 갔다.

"왜 사람 뒤를 밟는 거지?"

유인의 얼음처럼 딱딱한 어조에 비현은 황망하게 손을 내저으며 말했다.

"아니에요, 전 그저 산보 나왔다가⋯⋯."

그는 한참 동안 비현을 노려보다 마지못해 검을 거둬 검집에 꽂았다. 비현은 그제야 안도의 숨을 내쉬었다.

"그렇게 천지분간 못하고 돌아다니다간 봉변당하기 십상이니 알아서 처신해."

비현은 그의 차가움이 뚝뚝 묻어나는 얼굴을 가만히 들여다보았다. 지난밤에 보았던 눈빛은, 아까 들었던 노랫소리는 제멋대로 상상한 것뿐인가? 비현의 진지한 시선에 그가 기분 나빴는지 미간을 찡그리며 말했다.

"어찌 그리 빤히 보는 거지?"

"이제 몸은 괜찮으신가요? 어제는 아프다고 몇 번이고 말하셨는데."

비현은 그의 몸이 움찔하는 것을 놓치지 않고 보았다. 그도 어젯밤 일을 기억하는 것이 분명했다.

"이렇게 산보를 나오신 걸 보니 많이 나아지셨나 봅니다. 다행이에요."

평소처럼 차갑게 굴 수 있다는 것은 그만큼 건강이 회복된 것이라 생각했다. 하지만 그 모습마저도 마음에 안 들었는지 그가 퉁명스럽게 내뱉었다.

"그까짓 상처로 어떻게 되지 않는다. 전장에선 그보다 더 험한 일도 많이 겪었으니까."

"그렇군요. 정말 대단하세요."

"칭찬 따위를 들으려고 한 소리가 아니다!"

비현이 말할 때마다 유인의 얼굴은 더욱더 굳어져만 갔다. 비현은 애써 미소를 지으며 말했다.

"며칠 전에 전하를 뵙기 위해서 찾아갔었어요. 서주성에 머물게 해주신 것도, 하륜 선생님 곁에 있을 수 있도록 허락해 주신 것도 감사드립니다. 그리고…… 양하에 사람을 보내주신 것도요. 부족한 저를 위해 이렇게 배려를 해주시다니, 그저 감사드릴 따름입니다."

비현은 허리를 깊이 숙이며 예를 갖추었다. 그저 몸을 의탁하고 있는 나라의 왕이라서 예의를 차리는 것이 아니었다. 비현은 그동안 하륜으로부터 그에 관한 이야기를 많이 들었다. 자라면서 겪은 숱한 고생과 동생과의 각별했던 정을 전해 들으니 반유인이 라는 사람을 한층 더 이해할 수 있었다. 자신 또한 소중한 사람들 과 떨어져 봤고 그들의 생사를 알 길이 없어 고통스러우니 그 또 한 마찬가지일 거라는 생각이 들었다. 그러니 그동안 난폭했던 말과 행동이 조금은 이해가 갔다. 어쨌거나 지금 살아서 옆에 있 어야 할 사람은 자신이 아니라 무영, 아니, 유하이니 말이다. 비 현은 또다시 밀려오는 슬픔에 촉촉해진 눈으로 고개를 들었다. 순간 눈에 들어온 그의 모습은 아까와 달리 당황한 기색이 역력 했다. 얼굴이 붉어진 듯도 했고 어찌 보면 더 화난 것처럼 보이기 도 했다.

'내가 말실수를 한 것일까?'

우물쭈물하던 비현은 조심스럽게 입을 열었다.

"저, 전하……."

"네게 그런 말을 들으려고 한 것이 아니다!"

그가 갑자기 고함을 지르자 비현은 화들짝 놀라서 뒤로 물러섰 다.

"네가 가진 재주를 이용하기 위해 옆에 둔 것뿐이니 고마워할 것 없다. 너는 그저 적국에서 데려온 포로일 뿐이야. 그러니 주제 넘게 나서지 마라."

그녀의 고운 얼굴이 일시에 어두워졌다. 유인은 그녀의 맑은 눈 망울 속에 담기는 슬픔을 본 순간 자신의 날카로운 혀를 물어뜯고 싶어졌다.

'조금은, 아주 조금은 부드럽게 말했어도 되지 않았을까. 두렵지만 애써 용기를 내어 말을 꺼냈다는 걸 알면서도 왜 이렇게밖에 말을 하지 못한 것인가. 이역에서 낯선 이들과 살아가려니 얼마나 고생이 많냐고, 내 나라 백성들을 극진히 보살펴 줘서 고맙다는 말쯤은 할 수 있는 것을. 그도 아니면 어젯밤 자신을 치료해 줘서 고맙다는 말쯤은 건넸어야 하는 건데.'

유인은 커다란 눈에 서서히 눈물이 차 오르는 것을 보고 더욱 부아가 치밀었다. 이래서 보고 싶지 않은 것이다. 이래서 도망치려 안간힘을 쓴 것이다. 이 눈을, 눈물을 보기가 겁이 났다. 몸속에 등(燈)을 감춘 듯 환하게 빛나는 얼굴을, 그 속에 달빛이 어린 듯 은은한 미소를 보는 것이 두려웠다. 더욱 헤어나오기가 힘겨울 것 같아서, 끓어오르는 욕망을 다스릴 수가 없을 것 같아 도망치고 싶었던 것인데. 유인은 그녀를 작은 어깨를 자신의 품속에 가두고 싶은 충동을 느꼈다. 부드럽게 안아 등을 토닥여 주고 싶었다. 순간 마음속 깊은 곳에서 사나운 목소리가 튀어나왔다.

'안 돼! 이 계집 때문에 유하가 죽었어. 그런 계집에게 무슨 생각을 품는 거야!'

내 아우, 적국에서 개죽임을 당한 내 핏줄. 유인은 비현을 차갑게 외면하며 말했다.

"그 흔한 눈물, 나한테는 안 통한다고 말했을 텐데! 너는 눈물 흘릴 자격조차 없는 사람이다!"

유인은 돌아서며 지그시 입술을 깨물었다.

'날 몹쓸 자식으로 만들지 마라! 더 이상 내 앞에 나타나지 마라!'

유인은 무언가가 심장을 갉아대는 것처럼 고통스러웠다. 보지 않으면 떠오르지 않을 거라 생각했다. 꾹꾹 누르면 저절로 스러질 것이라 생각했다. 하지만 다 부질없는 짓이다. 가까이서 그녀를 대하고 보니 그동안 감정들이 봇물처럼 흘러나왔다. 처음엔 스치는 바람인 줄만 알았고, 긴 꼬리를 끌고 하늘을 가르는 살별인 줄만 알았다. 하지만 그녀는 바람도, 살별도 아니었다. 그녀는 어느덧 마음속의 중심이 되어 있었다. 유인은 이따금씩 웃고 있는 비현의 환영을 볼 때마다 뇌와 눈을 파내고 돌로 채워 넣고 싶었다. 그녀를 보지 않았던 때로 돌아갈 수만 있다면, 그럴 수만 있다면 뭐든 했을 것이다. 차라리 기루의 가기였다면, 수발드는 종이었다면 이렇게 괴롭지는 않았을 터였다. 그녀이기에 괴로운 것이다. 그녀가 은비현이기 때문에 이리 고통스러운 것이다.

유인은 뒤돌아보고 싶은 것을 꾹 참고 성큼성큼 걸음을 내디뎠다.

'질리게 굴면 다시는 앞에 나타나지 않을 테지. 그러면 이렇게 세상이 무너지는 듯이 아플 일도 없겠지. 그래, 좀 더 버티면 된다. 이 눈이 녹을 쯤엔 그녀를 향한 욕망도, 환영도 흔적없이 녹아 없어질 테니.'

유인은 필사적으로 비현에게서 멀어지려 하고 있었다.

자리에 누워 있어야 할 왕이 사라지자 급히 찾아 나선 경진은 숲 속에 홀로 서 있는 비현을 발견했다. 반가운 마음으로 다가서다 작은 어깨가 조금씩 흔들리는 것을 본 그는 놀라 멈춰 섰다.

"왜 울고 계십니까? 무슨 일이 있으셨습니까?"

깜짝 놀라 고개를 든 여인의 얼굴이 눈물로 흠씬 젖어 있었다.

"아, 오셨습니까? 부끄럽게 눈물을 보였습니다."

그녀는 서둘러 눈물을 닦았다. 경진은 짐작 가는 데가 있어 물었다.

"혹시 전하를 뵈었습니까? 전하께서 이리 울리신 것입니까?"

그 와중에 비현이 예를 차리려고 하자 경진이 만류를 하며 말했다.

"워낙 성정이 무뚝뚝한 분이시니 마음에 두시고 한 말씀은 아닐 겁니다. 괘념치 마십시오."

"아, 아닙니다. 절 보는 것이 당연히 괴로우시겠지요. 저 때문에……"

소매로 눈물을 닦는 여인을 보며 경진의 마음이 한층 더 무거워졌다. 그동안 왕을 보필한 세월이 얼마인가. 경진은 왕의 마음이 이 작은 여인에게 묶여 있음을 알아챘다. 처음 동굴에서 마주쳤을 때부터 왕의 눈길은 예전과 판이하게 달라져 있었다. 날카롭던 눈매에 깃든 살기가 누그러져 있었다. 사납게 날뛰는 맹수의 눈빛이 아니라 한 번도 접해보지 못한 세계에 발을 들여놓은 듯 경이롭게 반짝이고 있었다. 여인이 누군지 알기 전까지 경진은 희망을 품었다. 주군의 강철 같은 심장을 녹일 유일한 여인이 나타난 것이라 적잖이 들뜨기도 했다. 하지만 여인은 적국 황제의 후궁이었고 애써 찾아낸 혈육이 목숨을 바쳐 구해낸 정인이기도 했다. 운명이란 참으로 가혹하다. 어느 한곳에 마음의 뿌리를 내리지 못하고 떠돌던 이가 드디어 마음을 주고 싶은 여인을 만났는데 도저히 다가갈 수 없는 이라니. 이 무슨 기이하고 안타까운 인연인가. 경진은 찬 바람에 코와 볼이 빨갛게 얼어 있는 여인을 안쓰럽게 바라보며 말했다.

"소저께서는 모르시는 것이 있습니다. 전하께서는 싫은 이는 가까이 두지도, 존체에 손을 대게 하지도 않으십니다."

여인은 놀란 듯 눈을 동그랗게 뜨고 멍하니 올려다봤다. 이에 경진은 미소를 지어 보였다.

"좋고 싫음이 무서울 정도로 분명하신 분입니다. 소저를 그리 싫어하셨다면 애초에 예로 데려오지도 않으셨을 겁니다. 그러니 너무 자책하지 마십시오."

경진은 붉어진 얼굴로 어쩔 줄 몰라 하는 비현을 보며 여리지만 참으로 맑은 사람이라고 생각했다. 이리 아름다운 사람이기에 마음을 뺏긴 것이리라. 하지만 그는 시정의 필부(匹夫)가 아니라 한 나라의 왕이시다. 이 여인은 연정을 품을 수는 있으나 배필로 맞아들일 수 없는 여인이다. 이제 곧 봄이 오면 조정에서 국혼을 논의할 텐데 더 이상 미룰 명분이 없으니 곧 결정이 날 터였다. 왕은 처음부터 안 될 인연임을 알기에 도망치려는 것이다. 하지만 도망치려 해도 마음이 묶여 있으니 그리 괴로워하시는 것이다.

경진은 착잡한 기분으로 인사를 하고 발걸음을 옮겼다. 숲 속 깊숙이 걸음을 옮긴 지 얼마 되지 않아 멀리 보이는 설산에 시선을 두고 있는 왕을 발견했다. 경진은 가만히 멈춰 서서 그 옆모습을 지켜보았다. 공기 중에 전해오는 미세한 숨소리를 들었는지 그가 고개를 돌렸다. 영락없이 연정을 품은 사내의 눈빛이다. 다르다면 기쁨이 아니라 비통함이 어려 있다는 것뿐. 경진은 비현을 봤을 때처럼 서글픈 눈길로 다가갔다.

"전하, 아직 옥체가 다 회복되지 않으셨사옵니다."

왕은 말이 없었다. 그저 눈이 부신 듯 눈을 살짝 찡그리고 은가루가 날리는 설산을 응시하고 있었다.

"전하, 곧 조정에서 국혼 문제가 제기될 것이옵니다. 전에 오갔던 대로 월(越)의 공주를 비(妃) 삼자고 할 것입니다. 대신들은 물론 월국(越國) 조타왕(趙佗王) 또한 혼사가 늦어지는 것을 못마땅해하고 있으니 더 이상 미룰 수가 없사옵니다."

왕의 여전히 침묵하고 있었다. 그는 하늘 속에 자신이 원하는 답이 있는 것처럼 필사적으로 훑었다. 나라를 이끌 왕으로서 사사로운 감정은 버려야 한다는 것을 자신도 잘 알고 있을 것이다. 그러나 왕은 혈육을 위해 애써 되찾은 나라의 절반을 걸 만큼 뜨거운 심장을 가진 이였다. 야망보단 자신이 지키고 싶은 것에 모든 걸 거는 이였다. 그런 사내이기에 선택의 고통이 더욱더 큰 것임을 경진은 이해했다.

'이제 왕은 적이 아니라 자신과 싸우고 있다. 무엇을 얻고 무엇을 잃을 것인가. 이 치열한 싸움의 결말이 어찌 날 것인가.'

경진은 막연하게 비현만이 그를 변화시킬 수 있다고 생각했다. 고독과 분노, 피와 살기에 기대 살아온 사내를 구원할 사람은 그녀밖에 없다. 하지만 경진마저도 어떻게 방법을 찾아야 할지 알지 못했다. 그저 왕이 결론을 내릴 때까지 지켜볼 수밖에. 경진은 왕이 응시하는 창공을 바라보았다. 해동청(海東靑) 한 마리가 공중을 빙빙 돌며 고독한 날갯짓을 하고 있었다.

유인이 다시 서주성으로 돌아왔을 때 우위(右位)와 월국의 사신이 당도해 있었다. 경진의 말대로 왕의 국혼과 비현에 관한 논의 때문에 온 것이다. 유인은 먼저 우위 고현탁을 만났다. 그는 먼저 비현에 관한 확답을 듣길 원했다. 최근까지 예는 황제의 후궁에 대해 침묵으로 일관했으나 소문이 걷잡을 수 없이 커져 가자 어떻게든 입장을 표명해야 했다. 고현탁은 대다수의 조정대신들이 비현을 다시 한주로 돌려보내기를 바란다고 전했다. 그도 그럴 것이 한주가 다시 전쟁을 준비한다는 간자의 첩보가 들어왔고 섭정을 하는 태후가 그녀를 송환해 줄 것을 강력히 주장하고 있었기 때문이다. 통일제국의 기운이 쇠하여 대륙이 조각났다고는 하나 한주는 아직까지는 강력한 힘을 가진 국가였다. 서역과의 교역을 통해 경제적인 부를 이루었고 귀족계급을 위시한 군권이 탄탄하였다. 이에 반해 경제적인 기반이 취약하고 체재가 채 정비되지 않은 예는 전후 복구만도 힘겨운 상태였다. 이때에 한주의 도발이 극히 부담스러운 당연한 것이었다. 그랬기에 교지가 있었음에도 대신들은 재차 상소를 올리며 왕을 설득하려고 하고 있었다.

"전하, 어지(御旨)를 재고하여 주시옵소서. 조정대신들의 불만이 갈수록 거세지고 있사옵니다."

무표정한 얼굴로 우위가 가지고 온 상소들을 뒤적이던 유인이 넌지시 말했다.

"경은 짐의 어지가 꺾이지 않을 것을 잘 알고 있으면서도 직접 왔다. 게다가 월의 사신까지 대동하고 말이다. 어지를 꺾지 않을 심산이면 가례를 서두르라는 무언의 압박인가?"

냉담한 어조 속에 드러나는 날카로운 눈매에 오십을 훌쩍 넘긴 사내는 담담히 고개를 숙였다.

"전하, 지금 가장 시급한 것은 종사를 굳건히 하는 일이옵니다. 보력이 한창이신데 아직 후사가 없으니 나라의 앞날을 걱정하는 이들이 많사옵니다."

"조정대신들이 확답을 받아오기 전에는 돌아오지도 말라고 엄포를 놓았겠군. 그래서 머리를 쓴 건가?"

씁쓸한 미소를 지은 유인은 잠시 생각에 잠겼다. 더 이상 미룰 명분도 없고 어차피 치러야 할 일이다. 겨우 열다섯밖에 안 된 공주를 정궁으로 맞아 대를 잇게 하는 것이 전쟁을 하는 것보다도 중요한 일이라 말하는 대신들의 주장도 틀린 것은 아니었다. 유인은 그 부분에 있어서 이미 암묵적으로 동의한 상태였다. 하지만 지금은……. 복잡한 사념 속에서 비현의 얼굴이 스쳐 갔다. 그녀가 아닌 다른 여자를 품을 수 있을까? 다른 여인을 안고 씨앗을 뿌려 자식을 낳고 아무 일도 없었던 것처럼 감쪽같이 살 수 있을까? 이 타는 마음이, 그칠 줄 모르고 솟아나는 열정이 한낱 기우였음을 회상하는 날이 올까? 유인은 다시 한 번 씁쓸한 미소를 짓다가 결연한 표정으로 일어섰다.

"나이가 찼으면 혼인을 하는 것이 당연한 것을. 그동안 전장을 떠도느라 늦었으니 경들이 재촉하는 것도 잘못은 아니다. 오늘 내로 사신을 만나겠다. 경은 월국으로 보낼 사신을 고르고 국혼을 위한 절차를 밟으라 하라."

유인은 거듭 허리를 굽히는 대신을 스쳐 지나 접견실을 나왔다. 말은 시원스레 했으나 마음 한구석은 무겁기 그지없다. 유인은 뜰에 나가 천천히 거닐었다. 몸에는 틈이라도 생겼는지 찬바람이 스며들어 와 뼛골까지 시렸다.

八. 그대를 연모하노니

혹독한 겨울이 지나고 봄이 왔다. 언 땅이 녹아 한껏 부풀어
오르고 계곡의 버들강아지가 물이 올라 보드라운 솜털을 포스스
내밀었다. 천지사방에서 앞 다퉈 새싹이 자라니 세상은 어지러우
나 자연은 쉼없이 싹을 틔우고 생명을 잉태하여 대지 위에 내놓았
다. 대륙의 서남쪽에 위치한 서주에는 벌써부터 꽃이 피기 시작했
다. 비현이 약방에 있는 집기들을 꺼내놓고 겨우내 묵었던 먼지들
을 털어내는 사이, 하륜은 마당에 핀 매화를 정인(情人) 보듯 애틋
하게 바라보며 내내 노래를 흥얼거렸다. 봄이 다가오는 것이 기뻐
노상 껄껄껄 웃는 모습이 칠십 노인답지 않게 천진하였다.

"잠비야! 내 거문고를 가져오너라. 올해 첫 매화를 봤으니 그냥
두고 볼 순 없지. 잠비야! 이것이 잠을 퍼자는가, 어디 갔누?"

내내 마당을 서성이는 하륜을 보고 빙긋이 웃던 비현은 청소를
다 마치자 아껴둔 찻잎을 꺼내 차를 달여 하륜과 잠비와 함께 나
눠 마셨다. 세 사람은 마당에 핀 매화를 보며 감상하며 그윽한 다
향을 즐겼다.

"날이 이리 따스해졌으니 사람들의 고달픔이 덜어질 것이야."

하륜은 흰 수염을 쓸어 내리며 느긋하게 중얼거렸다.

"예 땅은 근근이 먹고 살 만은 한데 한주는 다 굶어 죽어간다면
서요? 그게 정말입니까?"

차를 한꺼번에 들이키고 찻잎을 손가락으로 건져 먹던 잠비가
불쑥 말을 꺼냈다. 비현의 얼굴이 순식간에 굳어지자 하륜이 헛기
침을 하며 말했다.

"이놈아, 그런 것은 어디서 주워들었느냐?"

"성밖 난민들이 그러던걸요. 자식도 잡아먹을 판이라 도망 왔
다고요."

"조정이 그리 어지러우니 나라 살림이 잘될 턱이 있겠느냐. 관
리들의 절반이 후족으로 채워지고 그동안 설움을 보상하려는 듯
전횡을 하니 그리 된 것이지. 나라의 근본인 관리들이 썩어가니
한주의 기운도 빨리 쇠하는 것이다."

잠자코 앉아 차를 마시던 비현은 밖에 널어놓은 약초를 보고 오
겠다며 슬그머니 자리를 떴다. 한주 이야기가 나올 때면 여지없이
어깨가 축 늘어지는 그녀였다. 가족들의 행방을 알아보러 고향에
간 이에게서는 아직까지도 소식이 없었다. 사정이 어찌 되었는지
걱정이 되어 속이 검게 타 들어갔지만 비현은 그저 속으로 삭일

뿐, 입 밖으로 꺼내지 않았다. 비현이 기운없이 나가자 하륜이 담뱃대로 잠비의 머리를 콩 내려치며 말했다.

"이놈아, 그러게 한주 이야기는 왜 꺼냈느냐?"

"아이고, 어르신! 어르신이 더 많이 얘기하시구선 저는 왜 때리십니까?"

잠비는 자라처럼 목을 움츠리며 아픈 머리를 문질러 댔다.

마당에 나간 비현은 볕에 말린 약초의 뿌리, 가지, 열매를 거둬들이며 잠시 생각에 잠겼다. 봄이 되자 그리움이 더욱더 밀려온다. 하륜은 너무 기대하지 말라 했지만 비현은 그들이 꼭 살아 있을 것만 같아 포기가 되지 않았다. 금방이라도 저 문으로 들어와 비현아, 마마님, 하며 부르며 웃어줄 것 같았다. 비현은 섬돌 위에 오도카니 앉아 마당에 쏟아지는 햇살을 보며 긴 한숨을 쉬었다.

"오던 봄이 네 한숨에 십 리는 달아났겠구나."

어느새 마당에 나온 하륜이 껄껄껄 웃으며 말했다. 비현은 살포시 웃으며 앞에 놓인 약초들을 공연히 만지작거렸다.

"올 봄은 이상하게 가슴이 설레는구나. 예년 봄과는 달라."

"스승님께서도 설렐 때가 있으십니까?"

"예끼, 늙은이도 사람이니라. 어찌 봄이 반갑지 않겠느냐. 올해는 경사스런 일이 많을 것 같아 더없이 기대가 되는구나. 전하께서 하루바삐 대례를 올리시고 나라가 안정되어 민초들이 편히 산다면 더 이상 바랄 것이 없지."

"혼인하실 분이 멀리 월국의 공주시라 들었습니다. 대례는 언제쯤 올리실까요?"

"국혼이니 금방이야 되겠느냐. 빨라야 가을 무렵이겠지. 곧 전하께서 영주로 가신다 하니 서주성도 많이 허전해지겠구나."

하륜의 마지막 말에 비현의 얼굴이 또다시 어두워졌다. 왕이 주도(主都)로 가고 혼기가 되어 대례를 올리는 것은 당연한 것이거늘. 얘기를 들을 때마다 마음이 천근만근 무겁기도 하고 뻥 뚫린 듯 공허하기도 했다.

"전하께서는 싫은 이는 가까이 두지도, 존체에 손을 대게 하지도 않으십니다."

척경진의 말이 오랫동안 귓가를 떠나지 않고 맴돌았다. 당연한 말이다. 누군들 싫은 사람에게 몸을 맡기겠는가. 하지만 그 말이 비현에겐 다르게 다가왔다. 언제나 차갑게만 굴었기에 자신을 지독히도 싫어하는 줄만 알았다. 그때의 괴로움은, 죄책감과는 별개의 것이었다. 자꾸만 가슴 한쪽이 시렸다. 황궁에 갇혀 저 넓은 세상에 나갈 수 있기를 바랐을 때처럼, 무영이 죽었단 이야기를 들었을 때처럼 몸에 한기가 돌고 가슴이 시렸다. 언제부터 시작된 아픔인지는 알 길이 없었다. 그저 사냥터에 다녀온 뒤로 아픔이 더 심해졌다는 것밖에는.

처음에 보았던 선명한 눈빛과 동굴과 사냥터 막사에서 보았던 혼미한 눈빛들이 눈앞에 아른거린다. 병자들을 치료할 적에도 부지불식간에 튀어나오는 그의 모습 때문에 종종 얼굴을 붉히기도 했다. 아련히 느껴지기는 하나 가닥을 잡을 수 없는 감정. 비현은 안개 속에 쌓인 것처럼 잡힐 듯 말 듯한 감정에 시달릴수록 더욱 바쁜 나날을 보냈다. 수많은 병자들을 돌보다 보면 아픔도, 그리움도, 낯선 두려움도 잠시 잊혀졌다. 비현은 그렇게 알 수 없는 무언가로부터 끊임없이 도망쳤다. 안개처럼 서린 뿌연 막이 걷어지는 순간 두려운 뭔가가 엄습해 올 것만 같아 무서웠다. 차라리 모른 채 그냥 덮어두는 것이 최선임을 비현은 본능적으로 감지하고 있었던 것이다.

느리게 오는 봄을 재촉하듯 봄비가 오고 나서였다. 살림이 곤궁해 굶주리는 이들이 부쩍 늘자 관이 구휼을 목적으로 묵은 보리를 내놓겠다 했다. 비현은 잠비와 관아로 가서 양민에게 보리 나눠 주는 것을 도왔다. 그때 노모의 병을 고쳐 주어 안면이 있는 병사가 찾아왔다.

"아씨, 성밖에 산모가 하나 있는데 애가 거꾸로 들어서서 다 죽어간다고 합니다. 좀 봐주시면 안 되겠습니까?"

비현은 성안은 마음껏 오갈 수 있으나 성밖에는 나갈 수가 없었다.

"저는 성밖에 나갈 수 없으니 산모를 안으로 모셔오면 안 될까요?"

"난민은 성안으로 들어올 수가 없게 되어 있습니다. 잠시만 짬을 내주십시오."

병사는 산모가 돈이 없어 의원도 못 부르고 아비 없는 여섯 아이들이 굶어 죽어간다며 간곡히 부탁을 했다. 그 사정이 하도 측은하여 비현은 관리에게 사정을 말하고 양해를 구했다. 처음엔 안 된다고 고개를 젓던 관리는 비현의 간곡한 부탁에 병사 둘이 따라 간다는 조건하에 승낙을 해주었다. 비현은 보리 한 자루를 품에 안고 잠비, 그리고 병사들과 함께 성밖에 나갔다.

성밖 벌판에는 한주에서 도망온 난민들로 빼곡하게 들어차 있 었다. 예에서는 난민들에게 버려진 땅이나 개간할 곳을 주며 농사 를 짓게 했는데 그 소문이 돌아 변경 지역에는 이렇듯 난민들로 북새통을 이루고 있었다. 하지만 땅을 얻는 것도 쉬운 것이 아니 어서 대부분은 일손을 거들거나 막 녹기 시작한 산야에서 나물을 캐먹으며 연명을 하고 있었다.

비현은 허름하게 지어 올린 판자 사이를 지나 산모가 누워 있다 는 곳을 향해 갔다. 병사는 난민촌에서도 가장 멀리 떨어진 곳으 로 안내하고 있었다. 거의 다 왔다 하면서 자꾸만 외진 곳으로 가 려 하자 수상히 여긴 잠비가 안내하는 병사에게 물었다.

"아저씨, 왜 이렇게 멀리까지 오는 거예요? 금방이라 했잖아요."

"거의 다 왔다. 조금만 가면 돼."

일이 이쯤 되자 대동한 병사들도 의심스런 눈초리를 주고받았 다. 그때였다. 나무 뒤에서 평복 차림을 한 장정 대여섯 명이 불쑥 튀어나오더니 그들을 에워쌌다. 비현을 보호하려던 병사들이 검 을 빼 들기도 전에 목이 날아갔다. 이에 놀란 비현은 잠비를 끌어 안고 외마디 비명을 질렀다.

"아저씨들은 누구예요? 대체 왜 이러는 거예요?"

사내들은 비현의 품에 안긴 잠비를 우악스럽게 뜯어내고 검을 휘둘렀다. 잠비는 비명도 지르지 못하고 피를 뿜으며 흙바닥에 쓰러지고 말았다.

"잠비야! 안 돼!"

쓰러진 잠비는 축 늘어져서 정신을 잃었다. 아이의 등에서 붉게 배어나오는 피를 본 비현이 다가가려는 순간, 둔탁한 뭔가가 그녀의 뒤통수를 가격했다. 비현은 그대로 쓰러져 정신을 놓고 말았다.

이십여 명의 장정들이 성밖을 나왔을 때는 이미 서녘 하늘로 해가 지고 있었다. 좌우로 적인걸과 사효겸을 거느린 유인은 북쪽을 향해 빠른 속도로 달리기 시작했다. 피투성이가 된 아이로부터 비현이 잡혀갔다는 이야기를 들은 후부터 유인은 지금껏 본 적이 없는 사나운 눈빛으로 바뀌었다. 그에게서 뿜어나오는 매서운 기운에 호위무사들은 잔뜩 긴장을 하고 빠르게 말을 몰아갔다. 건조한 들판에 흙먼지가 성난 물결처럼 이는 가운데 저만치에서 어둠이 밀려오고 있었다. 그 어둠이 비현을 집어 삼킨 듯 노려보던 유인은 뒷목을 서늘하게 만드는 불길한 예감에 마음이 급해졌다. 그녀를 영영 보지 못할 것이라고 생각하니 등에 식은땀이 흘렀다. 유인은 땀에 흠뻑 젖은 손으로 고삐를 고쳐 쥐며 긴장된 숨을 연신 내쉬었다. 지금껏 많은 전투를 해왔지만 이처럼 불안한 적은 없었다. 갈비뼈를 부술 듯이 거세게 심장이 뛰고 속에서 쓴물이 올라왔다. 지난날 유하가 잡혀간 그때로 되돌아간 착각마저 들기도 했다. 재연되는 악몽. 유인은 턱이 아플 정도로 이를 악물고 앞을 노려보았다.

숙한 시선이 필요하다는 것을 절감했습니다.

저는 비현과 함께한 시간 동안 행복했고, 내 자신과 글과 세상을 사랑하는 방법을 배웠습니다. 은비현처럼 저도 사랑이 가득한 사람이 되기를 희망합니다. 그리고 이 글을 읽는 분들께도 기쁨과 사랑이 가득하시기를 기원합니다.

끝으로 연재 당시 많은 사랑을 주셨던 독자님들과 든든한 응원과 충고를 해준 친구들에게 고마운 마음을 보냅니다. 그리고 부족한 첫 글을 세 번이나 읽으셨다는 어머니, 아버지, 대한민국에서 세 번째로 편한 군대에 있는 남동생에게 진한 사랑을 보냅니다.

그리고 규진 씨, 종민 씨를 비롯한 청어람 식구분들께 감사드려요. 고생하셨어요. 원고 늦게 보내서 죄송해요.

모두 행복하세요.

「은비현」을 끝내고 나서…

저는 사랑에 대해서 상당히 부정적인 시각을 가지고 있던 사람입니다. 사랑을 믿지도 않는 이가 로맨스 소설을 쓴다는 것이 스스로도 이상했었지요. 로맨스 소설 속의 해피엔딩을 읽으며 '그래, 어차피 소설일 뿐이야. 현실에서는 일어날 수 없어' 라고 되뇌인 적도 몇 번 있었습니다.

사람들에게 재미있는 이야기를 들려주는 것이 좋아서 시작한 글쓰기에서 조금씩 욕심이 생기기 시작했습니다. 담고 싶은 것이 많아지다 보니 쓰고 싶은 것과 제 역량의 차이가 커서 점점 괴로워지더군요.

은비현은 사랑을 믿지도 않는 제게, 욕심만 가득한 제게 고통 그 자체였습니다.

의욕만 가득하지 제대로 표현하고 이끌어갈 수 있는 방법을 모르니 몇 번이고 좌절하고 또 포기할까 고민도 했습니다.

그러다 문득 내 눈이 밖으로만 향해 있다는 것을 깨달았습니다. 마음으로 느끼지 못하니 제대로 된 사랑을 표현해 내지 못하는 것이라는 걸, 늦게야 알았어요.

그 후부터 저는 남을 감동시키기 위한 글이 아닌 제 스스로를 감동시키기 위한 글을 쓰기 시작했습니다.

무영이 아파할 때는 같이 아파하고, 비현이 울 때도 같이 따라 울었습니다. 글 속에 인물들이 사랑을 하는 동안 저도 사랑을 하고 있었습니다. 그리하여 다시금 글 쓰는 기쁨을 느꼈습니다. 그리고 더 많은 노력과 성